FESTA SF

Herausgegeben von Michael Nagula

BAND 1805

Das Buch
Die Menschheit bereist das All durch so genannte Sternentore – Überreste einer alten, längst ausgestorbenen Zivilisation. Ihre einzigen Feinde sind die Faller, die kurz davor stehen, die Menschheit auszulöschen. In dieser Situation wird ein neuer Planet entdeckt, dessen Bevölkerung eine gemeinsame Realität teilt. Während ein Wissenschaftlerteam den Erstkontakt herstellt, stellt sich heraus, dass einer seiner Monde ein geheimnisvolles Artefakt ist – und möglicherweise der Schlüssel für den Sieg über die Faller ...

Die Autorin
Nancy Kress wurde 1948 in Buffalo, New York, als Nancy Anne Koningisor geboren. Nach einer Ausbildung als Grundschullehrerin heiratete sie 1973 und bekam zwei Söhne, Kevin und Brian. Während der zweiten Schwangerschaft begann sie Kurzgeschichten zu schreiben und machte ihren Abschluss als Lehrerin, bevor 1981 ihr erster Roman erschien. Nach der Scheidung 1984 wurde sie Texterin in einer Werbeagentur und 1990 vollberufliche Autorin. Mittlerweile hat sie mehr als zwanzig Bücher verfasst, die in

dreizehn Sprachen übersetzt wurden, darunter zwei über das Schreiben, das sie regelmäßig in Clarion unterrichtet. Ihre Erzählungen haben drei Nebula Awards und einen Hugo Award gewonnen. 1998 heiratete sie den SF-Autor Charles Sheffield, der 2002 starb.

Nancy Kress
Sternspringer

Roman

Deutsche Erstveröffentlichung

Aus dem Amerikanischen
von
Christine Strüh

Die amerikanische Originalausgabe
Probability Moon
erschien im Juli 2000 als Hardcover bei
Tor Books, New York; die erste Paperbackausgabe
folgte ebendort im September 2002.
Copyright © 2000 by Nancy Kress

1. Auflage Oktober 2005
Copyright © der deutschsprachigen Ausgabe
2005 by Festa Verlag, Leipzig
Mit freundlicher Genehmigung der Autorin
und ihrer Agentur Paul & Peter Fritz AG, Zürich
Lektorat: Michael Nagula
Umschlaggestaltung: BabbaRammDass
Druck und Bindung: Finidr, s.r.o.
Alle Rechte vorbehalten

ISBN 3-86552-008-1

Für Charles.
Er hat es ohne jeden Zweifel verdient.

Die Menschen lieben die Freiheit, weil sie sie davor bewahrt, von anderen kontrolliert und gedemütigt zu werden, und ihnen ein Leben in Würde ermöglicht. Sie hassen die Freiheit aber auch, weil sie sie auf ihre eigene Fähigkeit und Findigkeit zurückwirft und daher auch mit der Frage konfrontiert, ob sie womöglich unwichtig sind.

Thomas Szasz

PROLOG
Lowell City, Mars

Ausgerechnet im ungünstigsten Moment erschien der Berater hinter General Stefanak. Das Mädchen, mit dem er zusammen war, ließ sich nichts anmerken. Sie arbeitete schon seit zwei Jahren beim populärsten und diskretesten Luxusunternehmen auf Titan und war viel zu sehr Profi. Doch obwohl sie keine Notiz von der Störung nahm, verlor der General seine Erektion.

»Es tut mir schrecklich Leid, Sir«, sagte das Hologramm – es war Malone, mit abgewandtem Blick –, »aber wir haben hier eine Nachricht Stufe eins.«

Das Mädchen war bereits dabei, sich das Kleid überzustreifen, die Augen dezent niedergeschlagen. Natürlich würde sie trotzdem ihr Geld bekommen. Stefanak schlüpfte in seinen Morgenmantel und verbeugte sich vor ihr, sie erwiderte seine Geste und verschwand dann durch die Seitentür. Ihre langen schwarzen Haare fielen ihr weit über den Rücken, an den Spitzen funkelten winzige holographische Perlen. Ansonsten gab es an ihr nicht viel Holographisches. Wehe, wenn diese Nachricht nicht wirklich wichtig war ...

Eilig ging Stefanak ins Vorzimmer seines Büros und wartete dort auf Malone, der vermutlich von der Kommunikationsabteilung kam und den ganzen Weg quer durch die Basis zurücklegen musste. Nachrichten der Stufe eins waren strengstens kodiert und wurden von Hand zugestellt. Die jetzige konnte nicht älter sein als ein paar Minuten. Während er wartete, schenkte Stefanak sich einen Drink ein und dachte an das Mädchen.

Vielleicht musste er seinen Hormonspiegel wieder einmal anpassen lassen. Schließlich war er keine achtzig mehr.

Endlich erschien Malone mit dem Kommunikationskubus, verbeugte sich und verschwand wieder. Stefanak aktivierte den Sicherheitsschild. Solange dieser eingeschaltet blieb, konnte nichts in diesen Raum eindringen oder ihn verlassen. Keine elektromagnetische Strahlung, keine Kompressionswellen, keine Luft, nicht einmal Neutrinos. Dann aktivierte er den Kubus nach dem Protokoll für Stufe eins.

Die Nachricht stammte von einem Expeditionsteam auf einem fernen unwichtigen Planeten; die Expedition wurde von Softwissenschaftlern der Princeton University unterstützt und gepuscht – eins ihrer so genannten ›Forschungsprojekte‹, wie üblich ohne Hand und Fuß. Aber zu jedem solchen Team gehörte auch ein Militärrepräsentant im Offiziersrang. Normalerweise wollte keiner eine solche Expedition begleiten, denn für gewöhnlich verbrachte man ein langweiliges, unwichtiges E-Jahr auf irgendeinem primitiven, meist sogar unbewohnten Planeten.

Aber diesmal nicht.

Stefanak sah sich den Kubus erst einmal, dann noch einmal an. Volle fünf Minuten blieb er sitzen und dachte nach, sehr sorgfältig. Die *Zeus* war verfügbar – oder konnte jedenfalls ohne größeren Aufwand und ohne allzu viel Aufmerksamkeit auf sich zu ziehen verfügbar gemacht werden. Ein Offizier auf Kommandoebene konnte leider nicht so einfach beschafft werden, aber es gab Mittel und Wege, darum herumzukommen. Geeignete Physiker ... um die sollte sich Malone kümmern. Vielleicht konnte man die ganze Mission aussehen lassen wie irgendeine der zahlreichen niedrigrangigen Gelehrtenexpeditionen. Jawohl. Salernos würde das arrangieren, sie hatte glaubwürdige Kontakte ...

Als Stefanaks Plan fertig war, löste er den Sicherheitsschild. Malone wartete draußen. Der General sagte ihm, er solle sofort ein Treffen des Verteidigungsrats der Solarallianz einberufen, nur für Offiziere der höchsten Ränge, und allen Mitgliedsstaaten die Teilnahme wärmstens ans Herz legen.

Diese Nachricht konnte alles verändern.

KAPITEL 1
Rafkit Seloe

Als Enli bei Sonnenaufgang herauskam, sah sie gleich, dass alle ihre Blumenbeete zerstört waren. Die hübsch geschwungene Linie der Randsteine war demonstrativ begradigt worden. Die Jelitbüsche, die noch nicht blühten, zu erbärmlichen Zweighäufchen dezimiert. Die prächtig in Blüte stehenden Ollinib und Pajalib würde natürlich niemand kaputtmachen; vermutlich hatte man sie in einen Nachbargarten umgesetzt. Enli inspizierte die Löcher, in denen die Jelitib gestanden hatten. Auf dem Grund des einen war etwas Dunkles, Verfilztes, irgendwie feucht Wirkendes zu erkennen. Mit einem Stock fischte sie es heraus. Ein toter Freb. Enli stupste das kleine Säugetier vorsichtig an, weil sie herausfinden wollte, wie es gestorben war, und schließlich entdeckte sie die Stelle in dem schlaff herabbaumelnden Hals, wo das Messer eingedrungen war.

Also wussten ihre Nachbarn sogar über Tabor Bescheid.

Enlis Nackenfell prickelte. Sie schaute sich um. Niemand war in Sicht, obwohl die Sonne über dem Horizont stand und das Wetter warm und klar war. Normalerweise waren um diese Zeit eine Menge Leute unterwegs, zu den Feldern oder zu der Seifenfabrik am Fluss, nach Rafkit Seloe, Kinder spielten auf dem Dorfplatz, hüteten, wenn auch ungern, ihre kleinen Geschwister. Aber heute war alles still – eine ebenso deutliche Botschaft wie der begradigte Steinrand und die verschwundenen Pflanzen. Ihre Nachbarn warteten darauf, dass Enli Pek Brimmidin endlich das Weite suchte.

Noch einmal ging sie um das Blumenbeet herum, tat so, als inspizierte sie es, bemühte sich, ihren Atem zu beruhigen. Es war immer ein Schock. Kein unerwarteter Schock –

schließlich war es schon das fünfte Mal, dass man in einem Dorf herausgefunden hatte, wer sie war, und sie zwang weiterzuziehen. Manchmal machten sie es so, dass sie alle realen Aktivitäten in ihrer Gegenwart einstellten. Dann wieder blickten sie einfach durch sie hindurch und taten, als wäre sie nicht da, führten ihr Dorfleben fort, als wäre keine unreale Person unter ihnen, als wäre Enli ein Geist. Was sie ja war. Sie war nicht real.

Nun, hier konnte sie nicht länger bleiben. Ihre Nachbarn hatten das Recht auf ihrer Seite. Wie viel wussten sie? Dass sie nicht real war, ja. Dass man sie des Mordes an ihrem Bruder überführt hatte. Dass das Ministerium für Realität und Sühne sie aus irgendwelchen Gründen nicht für das Verbrechen ins Gefängnis gesteckt hatte. Wussten die Nachbarn auch, dass sie daran arbeitete, ihre Realität wiederzuerlangen? Wahrscheinlich nicht. Obgleich die Klügeren unter ihnen es möglicherweise erraten hatten. Der alte Frablit beispielsweise. Ihm entging so gut wie nichts, mit seinem grauen Nackenfell. Vielleicht Inno. Vielleicht Glamit.

Enli setzte sich auf die Bank vor ihrer Hütte, um zu überlegen, wohin sie jetzt gehen sollte. Weiter nach Norden? Die Kunde von ihrer Person verbreitete sich in dieser Richtung vielleicht nicht ganz so schnell, denn die meisten Leute aus dem Dorf schienen Verwandte im Süden zu haben. Wieder sah sie auf die begradigte Linie der Grenzsteine, die gestern Abend noch eine lange anmutige Kurve gebildet hatten. Hässlich, hässlich. Sie musste sich bald auf den Weg machen. Heute Morgen noch. Am besten sofort.

Schon jetzt waren ihre Kopfschmerzen weit schlimmer, als sich mit den von der Behörde zur Verfügung gestellten Pillen kontrollieren ließ. Vielleicht musste sie die Dosis erhöhen. Das Ministerium für Realität und Sühne hatte sie wissen lassen, das könne sie ruhig probieren, wenn die Unrealität zu sehr schmerzte ... Bisher war Enli mit der niedrigeren Dosierung zurechtgekommen. Man musste ganz schön robust sein, wenn man unreal bleiben und nicht verrückt werden wollte.

Na ja, Enli war robust. Man musste ja auch ziemlich robust sein, wenn man seinen eigenen geliebten Bruder ermordete.

Nein, denk jetzt nicht daran.

Enli sprang auf. Sie würde gehen, jetzt, sofort. Ihre wenigen Habseligkeiten zusammenpacken – die Hütte und das Mobiliar waren natürlich nur gemietet –, ihr Fahrrad aus dem Schuppen holen und verschwinden. Ehe auch noch ihre Nachbarn Kopfweh bekamen. Wenigstens das war sie ihnen schuldig.

Da sah sie ein Fahrrad auf die Hütte zukommen.

Sie legte sich die Hand über die Augen, weil die niedrigen, roten Strahlen der aufgehenden Sonne sie blendeten, und spähte die Straße hinunter. Und da war es wieder, dieses Funkeln am Himmel, ein jäher Lichtblitz. Sie hatte ihn schon früher gesehen, immer bei Sonnenaufgang oder Sonnenuntergang, als strahlte plötzlich hoch am Himmel etwas auf. Keiner der sieben Monde, kein Vogel ... Aber was sollte es sonst sein? *Ich sehe nichts*, hatte der alte Frabit ihr beteuert, genau wie Inno und auch die Kinder. Aber Enli hatte bessere Augen als sie alle, sogar bessere als die Kinder. Stark und hässlich war sie, und sie hatte ungewöhnlich scharfe Augen. Oh, und natürlich war sie auch noch unreal.

Nun konnte sie die näher kommende Gestalt erkennen: ein junger Mann auf einem Regierungsfahrrad, das Nackenfell kaum übers Kinderbraun hinaus. Kam er vom Ministerium für Realität und Sühne – und das war garantiert der Fall, denn keine andere Regierungsbehörde würde an Enli schreiben, solange sie unreal war –, wusste er auch, wie es um Enli bestellt war. Nahm er sie zur Kenntnis, und sei es auch nur, um eine Botschaft von der Regierung zu überbringen, gestand er damit stillschweigend ein, dass die fiktive Frau auf der Bank existierte, und das durfte er natürlich nicht. Eine hübsche Zwickmühle.

Aber der Bote machte es genau richtig. Er ignorierte Enli und warf den ordentlich an Enli Pek Brimmidin adressierten

Brief einfach vor die Hütte, an den Rand der staubigen Straße. Dann machte er kehrt und radelte zurück zur Stadt.

Der Brief hatte das übliche praktische Rundformat, war sehr sachlich gehalten und trug wirklich das Regierungssiegel. Enli öffnete ihn. Es war eine Vorladung: Man hatte eine Arbeitsstelle für sie.

Sie stieß einen dankbaren Seufzer der Erleichterung aus. Manchmal blühten die Blumen der Seele genau im richtigen Moment auf. Hatte sie eine Arbeit, musste sie sowieso weg von hier. Und sie hatte etwas zu tun. Und am allerwichtigsten: Mit einer Arbeit leistete sie Sühne und näherte sich ein ganzes Stück der Wiedergutmachung ihrer Schuld. Handelte es sich um eine Arbeit, die wichtig genug war, konnte das sogar bedeuten, dass sie ihr Strafmaß erfüllte und endlich wieder frei und real wurde. Und mit ihr natürlich auch Tabor.

Enli packte ihre Schultertasche, holte ihr Fahrrad aus dem Schuppen und machte sich auf den Weg in die Stadt. Wahrscheinlich würde sie das Dorf nie wiedersehen. Noch immer war niemand in der Nähe. Na gut, sollten sie sich ruhig verstecken. Ihr war das inzwischen gleichgültig.

Aber sie musste das Fahrrad anhalten, um noch eine Pille zu schlucken. Dieses verdammte Kopfweh! Direkt zwischen ihren Augen bohrte der Schmerz und trieb ihr beinahe Tränen in die Augen. So viel Unrealität, so viel Isolation ... Nein, sie wollte jetzt nicht daran denken. Stattdessen lieber an die Arbeitsstelle, die vor ihr lag, an die Schönheit der Wildblumen am Rand der Straße in die Stadt, an alles, nur nicht daran, dass sie unreal und allein war und dass sie ihren Bruder umgebracht hatte.

Den ganzen Vormittag radelte Enli beständig weiter. Es war Am, die üppige Jahreszeit, und die Larfrucht gerade reif geworden. In den Plantagen wimmelte es von Dorfbewohnern, die sangen und pflückten. Zwischen den Dörfern und den Plantagen gab es lange unbewohnte Abschnitte, in denen die Wildblumen besonders üppig gediehen. Im Schatten blühende Vekifirib, gelbe Mittib, die flammend roten Glocken der Adkinib. Die warme Luft duftete süß wie mit anderen geteilte Realität, und die Sonne strahlte in klarem Orange vom Himmel. Enli überholte ein paar Fahrräder und Handkarren und kam im Großen und Ganzen gut in Richtung Rafkit Seloe voran. Wenn sie so weitermachte, würde sie bis Mittag dort sein.

Aber dann, nur ein paar Meilen vor der Stadt, bog sie von der Hauptstraße ab, zu einem Dorf namens Gofkit Shamloe. Auf einmal war sie von dem verzweifelten Wunsch beseelt, Tabor noch einmal wiederzusehen.

Das Haus von Enlis Schwester Ano Pek Brimmidin stand mitten im Zentrum von Gofkit Shamloe, direkt am Dorfplatz. Zu dieser Tageszeit herrschte auf dem Platz reges Treiben, denn die Erntehelfer kehrten zum Essen zurück. Alte Männer kochten, Frauen webten, Kinder spielten zwischen den Backsteinherden Fangen und gingen allen auf die Nerven. Köstlicher Essensduft stieg in der warmen Luft empor. Eine Gruppe junger Leute tanzte kichernd zum recht jämmerlichen Pfeifen des alten Solor Pek Raumul. Seit Enli sich erinnern konnte, war das Essen in Gofkit Shamloe immer die schönste Zeit. Eine lebendige, herzliche Zeit, eine Zeit, in der die mit anderen geteilte Realität die Luft ebenso stark erfüllte wie der Geruch des brutzelnden Fleischs.

Enli radelte zwischen den Dorfbewohnern hindurch, als wäre sie unsichtbar. Niemand hielt sie auf, niemand sprach sie an, niemand warf ihr einen Blick zu. Aber es hinderte sie auch keiner daran, durch die offene Tür in Anos Haus zu schlüpfen.

Tabor lag auf seinem Bett im Hinterzimmer, auf dem Rücken, die starken jungen Beine gerade wie zwei Baumstämme, die Finger leicht gebeugt. Sein Nackenfell, das goldener war als Anos oder Enlis (eigentlich ungerecht – warum hatte ausgerechnet der Junge die ganze Schönheit abgekriegt?), schwamm in den Chemikalien seines kristallklaren Glassargs. Er sah genauso jung aus wie damals, als die

Diener der Ersten Blume ihn hier eingesperrt und damit ebenso unreal gemacht hatten wie Enli, als Strafe für ihr gemeinsames Vergehen. Als Enli sich über den Sarg beugte, starrten Tabors blinde dunkle Augen sie durchdringend an.

»Noch ein Jahr Sühne, Tabor. Sogar sechsunddreißig Tage weniger. Dann bist du frei. Und ich auch.«

Tabor antwortete nicht. Aber das war natürlich auch nicht nötig. Er wusste genauso gut wie Enli, wie viel Zeit noch vergehen würde bis zu seinem Begräbnis. Dann endlich wurde er aus den Chemikalien und aus dem Glassarg befreit, in dem sein toter Körper jetzt gefangen lag, und konnte sich zu seinen Vorfahren gesellen. Enli hatte gehört, dass manche unrealen Toten sich, vor allem in den Träumen der Lebenden, beklagten und in dem Haus, in dem sie ruhten, Unruhe und Elend stifteten. Aber Tabor nicht. Tabor war schon immer ein manierlicher Junge gewesen, er würde in Anos Haus bestimmt keinen Ärger machen. Er würde auch Anos Schlaf nicht mit Angst und schrecklichen Albträumen stören. Das machte er nur bei Enli.

Die Tür zum Schlafzimmer knarrte. Enlis Neffe, der kleine Fentil, kam ins Zimmer und holte etwas aus einer hölzernen Kommode, wobei er sorgsam darauf achtete, Enli nicht zu sehen. Seine Mutter hatte ihn gut erzogen. Doch über seinem weichen kindlichen Nackenfell tat ihm bestimmt sein kleiner Kopf weh, und seine reale Gegenwart verschlimmerte auch Enlis Kopfschmerzen. Kein Zweifel, es war Zeit zu gehen.

Sie ging durch Anos Haus zurück, ohne den Blumenaltar anzuschauen – sie schuldete es Ano, dass sie ihre Blumen nicht mit unrealen Blicken beschmutzte –, und fuhr mit ihrem Fahrrad wieder zurück zur Straße in die Hauptstadt.

Zu ihrer großen Überraschung sprach der Regierungsangestellte beim Ministerium für Realität und Sühne sie mit ihrem Namen an. »Pek Brimmidin, du kannst jetzt reingehen.«

Für gewöhnlich sagte der Mann, der sehr alt und mürrisch war, mit einem Nackenfell, das Gelb und sogar Grau hinter sich gelassen und zu einem spärlichen, matt farblosen Flaum verfallen war, kein Wort. Er sah die Unrealen an, die hierher kamen, um einen Antrag einzureichen, Widerspruch einzulegen oder ihrer Meldepflicht nachzukommen. Er musste sie ja ansehen, um ihr Kommen und Gehen in die Akten einzutragen. Natürlich kannte er deshalb auch Enlis Namen, aber er hatte sie nie zuvor angesprochen.

»Danke«, antwortete Enli, um zu sehen, ob er noch mehr sagen würde. Aber sein Blick verschwamm wieder, der kurze Moment geteilter Realität war vorüber.

Warum war das überhaupt geschehen? Was wusste der mürrische Alte über Enlis zukünftige Arbeitsstelle? Wahrscheinlich eine ganze Menge. Altbewährte Regierungsangestellte wussten immer eine ganze Menge.

Cartot Pek Nagredils Büro war leer, als sie hereinkam, was ihr Zeit gab, die außergewöhnlich hässlichen Skulpturen auf seinem Schreibtisch zu betrachten. Übertriebene Kurven, grelle Farben. Plötzlich spürte Enli einen verspäteten Abschiedsschmerz für ihre verschwundenen Pajalib mit ihren exquisit geschwungenen Blütenblättern. In Pek Nagredils Büro gab es natürlich keine Blumen, denn hier wären sie ja ständig den Blicken der Unrealen ausgesetzt gewesen. Bestimmt würde ihr auch niemand eine Willkommensblume anbieten. Ganz sicher nicht.

»Pek Brimmidin, ich habe eine Informantenstelle für dich.« Pek Nagredil machte nie viele Worte. Er war erst im mittleren Alter, aber so massiv, so unerschütterlich, dass Enli sich fragte, ob er überhaupt Pillen benötigte, um mit ihr zu sprechen. War das möglich? Konnte Pek Nagredil wirklich so grob gestrickt sein, dass er den mächtigen dumpfen Schmerz in der Seele nicht fühlte, das Knirschen unter der Schädeldecke, als rieben Kieselsteine gegeneinander, den scharfen Stich zwischen den Augen, wenn klar wurde, dass zwei Leute die Welt nicht auf dieselbe Art und Weise sahen? Nein, das war unmöglich. Weltler teilten die Realität mit anderen Weltlern, oder sie mussten die körperlichen Schmerzen erleiden, die damit einhergingen, dass sie es nicht taten. Pek Nagredil war nicht anders als alle anderen. Er hatte eine Seele. Also blieb ihm gar nicht anderes übrig, als Pillen zu nehmen.

»Was ist das für eine Arbeit, Pek Nagredil?«, fragte Enli.

»Du musst Informationen weiterleiten über die Terraner, die im Hausstand von Hadjil Pek Voratur wohnen werden.«

Enli spürte, wie ihr der Mund offen stehen blieb. Sie versuchte, etwas zu sagen, brachte aber kein Wort heraus.

»Vielleicht hast du schon gehört, dass die Terraner zurückgekehrt sind«, fuhr Pek Nagredil unbeirrt fort, während er eine der hässlichen Skulpturen ein winziges bisschen nach rechts verschob, zurücktrat, um die Wirkung zu betrachten, und die Figur dann wieder nach links rückte.

»Nein«, stieß Enli schließlich mühsam hervor. »Davon hatte ich bisher nichts gehört.« Sie hatte noch nie einen Terraner gesehen. Kaum jemand hatte jemals einen Terraner zu Gesicht bekommen. Vor einem halben Jahr waren sie in einem Dorf jenseits von Rafkit Seloe aufgetaucht, in einem Metallboot, das aus dem Himmel herabgeflogen war. Den Berichten zufolge waren sie unglaublich hässlich und erstaunlich unwissend, aber allem Anschein nach harmlos. Sie stellten eine Menge unhöfliche Fragen, brachten aber auch hübsche Geschenke mit, sodass sich einige Leute dazu verlocken ließen, die Fragen zu beantworten, die die Terraner ihnen stellten. Nach ein paar Dezimen hatten sie abrupt ihre Siebensachen zusammengepackt und waren in ihrem fliegenden Schiff wieder davongebraust. Die wichtigsten Fragen waren natürlich nicht ihre, sondern die der Weltler: Waren diese Terraner real? Besaßen sie eine Seele? Die Priester im Ministerium für Realität und Sühne hatten ihre Befragung hinsichtlich dieses Themas gerade erst begonnen, als die Terraner, ohne auch nur eine Abschiedsblume zu hinterlassen, Welt wieder verließen.

Nun waren sie anscheinend zurück.

»Wir wussten, dass die Terraner wiederkommen würden«, erklärte Pek Nagredil. »Man hat gehört, wie sie gesagt haben:

›Wir werden zurückkommen, um uns das Artefakt genauer anzuschauen.‹ Die Terraner sind große Kaufleute, weißt du. Also, Pek Brimmidin, du kannst dir wahrscheinlich denken, dass das eine ziemlich heikle Aufgabe ist. Deshalb bieten wir sie dir an, Pek Brimmidin. Du hast schon gute Informantenarbeit geleistet. Und das Ministerium für Realität und Sühne gestattet mir, dir Folgendes mitzuteilen: Wenn du auch diese Arbeit gut meisterst, dann ist deine Schuld an der geteilten Realität damit abgetragen. Du wirst wieder real sein, und das Gleiche gilt für Tabor, deinen Bruder.«

Wieder real sein. Enli senkte den Kopf. Sie wollte nicht, dass Pek Nagredil ihr Gesicht sah. Wieder real sein ... und Tabor ebenfalls. Tabor, der in seinem Sarg lag, der in Chemikalien schwamm, die verhinderten, dass sein Körper sich zersetzte und seine Seele freigab. Tabor würde aus seinem Sarg herausgeholt, gewaschen und unter einem Berg von Blumen begraben werden. Seine Seele würde sich endlich den Ahnen anschließen können. Und Enli würde endlich wieder in Gofkit Shamloe bei Ano leben, sie würde um die Mittagszeit auf den Gemeinschaftsfeuern kochen, auf dem Dorfrasen tanzen und in aller Offenheit ihre Blumen pflanzen, ohne schlechtes Gewissen, ohne Scham ...

Die Sehnsucht, die sie durchströmte, war so heftig, dass sie, hätte sie es nicht besser gewusst, geglaubt hätte, noch im Besitz ihrer Seele zu sein.

»Ich nehme die Arbeitsstelle an, Pek Nagredil.«

»Gut. Folgendes ist geschehen. Ein Terraner, der die Welt schon einmal besucht hat, ein gewisser Ahmed Pek Bazargan, ist gestern in seinem fliegenden Schiff in einem Dorf ein Stück südlich von hier gelandet, in Gofkit Jemloe. Er hat darum gebeten, im dortigen großen Hausstand, bei den Voraturs, leben zu dürfen, und er ist bereit, dafür jede Art von Miete zu bezahlen, die sie von ihm verlangen. Die Hausstandsaufsicht hat den Antrag genehmigt, und Hadjil Pek Voratur hat natürlich akzeptiert.«

»Natürlich«, bestätigte Enli. Sogar in Gofkit Shamloe hatte

sie schon von den Voraturs gehört. Sie waren eine große Handelsfamilie, und die Terraner hatten bereits deutlich gemacht, dass sie daran interessiert waren, alle möglichen wundervollen Handelsgüter mit ihnen zu tauschen. Enli hörte sich selbst sprechen und war froh, dass ihre Stimme normal klang.

»Sechs Terraner werden bei den Voraturs wohnen. Neben der Hausstandsaufsicht sind noch viele andere Regierungsabteilungen an dem Besuch der Terraner interessiert, wie du dir vermutlich vorstellen kannst.«

Das konnte Enli allerdings, sehr gut sogar. Beispielsweise würde auch die große Frage wieder aufblühen, ob die Terraner real waren.

»Du wirst ebenfalls im Hausstand der Voraturs wohnen, Pek Brimmidin«, fuhr Pek Nagredil fort, »und du wirst über alles berichten, was die Terraner tun und sagen. Deine Position wird die einer Putzmagd sein, wobei du dich besonders um das Krelmhaus zu kümmern hast, wo die Kinder der Voraturs und der Terraner untergebracht sind.

»Die ... Kinder? *Terranerkinder?*«

»Ja. Du wirst ...«

»Es gibt Terranerkinder? Was für Terranerkinder? Warum bringen die Terraner ihre Kinder mit?«

Zum ersten Mal machte Pek Nagredil einen leicht verlegenen Eindruck. »Sie sagen, dass sie als Weltler erzogen werden sollen. Zusammen mit den Voraturkindern.«

Enli und Pek Nagredil starrten einander an, und das, was beide nicht aussprachen, hing zwischen ihnen in der Luft. Kinder waren nicht von Geburt an real, sie mussten in der gemeinsamen Realität heranwachsen, um an ihr teilhaben zu können. Einigen wenigen tragischen Individuen gelang das nicht, und sie mussten natürlich vernichtet werden. Wenn die Terraner ihre Kinder als Weltler aufwachsen lassen wollten, bedeutete das, dass ihre Kinder real werden sollten? Und bedeutete das wiederum, dass die erwachsenen Terraner noch *nicht* real waren? Dass sie keine Seele hatten?

»An jedem Dezimtag wirst du hier Bericht erstatten«, fuhr Pek Nagredil fort, »und mir alles mitteilen, was du über die Terraner gelernt hast. Jedes Detail, ganz gleich, wie gering es auch erscheinen mag.«

»Pek Nagredil«, platzte Enli heraus, »soll ich auch Informationen sammeln, die zeigen, ob die Terraner real sind oder nicht?«

»Das brauchst du nicht zu wissen«, antwortete Pak Nagredil so ernst, dass Enli seine Schädelwülste leicht pulsieren sah. Sie wusste, dass es stimmte. Sie hatte kein Recht darauf, zu erfahren, welchem Zweck die von ihr gelieferten Informationen dienten. Hätte Pek Nagredil es ihr gesagt, hätte er sie an der Realität teilhaben lassen, und davon hatte sie sich durch ihr Verbrechen selbst ausgeschlossen.

»Ja, Pek Nagredil«, entgegnete Enli. »Ich werde mich morgen früh im Voraturhausstand melden.«

»Du kannst gehen, Pek Brimmidin.« Keine Abschiedsblume.

Nachdenklich radelte Enli von Rafkit Seloe nach Gofkit Jemloe. Im Voraturhausstand erwartete man sie erst morgen, aber niemand hatte ihr gesagt, wann genau. Am besten, sie würde bei Sonnenaufgang dort auftauchen.

Als sie Gofkit Jemloe erreichte, ging die Sonne gerade unter. Enli suchte sich ein stilles Feld, rollte ihren Schlafsack aus und kochte sich über einem kleinen Feuer ihr Abendessen. Während sie arbeitete, blickte sie immer wieder zum Himmel empor. Wieder eine klare Nacht. Vier Monde waren aufgegangen: Ap, einer der schnell erblühenden Sorte, der in einer Nacht mehrmals über den Himmel sauste; Lil, Cut und der schimmernde Obri, Heimat der Ersten Blume. Enli lag auf dem Rücken in ihrem Schlafsack und beobachtete Obri. Die Sonne sank unter den Horizont. Doch so sorgfältig sie auch hinschaute, so angestrengt sie mit ihren scharfen Augen das Firmament absuchte, diesmal wollte sich das geheimnisvolle Blitzen nicht zeigen.

KAPITEL 2

An Bord der *Zeus*

Fünfundvierzigtausend Kilometer über Rafkit Seloe stand David Campbell Allen III. in einem Badezimmer an Bord eines Raumschiffs des Verteidigungsrats der Solarallianz – es nannte sich *Zeus* – und atmete tief und regelmäßig, um seine Panik in den Griff zu bekommen.

Verdammt, so durfte er sich doch nicht fühlen! Er hatte lange und ausführlich über seine Morgendisziplin nachgedacht und sorgfältig seine Neuropharmakamixtur zusammengestellt, um eine dynamische Balance zwischen Stabilität und äußerster Wachheit zu erzielen. Er nahm die neurologische Verantwortung sich selbst gegenüber sehr ernst. (*Der Knabe ist ein selbstgefälliger Tugendbold, Diana*, hatte er seinen Vater einmal sagen hören. Aber sein Vater ließ gern solche Bemerkungen fallen.) Warum war die Mischung dann nicht richtig?

David trat an die Wand und steckte den Finger in seinen Biomonitor, um noch einen Check vorzunehmen. Alle Werte machten einen guten Eindruck: Glutamat, Serotonin, Dopamin, Kortikalsuppressoren, Amygdalaregulator, P15, BDNF, um die synaptischen Verbindungen für die Lernprozesse im Hippocampus zu stärken. Und so weiter. Vielleicht eine Spur zu viel Noraldin, aber durchaus im Rahmen für den Zustand, den er erreichen wollte. Na gut, dann gehörte die Panik wohl ebenfalls dazu. Er würde schon damit zurechtkommen. Tief atmend senkte er den Kopf zum Boden. Heute wollte er in Höchstform sein, sein Bestes geben.

(*Der Junge nimmt sich selbst viel zu ernst. Er ist so steif.*)

Warum dachte er denn die ganze Zeit an seinen Vater?

Auf einmal fiel ihm die Antwort ein. Es lag an diesem *Badezimmer*. In einem Badezimmer hatte er seinem Vater, dem hoch angesehenen Astrophysiker und Träger des Berlinpreises, mitgeteilt, dass er, sein Sohn, nach Princeton ging, um sich dort für das schwammige, unpräzise Fach der Außerirdischenanthropologie einzuschreiben. Das war in der Herrentoilette des Selfridge's Restaurant in Lowell City auf dem Mars gewesen. David hatte sich für seine Ankündigung natürlich nicht ohne Grund eine öffentliche Toilette ausgesucht, denn sie war der einzige Ort, an dem er sicher sein konnte, dass es ein paar Augenblicke dauern würde, ehe sein Vater sich umdrehen und ihn konfrontieren konnte.

»Mr. Allen«, verkündete die Gegensprechanlage jetzt in melodischem Ton, »eine Nachricht für Sie.«

»Bin empfangsbereit.«

»Das Shuttle wird mit fünfminütiger Verspätung eintreffen.«

»Danke. Ende.«

David knotete seine Haare auf dem Kopf zusammen und zog sich die zivile Galauniform des Verteidigungsrats der Solarallianz an. Zivile Uniform, wenn das kein Widerspruch in sich war. Die offizielle Begründung dafür lautete, dass eine wissenschaftliche Expedition immer ein Aushängeschild für das heimatliche Sonnensystem darstellte, ob es sich um eine militärische, politische oder um eine Unternehmung der Transplanetarischen Studienstiftung handelte. Sie erhielten samt und sonders Steuergelder irgendeiner Regierung. Allerdings kannte David auch die inoffizielle Erklärung, nämlich dass die Uniform die Expedition daran erinnern sollte, wofür ihre Teilnehmer standen: für das Sonnensystem als Ganzes, nicht für Mars oder Luna oder den Gürtel oder die Konfuzianische Hegemonie oder die Vereinte Atlantische Föderation oder was sonst zur Auswahl stand. Vereint in der Wissenschaft. Offiziell jedenfalls.

Das Problem war, dass das Äquivalent einer Offiziersuniform für die anthropologische Feldforschung absolut ungeeignet war. Steif, einschüchternd und dann auch noch – Gott steh uns bei! – mit einem kleinen zeremoniellen Schwert ausgestattet. Nun, das würde er garantiert nicht tragen, wenn sie auf Welt landeten. Offensichtlich hatte beim Entwerfen der Uniform niemand daran gedacht, einen Xenowissenschaftler zu befragen. Ein *Schwert!* Genauso gut konnte man in einem Dorf auftauchen und als Erstes mit einer Laserkanone rumballern. War die heutige Veranstaltung vorbei, würde das Team jedenfalls die Kleidung der Ureinwohner tragen.

Zeit zu gehen. Seine erste Reise als Xenologe, einmal abgesehen von seiner Forschungsarbeit an der Universität. Auf jeden Fall ein Bravourstück für seinen ersten Einsatz; die meisten graduierten Studenten mussten sich damit zufrieden geben, ihr Praktikum bei bereits gut erforschten Außerirdischen wie den Tel oder den Sein-Tu abzuleisten. Zahmes, langweiliges Zeug. Aber David Allen kam nach Welt, auf praktisch unberührtes Gebiet. Und er hatte das ganz sich selbst zu verdanken, er hatte seinen Vater kein einziges Mal gebeten, seinen Einfluss geltend zu machen. Genau genommen wusste sein Vater nicht einmal, dass er sich um die Stelle beworben hatte. Was genau seine Aufgabe bei der Expedition sein sollte, war etwas vage formuliert, aber Dr. Bazargan hatte ihm erklärt, dass das unumgänglich war, weil sie Militärs an Bord hatten und sich im Kriegszustand befanden. Es ging um heikle Daten, da war Verschwiegenheit lebensnotwendig.

Zwar hatte David bestätigend genickt, aber in Wirklichkeit war es ihm völlig gleichgültig. Solange sie auf Welt nicht den Fallern begegneten – und man hatte ihm versichert, das würde nicht der Fall sein –, war der Krieg für David so weit entfernt wie für die meisten Leute im Sonnensystem. Nur selten gab es kleinere Scharmützel, und immer anderswo. Er war zu sehr mit seinen Studien beschäftigt gewesen, um sich politisch auf dem Laufenden zu halten. Für die Wissenschaft ging es ohnehin darum, zeitlose Informationen anzuhäufen, sie befasste sich nicht mit vorübergehenden politischen Verwicklungen. Die Wissenschaft stand über allem.

(*Der Knabe ist ein selbstgefälliger Tugendbold, Diana.*)

Aber jetzt war er bereit, es ihnen zu zeigen.

Dr. Ahmed Bazargan begrüßte sein Team, das sich am Shuttledock versammelt hatte. Um sie herum luden die Hydroponikarbeiter massenweise Schnittblumen ins Shuttle. »Guten Morgen, Ann. Kann's losgehen?«

»Unbedingt«, antwortete Mellianni Sikorski mit einem Lächeln. Sie war die Xenobiologin des Teams, Amerikanerin, trotz ihrer Jugend – sie war erst siebenunddreißig – äußerst kompetent und erfahren. Bazargan hatte sich sehr um sie bemüht, denn er hatte schon einmal mit ihr zusammengearbeitet, und sie war eine ruhige und liebenswerte Person. Vielleicht war sie auch einfach nur außergewöhnlich gut in ihrer Disziplin, aber Bazargan glaubte nicht, dass es einzig an ihrer angenehmen Ausstrahlung lag. Ihre stabile Ausgeglichenheit schien tiefer zu gehen, bis zum Fundament ihres Charakters. Bazargan hatte eine Nase für solche Dinge.

Ann Sikorski war auf Xenobiologie und Neurosysteme spezialisiert, bisher ein eher enttäuschendes Wissenschaftsgebiet. Durch die Weltraumtunnel hatten die Menschen sechsunddreißig weitere so genannte intelligente Spezies entdeckt, und fünfunddreißig davon ließen sich als essenziell menschlich bezeichnen. In ihrer Skelettstruktur, ihrer Biochemie, ihrem Genom und ihrer neurologischen Beschaffenheit gab es nur geringfügige Variationen. Die vorherrschende Theorie besagte, dass etwas – eine bestimmte Rasse – der Galaxie einen gemeinsamen pseudomenschlichen Vorfahren geschenkt hatte, der sich in der darauf folgenden Evolution nur aufgrund der unterschiedlichen planetarischen Bedingungen auseinander entwickelte. Die fünfunddreißig intelligenten Spezies rangierten von der Steinzeitkultur bis zur mittleren Industrialisierung.

Das ergab durchaus einen Sinn. Die Wahrscheinlichkeitsrechnung war zwar nicht Bazargans Fachgebiet, aber er verstand das ihr innewohnende Paradoxon: In jeder beliebigen statistischen Verteilung gibt es Einheiten mit einer überdurchschnittlichen Lebenserwartung. Natürlich ließ sich das auch auf Personen mittleren Alters und Spezies mittleren

Alters anwenden. Daher hatte schon immer die Wahrscheinlichkeit bestanden, dass Sol zu den fortgeschritteneren galaktischen Zivilisationen gehörte.

Es sei denn natürlich, irgendeine verschwundene Rasse hatte überall das Leben gesät. Auch das der Faller.

Bazargan beobachtete, wie Ann den Geologen des Teams, Dieter Gruber, anlächelte, der gerade auf sie zukam. Anders als Ann, die ein langes, eher unscheinbares Gesicht hatte (offenbar hatte es in ihrer Familie keine GenoMod-Korrekturen für Schönheit gegeben), war Grubers Körperlichkeit höchst beeindruckend. Aufgrund einer Korrektur? Wahrscheinlich, obwohl diese sehr persönliche Information nicht in den Teamakten vermerkt war. Gruber, ein Deutscher, sah aus wie der Inbegriff eines teutonischen Prinzen: groß, blond, blauäugig, mit einem respektlosen Grinsen. Sein wissenschaftlicher Werdegang war gut, brillant sogar. Talentiert und sympathisch, wenn auch mit einem gelegentlichen Aufflackern von eigensinniger Unabhängigkeit. Dennoch sah Bazargan keine Schwierigkeiten für die Zusammenarbeit mit dem Geologen, der sowieso viel Zeit allein an für ihn besonders interessanten Forschungsorten verbringen würde.

Bei David Allen war sich Bazargan jedoch nicht so sicher.

Der junge Praktikant preschte zu schnell vor. Er war an so vielen verschiedenen Orten groß geworden, dass es eigentlich keine Rolle spielte, in welchem Land oder auf welchem Planeten er geboren war. Bei den Feldversuchen in seiner Studienzeit war ihm durchaus Kompetenz bescheinigt worden, und er besaß auch eine außergewöhnliche Sprachbegabung, besser als Bazargan. In der vorbereitenden Sprachkonfrontation, bei der nach dem Zufallsprinzip chemische und digitale Unterstützung eingesetzt wurden, hatte Allen die Sprache von Welt erstaunlich schnell gemeistert. Selbst beim Erkennen des Gesichts- und Schädelwulstausdrucks der vom ersten Team mitgebrachten Weltleraufzeichnungen hatte er Spitzenleistungen erzielt.

Aber trotz alledem war Allen so gut wie unerprobt, und

etwas an ihm bereitete Bazargan Unbehagen. Seine Intensität, sein glühender Idealismus erweckten in ihm den Verdacht, dass sie gelegentlich in Hysterie ausarten könnten. Diese Eigenschaften waren Bazargan durchaus nicht unbekannt, denn in seinem Heimatland Iran besaßen Politiker, Ayatollahs, Revolutionäre und Generäle sie im Überfluss, und sie hatten dem Iran jahrhundertelang blutige Unruhen beschert. Daher misstraute Bazargan, ein gewissenhafter und systematischer Realist, David Allens Hang zum Idealismus zutiefst. Man brauchte sich nur anzuschauen, wie der Junge die Disziplin ausübte, wie er mehrmals am Tag seine Neuropharmakamixtur überprüfte und damit eine Prozedur, die als Werkzeug für größere Gedankenschärfe gedacht war, zu einer Religion hochstilisierte. Hätte Bazargan die Wahl gehabt, wäre David Allen nicht für die obligatorische Praktikantenstelle herangezogen worden, denn die Expedition hatte auch so schon mit genügend Abnormitäten zu kämpfen.

Aber Bazargan war keine andere Wahl geblieben. Auch die Wissenschaft verfolgte, genau wie der Verteidigungsrat der Solarallianz, ihre eigene Politik. Anthropologie litt unter einem notorischen Mangel an Fördermitteln. Es herrschte Krieg (irgendeinen Krieg gab es immer). Und als von der Transplanetarischen Studienstiftung die Nachricht kam: *David Campbell Allens Vater wünscht, dass sein Sohn an dieser Expedition teilnimmt. Die finanzielle Unterstützung könnte davon abhängen*, hatte Bazargan das Beste daraus gemacht. David Allen würde als zweiter Anthropologe an der Kinderstudie arbeiten.

Natürlich war Bazargan fest davon ausgegangen, dass diese Studie von der Mutter der beiden Babys geleitet würde. Aber die Anthropologin Dr. Hannah Mason war bei einem Stromunfall an Bord der *Zeus* ums Leben gekommen, und so hatte sich Bazargan, der sein kleines Team so effizient wie möglich einsetzen musste, wohl oder übel mit David Allen abfinden müssen, weil Allen senior darauf bestand.

Dafür hatte Bazargan Verständnis, denn so funktionierte es auch im Iran bis heute: Zuerst kam immer die Familie. Aber er fragte sich, ob der Junge Bescheid wusste. Wahrscheinlich nicht. Bazargan hatte den Eindruck, dass David Allen großes Talent besaß, wenn es darum ging, sich selbst etwas vorzumachen.

»Tut mir Leid, dass ich zu spät komme«, sagte David.

»Sie kommen nicht zu spät«, entgegnete Bazargan freundlich. »Leila hat die Zwillinge auch noch nicht runtergebracht.«

»Hallo David«, sagte Ann und lächelte ihn an. »Bereit zur Landung?«

»Hundertprozentig. Wie ich sehe, tragen Sie Ihr Schwert auch nicht.«

»Ein Schwert«, wiederholte Dieter Gruber grinsend. »Na ja, wenigstens müssen wir uns nicht gegen Schlingschaum oder Protonenstrahlen wappnen.«

»Was haben sich die Designer eigentlich dabei gedacht?«, meinte Ann.

»Vermutlich hatten sie nur die Solarallianz im Sinn«, vermutete Allen. »Vielleicht wollte man uns auch mit Hilfe der Uniform ins Gedächtnis rufen, dass wir trotz unserer verschiedenen Regierungen im Grunde zusammengehören.«

»Was nur *ein* Grund dafür wäre, dass Sie ein Schwert tragen sollten«, mischte sich eine andere Stimme hinter Bazargan ein. »Eine Uniform ist kein Menu à la carte, junger Mann.«

Bazargan drehte sich um, obwohl er genau wusste, wer da eben gesprochen hatte – der autoritäre Ton war unverkennbar. Es war Colonel Dr. Syree Johnson, Militärphysikerin, Chefin dieser wissenschaftlichen Expedition, obwohl sie nicht mit den anderen auf den Planeten hinuntergehen würde. Warum nicht? *Es geht um Weltraumphysik,* hatte man Bazargan erklärt, vage und wenig überzeugend. Das war eine der Abnormitäten dieser Unternehmung.

David Allen errötete. »Ein Schwert ist für experimentelle Felduntersuchungen wenig geeignet, Colonel. Es vermittelt den Einwohnern die negative Botschaft, dass wir in feindlicher Absicht kommen.«

»Es ist Teil der Galauniform, die zu besonderen Anlässen

getragen wird«, entgegnete Colonel Johnson. »Und wenn das wissenschaftliche Team zum ersten Mal mit den Ureinwohnern zusammentrifft, ist ein solcher Anlass gegeben. Für Ihre Feldforschung zwingt Sie keiner, sie zu tragen.«

Viel zu hitzig begann Allen: »Aber ich finde es wichtig, dass wir ...«

»Holen Sie Ihr Schwert«, fiel ihm Bazargan ins Wort. »Sie beide ebenfalls, Ann und Dieter. Und ich hole meines.«

Ann und Gruber nickten und machten sich auf den Weg zu ihrem Quartier. Mit immer noch knallrotem Kopf kniff David die Lippen zusammen, gehorchte aber ebenfalls. Bazargan war neugierig gewesen, ob er klein beigeben würde.

Als die drei, das Schwert an der Seite, wieder zurückkamen, war Colonel Johnson in einer Besprechung mit Commander Rafael Peres, dem Captain der *Zeus,* und Chefingenieur Major Canton Lee. Schmollend, aber sehr leise bemerkte David Allen: »Bitte schön, ich habe mich unserer Chefin zuliebe angemessen bewaffnet. Warum hinkt sie eigentlich?«

»Keine Ahnung«, antwortete Bazargan, obwohl er es sehr wohl wusste.

»Man kann sich doch leicht ein Ersatzbein wachsen lassen, und die Allianz würde es sogar bezahlen. Wirkt irgendwie affig, wenn man sich so ein Hinken nicht wegmachen lässt.«

»Da kommt Leila«, stellte Bazargan betont fest.

Corporal Leila DiSilvo betrat das Flugdock, die Zwillinge vor sich her schiebend. Ben und Bonnie Mason lagen in einem Doppelflugsitz und schliefen. Ann blickte auf die beiden vierzehn Monate alten Babys hinab, die bereits für den Landungsflug angeschnallt waren. »Die armen Würstchen.«

»Was ist ein Würstchen?«, wollte Allen wissen. Noch immer war seiner Stimme eine Spur Trotz anzuhören, die von der Begegnung mit Colonel Johnson übrig geblieben war. »Und warum sind sie arm?«

»Ein Würstchen ist ursprünglich ein typisches terranisches Nahrungsmittel, das aber nicht mehr sehr häufig verwendet wird. Und arm sind sie, weil jedes Kind, das seine Mutter verliert und seinen Vater nie kannte, arm dran ist.«

»Das würden Sie bestimmt nicht sagen, wenn sie meine Eltern gehabt hätten«, meinte Allen, und Bazargan sah, dass der Junge augenblicklich bereute, was er gesagt hatte. Er wollte auf gar keinen Fall, dass Ann Sikorski, die zehn Jahre älter und eine Frau war, ihn bemitleidete. Taktvoll wie immer entgegnete Ann leichthin: »Ben und Bonnie haben ja zum Glück Sie und dazu noch die Weltlerkinder.«

Bazargan lächelte. Amerikaner nahmen die Familie immer auf die leichte Schulter. Er war das gewohnt, aber er verstand es immer noch nicht.

Inzwischen hatte Colonel Johnson ihr Gespräch mit den Schiffsoffizieren beendet und wandte sich wieder an Bazargan. »Viel Glück, Doktor.«

»Danke, Colonel.«

»Sollen wir die Notfallrückrufsignale noch einmal durchgehen?«

»Nein, wir sind gut vorbereitet.«

»Dann möge Allah mit Ihnen sein.«

Bazargan war überrascht. Offensichtlich war Colonel Johnson doch mehr als nur eine gestrenge Vorgesetzte.

»Danke, Ann, David, Dieter ... Auf geht's!«

Als das Shuttle mit dem allseits beliebten gelassenen Captain Daniel Austen als Piloten von der *Zeus* ablegte, blickten alle auf den Planeten unter ihnen. Wie so oft in nachdenklichen Momenten ging Bazargan ein persisches Gedicht durch den Kopf: *Fürchte dich vor dem Unglück, wenn alles schön und klar erscheint, denn das Leichte ist allzu bald kummervoll, verwandelt durch die Kraft der Furcht.* Khusrau, elftes Jahrhundert.

Dabei gab es wirklich keinen Grund, auf Welt, dieser idyllischsten Zivilisation, die je von Wissenschaftlern entdeckt worden war, Furcht und Kummer zu erwarten. Der Planet war üppig und fruchtbar, die monolithische (warum eigentlich?) Zivilisation friedlich und angenehm. Nein, es handelte sich lediglich um eine routinemäßige Forschungsreise.

Daten zusammentragen, nach Hause fahren, analysieren, veröffentlichen.

Und dennoch ... Da waren diese Abnormitäten. Warum war das letzte Expeditionsteam bereits nach zwei Wochen auf die Erde zurückbeordert worden? Die Wissenschaftler waren von einer ungünstigen Entwicklung im Krieg ausgegangen und hatten sich ohne Zweifel auf der ganzen acht E-Tage dauernden Rückreise von Welt durch den Tunnel 438 Sorgen gemacht. Aber es hatte keine gefährliche Kriegssituation gegeben. Weder das noch eine glaubwürdige Erklärung für den hastigen Aufbruch. Die Wissenschaftler an Bord hatten gewettert und Petitionen eingereicht und an offizieller Stelle Beschwerde eingelegt. Das Team hatte auch nie etwas veröffentlicht – »unzureichende Daten«, lautete die Begründung.

Die Wissenschaftler hatten nie eine Übereinkunft unter sich erreicht, was das Hauptproblem der Weltlerkultur war: Warum war sie so einheitlich? War die »geteilte Realität«, von der die Weltler beherrscht wurden, ein politischer Kontrollmechanismus oder – das hoffte jedenfalls Ann – tatsächlich eine einmalige biologische Entwicklung in der Evolution der Außerirdischen?

Unzureichende Daten.

Warum war dieses Ersatzteam so klein? Warum war es so eilig und verstohlen zusammengestellt worden?

Unzureichende Daten.

Warum gab es mehr Militärphysiker im Team als Anthropologen, wenn es doch eine anthropologische Expedition sein sollte – und warum wurden die Militärphysiker in der Namensliste des Schiffs darüber hinaus auch noch als ›Chefingenieur‹, ›Dritter Offizier‹ und ›Shuttlepilot‹ aufgeführt? Bazargan hatte seine eigenen Informationsquellen; im Iran konnte man ohne sie nicht überleben. Aber warum hielt man diese ganze Geheimniskrämerei für notwendig?

Unzureichende Daten.

Bazargan wandte sich an Gruber, Allen und Ann, die neben ihm in ihren Shuttlesitzen angeschnallt waren, zwischen

Massen gentechnisch aufbereiteter roter Rosen, gelber Dahlien und orangefarbener Schneebälle. »Wenn wir auf dem Planeten gelandet sind, können Sie Ihre Schwerter ruhig im Shuttle lassen.«

Syree Johnson verfolgte die Flugbahn des Shuttles auf den Displays der Brücke. Automatisch ging sie in Gedanken die Planetendaten durch. 0,69 astronomische Einheiten vom Zentralgestirn entfernt, einer G8-Sonne, die pro Flächeneinheit 0,48 der Energiemenge von Sol emittierte. Die Energie traf mit einer Intensität von maximal 0,66 Mikrometer auf dem Planeten auf, vergleichbar in etwa mit den Verhältnissen auf der Erde. 0,73 Prozent der terranischen Masse, 5740 Kilometer im Durchmesser, ein Neuntel der terranischen Schwerkraft auf der Planetenoberfläche. Rotation von 26,2 terranischen Stunden, Periode von 213 Rotationen, Neigung zur Ekliptik 3,2 Grad. Eine fast den ganzen Äquator umspannende Hauptlandmasse plus mehrere der Küste vorgelagerte Inseln, einige davon recht groß. Unauffällige Zusammensetzung, abgesehen von einer starken Radioaktivität im zweithöchsten Gebirgszug, die durch die Detektoren der *Zeus* anhand des Neutrinostroms identifiziert worden war.

Nichts davon spielte wirklich eine Rolle.

Auch wenn die Anthropologen etwas anderes glaubten, war das einzig Interessante an ›Welt‹ etwas, was nur Syree, ihrem Team von Militärphysikern und Commander Peres bekannt war. Etwas von potenziell so großer Reichweite, dass die Mittel für die Expedition zu diesem primitiven Planeten in einer entlegenen Sektion an einem wenig bereisten Weltraumtunnel umgehend bereitgestellt worden waren. Etwas, was das Kräfteverhältnis im Krieg gegen die Faller, diese sonderbaren, äußerst aggressiven und gefährlichen Außerirdischen, vielleicht zu ihren Gunsten verändern konnte.

Der Planet, den seine Bewohner ethnozentrisch ›Welt‹ nannten, hatte sieben Monde. Nur war einer davon gar kein Mond.

Und jetzt, da die Anthropologen die *Zeus* verlassen hatten, konnten sich Syree und ihr Team an die Arbeit machen, um herauszufinden, was dieser siebte Mond eigentlich war. Sie hatte bereits eine Hypothese, und nun stand sie vor der Aufgabe, sie zu beweisen.

KAPITEL 3

Gofkit Jemloe

Ganz Gofkit Jemloe war auf den Beinen, um die Terraner willkommen zu heißen. Enli wurde schnell klar, dass Hadjil Pek Voratur ein sehr wichtiger Mann war. Ein paar Schritte vor dem Dorfpriester, einem kleinen Mann mit unförmigen Ohren, dessen Namen Enli vergessen hatte, ging er auf die Terraner zu.

Pek Voratur war groß und stattlich, seine wohlgenährte Haut sah aus wie eingeölt und sein Nackenfell war es ohne Zweifel. Zu seiner handgewebten Tunika trug er eine prächtige gewebte Weste, bestimmt ein Import von der Insel Seuril, einen goldverzierten Gürtel und einen flachen, breiten, mit perfekten Sajiblüten besteckten Hut. Neben ihm schritt seine Frau Alu Pek Voratur in ähnlicher Pracht. Beide trugen große Bündel vollendet schöner Blumen in den Willkommensfarben Gelb und Orange und dazu ein Sträußchen blauer Frimpilblumen, um die Gäste zu segnen. Eigentlich hätte der Priester die Sträußchen tragen sollen. Daraus, dass Pek Voratur es an seiner Stelle tat, konnte Enli eine ganze Menge über diesen Mann entnehmen.

Aber ihr Interesse galt eigentlich nicht Pek Voratur. Schließlich gab es heute Terraner zu sehen.

Auf den ersten Blick waren sie eine Enttäuschung. Sie ähnelten viel zu sehr realen Leuten (oder eher Leuten, die sich bereits als real erwiesen hatten, rief Enli sich ins Gedächtnis, denn dieser Unterschied war ja der Grund, warum sie überhaupt hier war). Groß, aber nicht monströs, wie hinter vorgehaltener Hand gemunkelt worden war. Zwei Arme, zwei Beine, Torso, Kopf, zwei Augen, ein Mund ... Insgeheim hatte Enli sich Monster erhofft. Oder wenigstens etwas richtig Exotisches.

Pek Bazargan hat den Dienern der Ersten Blume erzählt, dass Weltler und Terraner vor langer Zeit aus den gleichen Samen hervorgegangen sind, hatte Pek Voratur seinem versammelten Hausstand berichtet, aber Enli war sonnenklar gewesen, dass er diese Ansicht für Unsinn hielt. Wie hätte es auch anders sein können? Was für eine absurde Idee! Wenn die Terraner an solche Dinge glaubten, würden die Priester vom Ministerium für Realität und Sühne aller Wahrscheinlichkeit nach ziemlich rasch zu dem Schluss kommen, dass sie unreal waren. Doch die Terraner hatten eine Chance verdient. Immerhin standen hier Seelen auf dem Spiel.

Enli reckte den Hals, um über die Menge hinwegzusehen, denn als einfache Putzmagd stand sie ziemlich weit hinten. Aber zum Glück war sie recht groß.

Langsam schritten die Terraner von ihrem fliegenden Schiff auf Gofkit Jemloe zu. Jetzt wirkten sie schon deutlich fremder: Ihre Haut hatte unterschiedliche Braunschattierungen, von Graubraun bis Erdbraun, nicht das normale Hellgelb. Ihre Stirn war seltsam flach. Doch das Schockierendste war, dass sie kein Nackenfall hatten, sondern einen Pelz oben auf dem Kopf, sodass ihre Schädelwülste ganz davon bedeckt waren. Dieses Kopffell war allem Anschein nach so lang, dass es zu einer Art Bündel zusammengezurrt werden konnte. Ganz hübsch, wenn es einem nichts ausmachte, dass man den Ausdruck des anderen nie erkennen konnte.

Anscheinend wussten die Terraner genug von Welt, um gelbe und orangefarbene Blumen mitzubringen, Massen von Blüten, die Enli noch nie gesehen hatte. Wenn sie Pek Voratur Samen dieser Pflanzen schenkten, dann war er der reichste Mann der Welt!

Einer der Terraner schob einen kleinen Karren vor sich her, ein hässliches Gefährt, gerade und praktisch geformt. Über dem Karren lag eine Decke, und darauf waren noch mehr Blumen, aber Enli konnte nicht sehen, was sich darunter befand. Schließlich trafen Terraner und Weltler aufeinander, und Enli spitzte angestrengt die Ohren.

»Ich ehre eure Blumen«, sagte Pek Voratur. Er sprach vor dem Bürgermeister und vor dem Priester! Aber keiner zuckte zusammen unter dem scharfen stechenden Kopfschmerz, den Enli so gut kannte; die geteilte Realität war also nicht verletzt worden. Es musste wohl alles abgesprochen und einstudiert worden sein.

Der älteste Terraner, vermutlich ein Mann, antwortete korrekt: »Ich erfreue mich an euren Blüten.« Zwar klang sein Akzent seltsam, aber auch nicht seltsamer als der der Inselbewohner aus Coe Lijil.

»Ich heiße euch willkommen bei den Blumen unseres Hausstands«, sagte Alu Pek Voratur.

»Eure schönen Blüten erfreuen meinen Geist«, erwiderte ein anderer Terraner. Enli kam zu dem Schluss, dass das eine Frau sein musste.

»Möge euer Garten immer blühen«, sagte der Bürgermeister.

»Die Blütenblätter eurer Blumen sind schön«, fügte ein dritter Terraner hinzu, der sehr groß war und mit einem schrecklichen Akzent sprach. Kannten diese Leute denn keine anderen Blumenworte als ›schön‹? Waren sie womöglich dumm?

»Eure Blumen beglücken mein Herz«, sagte der Priester.

»Mögen eure Blüten stets die Seelen eurer Vorfahren ergötzen«, erwiderte der letzte Terraner, der den Karren schob. Sein Akzent war recht gut.

»Ich bin Hadjil Pek Voratur. Ich heiße euch willkommen bei den Blumen meines Hausstands.«

»Ich bin Ahmed Pek Bazargan. Ich heiße euch willkommen bei den Blumen meines Herzens.«

So nahm die Zeremonie weiter ihren Lauf, gefolgt vom rituellen Austausch der Blumen. Enli merkte sich alles für ihren Bericht. Die Terraner *benahmen* sich jedenfalls zweifellos real.

Schließlich entfernte Pek Voratur eine Decke von einem Weltlerkarren – wesentlich attraktiver in seiner geschwungenen Form als der der Terraner – und meinte förmlich: »Hier sind die Kinder meines Hausstands.«

Natürlich meinte er damit die, die noch zu klein waren, um für real erklärt zu werden, all jene, die noch im Krelmhaus isoliert aufwuchsen. Davon gab es hier sieben: vier, die bereits laufen konnten, und drei im Krabbelalter. Schüchtern spähten sie aus dem Karren. Ein kleines Mädchen bekam sogar Angst und verzog das Gesicht, als wollte es weinen; die älteren Kinder waren es nicht gewohnt, sich außerhalb des Krelmhauses aufzuhalten. Nur die Babys schienen unbeeindruckt zu sein, zwei starrten mit großen dunklen Augen umher, eines schlief, eingekuschelt in seinem Körbchen.

»Hier sind die Kinder meines Hausstands«, sagte Pek Bazargan, und der Terraner, der den Karren schob, zog die Decke beiseite.

Zum Vorschein kamen zwei Babys, wesentlich rundlicher und größer als die Weltlerbabys. Auch ihnen fehlte das Nackenfell, doch da sie obendrein kaum Kopffell hatten, wirkten sie auf Enli normaler als die terranischen Erwachsenen. Ihre Augen waren blass, aber erfüllt von einem strahlenden Licht, wie Reflexe auf klarem Wasser. Beide sahen sich mit dem gleichen großäugigen, konzentrierten Blick um wie die Weltlerbabys, was sie noch liebenswerter machte. Einige in der Menge begannen leise zu summen, *»hhhhmmmmmmmmmmm«,* und lächelten die hübschen Kinder unwillkürlich an.

Wenn Enli zu den Leuten gehört hätte, die in einem Pelhaus Wetten abschließen, dann hätte sie jetzt ihr Geld darauf gesetzt, dass die Terraner für real erklärt wurden.

»Lasst uns nun nach Hause gehen«, sagte Pek Voratur, und alle wechselten dem Rang nach die Positionen, um den fremden Gästen zum Voraturhaus zu folgen. Enli nahm ihren Platz am weitesten von den Würdenträgern entfernt ein, am hinteren rechten Ende der sich fächerförmig anordnenden Menge. Zufällig konnte sie von hier aus sehr gut beobachten, was als Nächstes geschah.

»Schaut! Seht doch, seht!«, rief das Kind und rannte auf sie zu. Es war ein Mädchen, bestimmt schon über acht Jahre alt und groß für sein Alter. Sein Hemd war zerrissen, Kleidung und Gesicht dreckverschmiert, geronnenes Blut klebte auf seinen Armen. Ständig lief ihm Speichel aus dem Mund. Enli sah weg. Die Augen des Kindes waren wild und leer, ohne Seele. Zweifellos war es unreal, und seine Familie hatte die notwendige Zeremonie noch nicht abgehalten. Warum wartete sie so lange? Das war doch grausam, das hätte verboten werden müssen.

Niemand sah das Mädchen an. Die Menge bewegte sich weiter wie zuvor, langsam auf das Haus von Hadjil Pek Voratur zu, leise plaudernd oder summend. Aber dann strömte eine Woge des Kummers über die Versammelten hinweg wie Wind im hohen Gras. Enli spürte es in allen Poren. Die dunklen Augen um sie herum wurden tiefer und trauerten gemeinsam, in geteilter Realität.

Das Mädchen blieb stehen, sah die Terranerbabys und stieß ein leises gurgelndes »Oooooo« aus. Anscheinend war es nicht imstande, sich artikulierter auszudrücken. Es strebte auf die terranischen Gäste zu.

Schweigend, ohne den Rhythmus ihrer Schritte zu verändern, ohne diese unreale und leere Hülle auch nur eines Blickes zu würdigen, hinderten die Weltler sie daran. Die Menge wogte und floss so weiter, dass sich immer ein oder zwei Erwachsene zwischen dem Mädchen und dem Karren mit den Terranerbabys befanden. Das Mädchen schubste und stieß mit dem Kopf, aber es gelang ihm nicht durchzubrechen. Schließlich blieb es stehen und brach in lautes Jammern aus. Die Weltler hörten es nicht. Die Menge bewegte sich weiter voran.

Und dann geschah es. Der Terraner, der den Kinderkarren schob, David Pek Allen, blieb stehen und *lächelte die unreale Hülle an!*

»Sie kann sich die Babys doch ruhig anschauen«, sagte er. »Ich halte sie fest, dann kann sie ihnen nichts tun.«

Alle erstarrten.

Pek Allen griff zwischen zwei Männern hindurch nach dem Mädchen und packte es am Arm, zog sie vorwärts, hinderte sie aber gleichzeitig daran, zu nahe zu kommen. »Siehst du, kleines Mädchen? Das sind Terranerkinder.«

Enli spürte, wie ihr Kopf zu schmerzen begann, trotz der Regierungspillen. Wie würde es erst für die anderen sein, die nicht unter Medikamenten standen? Mehrere Gesichter verzerrten sich bereits, eine alte Frau schloss die Augen und drückte die verwitterten Hände gegen die Stirn. *Spürte* Pek Allen denn überhaupt nicht, wie er die geteilte Realität verletzte? Fühlte er es nicht in seinem Kopf, empfand er nicht das Unbehagen zwischen den Augen, das sich rasch zu Schmerz ausweitete, weil man mit dem Dorf, mit der Realität nicht mehr im Gleichglauben war?

Aber Pek Allen lächelte weiter und plauderte munter auf das unreale Ding neben ihm ein.

Das konnte nur eines bedeuten: Pek Allen teilte die Realität nicht mit den anderen. Er war selbst unreal.

Enlis Gedanken rasten. War das die Antwort – so *schnell?* Nein, nein ... Die anderen Terraner hatten mit dem unrealen Kind keinen Kontakt aufgenommen. Pek Bazargan ging sogar gerade jetzt auf Pek Allen zu und legte ihm mahnend die Hand auf den Arm. Er sprach mit ihm, allerdings so leise, dass die Menge es nicht hören konnte. Unter seinem absurden Kopffell verfärbte sich Pek Allens Gesicht daraufhin rötlich, aber er ließ den Arm des Mädchens los.

Jetzt drängte sich jemand zwischen das Mädchen und die Terraner. Dann noch jemand. Ein Mann trat vor, die Schultern gebeugt in der Haltung tiefster Sühne. Schließlich war das unreale Mädchen verschwunden.

Erneut bewegte sich die Menge vorwärts, die geteilte Realität war wiederhergestellt. Jetzt handelten alle wieder aus dem Glauben heraus. An den Gesichtern derer, die ihr am nächsten waren, sah Enli, wie die Kopfschmerzen nachließen. Ein Mann, der sich krampfhaft den Bauch gehalten hatte – manche Leute spürten den Schmerz auch in den Eingeweiden –, entspannte die Arme wieder. Trotzdem war die Menge nicht mehr dieselbe wie zuvor. Enli spürte es, die Unsicherheit, den Stress. Alle hielten etwas mehr Abstand zu den Terranern.

So gelangte die Willkommensprozession zu den Toren des Voraturhausstands, und die Fremdlinge traten ein.

Die Spitzeltätigkeit war unerwartet schwierig.

Bei ihren anderen Arbeitsstellen hatte Enli immer nur Informationen über eine einzelne Person gesammelt. Aber jetzt waren es vier Terraner, die Babys nicht mitgerechnet, und sie waren oft nicht zusammen. Wie sollte sie an vier Orten gleichzeitig sein? Das war schlicht unmöglich. Das Ministerium für Realität und Sühne verlangte zu viel von ihr. Außerdem machte es ihr die Art der Terraner auch nicht leichter.

Der große Terraner, Dieter Pek Gruber, gehörte nicht mal richtig zum Hausstand. Man hatte ihm ein Zimmer gegeben, in dem er eine Menge Objekte unbekannten Zwecks aufgestellt hatte. Dann radelte er auf dem schönsten Fahrrad davon, das Enli jemals zu Gesicht bekommen hatte, und zwar ins Neurygebirge, um »nach Steinen zu suchen«. Wozu sollte das denn gut sein? Hier in Gofkit Jemloe gab es doch genug Steine. Die Bauern klaubten sie aus den Feldern und schichteten grobe Mäuerchen damit auf. Steine erstickten den Fluss, brachten Fahrräder zum Umkippen und sprenkelten das Moor. Warum musste der Terraner den ganzen Weg ins Neurygebirge zurücklegen, um von dort welche zu holen? Das heilige Neurygebirge, der Ort, an dem die Erste Blume wohnte, seit sie von Obri herabgekommen waren, war außerdem ungesund, das wusste jeder. Traute man sich dorthin, wurde man für gewöhnlich krank und starb. Das Nackenfell fiel aus, auf dem Körper bildeten sich fieberheiße Schwären, der Hals schwoll an, die Zunge wurde schwarz. So schützte die Erste Blume ihre heiligen Beete. Das alles hatte man Pek

Gruber natürlich mitgeteilt. Aber er ließ sich seine Unternehmung nicht ausreden. *Wegen irgendwelcher Steine!*

Dann war da der jüngste Terraner, David Pek Allen, dessen Verhalten bei der Willkommensprozession schwere Zweifel hatte aufkommen lassen. Er arbeitete, aß und schlief im Krelmhaus, zusammen mit den beiden Terranerbabys und den sieben Voraturkindern, die noch nicht für real erklärt worden waren. Auf den Dörfern wurden Kinder mit liebevoller Beiläufigkeit behandelt, sie wurden versorgt, während die Erwachsenen arbeiteten und spielten, aber in reichen Familien war das anders. Das Krelmhaus lag separat, getrennt von dem großen Haus, und hatte seine eigenen Gärten und Innenhöfe. Bis ein Diener der Ersten Blume beglaubigte, dass es den Voraturkindern tatsächlich Unbehagen verursachte, wenn sie aus dem Glauben gerieten, wurden die Kinder von der geteilten Realität ausgeschlossen. Ihre Eltern besuchten sie fast jeden Tag, ansonsten besaß das Krelmhaus einen eigenen Stab an Kinderpflegerinnen, eine Köchin und mehrere Putzmägde. Auch Enli war dem Krelmhaus zugeordnet. Aber in der letzten Dezime hatte sie Pek Allen kein einziges Mal zu Gesicht bekommen.

Blieben also Ahmed Pek Bazargan und Ann Pek Sikorski. Als Ehrengäste wohnten sie wenigstens in dem großen, weitläufigen Haus. Aber Pek Bazargan begleitete fast immer entweder Pek Voratur oder seine Frau: zu den Docks, als die Handelsflotte der Voraturs in See stach, zum Markt, in den Garten, nach Rafkit Seloe, zu einem Besuch bei Freunden. Nur sehr selten war Pek Bazargan einmal zu Hause. Und selbst wenn er da war, konnte Enli nicht viel über ihn in Erfahrung bringen. Putzmägde putzten die Zimmer nicht ausgerechnet dann, wenn sich derjenige, der dort wohnte, gerade darin aufhielt.

Pek Sikorskis Zimmer putzte Enli zum Beispiel gar nicht. Die Terranerin hatte eine kleine Wohnung an einem der Höfe nahe der Außenmauer, die den riesigen Hausstand umschloss. Ein Zimmer war Pek Sikorskis Privatgemach, die beiden anderen hatte sie mit seltsamen Objekten und obendrein mit Tieren und Pflanzen angefüllt, die sie tötete und zerschnitt. Nun, Pek Sikorski war eine Heilerin, und auf diese Weise stellten Heilerinnen eben ihre Pillen und Tränke her. Aber die Terranerin hatte Pek Voratur gebeten, dafür zu sorgen, dass niemand ihre Arbeitsräume betrat, nicht einmal zum Saubermachen. Wahrscheinlich wollte sie nicht, dass jemand ihr die Heiltränke stahl, bevor sie diese an die Weltler verkaufen konnte. Niemand konnte ihr deswegen einen Vorwurf machen. Trotzdem bedeutete es, dass Enli am Ende der ersten Dezime, als sie Pek Nagredil Bericht erstatten musste, nicht wirklich etwas zu erzählen hatte. Bestenfalls hatte sie einen Blick auf die Terraner erhascht, wenn diese durch die Korridore und Innenhöfe eilten.

Bedrückt radelte sie nach Rafkit Seloe. Die Fahrt erschien ihr lange und ermüdend. Wie nicht anders zu erwarten, war Pek Nagredil nicht mit ihr zufrieden.

»Du hast nichts an den Terranern beobachtet? Überhaupt nichts?«

»Ich habe ja bereits von der Willkommensprozession berichtet«, meinte Enli kleinlaut.

»Die Sonnenblitzer haben uns schon von der Gastfreundschaftsprozession erzählt«, erwiderte er, was natürlich stimmte. Enli hatte gesehen, wie eine Frau in der Tunika des Ministeriums für Chroniken und Sonnenblitzer auf ihrem Fahrrad nach Rafkit Seloe gebraust war. Von dort waren die Neuigkeiten mit Spiegelglas von Hügelturm zu Hügelturm über ganz Welt weitergegeben worden. Vor Anbruch der Nacht war die Willkommensprozedur der Voraturs bereits geteilte Realität.

»Ich hab erzählt, dass die Terraner im Voraturhausstand Privatgemächer bekommen haben«, sagte Enli leise.

»Aber sonst nichts? Nicht einmal, dass Pek Sikorski den Küchenjungen losgeschickt hat, um Frebs zu fangen, und die Tiere dann getötet hat?«

»Woher weißt du das?«

»Pek Brimmidin«, sagte Pek Nagredil streng, »du bist nicht die einzige Informantin, die wir im Voraturhausstand beschäftigen.«

Auf einmal kam Enli sich sehr dumm vor. Selbstverständlich war sie nicht die Einzige. Für so eine wichtige Aufgabe verließ sich das Ministerium für Realität und Sühne doch nicht auf nur eine einzige Informantin. Aber wer waren die anderen? Sie wusste genau, dass es sich nicht lohnte, danach zu fragen.

Pek Nagredil durchquerte sein kleines Büro, berührte geistesabwesend eine Statue, betrachtete mit zusammengekniffenen Augen einen Wandbehang. Sein Nackenfall war schlecht gekämmt. Seine Schädelwülste zogen sich zusammen. Enli wartete.

Schließlich sagte Pek Nagredil: »Wir müssen etwas anderes ausprobieren. Ich möchte, dass du Folgendes tust, Pek Brimmidin.«

Mit diesen Worten schloss er eine schwere Holztruhe in der Ecke des Zimmers auf.

Enli wartete bis zum Nachmittag. Für gewöhnlich war um diese Zeit der größte Teil der Putzroutine erledigt, und die Familie war oft außer Haus. Leise schlüpfte sie durch das Labyrinth der ineinander übergehenden Innenhöfe und Gärten zu Pek Sikorskis Wohnung in der Nähe der Ostmauer. Die Terranerin arbeitete an ihrer Werkbank. Ein toter Freb war auf ein Brett genagelt, sein Bauch aufgeschlitzt, sodass man die Innereien sah, von denen ein Teil bereits fehlte. Überall lagen fremdartige Gegenstände herum. Enli stampfte leicht mit dem Fuß auf, um auf sich aufmerksam zu machen.

»Oh!«, sagte Pek Sikorski und wandte sich rasch um. »Wer bist du denn?«

»Enli Pek Brimmidin, Hausstandsputzmagd«, antwortete Enli demütig. »Bitte verzeih, wenn ich dich erschreckt habe.«

»Komm herein«, sagte Pek Sikorski. Sie hatte gute Manieren, und auch jetzt pflückte sie rasch eine gelbe Pajalblüte vom Willkommensbusch neben der Tür und reichte sie Enli. »Ich heiße dich willkommen bei den Blumen meiner Wohnung.«

»Deine Blüten erfreuen meine Seele«, erwiderte Enli, während sie die Blume entgegennahm. Gleichzeitig spürte sie ein scharfes Stechen zwischen den Augen, trotz der Pillen. Ihre Worte verletzten die geteilte Realität. Sie hatte ja keine Seele, solange sie unreal war.

Pek Sikorski wartete. Ohne Zweifel ging sie davon aus, dass Enli ihr ebenfalls eine Blume überreichen würde. Nun, dafür war Enli gekommen. Aber einen Moment zögerte sie, von neuem überwältigt, wie sonderbar eine Terranerin aus der Nähe aussah.

Pek Sikorski hatte helles Fell über den Augen und auch auf dem Kopf. Und wie dicht und lang dieses Fell war. Statt wie bei der Begrüßungsprozession auf ihrem Kopf zusammengebunden zu sein, fiel es heute weit über ihren Rücken. Am seltsamsten war aber immer noch ihr nackter Nacken. Wurde einem da nicht kalt? Und fühlte man sich nicht unanständig, wenn man sich so zur Schau stellte? Für gewöhnlich sahen nur Leute, mit denen man eine ganz intime Beziehung hatte, den Hals eines anderen: Mütter, die ihre Babys dort küssten, Liebhaber, die gegenseitig zärtlich ihre Körper erforschten.

Außerdem roch die Terranerin auch komisch. Nicht unangenehm, nur komisch, auf eine Art, die Enli nicht beschreiben konnte.

Und dann war da noch dieses kleine Loch in der weichen hässlichen Verlängerung ihres Ohrs. Wozu diente das wohl? Und die Verlängerungen überhaupt? Waren die eine Missbildung?

»Pek Brimmidin?«, fragte die Terranerin leise.

»Verzeih, mein dummes Hirn hat gerade geflimmert«, sagte Enli verlegen. »Nimm diese Blume eines Gastes, Pek Sikorski.« Sie streckte die Handfläche aus, auf der ein weißes Stück Stoff lag. Vorsichtig packte sie die Blüte aus, die Pek Nagredil aus der verschlossenen Truhe geholt hatte.

Die Blume war getrocknet, nicht frisch, und so etwas wurde eigentlich nur bei den heiligsten Zeremonien von den heiligsten Priestern benutzt. Das Trocknen hatte die Blüte perfekt erhalten: die kleinen karminroten Blütenblätter, der lange geschwungene Stempel. Lässig griff Pek Sikorski danach. »Die Farbe ist wunderschön ...«

Kein Zweifel, die Terranerin wusste nicht, was sie da vor sich hatte.

»Bitte, berühr sie nicht!«, fiel Enli ihr ins Wort. Verwundert zog die Terranerin die Hand zurück. »Die Blütenblätter sind giftig.«

Pek Sikorskis blasse Augen wurden aufmerksam.

»Das ist eine Camorifblume«, erklärte Enli. »Sie wächst nur auf der Insel Kikily, ganz im Süden. Die Diener der Ersten Blume verarbeiten die Blütenzunge zu einem Pulver, ohne eine Spur des Geschmacks der Blütenblätter, und dieses Pulver führt sie noch tiefer in die geteilte Realität, sodass sie zurückkehren und ihr Wissen mit anderen teilen können. Camorifib werden nur an hohen Feiertagen verwendet. Diese Blume gehört seit zwei Generationen zu meiner Familie. Mein Großvater war Priester.« Das Kopfweh war mit jedem unrealen Satz immer heftiger geworden. Aber sie musste die Sache zu Ende bringen. »Natürlich spricht man nicht vom Verschenken der Camorifblumen. Sie ist keine Willkommensblume, und niemand erwähnt je, dass er eine besitzt. Niemals. Doch ich schenke dir diese Blume, Pek Sikorski.«

Diesmal nahm die Terranerin die Blume behutsam in Empfang, indem sie sie vorsichtig samt ihrer Hülle aus weißem Stoff von Enlis Hand auf die ihre legte. Dann sah sie Enli direkt ins Gesicht.

»Warum gibst du sie mir, Pek Brimmidin? Das ist ein wertvolles Geschenk.«

»Ich möchte dich um eine Gegenleistung bitten, Pek Sikorski. Um eine Information. Aber auch wenn du mir die Antwort nicht geben möchtest, gehört die Blume trotzdem dir.«

Pek Sikorski nickte, anscheinend akzeptierte sie die rituelle Formel. Vielleicht hatten die anderen Terraner ihr davon erzählt, die vor einem Halbjahr hier gewesen waren. Vielleicht hatte sie die Formel auch schon selbst im Voraturhausstand mitbekommen. Immerhin war Pek Voratur ja ein Kaufmann.

»Dann darf ich dir meine Frage stellen?«

»Ja, du darfst mir deine Frage stellen.«

»Seid ihr Terraner hergekommen, um etwas über die Kopfschmerzen zu erfahren, die sich einstellen, wenn die Realität nicht geteilt wird?«

Lange schwieg Pek Sikorski. Also hatte Pek Nagredil Recht gehabt. Er hatte Enli genaue Vorgaben gemacht, was sie sagen sollte, und die Frage nach den Informationen zusammengestellt, die man beim Ministerium für Realität und Sühne bislang aus dem Verhalten der Terraner gewonnen hatte. Schließlich antwortete die Terranerin: »Darf ich fragen, Pek Brimmidin, wie du auf diese Idee kommst?«

»Ich weiß es nicht«, antwortete Enli und spürte für einen Moment die gesegnete kühle Freude der geteilten Realität. Es war die Wahrheit. Sie wusste es wirklich nicht.

Da lächelte Pek Sikorski und meinte: »Du bist eine gute Beobachterin. Wir Terraner interessieren uns sehr für die geteilte Realität. Erzähl mir doch ein wenig über die Kopfschmerzen, wenn du möchtest.«

»Leider kann ich das nicht. Ich muss wieder putzen gehen.«

Pek Sikorski nickte verständnisvoll. Bestimmt wusste sie, dass das Geschäft hiermit abgeschlossen war: die Camorifblume als Gegenleistung für eine beantwortete Frage. Mehr Information konnte wirklich nicht erwartet werden. Aber zumindest für Enli war es trotzdem aufschlussreich, als Pek Sikorski erwiderte: »Natürlich interessieren wir uns nicht *nur* für die geteilte Realität. Wie wir ja auch allen gesagt haben – wir finden alles an Welt faszinierend.«

»Ja«, sagte Enli und lächelte ebenfalls. »Selbstverständlich. Mögen deine Blumen in Pracht und Üppigkeit gedeihen.«

»Möge dein Garten deine Vorfahren erfreuen.«

Damit ging Enli. Der erste Teil von Pek Nagredils Plan war erledigt.

Nach Einbruch der Dunkelheit, nachdem Pek Bazargan einen Spaziergang durch die Höfe des Krelmhauses gemacht hatte, begab sich Enli zu Pek Voratur. Der stattliche Kaufmann saß mit seinem ältesten Sohn Soshaf in seinem wunderschönen Privatgarten; die beiden unterhielten sich übers Geschäft. Um sie herum brannten in hübsch geschwungenen Eisenständern mit Speiseöl betriebene Lampen. Der Duft der sorgsam ausgewählten Nachtblumen vermischte sich mit dem leisen Summen der Flügel des Lebensspenders.

Als Enli auf die beiden Männer zukam, blickten diese auf, erstaunt, dass sich ihnen eine Dienerin in der Tunika einer Putzmagd näherte, wenn auch nicht ganz so verblüfft wie der Diener, der Enli gerade auf dem Weg aus dem Garten mit leeren Pelgläsern entgegengekommen war.

»Pak Voratur«, sagte Enli, »ich würde gern ein wenig Realität mit dir teilen.«

»So lass uns Realität teilen«, entgegnete Pek Voratur rituell. »Wer bist du?«

»Enli Pek Brimmidin, Hausstandsputzmagd. Ich möchte dir etwas über unsere terranischen Gäste berichten, damit die Realität in vollem Maß geteilt werden kann.« Als Vorbereitung zu diesem Gespräch hatte Enli die doppelte Dosis der Ministeriumspillen eingenommen. So schlimm hatte sie die Realität nicht mehr verletzt, seit sie und Tabor ...

Aber daran wollte sie jetzt nicht denken.

»Was hast du über die Terraner zu berichten?«, erkundigte sich Soshaf Pek Voratur neugierig.

Enli setzte ein besorgtes Gesicht auf. »Ich habe gehört, wie Pek Bazargan sich mit Pek Sikorski unterhalten hat. Er hat gesagt: ›Wenn wir etwas über die Kopfschmerzen im Zusammenhang mit der geteilten Realität herausfinden, dann hat sich unsere Reise gelohnt.‹«

»Die Kopfschmerzen?«, wiederholte der ältere Pek Voratur. »Was gibt es da herauszufinden? Kopfschmerzen sind eben da.« Aber dann wurden seine Augen schmal, und Enli sah, wie die Augen des erfolgreichen Kaufmanns im Licht der Öllampen schimmerten.

»Pek Brimmidin«, sagte er, »wo hast du Pek Bazargan das sagen hören?«

»Im Garten bei Pek Sikorskis Wohnung.«

»Und warum hast du dich dort aufgehalten?«

Enli senkte den Blick. »Ich war dort, um mir die Blumen anzuschauen, Pek Voratur. Ich hatte früher einen bekannten Garten.«

Gedankenverloren summte Pek Voratur vor sich hin. Enli sah, wie er kurz zu seinem Sohn sah. Den Blick noch immer zu Boden gerichtet, fügte sie hinzu: »Ich kann gut mit Pflanzen umgehen.«

»Ja, Pek Brimmidin, die terranische Heilerin benutzt viele Pflanzen für die Herstellung ihrer Heiltränke. Aber keine Blumen.«

»Ja«, erwiderte Enli, als wüsste sie das längst. Was natürlich auch der Fall war.

»Es könnte sein, dass sie jemanden braucht, der gut mit Pflanzen umgehen kann und ihr hilft. Würdest du das lieber machen als putzen?«

»O ja, Pek Voratur!«

»Und außerdem könnte es sein«, fuhr der Kaufmann fort, »dass Pek Sikorski wieder einmal über die Dinge spricht, die sie interessieren, Dinge, die sie braucht oder gerne hätte. Möglicherweise wirst du ihr dabei zuhören.«

»Ja«, erwiderte Enli und versuchte so zu tun, als wäre das ein ganz neuer Gedanke für sie.

»Wenn du solche Dinge hörst, Pek Brimmidin, dann musst du diese Realität mit mir als dem Hausstandsvorstand teilen, denn ich muss ja wissen, was meine Gäste benötigen.«

»O ja!«

Pek Voratur beugte sich vor. »Vielleicht bekommst du

manchmal auch Dinge mit, wenn die Terraner gar nicht wissen, dass du sie hörst. Auch diese Realität solltest du mit mir teilen.«

Enli nickte.

»Aber es gibt da etwas ganz Wichtiges, Pek Brimmidin – Enli. Mit den Terranern brauchst du die Realität dessen, was du mir berichtest, nicht zu teilen. Nein, schau mich nicht so erschrocken an, Mädchen. Die Diener der Ersten Blume haben sie noch nicht für real erklärt ... und *das,* weißt du, ist eine Realität, die wir nicht mit ihnen teilen, bis wir sicher sind, dass sie eine Seele besitzen. Deshalb musst du auch nicht mit ihnen teilen, dass du mir darüber Bericht erstattest, was sie miteinander reden. Also, verstehst du es jetzt ein bisschen besser?«

»Ich habe nicht ...«

»Dein Kopf tut weh, das kann ich in deinen Augen erkennen. Arme Enli. Aber möchtest du Gärtnerin werden und die Realität mit mir teilen?«

»Ja, ich ...«

»Gut. Dann ist die Sache abgemacht. Mögen deine Blumen in aller Pracht und Üppigkeit gedeihen.«

»M-möge dein Garten deine Vorfahren erfreuen«, stammelte Enli.

»Du wirst morgen als Gartenhilfe bei Pek Sikorski anfangen. Ich werde sie persönlich darüber in Kenntnis setzen. Gute Nacht, Enli.«

Auf dem Rückweg ins Dienerquartier konnte Enli kaum etwas sehen. Stechende Schmerzen durchbohrten das Fleisch zwischen ihren Augen, das Gewebe dahinter. Kein Kopfweh war mehr so schlimm gewesen, seit ... Was hatte sie getan? Sie hatte versprochen, die Terraner für Hadjil Pek Voratur auszuspionieren. Pek Sikorski würde ihr Fragen über den Voraturhausstand stellen, die Enli beantworten musste, also würde sie auch noch Informationen über Welt weitergeben. Und jede Dezime würde sie Pek Nagredil über ihre Spitzeltätigkeit Bericht erstatten. Wie sehr konnte man die geteilte Realität verzerren, bis sie wie ein Metalldraht irgendwann zerbrach? Und sie, Enli, würde von den scharfen Enden aufgespießt werden ...

Oh, Tabor, ich tue das nur für dich.

Auf halbem Weg durch einen verlassenen Hof drehte sich ihr der Magen um, so schwindlig wurde ihr. Hier waren nirgends Lampen, und in der Dunkelheit krümmte sie sich zusammen und übergab sich. O bitte, nicht auf die Blumen, bitte, lass keine Blumenbeete unter mir sein, *bitte* ...

Als die Attacke vorüber war, stolperte sie weiter zu dem Privatgemach, das sie mit drei anderen Dienerinnen teilte. Krank vor Schmerz und Übelkeit fischte Enli in ihrer Tunika nach noch mehr Ministeriumspillen, um wenigstens schlafen zu können.

KAPITEL 4

Orbitalobjekt 7

»Noch dreihundert Kilometer«, sagte der Pilot überflüssigerweise. Syree Johnson wusste bis auf den Meter genau, wo das Objekt sich befand. Aber Captain Daniel Austen, mit dem sie schon an verschiedenen Sonderprojekten gearbeitet hatte, hörte sich bei der Arbeit gern reden – im absoluten Gegensatz zu seiner sonstigen Wortkargheit. Er war ein guter Soldat.

Nicht dass einer von ihnen schon mal an einem Sonderprojekt dieser Art teilgenommen hätte.

Der Planet, den sie unter dem Namen ›Welt‹ kannten, hatte nach Überzeugung seiner Bewohner sieben Monde, denen sie die kurzen Namen Ap, Lil, Cut, Obri, Ral, Sel und Tas gegeben hatten. Sechs davon waren natürlich Satelliten. Tas aber war ein eingefangenes Artefakt, fast so alt wir der Planet selbst.

Das Artefakt, das vom ersten Expeditionsteam Orbitalobjekt 7 getauft worden war, umkreiste Welt in einer niedrigeren Umlaufbahn als die natürlichen Monde, im Durchschnitt weniger als zweitausenddreihundert Kilometer über dem Planeten. Um diese Umlaufbahn zu halten, bewegte es sich sehr schnell: sechs Kilometer pro Sekunde, sodass es in 2,34 E-Stunden eine Umdrehung vollendete. Von der Oberfläche des Planeten aus wirkte seine Bewegung rückläufig, von Westen nach Osten. Außerdem sah es klein aus. Mit einem Durchmesser von lediglich vier Kilometern nahm es gerade einmal ein Zehntel Grad des Firmaments ein. Seine Umlaufbahn, vierundfünfzig Grad aus der Ellipsenebene abweichend, war grob kreisförmig. Dass es so gut wie keine mikrometrischen Einschlagkrater gab, deutete darauf hin, dass das Artefakt vor nicht allzu langer Zeit eingefangen worden war, vielleicht erst vor hunderttausend E-Jahren. Es besaß eine hohe Albedo und eine stumpfe Oberfläche, daher gab es keine spektakulären Reflexionen. Es rotierte nicht.

»Hundertfünfzig Kilometer«, verkündete Austen.

Syree trug bereits ihren Raumanzug; jetzt setzte sie den Helm auf. Das Orbitalobjekt 7 wurde größer auf dem Display, aber noch nicht groß genug, dass die Markierungen erkennbar waren, die das erste Expeditionsteam dazu veranlasst hatten, sich schleunigst auf den Heimweg zu begeben.

Nur ein einziges anderes Himmelsobjekt im menschlichen Universum trug diese Markierungen, und dieses Objekt war nicht menschlich. Vor dreiundfünfzig Jahren war es im Orbit hinter Neptun entdeckt worden und hatte den Menschen den Weg zu den Sternen geöffnet. Auch dieses Objekt hatte auf den ersten Blick an einen kleinen Mond erinnert. Aber es war ein Weltraumtunnel gewesen, ein Wurmloch-Verkehrsknotenpunkt zu einem ausgedehnten, kartographierbaren Tunnelnetz. Als ein Raumschiff sich mühsam bis zum Neptun vorgearbeitet hatte und in den Weltraumtunnel Nummer 1 eingebogen war, kam es an einer ganz anderen Stelle der Galaxie wieder zum Vorschein, direkt außerhalb eines Planetensystems – und ganz in der Nähe eines weiteren Tunnels.

Die Entdeckung des Weltraumtunnels Nummer 1 hatte die problembeladene solare Zivilisation aufgerüttelt. Die Menschheit war nicht mehr allein, sie besaß einen Instant-Superhighway.

Genauer gesagt gehörte er dem Mars. Das erste außerirdische Artefakt war von einem marsianischen Militärschiff, der *Kettleman*, entdeckt und beansprucht worden. Nach den noch in den Kinderschuhen steckenden Gesetzen für die Bergung von Weltraummaterial, die nach dem Vorbild wesentlich älterer Seefahrtsgesetze formuliert waren, gehörte der Weltraumtunnel 1 dem Mars. Alles Protestgeschrei vor Gericht bewirkte nichts. Auch die Androhung von Gewalt war undenkbar, dafür war die Machtbalance viel zu heikel, und niemand wollte den Tunnel sprengen, um ihn zu retten

– falls das überhaupt möglich gewesen wäre. Tatsächlich war der Mars sogar in einer guten politischen Position, um den Tunnel sein eigen zu nennen – nicht zu stark, nicht zu schwach, nicht zu heftig in Allianzen engagiert, aber auch nicht isoliert. Außerdem verfügte die Erde mit ihrer langen Reihe ökologischer Krisen gar nicht über die Ressourcen, um die Weltraumstädte zu bauen, die der Mars längst besaß. Die ersten legalen, politischen und aggressiven Angriffe verliefen rasch im Sande. Weltraumtunnel 1 blieb im Besitz des Mars.

In den ersten Jahren häuften sich Triumphe und Katastrophen. Die Erfahrung zeigte, dass ein Schiff – oder auch jedes andere Objekt, das man zum ersten Mal durch einen Weltraumtunnel schickte – unweigerlich dort landete, wo das vorhergehende hingeflogen war. Ein Schiff, das durch den Tunnel gekommen war und dann von der anderen Seite her zurückwollte, kehrte automatisch an seinen Ausgangspunkt zurück, ganz gleich, wie viele Schiffe den Tunnel inzwischen benutzt hatten. Irgendwie – das war das maßgebliche Wort im menschlichen Verständnis der Tunneltechnologie – ›erinnerte‹ sich der Tunnel, wo jedes einzelne Schiff in seinen Bereich eingetreten war. Da in den meisten (wenn auch nicht allen) Sternsystemen eine Gruppe von drei oder vier Tunneln eng beieinander lag, existierte ein komplexes, kartographierbares Netzwerk von sichtbaren Knotenpunkten und unsichtbaren Tunneln: sozusagen ein interstellares Leiterspiel.

Alle Tunnel endeten in einem Planetensystem. Einige Systeme waren bewohnt, die meisten allerdings nicht. Neue Betätigungsgebiete schossen wie Pilze aus dem Boden: Xenobiologie, interstellare Schatzsuche, unter rosarotem oder gelbem Himmel gedrehte Holofilme. Ernsthafte Denker wiesen darauf hin, dass die Menschheit wohl kaum bereit war, die Sterne zu kolonisieren, wenn sie ihre heimatlichen Probleme nicht endlich bewältigte. Aber niemand hörte auf diese Rufer in der Wüste. Die Reichen nutzten die neuen

Investitionsmöglichkeiten, die Armen blieben arm, und die Erde stolperte von einer ökologischen Katastrophe in die nächste. Die exterranischen solaren Siedlungen, die die gefährlichen ersten Jahre überdauerten, wurden zur beliebtesten Fluchtmöglichkeit für diejenigen, die es sich leisten konnten. Wer sein Geld raffiniert und profitabel anlegen wollte, schaffte es in den Weltraum. Dort gab es Glamour, Prestige und Profit.

Der Mars, bisher nur eine Weltraumkolonie in der massiven und dunklen Penumbra der Erde, wurde zur Königin des interstellaren Tourismus. Jedes Schiff, das zu den Sternen aufbrach, musste die militärischen und administrativen Kontrollpunkte des Mars passieren. Mars regierte die stets auf etwas wackligen Beinen stehende Solarallianz, die nur existierte, weil der Mars es so wollte. Alle anderen mussten vor ihr die Knie beugen oder aber zu Hause bleiben und auf Sternfahrten verzichten.

Und sie beugten brav die Knie – Luna und der Gürtel, die Konfuzianische Hegemonie und die Arabische Liga, Io und Titan und sogar Syrees Vereinte Atlantische Föderation, mit ihrer stolzen Vergangenheit von Unabhängigkeit und Freiheit. Die Leute, die für Runnymede und Bunker Hill und die Place de la Concorde verantwortlich waren, krochen im Staub und erstickten gelegentlich auch daran. Schade, dachte die Soldatin Syree. Man braucht Gesetze und Regeln und eine Befehlskette.

Syree war in dem Jahr geboren, als das erste Schiff den Weltraumtunnel 1 durchquerte. Sie war drei, als die erste außerirdische Zivilisation entdeckt wurde, Steinzeithominiden auf einem Planeten, dem jemand den allzu niedlichen Namen ›Sallys Schrank‹ verpasst hatte. Schon als Kind hatte Syree jede Form von Niedlichkeit ebenso abgelehnt wie Bummelei. Sie wuchs in einer Militärfamilie der VAF auf, in der fünften Soldatengeneration.

James L. Johnson, geboren 1974, war als Unteroffizier in Bosnien getötet worden, zwei Wochen nach der Geburt seines Sohnes, den er nie zu Gesicht bekam. Dieser Sohn, Brian James Johnson, machte aus seinem Vater ein Idol und ging selbst nach West Point, wo er 2021 seinen Abschluss machte. Von seinen vier Töchtern traten zwei in seine Fußstapfen. Catherine fiel im Kampf. Emily James Johnson, Syrees eindrucksvolle Großmutter, stieg zum Zwei-Sterne-General auf. Ihr Sohn, Tam Johnson, studierte ebenfalls in West Point, aber als Syree achtzehn wurde, hatten die Zeiten sich geändert. In West Point befand sich jetzt ein auf hohe Gravitation spezialisiertes Trainingszentrum, angeschlossen an die Militärakademie der Solarallianz auf dem Mars.

Da der Weltraumtunnel in beide Richtungen funktionierte, war man sich auf dem Mars längst darüber klar geworden, dass nicht unbedingt alle von den Menschen entdeckten außerirdischen Zivilisationen voratomar sein mussten.

Im gleichen Jahr, in dem Syree ihren Doktor in Physik machte und ihre Streifen als Second Leutnant bekam, entdeckte man die Faller. Auch sie betrieben Raumfahrt in ihrem eigenen System. Aber sie wussten nicht von ihrem Weltraumtunnel, das Artefakt mit hoher Albedo und stumpfer Oberfläche, das ihren entferntesten Planeten umkreiste. Bis die Menschen durch diesen Tunnel bei ihnen ankamen.

Wie die Menschen fünfundzwanzig Jahre früher, sahen sich die Faller plötzlich mit dem Druck konfrontiert, eine Rasse von Sternreisenden zu werden. Doch sie benahmen sich, als wären sie immer noch allein. Sie trieben keinen Handel, sie schlossen keine Verträge, sie kommunizierten nicht. Sie besiedelten ein paar Planeten, die kein Mensch betreten durfte.

Als die Faller Edge angriffen – eine menschliche Siedlung vier Tunnel vom Heimatsystem der Faller entfernt –, war Syree bereits Captain. Keiner wusste, was dieser Angriff bezwecken sollte. Alle Versuche, mit den Fallern in einen Dialog einzutreten, waren gescheitert. Obgleich die Faller kohlenstoffbasierende Hominiden waren, schienen sie nicht den gleichen Ursprung zu haben wie der Rest der intelligenten Spezies der

Galaxis. Als Produkt einer unabhängigen Entwicklung erschienen sie der Menschheit abgrundtief fremd und äußerst gefährlich. Der Mars leitete die Bildung des Verteidigungsrates der Solarallianz ein, mit seinen breit gefächerten militärischen Vollmachten, die viele für riskanter hielten als die Faller selbst.

Doch Syree machte sich keine Sorgen über die politischen oder soziologischen Veränderungen, die durch die Faller in den menschlichen Machtzentren verursacht wurden. Sie war Soldat. Was sie interessierte, war die Tatsache, dass die Faller keine kooperative Kommunikationsform mit den Menschen etablierten, sondern stattdessen lieber einen Krieg vom Zaun brachen.

Der Verteidigungsrat der Solarallianz übte Vergeltung mit einem Angriff auf das Heimatsystem der Faller, nämlich den zweiten Mond ihres vierten Planeten.

In den folgenden Scharmützeln zeichnete sich Syree Johnson aus, und zwar sowohl aufgrund ihrer brillanten Analyse konfiszierter außerirdischer Waffen als auch für ihre Tapferkeit als einziger überlebender hochrangiger Offizier. Als die Faller Bolivar angriffen, eine noch junge menschliche Minenkolonie auf der Hochgravitationswelt Vista Linda, kämpfte Syree zum letzten Mal. Bei einer Laserattacke verlor sie ihr linkes Bein, und die Robomeds konnten sie gerade noch rechtzeitig herausholen, ehe sie verblutete.

Natürlich ließ man ihr ein neues Bein wachsen, aus ihren eigenen Zellen, geformt auf einem löslichen Polymergerüst, mit digitaler Unterstützung der Nervenverbindungen. Die Prozedur dauerte nur ein paar Wochen, in denen das Bein auf dem hautlosen Rücken eines permanent gelähmten Hundes ohne Immunsystem genährt wurde. Dieser Hund jedoch wurde zum Problem. Auch nachdem Syrees neues Bein längst angepasst war, bekam sie das arme Tier einfach nicht mehr aus dem Kopf, und sie merkte, dass sie ihr linkes Bein nicht voll belasten konnte – *es ging einfach nicht*. Sie konnte sich noch so vielen Rehamaßnahmen unterziehen –

Physiotherapie, Verhaltenstherapie, Gesprächstherapie, Medikamente – nichts half. Sie brachte es einfach nicht über sich, ihr linkes Bein normal zu benutzen.

Syree war zutiefst gedemütigt über dieses nervliche Versagen – denn als solches sah sie es. Bei jedem ihrer zögernden Schritte hörte sie Großmutter Emilys strenge Maxime: *Eine Johnson hat sich im Griff!* Sie versuchte es noch einmal mit der Reha, scheiterte wieder und verließ nach einundzwanzig aktiven Dienstjahren die Armee.

Doch sie hasste den Ruhestand. Für sie war Langeweile ein moralisches Fehlverhalten, ein Zeichen, dass sie nicht genug im Kopf hatte, um sich zu beschäftigen. Deshalb las sie gewissenhaft alle möglichen Physikzeitschriften und machte sich die Geschichte der Weltraumtunnel zum Hobby, so viel es zu diesem Thema bisher eben zu erfahren gab.

Was nicht sehr viel war.

Fünfzig Jahre später konnte die Wissenschaft noch immer nicht erklären, wie die Weltraumtunnel funktionierten. Die physikalischen Objekte, die in der allgemeinen Form eines Donuts im Raum schwebten, waren vollkommen undurchdringlich. Man forschte und forschte, kam aber einfach nicht dahinter. Die einleuchtendste Hypothese ging davon aus, dass die Donuts ein Feld von Objektverschränkungen auf Makroniveau erzeugten, analog zur Quantenkorrelation, bei der ein Partikel sein Gegenstück – ungeachtet der zwischen ihnen liegenden Distanz – beeinflusste, wodurch im Universum jede Raumdimension ausgeschaltet und als Punkt behandelt werden konnte. Aber das war eben nur eine Hypothese. Eine solche Verschränkung für ein Objekt von der Größe eines Kriegsschiffs zu bewerkstelligen – ganz zu schweigen davon, dieses Phänomen auch noch zu *kontrollieren* –, verletzte so viele heiß geliebte Prinzipien, dass der Kampf in den Physikjournalen einem Bandenkrieg immer ähnlicher wurde. Tagelang studierte Syree die erbitterten Debatten, stellte ihre eigenen Berechnungen an und erweiterte die den Spekulationen zugrunde liegenden Prämissen.

Sie hielt ein Seminar an der Akademie.

Sie unternahm einen weiteren erfolglosen Versuch in der Rehaeinrichtung.

Sie versuchte, sich für Gartenarbeit zu interessieren.

Jeden endlosen hinkenden Tag dachte sie daran, dass die Hälfte ihres Lebens noch vor ihr lag.

Als sie den Aufruf für die *Zeus*-Mission nach Welt bekam, war ihr sofort klar, dass das Oberkommando sie nicht nur wegen ihres Wissens über die Weltraumtunnel wollte, sondern auch deshalb, weil sie ihm Ruhestand war. Es gab Gerüchte, denen zufolge die Faller menschliche Spione hatten, rekrutiert aus den Ländern innerhalb und außerhalb der Erde, die unzufrieden waren mit der Solarallianz und ihrem Anführer, dem Mars. Die Pensionärin Colonel Syree Johnson würde keine Aufmerksamkeit auf sich ziehen, wenn sie bei einer kleinen wissenschaftlichen Expedition eine Stelle übernahm. Und Syree wusste so viel wie kaum ein anderer lebender Mensch darüber, wie man sich zum ersten Mal dem Weltraumtunnel 1 genähert, ihn dekodiert und schließlich benutzt hatte. Sie war bereit, das Gleiche mit dem Orbitalobjekt 7 zu machen.

Es wurde größer auf dem Shuttledisplay, während Austen seine Maschine geschickt manövrierte. Still, kalt, faszinierend.

»So genau wie möglich der Umlaufbahn anpassen«, sagte sie.

»Anpassung erfolgt.«

Während Austen seine Position fünfzig Meter hinter dem Artefakt justierte, setzte Syree ihren Helm auf, überprüfte ein letztes Mal ihren Anzug und die Halteringe und nahm ihre Instrumententasche an sich.

»Verlasse das Schiff, Captain.«

»Viel Glück, Colonel.« Er schenkte ihr sein feines respektloses Grinsen und salutierte elegant.

Draußen trug der Jet Syree hinüber zum Orbitalobjekt 7. Dann trieb sie neben ihm und berührte es. Am Äquator war die Oberfläche in einem regelmäßig fließenden Muster tief eingekerbt, sodass man sich hervorragend daran festhalten konnte. Sie zog sich zu einer solchen Kerbe hoch und bewegte sich nun mit dem künstlichen Mond auf dessen Umlaufbahn.

»Kontakt hergestellt.«

»Verstanden.«

Langsam fuhr Syree mit den Fingern ihres rechten Handschuhs über die metallische Oberfläche. Ja, sie ähnelte vom Gefühl her den Markierungen auf den Weltraumtunneln. Die Computeranalyse würde sicher bestätigen, dass die Sprache dieselbe war, und für ihre Entschlüsselung hatte die Solarallianz einen Rosetta Stone zur Verfügung.

Sie öffnete die Instrumententasche. Auf einmal schoss ihr ein absurdes Bild von einem altmodischen Landarzt, der einen Hausbesuch bei seinen Patienten machte, durch den Kopf. Aber jetzt war nicht der richtige Zeitpunkt für Absurditäten; vielleicht sollte sie ihre Contexdosis erhöhen, um ihre mentale Konzentration zu steigern. Für den Augenblick verbannte sie das alberne Bild mit purer Willenskraft.

»Beginne jetzt detaillierten Datenscan. Teste Rezeption.«

»Empfangen Daten«, entgegnete Austen. »Colonel, auf Welt beginnt die Begrüßungszeremonie. Sie wollten darüber informiert werden.«

»Danke. Nehmen Sie die Zeremonie nach Anweisung auf.«

»Verstanden.«

Später würde sie sich die Aufnahmebox dann anschauen. Das musste sie sogar: Offiziell war der Kontakt mit den Bewohnern von Welt ja der einzige Grund, weshalb die *Zeus* überhaupt hier war. Die gesamte Schiffsbesatzung musste sich über die Vorgänge auf Welt auf dem Laufenden halten, falls eine Intervention zur Rettung des Anthropologenteams notwendig wurde.

Aber das würde nicht geschehen. Syree hatte die Expeditionsberichte gelesen. Die Einwohner von Welt hatten kaum vorindustrielles Niveau erreicht; sie bauten sogar ihre Fahrräder von Hand, eins nach dem anderen. Und sie waren außergewöhnlich friedlich, ohne jede kriegerische Vergangenheit. Sonst hätten die ›Sozialwissenschaftler‹ – ein Widerspruch in sich! – keine Kinder mitgenommen. Die Kontaktzeremonie würde aus Verbeugungen und dem Überreichen von Blumen bestehen, und die Ergebnisse des Xenoteams würden doch nur wieder auf irgendeinem Regal in einer akademischen Bibliothek verstauben. Nichts davon war wichtig neben dem, was da unter Syree Johnsons Fingern den Planeten umkreiste. Noch wusste sie nicht, was es war, aber sie wusste, dass es das Machtverhältnis zwischen Menschen und Fallern drastisch verändern konnte.

Während sie sich die zwölfeinhalb Kilometer rund um die Kugel herum vorarbeitete, floss lautlos ein Datenstrom durch ihre Instrumente zum Shuttle und von dort zu den Computern an Bord der *Zeus*. Es würde ein paar Tage dauern, alles zu analysieren. Aber nicht bei der Schrift. Die war auf der *Zeus* in wenigen Minuten entschlüsselt.

Sie hatte gerade die Umrundung beendet, als Austen meldete: »Dateneingang.«

»Weiterleiten.«

Ihr erster Assistent, Major John Ombatu. »Die Markierungen auf Orbitalobjekt 7 sind dekodiert, Colonel. Sind Sie empfangsbereit?«

»Empfangsbereit.«

»Übersetzung nach dem Webbel-Grey-Modell: ›unbekanntes Wort, unbekanntes Wort, klein, Zusammenhalt, Zerstörung, Gerät, unbekanntes Wort, Stopp, Stufe eins, zwei, drei, fünf, sieben, elf, dreizehn, siebzehn, neunzehn.‹ Ende.«

»Das war *alles*, John? Drei unbekannte Wörter von sieben, plus eine Stufenkalibrierung mit Primzahlen?«

»Die alten Außerirdischen mochten Primzahlen gern, vor allem die Elf. Wie Sie ja wissen.«

Natürlich wusste sie das. Die Weltraumtunnel waren alle mit Primzahlen gekennzeichnet – soweit sie überhaupt eine Etikettierung trugen. Ohne ausführliche Markierungen auf den fliegenden Donuts verfügten Webbel und Grey allerdings über recht wenig Material für ihr Übersetzungsmodell. Syree vermutete, dass ›Zusammenhalt‹ eine der wenigen wiederholten Markierungen war, vielleicht eine Warnung, dass etwas über einer bestimmten Masse nicht durch den Tunnel passen würde.

Diese Vermutung hatte sich in der Vergangenheit schon bewahrheitet. Die *Anaconda*, ein *Thor*-Klasse-Kreuzer, war samt der neunhundert Leben, die sie trug, verloren gegangen. Zwar hatte der Kreuzer knapp in den Weltraumtunnel 1 gepasst, aber nicht in das unbekannte Feld, das der Tunnel den Vermutungen nach umschloss. Die *Anaconda* war in einer massiven Implosion verschwunden, ohne Trümmer oder Reststrahlung zu hinterlassen. Nach intensiven Untersuchungen zeigte sich, dass das Gleiche jedem Objekt zustoßen würde, das schwerer war als etwa hunderttausend Tonnen. Marsianische Physiker kamen zu dem Schluss, dass der Schwarzschild-Radius der *Anaconda* – definiert als der Radius, unter dem, wenn Druck auf die Masse ausgeübt wurde, ein schwarzes Loch entstand – für die Tunnelkapazität zu groß gewesen war. Aus der Katastrophe hatten die Xenolinguisten die Bedeutung des Zeichens für ›Zerstörung‹ gelernt.

Syree schob ihre Enttäuschung beiseite. Sie hatte gehofft, die Übersetzung würde bestätigen, dass das Orbitalobjekt 7 eine Waffe war. Nun war diese Möglichkeit zwar weiterhin nicht ausgeräumt, aber es würden noch eine ganze Menge Datenanalysen notwendig sein, bevor sie eine Hypothese aufstellen und überprüfen konnte.

Drei Schiffstage später war sie des Rätsels Lösung noch kein bisschen näher gekommen.

Ihr Team hatte jeden nicht invasiven Test vorgenommen, den Syree kannte, von den offensichtlichen spektralen, akustischen und magnetischen Analysen bis hin zu den weniger zuverlässigen statistischen Simulationen. Die Fakten waren klar, aber es waren einfach nicht genug.

Von dem Artefakt ging keinerlei Strahlung aus, es hatte

kein Magnetfeld und keine thermische Staffelung. Seine Hülle, 0,9765 Zentimeter dick, bestand hauptsächlich aus einer allotropen Form von Kohlenstoff, die einer bekannten Art von Fullerenen ähnelte, sich jedoch leicht von diesen unterschied. Das Artefakt enthielt keine Schwermetalle, nichts mit einer Atomzahl über fünfundsiebzig. Seine Masse betrug etwas weniger als eine Million Tonnen. In seinem ansonsten hohlen Innern befanden sich extrem komplexe, aber nicht identifizierbare Strukturen, die allerdings in keiner direkten Verbindung miteinander standen. Diese unbekannten, aber stabilen Strukturen schienen überhaupt keine Masse zu besitzen – ein Ding der Unmöglichkeit. Als der Computer die mathematische Analyse durchführte, erschienen die Strukturen als kompliziertes Netz, in dem jede Kurve sich mehrmals zurückkrümmte, eine Art multidimensionales Fraktal. Die Computeranalyse legte außerdem einen seltsamen Attraktor nahe, einen Bereich, in dem alle ausreichend nahe beieinander liegenden Kurven zueinander hingezogen wurden, in dem sich aber beliebig nahe Punkte über die Zeit hinweg exponentiell voneinander entfernten. Syree berechnete die Hausdorff-Dimension des vermuteten Fraktals. Sie betrug 1,2 – die gleiche Dimension also wie die galaktische Füllung des Universums.

Nichts davon ergab irgendeinen Sinn. Kein Hinweis darauf, welchem Zweck das Orbitalobjekt 7 dienen könnte.

»Was, wenn es das ganze Sternsystem in die Luft jagt?«, fragte John Ombatu.

»Wenn es dazu gedacht wäre, auf einen Schlag eine Lösung der verbrannten Erde herbeizuführen, hätte es andere Stufeneinstellungen.«

»Okay, aber wenn es nun einfach nur Welt in die Luft jagt?«

»Damit eine so extreme Maßnahme auf der niedrigsten Stufe möglich ist, müsste es auch andere Einstellungen haben.«

»Sind Sie sicher, dass Sie wissen, wie man das Ding aktiviert?«, meinte Commander Peres skeptisch.

»Natürlich bin ich nicht sicher«, antwortete Syree. »Aber es scheint Doppelknopf-Druckpunkte zu haben. Man muss beide Knöpfe gleichzeitig aktivieren, damit sie nicht zufällig ausgelöst werden können, beispielsweise von einem Meteoriteneinschlag.«

Das Team schwieg. Syree spürte ihren eigenen Atem laut im Brustkorb. Sie wartete.

»Ich glaube, das Risiko ist zu groß«, sagte Ombatu schließlich, und Syree erkannte etwas an ihm, was sie bisher nicht wahrgenommen hatte.

»Tun Sie's«, sagte Leutnant Lucy Wu, der Unteroffizier. »Gerade letzte Woche haben die Faller die Kolonie auf Neu-Rom fertig gemacht, falls Sie sich erinnern. Sechstausend Tote. Wir haben nicht mehr viele Kolonien außerhalb des Systems. Wenn wir hier nichts riskieren, wo wir nicht mal eine Kolonie haben, riskieren wir überall woanders alles.«

Genau daran hatte auch Syree gedacht. Aber sie wartete noch auf die Wortmeldungen von Daniel Austen und Canton Lee. Sie musste wissen, wie ihr Team sich zusammensetzte. Obwohl die letzte Entscheidung natürlich bei Peres lag. Syree war zwar die Projektleiterin, aber Peres befehligte die *Zeus*; jede Entscheidung, die das Schiff potenziell in Gefahr brachte, musste von ihm getroffen werden.

»Ja«, sagte Lee.

»Ja«, sagte auch Austen. »Wir sind im Krieg.«

»In Ordnung«, meinte Peres. »Aber auf der *niedrigsten* Einstellung des Artefakts.«

»Ich nehme null-siebenhundert. Commander Peres, die *Zeus* sollte sich auf die andere Seite des Planeten zurückziehen, damit sie so geschützt wie möglich ist. Austen, sie steuern das Shuttle.«

Ihr Ton ließ keine weitere Diskussion zu. Sie sah John Ombatu nicht an.

Auch die diszipliniertesten Gedanken kommen unter Stressbedingungen manchmal ins Wandern. Syree, die reichlich

Erfahrung im Kampf hatte, wusste das und war daher nicht überrascht, als sie die Luftschleuse des Shuttle verließ und dabei schon wieder an ihre Großmutter Emily denken musste.

Emily James Johnson hatte an Kampfhandlungen in Afrika, Südamerika und beschämenderweise auch in der Widerstandsrebellion teilgenommen, als die Vereinigten Staaten sich der Vereinten Atlantischen Föderation anschlossen. Sie heiratete spät, und wenn Syree an ihre Großmutter dachte, dann immer als alte Frau. Zerbrechlich, krumm, voller Leberflecken – mit fünfundachtzig hatte sie die kosmetische Genomodbehandlung eingestellt. Aber sie war immer noch sehr streng. Als Syree mit vier Jahren einen Wutanfall hatte, bekam sie von Großmutter Emily eins mit dem Eichenstock übergebraten. »Eine Johnson hat sich im Griff! Vergiss das nicht, Syree!«

Syrees Mutter hatte geweint, als sie die Striemen sah, und Syree zum Trost einen Keks geschenkt. Syree hatte sie verächtlich gemustert. Schon mit vier Jahren hatte sie gewusst, dass Großmutter Johnson recht daran getan hatte, sie zu schlagen, und dass ihre Mutter ein Weichei war.

Während sie auf das Orbitalobjekt 7 zuschwebte, bereute Syree den verächtlichen Blick von vor ungefähr vierzig Jahren. Ihre Mutter hatte ihn nicht verdient. Sie war kein Soldat, und Syrees Vater hatte sie geheiratet, weil sie so lieb und sanft war. Syree sah sie noch vor sich, den verschmähten Keks in der schmalen weißfingrigen Hand, wie sie unter der Intoleranz ihrer Tochter litt, für die Toleranz immer die härteste Disziplin bleiben sollte.

Entschlossen verbannte Syree ihre Familie aus ihrem Kopf.

Wieder befand sich das Orbitalobjekt 7 unter ihren Händen. Sie befestigte den Fernauslöser auf dem erhobenen Kreis unter dem Zeichen für ›Eins‹. Dann schwang sie sich rasch an den Haltegriffen entlang. (Oder waren es Tentakelgriffe? Oder für irgendwelche Maschinen gedacht?) Die fließende Schrift auf der entgegengesetzten Seite des Artefakts enthielt identische erhobene Kreise. Über zweitausend Kilometer unter ihr drehte sich Welt unter den äquatorialen Wolkenbänken. Wie sah dieser Himmel für die Eingeborenen aus, wer konnte weiter in das Infrarot blicken als Syree, aber weniger weit in das kurzwellig diffuse Blau?

Was auch immer sie sehen, mach, dass sich nichts verändert hat, wenn ich hier fertig bin. Sie befestigte den zweiten Auslöser.

»Fernsteuerung bereit«, sagte sie.

»Fernsteuerung bereit«, entgegnete Austen im Shuttle. »Wir kommen und holen Sie.«

»Nein, tun Sie das nicht«, hielt Syree dagegen. »Ich bleibe draußen.«

Langes Schweigen. »Colonel, das entspricht nicht dem Plan.«

»Ich bleibe draußen«, wiederholte sie. Ihre Erklärung bot sie allerdings nicht an: Wenn ein ganzer Planet voller Zivilisten durch das bei geringster Einstellung ausgelöste Orbitalobjekt 7 gefährdet wurde, dann sollte sie das gleiche Schicksal teilen. Falls Austen das nicht auf Anhieb verstehen konnte, würde auch die längste Erklärung nicht helfen.

»Dann möchte ich auch bleiben«, sagte Austen.

»Genehmigt.« Jetzt sah sie auch an Daniel Austen eine neue Seite. Etwas, was sich zu wissen lohnte. »Fahren Sie ein paar hundert Meter zurück, Captain. Dann kriegen wir noch zwei neue Perspektiven.«

»Positiv.«

Natürlich gab es Instrumentensatelliten, die die Aktivierung des Artefakts aus mehreren Perspektiven überwachten, aber je mehr, desto besser. Syree beobachtete, wie das Shuttle sich in Position begab. Austen meinte fröhlich: »Aufnahmegeräte aktiviert. Wir sind bereit, sobald Sie fertig sind, Colonel.«

»Bleiben Sie dran.«

»Mögen die Spiele beginnen!«, rief Austen. Und Syree hörte das Lachen in seiner Stimme.

Syree jettete vom Orbitalobjekt 7 zurück. Als sie zwanzig Meter entfernt war, aktivierte sie beide Fernsteuerungen.

Einen langen Augenblick passierte gar nichts. Das Artefakt veränderte sich nicht. Aber dann begann das Shuttle zu glühen. Ein unheimliches, tödliches Glühen, das vor Syrees Augen immer heller wurde.

»Austen? Was zeigen die Displays an?«

Stille.

»Austen. Bitte kommen, Captain Austen.«

Stille.

»Daniel! Bitte kommen!«

Stille. Das Shuttle glühte noch immer. Syree jettete auf es zu. Nach hundert Metern ertönte aus ihrem Raumanzug dringlich die aufgezeichnete Warnung: »Sie nähern sich einer Strahlung. Gehen Sie nicht weiter. Dreitausends Rads. Zweitausendachthundert Rads. Zweitausendsechshundert Rads ...«

Dreitausend Rads? Mit *fallender* Tendenz? Das ergab keinen Sinn.

Der einzige Teil, der einen Sinn ergab, war die Tatsache, dass Daniel Austen sterben musste. Und sie ebenfalls.

Aber sie irrte sich.

An Bord der *Zeus* wuschen die Medtechs sie gründlich, wenn auch stirnrunzelnd, weil kein einziges Gerät an Bord des Schiffs anzeigte, dass sie eine Strahlung abbekommen hatte. Bei Austen war das anders, beim Shuttle ebenfalls. Roboter mussten den Captain herausholen, und sie nahmen auch Proben von allem an Bord des Schiffs mit. Inzwischen hatte das Shuttle aufgehört zu glühen.

Die Medtechs taten für Austen, was sie konnten, obwohl sie schon wussten, dass es höchstwahrscheinlich umsonst war. Sie pumpten ihm den Magen aus und führten robotische Reinigungsschläuche in die Speiseröhre, in die Bronchien, ins Rektum, in Nase, Ohren, Augenlider und den Urintrakt ein. Sie schrubbten seine Haut mit Chemikalien, rasierten alle seine Haare ab und nahmen eine endotracheale Intubation vor, weil klar war, dass er in ein paar Stunden nicht mehr selbstständig würde atmen können. Außerdem verabreichten sie ihm ein Mittel, das ihn zum Schwitzen bringen sollte, legten einen Tropf und schlossen ihn an invasive und Hautmonitoren an. Die ganze Zeit über sagte Austen kaum etwas, er gab nur seinen offiziellen Bericht ab. Er wusste Bescheid.

Am nächsten Tag begann er sich zu übergeben. Die Tumorbildung im Verdauungstrakt hatte begonnen. Syree war nichts passiert.

Das Team samt Rafael Peres traf sich mit ihr in ihrem Quartier, um die Daten durchzugehen. Leutnant Wu, Major Ombatu. Ingenieur Lee. Auf dem Tisch häuften sich Graphen und Tabellen. »Major, das sind die Zusammenfassungen über den Effekt – soweit sie uns vorliegen«, erklärte Syree. So nannten sie es: ›den Effekt‹. Austen, dachte sie nebenbei, hätte sich garantiert etwas Besseres einfallen lassen. *Mögen die Spiele beginnen.* Und seine Stimme, in der man das unbeschwerte Lachen hörte.

»Der Effekt ist eine Welle«, meinte Ombatu mit gerunzelter Stirn. »Eine Welle, die gleichmäßig vom Orbitalobjekt 7 ausgeht und sich mit Lichtgeschwindigkeit ausbreitet. Sie unterliegt dem reziprok quadratischen Effekt, das wissen wir anhand der Rads, die von jedem der außerhalb gelegenen Instrumentensatelliten registriert wurden. Anscheinend hat die Welle primäre Radioaktivität erzeugt, mit einer Anstiegszeit von einigen Minuten. Wenn diese abgeklungen ist, verbleibt sekundäre Strahlung, aber diese – und das ist der Schlüssel der Sache – ist nicht überall gleich. Einige aus dem Shuttle geborgene Teile sind radioaktiv, andere nicht.«

»Warum?«, fragte Peres, auch er mit einem Stirnrunzeln.

»Ich habe eine Hypothese«, meldete sich Syree zu Wort.

Alle sahen sie an. Natürlich wusste sie, von welcher Tragweite es war, was sie zu sagen hatte. Sie nahm den Laborbericht über die aus dem Shuttle entnommenen Proben zur Hand. »Betrachten wir einmal die Elemente, die radioaktiv geworden sind, und die, bei denen es nicht so war. Der Titanrumpf: nein. Das Platin in den Katalysebehältern des

Life-Support-Systems: ja. Die Irridiumlegierung in den Druckkesseln für die Gasproben: ja. Das Blei in Captain Austens Gürtelschnalle: nein. Quecksilber: ja. Gold: ja. Aluminium: nein. Antimonid: nein. Jod: nein.

Nichts unter einem Atomgewicht von fünfundsiebzig wurde von der Welle destabilisiert. Aber alles, was darüber liegt.«

»Aber Blei ist doch über fünfundsiebzig«, warf Lucy Wu sofort ein.

»Es hat einen extrem stabilen Kern. Das spricht dafür, dass der Effekt die nukleare Destabilisierung durch die Schwächung der bindenden Energie des Nukleons verursacht hat.«

Canton Lee platzte heraus: »Der Effekt beeinflusst also die *starke Kraft*?«

»Ich glaube, ja«, antwortete Syree.

Ombatu sah nachdenklich aus. »Ja. Das würde erklären, warum Syree nichts abgekriegt hat. Ihr Anzug besteht aus einer Kohlenstoffverbindung, und die leichteren Moleküle werden nicht in Mitleidenschaft gezogen, weil die elektromagnetische Abstoßung zwischen den Protonen nicht ausreicht, um die reduzierte Bindungsenergie auszuhebeln ...« Er ging zum Computer und begann, eifrig Gleichungen einzutippen.

»Also hat Captain Austen die Strahlung nicht direkt von der Welle abbekommen, sondern von den Shuttleteilen, die von der Welle betroffen waren«, meinte Peres.

»Und wenn die Welle sich verzieht, stabilisiert der Kern sich wieder. Aber es gibt eine Anstiegszeit; der Effekt tritt nicht unmittelbar ein und verschwindet auch nicht sofort wieder. Es dauert ein paar Minuten.«

»Die *starke* Kraft«, wiederholte Lee. Er schien vollkommen fasziniert. »Was für eine Waffe!«

»Und wir haben sie nur auf Stufe eins kennen gelernt. Es geht in Primzahlen hoch bis neunzehn«, fügte Syree hinzu.

Auf einmal sagte Peres: »Wir müssen das Ding sichern, ehe die Faller rausfinden, dass es existiert.«

»Einverstanden«, meinte Syree. »Aber die Masse übersteigt die Kapazität eines Weltraumtunnels.«

Sie beobachtete, wie die anderen ihren Einwand verdauten. Ein Objekt, das nicht durch einen Weltraumtunnel passte, wurde ein schwarzes Loch. So lautete jedenfalls die Theorie, auch wenn die Ursprungsmasse nicht groß genug war, unter normalen Bedingungen ein schwarzes Loch zu bilden, und obwohl niemand je beobachtet hatte, dass sich auf diese Art ein schwarzes Loch gebildet hatte. Beobachtet und verifiziert war bisher nur die Brennschlussmasse, nämlich hunderttausend Tonnen. Die Masse des Orbitalobjekts 7 überstieg diesen Grenzwert um ein Siebenfaches.

Andererseits war es von denselben Wesen hergestellt worden, die auch die Tunnel gebaut hatten. Vielleicht machte das einen Unterschied. Aber warum?

Und warum nicht?

»Können wir das Artefakt auseinander nehmen?«, fragte Lucy Wu. »Und es dann auf der anderen Seite des Weltraumtunnels 438 wieder zusammensetzen?«

»Haben Sie denn eine Idee, wie man das einigermaßen machen könnte, ohne dass ein Unglück geschieht, Leutnant? Oder wie das überhaupt gehen soll?«, antwortete Ombatu mit einer Gegenfrage.

Lucy Wu errötete und sah zu Boden.

Energisch meinte Syree: »Wir brauchen mehr Daten über den Innenraum des Objekts. Vielleicht sind diese masselosen Konstrukte wie Bausteine, auch wenn die Hülle es ganz bestimmt nicht ist.«

»Ich weiß nicht, wie man das feststellen soll, Ma'am«, warf Lee ein. »Die Bauweise ist so fremd für uns.«

»Sie wird sicher weniger fremd werden, wenn wir sie untersuchen.«

»Ja, Ma'am«, lenkte Lee ein, aber seine Stimme klang zweifelnd. Auch Syree war sich ihrer Sache durchaus nicht sicher. Sie sah nur keine andere Alternative, jedenfalls im Augenblick noch nicht.

Am dritten Tag nach dem Unfall konnte Daniel Austen nicht mehr sprechen. Die Innenseite seines Munds war wie sein Schädel und die übrige Körperoberfläche voller nässender Wunden. Am vierten Tag war sein Körper von den Ödemen so geschwollen, dass er sich nicht bewegen konnte, und es ließ sich nur noch mit hoch dosierten Schmerzmitteln verhindern, dass allein das Liegen im Bett zur Qual wurde. Am fünften Tag starb er.

Sie setzten ihn im Weltraum bei, mit einer kleinen Andacht in der Kapelle für Offiziere und Medtechs. In Austens Dienstakte war zwar in der Sparte Religionszugehörigkeit ›keine‹ angekreuzt, aber Syree verwarf auch das militärische Standardprotokoll für Laienpersonal. Sie hatte es zu oft gehört, es war einfach zu fade. Es passte auch überhaupt nicht zu Austen, mit seinem ständigen Schiffsgeplapper, seiner Respektlosigkeit, seiner unbeschwerten Tapferkeit. *Mögen die Spiele beginnen.*

Stattdessen trug sie ein Gedicht von Kipling vor, das ihre Großmutter oft zitiert hatte. Eigentlich waren die Johnsons keine Poesie-Menschen, aber Großmutter Emily hatte Kipling gemocht. *Er ist ein Soldatendichter,* hatte sie immer gesagt. So stand Syree denn vorn in der winzigen Kapelle, versuchte, ihr linkes Bein nicht zu sehr zu belasten, und rezitierte Kipling aus dem Gedächtnis. Sie wusste, dass die Verse nicht vollständig waren, aber sie wusste auch, dass es reichte.

Er hat nicht seinesgleichen, nicht Fußsoldat, nicht Reiter,
Nicht Schütze, gut noch schlecht;
Und deshalb ging er hin und starb,
Wie's für die Besten recht.

Er war mein Freund, mein einzger Freund,
Nun such ich einen, weit und breit;
Gern gäb ich alles für ihn her,
Doch dafür ist jetzt nicht mehr Zeit.

Nach der kurzen Trauerfeier ging Syree in den Observationsraum der *Zeus*. Auf der Brücke gab es zwar bessere virtuelle Displays, aber sie wollte real in den Weltraum hinausblicken, nicht auf eine digitalisierte Simulation. Unter ihr drehte sich langsam der Planet Welt, und ihr einziger äquatorialer Kontinent sah aus wie ein breiter, unregelmäßiger Gürtel, der sich um einen dicken Zivilistenbauch spannte. Aber eigentlich beobachtete sie nicht Welt. Sie wartete geduldig, bis das Orbitalobjekt 7 vorbeikam, niedriger als die *Zeus*, strahlend hell, weil die Sonne auf seiner Oberfläche mit der hohen Albedo reflektierte. Natürlich wurde es von außen stehenden Instrumentensatelliten ununterbrochen beobachtet, und Syree konnte jederzeit auf deren Daten zugreifen. Aber sie wollte das Artefakt noch einmal ansehen, das Daniel Austen getötet hatte.

Es war unverändert.

KAPITEL 5

Gofkit Jemloe

Die erste größere Schwierigkeit tauchte beim Thema Blumen auf. Dr. Bazargan hatte schon fast geahnt, dass es so kommen würde, aber dadurch wurde die Sache nicht weniger peinlich.

Er stand mit Ann in ihrem Labor – was auf Welt eben als Labor durchging. Es war ein großer, luftiger, unregelmäßig geformter Raum mit gewölbten Wänden und vielen Bogenfenstern, die auf Gärten hinausblickten. Für terranische Maßstäbe war Welt ein ausgesprochen üppiger Planet: fruchtbar, warm, ohne Jahreszeiten, opulent. Baumaterial war reichlich vorhanden, daher konnten die Mauern so verschwenderisch und unregelmäßig gebaut werden. Es gab reichlich Nahrung, sodass ein großer Teil der relativ geringen Bevölkerung (warum war sie eigentlich so gering? Der Grund dafür war bis jetzt unbekannt) für die Kultivierung von Blumen abgestellt werden konnte. Nicht einmal in Isfahan, der alten iranischen Stadt, in der Bazargan geboren war, hatte es vergleichbare Gärten gegeben.

Andererseits waren Isfahan und Welt einander ähnlicher, als Bazargan es erwartet hatte. Isfahan, die ›Perle Persiens‹, das gerade zur Museumsstadt ernannt worden war, hatte ebenfalls geschwungene Türbögen, auf kunstvolle Gärten hinausblickende Bogenfenster und helle Wände (auf Welt waren sie allerdings in einem ganz hellen Grün gehalten, nicht in Weiß). Der Sajibaum vor Anns Fenster mit seinen duftenden rosaroten Blüten, hätte ein blühender Mandelbaum im Maidan sein können. Die großzügigen Muster auf dem Boden des Raums hätten auch auf einen iranischen Teppich oder Wandbehang gepasst. Und obwohl am Arbeitsplatz einer iranischen ›Heilerin‹ die Laborbänke nicht in Parabelkurven verlaufen wären und die Decke wahrscheinlich keine Domkuppel gebildet hätte, war die übergreifende Wirkung auf Bazargan keineswegs fremd. Ganz sicher nicht so fremd wie beispielsweise Argos City auf Europa, wo er für seinen Studienabschluss Feldforschung über Organismen betrieben hatte, die in heißen Quellen unter dem Eis lebten. Dort hatten die Menschen ausgesehen wie er selbst, aber die Umgebung war exotisch gewesen; hier auf Welt war genau das Umgekehrte der Fall.

Vor den Laborfenstern spazierte Hadjil Pek Voratur durch den prächtigen, verschlungenen Garten. Im Durchschnitt erhielt ein Quadratmeter auf Welt genauso viel Energie wie auf der Erde, nur in einem anderen Spektrum. Für das anpassungsfähige menschliche Auge wirkte die Landschaft zwar ein wenig ungewöhnlich, aber auf eine schwer zu beschreibende Art. Doch Voraturs Gärten waren hinreißend schön. Farben, Düfte, Formen – alles perfekt ausgewogen. Selbst die Insekten, die die üppigen Blüten befruchteten, passten in die heitere Ruhe der Gärten. Keins der Tiere biss oder stach. ›Lebensspender‹ nannten die Weltler sie, und natürlich fand die Biologin Ann Sikorski sie hochinteressant.

»Sie setzen sich auf meine Hand, meinen Körper, meine Beine, Ahmed – aber nie auf meinen Kopf. Nie!«

»Sind Sie sicher?«

»Nein, noch nicht ganz. Ich habe noch keine Experimente durchgeführt. Aber ich habe auch nie gesehen, dass sie bei einem Weltler auf dem Kopf gelandet sind – Sie etwa?«

»Ich hab noch gar nicht darauf geachtet, aber das werde ich«, versprach Bazargan, während er die eingeborene ›Assistentin‹ beobachtete, die Hadjil Voratur Ann seit neuestem zugeteilt hatte. Pek Brimmidin. Selbstverständlich war das Mädchen eine Spionin. Das war nicht anders zu erwarten.

Jetzt erschien Hadjil Voratur unter der Labortür, und sein gepflegter stämmiger Körper füllte den Eingang fast völlig aus. »Pek Bazargan«, sagte er lächelnd und streckte ihm eine

Gastblume mit orange und gelb gestreiften Blütenblättern entgegen. »Ich ehre die Blumen deines Herzens.«

»Pek Voratur«, entgegnete Bazargan, während er die Willkommensblume vom Pajalstrauch pflückte, der neben Anns Tür wuchs. »Ich heiße dich willkommen bei den Blumen deines eigenen Hauses.«

Voratur lachte. Bazargan hatte entdeckt, dass die Weltler einen vielschichtigen Humor hatten. Sie mochten verrückte Einfälle, Übertreibungen und Ironie. Nur Sozialsatire war ihnen fremd; Satire verlangte eine Distanz von den eigenen sozialen Konventionen, was in einer biologisch monokulturellen Welt naturgemäß schwierig war.

»Mögen auch deine Blumen blühen, Pek Sikorski«, sagte Voratur zu Ann. »Freilich bin ich heute aus einem anderen Grund hier.«

»Weil unsere Blumen nicht für dich blühen«, meinte Bazargan.

»Du hast es gewusst?«, fragte Voratur, sei es in ehrlicher oder gespielter Überraschung. »Du hast gewusst, dass wir die Samen eurer Gastblumen einsetzen und dass die Samen nicht wachsen würden?«

»Ich wusste vor allem, dass ein geschickter Gärtner und gewitzter Geschäftsmann nicht anders handeln könnte«, gestand Bazargan.

Voratur machte ein zufriedenes Gesicht; auf Welt gab es kein größeres Kompliment als ›geschickter Gärtner‹. Obgleich natürlich auch seine zur Schau gestellte Zufriedenheit nur Theater sein konnte. In diesem Spiel geheuchelter Emotionen fühlte Bazargan sich ganz zu Hause. Im Iran war so etwas überlebensnotwendig.

Vor allem aber interessierte es ihn, wie Voraturs Schauspielerei – wenn es das denn war – in das Konzept einer hundertprozentig geteilten Realität ohne irgendwelche Ausflüchte hineinpasste. Es gab zwei Erklärungsmöglichkeiten. Zum einen, dass jeder in dieser Kultur wusste, dass Verstellung zu einem erfolgreichen Handel dazugehörte, was bedeutete, dass auch geheuchelte Aussagen in ihrer Essenz voll geteilt wurden. Die andere Hypothese war, dass man nur Terranern gegenüber heucheln durfte, weil sie außerhalb der Kultur standen. Bis jetzt hatte Bazargan noch nicht genügend Indizien gesammelt, um entscheiden zu können, was zutraf.

Ann fühlte sich sichtlich weniger wohl mit der gespielten Naivität des Kaufmanns. Sie war in Amerikas Mittelprovinzen aufgewachsen, wo Direktheit als Kardinaltugend galt.

»Darf ich fragen, warum die terranischen Blumensamen nicht für uns gewachsen sind? Braucht man dafür Terranererde?«

»Nein«, antwortete Bazargan. »Es war von vornherein geplant, dass die Samen nicht wachsen. Wir haben sie speziell behandelt.« Jede Blüte, die sie mitgebracht hatten, war bestrahlt worden, um sie steril zu machen. »Siehst du, Pek Voratur, diese Blumen wachsen nicht natürlich auf Welt. Ist es hier noch nie vorgekommen, dass eine sehr starke Pflanze, beispielsweise von einer der äußeren Inseln, in einem Dorf im Binnenland angepflanzt wurde und kurz darauf das gesamte Beet überwuchert und die ursprünglichen Blumen einfach erstickt hat?«

»Ah, jetzt verstehe ich«, sagte Voratur. »Ihr beschützt uns also vor euren schönen Blumen.«

»Vor ihren unbekannten Auswirkungen, ja«, erwiderte Bazargan lächelnd. Natürlich konnte Voratur nicht ahnen, wie weit dieser Schutz tatsächlich ging. Auch das Menschenteam war gründlich dekontaminiert worden, von innen und außen. Jede notwendige Mikrobe, die von einer außerhalb des menschlichen Körpers nicht lebensfähigen Genomodversion ersetzt werden konnte, war durch eine solche ausgetauscht worden. Keiner war so naiv, zu glauben, dass die Anwesenheit menschlicher Wesen spurlos an Welt vorübergehen würde, aber das Ziel war, diesen Kontakt so einfühlsam und sauber wie möglich zu gestalten.

Voratur schien zu überlegen. »Lasst mich ein anderes Geschäft vorschlagen. Ihr gebt uns fruchtbare Samen eurer am langsamsten wachsenden und am schwierigsten zu züchtenden Blütenpflanze, und ich werde versuchen, sie mit Weltblumen in einem Glasgarten zu ziehen, bis wir sicher sein können, dass kein Schaden entsteht.«

Bazargan tat so, als ließe er sich den Vorschlag durch den Kopf gehen. Natürlich war dies alles erwartet worden, und die hydroponischen Genetiker an Bord der *Zeus* hatten genau dafür eine gentechnisch veränderte rote Rose mit begrenzter Konkurrenzfähigkeit entwickelt. Außerdem würde sie nur drei Generationen produzieren. In der vierten Generation würde die Rekombination der Keimlinie ein Terminatorgen aktivieren, das die Samen mit Biotoxinen überflutete. Doch es würde eine Weile dauern, ehe Voratur entdeckte, dass seine Rosen steril geworden waren, und so gingen die Verhandlungen in die nächste Runde.

»Das wäre eine Möglichkeit. Aber du hast von einem Geschäft gesprochen ...«, entgegnet Bazargan.

»Was hättest du gerne als Gegenleistung, Pek Bazargan?«

Ann warf Bazargan einen scharfen Blick zu.

Er wusste, was sie wollte. »Pek Voratur«, sagte er förmlich, »worum ich dich bitte, sind zehn Minuten deiner Zeit. In diesen zehn Minuten setzen wir dir einen Hut aus Metall auf den Kopf und machen mit einer unserer Maschinen ein Foto von deinem Gehirn. Das ist alles.«

»Ein Bild von meinem Gehirn?«, wiederholte Voratur, und diesmal war Bazargan sicher, dass seine Gefühle nicht gespielt waren. Voraturs Nackenfell stand ihm hektisiert zu Berge, und seine Schädelwülste hatten sich in tiefe Falten gelegt. »Wie kann das zugehen? Das Gehirn liegt verborgen im Innern des Schädels.«

»Ja«, antwortete Bazargan, »aber dieser Hut kann durch den Schädel hindurchsehen. Es tut nicht weh, es wird dich in keiner Weise beeinträchtigen, und es dauert nur zehn Minuten. Als Gegenleistung geben wir die Samen – für Blumen, wie man sie in Welt noch nie gesehen hat.«

Voratur zögerte. Ann hielt den Atem an. Ein kombinierter

Lagerfeld-Gehirnscan war für die Neurobiologie eines der wichtigsten Forschungswerkzeuge. Bazargan sah, wie die Gier des Kaufmanns mit seinem provinziellen Widerwillen gegen alles Unbekannte kämpfte.

Schließlich jedoch gewann etwas ganz anderes die Oberhand.

»Die Seele wohnt im Gehirn«, sagte Voratur zögernd. »Ich kann nicht riskieren, meine Seele einer Prozedur auszusetzen, die ich nicht verstehe. Vielleicht kannst du mir einen dieser Hüte vorher geben, damit ich ihn untersuchen kann, oder wenn du diesen Hut gegen etwas anderes eintauschen könntest ...«

»Nein, dass kann ich leider nicht«, meinte Bazargan bedauernd. Mehr brauchte er nicht zu sagen. Voratur war ein idealer Fremdkontakt; als erfolgreicher Kaufmann hatte er ein untrügliches Gefühl dafür, wann er die Grenze dessen erreichte, was sein Gegenüber zu geben bereit war.

»Dann muss ich das Gehirnbild leider ablehnen und dich bitten, mir einen anderen Preis für die Blumensamen zu nennen.«

»Lass mich nachdenken«, entgegnete Bazargan. So hatte auch der Weltler Zeit, sich Gedanken zu machen; vielleicht überlegte er es sich noch anders. Obwohl schon das erste Expeditionsteam auf die gleiche Weigerung gestoßen war. »Vielleicht könntest du die Diener der Ersten Blume um Rat fragen.«

»Vielleicht, vielleicht«, meinte Voratur, obwohl die priesterliche Entscheidung höchstwahrscheinlich nicht positiv für Bazargans Anliegen ausfallen würde. Die Priester würden bestimmt genauso darüber denken wie Voratur. Geteilte Realität.

»Wir werden uns schon noch handelseinig werden, Pek«, setzte der Kaufmann hinzu. »Ihr Terraner seid gekommen, um mit uns Geschäfte zu machen, nicht wahr? Die Terraner, die vor euch hier waren, haben gesagt: ›Wir werden zurückkommen, um uns das Artefakt genauer anzuschauen.‹«

»Das haben sie gesagt?«, fragte Bazargan erschrocken, aber dann fing er sich rasch wieder. »Ja, natürlich. Terra ist ja berühmt für ihren Handel mit den Nachbarn.«

»Das haben wir uns auch gedacht«, bestätigte Voratur, und seine Augen wirkten scharf in seinem fleischigen Gesicht. »Sag mir, Pek Bazargan, muss dieses Gehirnbild bei mir gemacht werden? Oder wäre euch mit dem irgendeines anderen Weltlers genauso gedient?«

»Das wäre vollkommen einerlei«, antwortete Bazargan. Voratur nickte, verabschiedete sich und ging. Ob er wohl an einen seiner Diener dachte? Jedenfalls würde er es nur tun, wenn nicht nur der Betreffende, sondern auch die Priester und alle anderen damit einverstanden waren. So liefen die Dinge auf Welt. Vielleicht bekam ein Diener einfach Geld zugesteckt, um das Risiko freiwillig einzugehen. Auch solche Maßnahmen funktionierten auf Welt.

»Glauben Sie, er wird sich bereit erklären?«, fragte Ann auf Englisch. »Ein Lagerfeld-Scan wäre großartig!«

»Ich weiß nicht, wie er sich entscheidet«, antwortete Bazargan in der Weltlersprache. Er wollte Anns Assistentin nicht ausschließen, wenn das Mädchen anwesend war. Und er wollte Enli auch keinen Grund geben, Voratur zu melden, dass die Terraner in geheimen Sprachen irgendwelche Ränke schmiedeten, was leicht als Hexenwerk ausgelegt werden könnte. So etwas konnten Priester überall konstruieren.

Ann nickte. Für gewöhnlich dachte sie daran, die Weltlersprache zu benutzen, auch wenn sie diese nicht ganz so gut beherrschte wie Bazargan. Aber sie war einfach zu aufgeregt gewesen. »Ein Gehirnbild«, sagte sie vorsichtig, »ein Gehirnbild wird uns helfen, der zentralen Frage näher zu kommen.«

»Ja«, entgegnete Bazargan. Er konnte verstehen, dass Ann so aufgeregt war. Für sie als Xenobiologin war die ›zentrale Frage‹, wie der Biomechanismus der geteilten Realität ablief. Anders als Bazargan war sie überzeugt, dass es ein biologisches Phänomen war, und hatte bereits mehrere Hypothesen zu seiner Erklärung formuliert. Ein Virus, der – ähnlich wie bei Neurosyphilis – einen bestimmten Bereich des Gehirns überreizte. Oder ein Zustand wie das Tourette-Syndrom, bei dem die Erregungsleitung nur an bestimmten Stellen verstärkt war. Oder mutierte Peptide, die nur unter pathologisch veränderten Verhaltensbedingungen nachweisbar waren, wie das Tripeptid bei der *Anorexia nervosa*.

Nur teilweise Enli zuliebe fügte Bazargan hinzu: »Die geteilte Realität ist ein moralisches Konzept.«

Wieder schaltete Ann auf Englisch um. »Die Beziehung zwischen der affektiven und der moralischen Sensibilität ist immer kompliziert.«

Bazargan lächelte. »Ich weiß.«

»Ich meinte zerebral, im Frontalkortex.«

»Aber ich nicht.«

Ann lachte, ihr schmales Gesicht strahlte. Dann wandte sie sich wieder ihrer Arbeit zu. Bazargans Blick verharrte auf Enli.

Sie beugte sich dicht über die Werkbank und präparierte dünne Blattstücke für die Atomanalyse, wie Ann es ihr gezeigt hatte. Anders als Menschenhaar wuchs das Nackenfell nicht lang genug, um ihren Gesichtsausdruck zu verbergen. Enlis Schädelwülste waren tief gerunzelt, ihre Lippen leicht über die Zähne zurückgezogen, das grobe Nackenfell war gesträubt. Das Weltlermädchen hatte Angst, furchtbare Angst.

Aber wovor? Als Bazargan hereingekommen war, hatte sie einen ganz entspannten Eindruck gemacht. Er überlegte. Falls Enli Angst bekommen hatte, als Voratur fragte, ob irgendein Weltler dem Gehirnscan unterzogen werden konnte, war das hochinteressant. Vorausgesetzt, diese Angst war nicht nur primitive Angst vor dem Unbekannten, sondern hatte einen anderen Grund – was konnte das sein? Hatte Enli etwas zu verbergen?

Die Lilie schien mich zu bedrohn und zeigte bebend die gebogne Klinge ... Hafiz. Vierzehntes Jahrhundert.

Noch etwas zum Nachdenken. Der Planet Welt mit seiner

komplexen Ökologie und noch komplexeren Gesellschaft war faszinierend. Und seine Bewohner waren ebenso interessant, mit ihrem hoch entwickelten Humor und ihrer kultivierten Habgier. Einnehmende Leute. Solange man ihnen nicht blind vertraute.

David Allen hatte das Gefühl, endlich nach Hause gekommen zu sein. Welt war genau das, wonach er sein Leben lang gesucht hatte.

Klar, im Krelmhaus war er ziemlich isoliert, er erfuhr weit mehr über die Babys als über die Regierungsform, mehr übers zeitgemäße Zahnen als über Männlichkeitsriten (falls solche überhaupt existierten). Na und? Hier gab es Material für ungefähr ein Dutzend anthropologischer Abhandlungen, und alles war höchst interessant. Seine Sprachbegabung zahlte sich aus. Inzwischen sprach er die Weltlersprache sogar fließender als Dr. Bazargan, zumindest war sein Akzent besser, und jeden Abend, wenn das Krelmhaus schlief, hatte David kaum genug Zeit, um all die Beobachtungen und Eindrücke zu dokumentieren, die er im Lauf des Tages zusammengetragen hatte. Wenn er nach Princeton zurückkehrte, würde er sofort zum Star der kleinen leidenschaftlichen und leidenschaftlich umstrittenen Welt der Xenoanthropologie werden.

Aber es war mehr als eine Karrieremöglichkeit, was David an Welt so liebte. *So oberflächlich bin ich nun wirklich nicht*, sagte er sich voll Stolz. Welt verkörperte für ihn nicht nur Informationsmaterial für zukünftige Artikel in wissenschaftlichen Journalen. Es verkörperte nicht weniger als die Chance der Menschheit, sich neu zu erfinden.

Allein der Gedanke raubte ihm den Atem. Nachts lag er in seinem ›Privatgemach‹, einer Kombination aus Schlafzimmer und Esszimmer, rutschte auf der unbequemen Schlafdecke herum und tat kein Auge zu. Seine Gedanken rasten, und sein Herz raste mit. *Werd jetzt bloß nicht größenwahnsinnig*, versuchte er sich gut zuzureden. Und: *Morgen früh werde ich die Disziplin so anpassen, dass ich etwas ruhiger bin.* Die Ermahnungen halfen nicht. Seine Gedanken machten trotzdem Höhenflüge.

Die geteilte Realität war der Schlüssel. Auf Welt hatte es noch nie einen Krieg gegeben. Nicht ein einziges Grenzscharmützel. Die Weltler, mit denen er sich gelegentlich unterhielt, also die Kinderfrauen und der andere Lehrer, Colert Pek Gamolin, erklärten das alle ganz leichthin, als wüsste David längst Bescheid. Natürlich hatte er vom ersten Expeditionsteam schon eine ganze Menge erfahren, aber das war nicht das Gleiche, als wenn man es in Aktion sah. Wenn zwei Weltler sich nicht in Harmonie miteinander befanden, wenn sie nicht die gleichen Glaubensgrundsätze, Wertvorstellungen und Weltanschauungen teilten, dann bekamen sie Kopfschmerzen. So einfach war das. Man kann keinen Krieg anzetteln, wenn man sich selbst dadurch große Schmerzen bereitet – und das würde bei einem Weltler zweifellos geschehen, denn ein Feind, den man abschlachtet, ist wohl kaum der Ansicht, dass das eine gute Sache ist. Diesem Wissen, nein, diesem *Gefühl* konnte ein Weltler nicht entgehen, sondern es in den tiefsten Zellen des Gehirns spüren, eine wahre Folterqual. Deshalb wurden auf Welt keine Kriegspläne geschmiedet. So etwas war schlicht undenkbar.

Natürlich wurden trotzdem Leute umgebracht, im Affekt. Die Zeit, die man brauchte, um nach dem erstbesten Gegenstand zu greifen und ihn jemandem über den Schädel zu ziehen, reichte vermutlich nicht aus, um als Abschreckung genügende Schmerzen hervorzurufen. Vielleicht hatte man danach Kopfweh ... oder nicht? Danach musste David bei Gelegenheit Colert Gamolin fragen. Wie auch immer, die Grundidee blieb von dieser Frage ohnehin unberührt.

Die Menschen konnten ein für alle Male Schluss machen mit dem Krieg.

Dafür mussten sie nur den physiologischen Mechanismus der geteilten Realität erforschen und ihn dann als dominantes Gen in gentechnisch veränderten menschlichen Embryos verankern. Diese Genomodmenschen würden dann in geteilter Realität miteinander kooperieren, und Kooperation war auf lange Sicht eine stärkere evolutionäre Strategie als Gewalt, wenn eine Spezies sich auf einer technisch fortgeschrittenen Entwicklungsstufe befand. Diejenigen, die in der geteilten Realität lebten, würden die erfolgreiche Strategie ihren Kindern weitervererben, bis das Sonnensystem sich in ein Paradies der Gewaltlosigkeit verwandelte, wie Welt es jetzt schon war.

Natürlich hatte Ann ihm gesagt, sie glaube nicht daran, dass der Mechanismus der geteilten Realität genetisch war. Sowohl sie als auch das frühere Forschungsteam hatten aus Haaren, Blut und Hautschuppen DNS-Proben genommen, und diese Analysen hatten nur geringfügige Abweichungen im gemischten Weltgenom vom gemischten Menschengenom ergeben: weniger als 0,005 Prozent. Gerade genug, um damit das Nackenfell, die Schädelwülste und ein paar andere kleine evolutionäre Unterschiede zu erklären, hatte Ann ihm gesagt. Zwar hatte sie eingeräumt, dass sie natürlich nicht mit hundertprozentiger Sicherheit sagen konnte, ob die geteilte Realität sich nicht doch irgendwo in diesen Unterschieden oder in der Zusatz-DNS versteckte, die beide Rassen so überreichlich mit sich herumtrugen. Bis man es genau wusste, würden Jahre vergehen, und es waren mehr Untersuchungen mit einer Ausrüstung vonnöten, über die Ann nicht verfügte. Aber sie war trotzdem so gut wie sicher, dass die Unterschiede nicht genetisch waren. Immerhin waren die Weltler so vollständig mit den Menschen vergleichbar, dass sie theoretisch miteinander fruchtbare Nachkommen zeugen konnten. Die Unterschiede waren samt und sonders oberflächlicher Natur, und die DNS-Analysen zeigten die dichtesten Übereinstimmungen, die man bisher unter den verwandten, irgendwann in alle Winde verstreuten und Lichtjahre voneinander entfernten Rassen gefunden hatte.

Aber ohne weitere Untersuchungen, beharrte David, konnte sie nicht hundertprozentig sicher sein. Er sagte das so oft, dass die sonst so geduldige Ann ihn schließlich anfauchte: »Nein! Natürlich kann ich nicht hundertprozentig sagen, dass es nicht genetisch ist! Und ja, wenn es genetisch wäre, dann könnte man es theoretisch in der menschlichen DNS verankern! Würden Sie jetzt bitte aufhören, mir damit auf die Nerven zu gehen?«

Keine Kriege mehr. Und die enormen Geldsummen, die man in den Krieg steckte, konnten für friedlichere Zwecke genutzt werden, für die wirklich wichtigen Ziele, für Lernen, Lieben und Kindererziehung (siebzehn Prozent der Kinder auf Terra starben immer noch durch Krankheit, Gewalt oder Hunger).

In gewisser Weise passierte es schon jetzt für Bonnie und Ben! Die Zwillinge hatten sich mit demselben Enthusiasmus auf das Leben auf Welt eingestellt wie David. Gerade heute waren sie in die Ecke geschlendert, wo David Geschichten erzählte, und hatten sich mit den sechsjährigen Weltlerkindern unterhalten, um ihnen Englisch beizubringen. Hier waren die Sechsjährigen natürlich eher wie Dreijährige in Erdjahren; die Jahre auf Welt umfassten 213 Umdrehungen des Planeten, jede ein wenig mehr als vierundzwanzig Stunden. Die Kinder waren wunderbar, wie sie da auf ihren nierenförmigen Kissen saßen, ihre kleinen kahlen Köpfe zur Bildleinwand reckten und mit den Händen aufgeregt in der Luft herumfuchtelten. Die Geschichte war Davids eigene Fassung von ›Peter Rabbit‹. Alle Geschichten, in denen Blumen vorkamen, waren ein Erfolg.

»... und so ging Peter Pek Freb noch einmal in Pek MacGregors Garten und aß eine Blume!«

Drei Augenpaare wurden groß angesichts einer solchen Untat. Mitten in diesem literarischen Moment platzten Ben und Bonnie herein, noch immer etwas unsicher auf den Beinchen, aber doppelt so groß wie Nafret und Uvi und Grenol. Ben gab gurgelnde Laute von sich und streckte die Hand nach dem aus Holz geschnitzten Freb auf Davids Schoß aus. Der Kleine verlor das Gleichgewicht, fiel auf Uvi und krachte mit dem Ellbogen heftig gegen ihren Kopf. Sie heulte auf.

Ben hielt das Ganze für ein Spiel. Er lachte.

Nafret und Grenol trösteten und streichelten die weinende Uvi sofort. Aber als Ben zu lachen anfing, blickte Nafret stirnrunzelnd auf. Er sah wieder zu Uvi, dann zurück zu Ben und presste schließlich die Hand seitlich an den Kopf. Sein kleiner Mund verzog sich.

Augenblicklich war der Weltlerlehrer, Colert Gamolin, bei ihm. Er ging neben Nafret in die Hocke, sodass er mit ihm auf Augenhöhe war, und beobachtete ihn aufmerksam. Nafret schaute weiter zwischen Ben und Uvi hin und her, während ihm Tränen in die Augen stiegen. Leise sagte Gamolin: »Ist der Boden heute gut, Nafret?«

»Mein Kopf tut weh.«

Ein Lächeln breitete sich auf Gamolins Gesicht aus: breit, fröhlich, erleichtert. Er nahm Nafret auf den Arm, grinste David vielsagend zu und trug den Kleinen nach draußen. Unterdessen kümmerte sich eins der Kindermädchen um Uvi, die kaum noch weinte. David beobachtete Ben.

Mit verwundertem Gesicht starrte der kleine Junge auf die schluchzende Uvi auf dem Schoß des Kindermädchens. Dann hob er ein Spielzeug vom Boden auf, eine weiche Plüschwolke, die alle Kinder gern hatten, und stapfte zu Uvi hinüber. Wortlos und sehr ernst streckte er ihr das Spielzeug hin.

Es war nicht das Gleiche, das wusste David. Menschliche Kinder entwickelten oft schon im Alter von sechs Monaten Mitgefühl mit einem anderen Kind, das Kummer hatte. Bens nette Trostgeste hatte nicht die biologische Kraft von Nafrets Reaktion, und man würde Ben sein empathisches Verhalten leider ziemlich leicht wieder abgewöhnen, wohingegen es einige Mühe kosten würde, es dauerhaft in ihm zu verwurzeln. *Aber es waren Indizien.* Indizien dafür, dass der gleiche Entwicklungsmechanismus, der in den Weltlern existierte, auch in den Terranern vorhanden war, und sei es auch nur rudimentär.

Wenn man auf die Grundlagen zurückgreifen konnte, würde es sogar noch leichter werden, mit Hilfe der Gentechnik einen so eng verwandten Entwicklungsweg zu fördern.

»Nein«, hatte Ann Sikorski gesagt, als sie nach ihrer Genetikdiskussion ihre Geduld wiedergefunden hatte. »Geteilte Realität ist keine logische evolutionäre Strategie, David. Glauben Sie mir. Ich hab die Computersimulation nach den Dawkins-Gleichungen zweimal durchlaufen lassen, und diese Art rigider Altruismus kann den genetischen Egoismus nicht ausstechen.«

»Aber auf Welt tut er doch genau das«, argumentierte David unwiderlegbar.

»Ich weiß«, entgegnete Ann, strich sich die schönen langen Haare zurück und machte ein besorgtes Gesicht. »Zum einen gab es anscheinend keine wirkliche Konkurrenz durch eine Strategie genetischen Egoismus, obwohl ich wirklich nicht weiß, warum. Noch nicht. Auf jedem anderen Planeten sind die intelligenten Lebewesen auf Wettbewerb aus. Hier geht noch irgendetwas anderes vor, aber ich weiß nicht, was. Noch nicht jedenfalls.«

Biologen. Gefangen in ihren Computersimulationen, ihrer evolutionären Mathematik. David *wusste*, was hier vorging. Genau genommen war es das Gleiche, was sich auch unter aufgeklärten Menschen abspielte, bei denjenigen, die es mit der Disziplin ernst meinten, mit der moralischen Verpflichtung, im Gehirn für die optimale Chemie zu sorgen, um damit die Aufgaben des jeweiligen Tages optimal bewältigen zu können. Die Neurotechnologie beinhaltete eine Verantwortung sich selbst und anderen gegenüber, man nahm das eigene Potenzial ernst, man war so gut und effektiv wie möglich. Waren Neurotechnologie, Gentechnik und die geteilte Realität auf Welt nicht in Wirklichkeit alles Aspekte des Gleichen: biologische Werkzeuge, um die bestmögliche Gesellschaft zu entwickeln?

Doch. Genauso war es.

David ging nach draußen. Nafret und Gamolin wanderten

um die Beete herum und sagten die Namen der verschiedenen Blüten auf. *Pajalib, Rafrib, Allabenirib.* Gamolins Gesichtsausdruck war immer noch etwas exaltiert, und er hielt die Hand des kleinen Jungen mit großer Zärtlichkeit in der seinen. Als die Blumenlektion beendet war, schickte der Lehrer Nafret wieder hinein und wandte sich an David.

»Das ist das erste Zeichen, das ich bei Nafret gesehen habe, Pek Allen. Ich muss Pek Voratur sofort davon erzählen. Sein Sohn wird real.«

»Alle Blumen duften nach Freundlichkeit und Freude«, entgegnete David, dem Ritual gehorchend. Er konnte sich ein Lächeln nicht verkneifen. Gamolins Begeisterung war ansteckend. Aber jetzt war auch eine gute Gelegenheit, Informationen zu sammeln. »Ist Nafret im typischen Alter, in dem man auf Welt real wird?«

»Er ist ein bisschen früh dran«, antwortete Gamolin, und seine Augen wurden groß. »Warum? In welchem Alter fängt es bei den Menschen an?«

»Erst später«, erklärte Allen. Schließlich musste er Bonnie und Ben schützen. »Ungefähr mit neun Jahren.« Das entsprach auf Welt etwa fünf Jahren.

»So spät!«

»Ja. Aber Pek Gamolin, ich möchte dir gern noch eine Frage stellen. Wenn sich herausstellte, dass ein Kind unreal ist ... was passiert dann hier auf Welt?«

Gamolins strahlendes Lächeln verblasste. Nach einem kurzen Augenblick des Schweigens antwortete er: »Wir versuchen es so schmerzlos wie möglich zu machen. Anders als früher ... aber unsere fernen Vorfahren konnten keine Blumen riechen, die noch nicht gewachsen waren, weißt du. Heutzutage schneiden wir ihnen die Kehle durch. Ganz schnell, mit einem scharfen Messer, wenn das Nichtkind schläft. Es muss nicht leiden. Und auf Terra?«

David schaffte es, ruhig zu bleiben. »Wir gehen anders vor. Wir ... wir benutzen bestimmte Heiltränke.« Das war keine Lüge. Auf der Erde wurden Kindern mit unheilbaren Hirnstörungen oft Opiate verabreicht. Allerdings nicht, um sie zu töten. »Darf ich dich fragen, wie groß der Anteil der ... der Nichtkinder ist?«

»Oh, es sind nur sehr wenige«, antwortete Gamolin, wieder ganz fröhlich. »Eigentlich ist es vollkommen lächerlich, dass Eltern sich deswegen Sorgen machen, denn es kommt wirklich sehr selten vor. Vor allem bei wohlhabenden Leuten wie Pek Voratur. Ein separates Krelmhaus für diejenigen, die noch nicht für real erklärt worden sind ... das ist im Grund unnötig. Und ich vermute, dass die Realität sich irgendwann ändert und die Krelmhäuser verschwinden. Haben die Reichen auf Terra auch so etwas?«

»Nein.«

»Na, siehst du. Ihr seid uns voraus. Das hab ich ja schon gewusst, als ich die terranischen Fahrräder gesehen habe, die Pek Bazargan dem Hausstand geschenkt hat! Was für prächtige Maschinen! Meines hat genau die Kurven des Bleriodib, und es fährt viel schneller als alle Fahrräder, die ich je mein eigen genannt habe.«

»Es freut mich, dass es dir gefällt«, sagte David. Zwar wusste er nicht, was ein ›Bleriodib‹ war, aber sein übliches Interesse für die Sprache schien ihn heute verlassen zu haben.

»Ich gehe jetzt zu Pek Voratur, um ihn über Nafrets Kopfschmerzen zu informieren«, verkündete Gamolin. »Bestimmt wollten die Priester möglichst bald mit der Planung der Zeremonie beginnen. Bis unsere Blumen zusammen blühen.«

»Bis unsere Blumen zusammen blühen«, erwiderte David.

Auf einmal – welche Ironie! – hatte er auch Kopfschmerzen. Obgleich ihn die Angelegenheit nicht so hätte beeinträchtigen dürfen. Er war Anthropologe. Er wusste, dass alle Gesellschaften unerwünschte Aspekte aufwiesen, und viele beseitigten behinderten Nachwuchs – selbst so kulturell fortgeschrittene wie Welt. Doch ein Sechsjähriger war kein Baby mehr. Wenn man Menschen gentechnisch so verändern konnte, dass es ihnen Schmerzen bereitete, wenn sie die

Realität nicht miteinander teilten, würden sie ihre eigenen Kinder dann auch umbringen? War das der Preis für den Frieden?

Nein. So musste es nicht sein. Menschliche Genetiker brauchten sich im Gegensatz zur Evolution auf Welt weder auf die Härten der natürlichen Selektion noch auf die Launen des genetischen Zufalls zu verlassen. Sie konnten mit den genetischen Grundmustern herumbasteln und einen Ausweg für die schweren Hirnschädigungen finden. Möglicherweise waren dafür andere Gene verantwortlich als für den Mechanismus der geteilten Realität. Vielleicht ließ es sich ganz leicht verändern.

Und vielleicht war das Problem *nicht* genetischer Natur! Vielleicht war es kulturell. Die Priester, die Nafret für ›real‹ erklären mussten, hatten die Macht über Leben und Tod. Und das hatte nun ganz bestimmt Parallelen in der Menschheitsgeschichte! Machtgierige religiöse Sekten, die alle Macht an sich reißen wollten, die Gewohnheiten, Mythen und Drohungen benutzten, um die Leute bei der Stange zu halten. Die ihnen eintrichterten, dass alles nur zu ihrem eigenen Besten geschah, damit sie die Überlegenheit der Priesterschaft nicht in Frage stellten. Wie ein großer politischer Denker vor ein paar Jahrhunderten die Sache auf den Punkt gebracht hatte: »Religion ist das Opium des Volkes.«

Nun, wenn das Töten von Kindern kulturell und nicht biologisch bedingt war, dann war es ja nicht einmal eine Komponente der genetischen Übernahme der ›geteilten Realität‹ beim Menschen. Warum also regte er, David Allen, sich so darüber auf?

Das war doch das wahre Problem, oder nicht? Es lag nicht an der Genetik, sondern an *ihm!* Er schätzte eine kleine Schwierigkeit pessimistisch ein, wo er doch über die heutige Erkenntnis in Jubel ausbrechen sollte! Morgen würde er bei der Disziplin eine Umstellung vornehmen. Das Ausmaß dessen, worum es hier ging, erlaubte keinen engstirnigen mentalen Aussetzer.

Womöglich hatte er eine Methode gefunden, die Menschheit vor sich selbst zu retten.

Pfeifend wanderte er durch die wunderschönen Gärten des Voraturhausstands und spürte, wie die Hoffnung in ihm aufblühte.

KAPITEL 6

Rafkit Seloe

Wie ein begossener Pudel stand Enli vor Pek Nagredil in dessen kleinem voll gestopften Büro im Ministerium. Vor dem Bogenfenster fiel der Regen beständig auf die hohen Gewölbe und kurvigen Innenhöfe von Rafkit Seloe.

»Pek Brimmidin, das Ministerium für Realität und Sühne hatte sich mehr von dir erhofft. Viel mehr«, sagte Pek Nagredil.

»Ich weiß«, entgegnete Enli kleinlaut.

»Du hast eine bevorzugte Position im Voraturhausstand – du bist die direkte Assistentin einer Terranerin! Da hättest du doch alle möglichen nützlichen Informationen sammeln können. Aber was erzählst du mir? Die Terraner scheiden ekelhafte Körperflüssigkeit durch die Nase aus. Ihre Blase wird im Durchschnitt sechs Komma vier Mal am Tag entleert. Sie haben keinen Sex – von den Terranern, die vorher hier waren, wissen wir, dass das nicht stimmt. Sie ...«

»Ich habe nur gesagt, die Terraner stellen sich nicht sexuell zur Schau«, verteidigte sich Enli jammervoll. Regen tropfte aus ihren Kleidern, von ihrem Nackenfell, ihren Fingern und hinterließ auf dem Boden kleine Pfützen.

»Unterbrich mich nicht. Du erzählst mir, dass die Terraner konzentriert mit Pflanzen und Tieren arbeiten, wie bei uns die Heiler. Dass sie wahrscheinlich – *wahrscheinlich!* – die Weltler beobachten, sooft sie können. Dass die Terranerkinder im Krelmhaus der Voratur mit den Weltlerkindern spielen. Und dass sie Pek Voratur Samen für ›Rosib‹ gegeben haben, was ganz Welt bereits weiß.«

»Ich ...«

»Das einzige Neue, was du mir erzählt hast, ist, dass Pek

Bazargan Pek Voratur gefragt hat, ob er ein Bild von seinem Gehirn machen darf, und dass Pek Voratur sich natürlich geweigert hat.«

»Sie sprechen in ihren seltsamen terranischen Worten, wenn sie alleine sind«, sagte Enli. »Und obwohl ich genau zuhöre, kann ich sie nicht verstehen.«

»Dann solltest du eine Möglichkeit finden, entweder Terranisch zu lernen oder zu beobachten, was sie tun, statt das zu belauschen, was sie sagen. Für fünf Dezimen ist das wirklich ein ärmlicher Bericht.«

»Es tut mir Leid. Ich ...«

»Du solltest in der Lage sein, die terranischen Worte zu lernen. Ein Informant, den wir auf die vorigen Terraner angesetzt haben – ein Informant, der jetzt real ist, Pek Brimmidin! –, hat die Sprache auch gelernt. Zumindest so weit, dass er Sachen mitbekommen hat wie beispielsweise: ›Wir werden zurückkommen, um uns das Artefakt genauer anzuschauen.‹ Meinst du nicht, dass du mindestens etwas in dieser Art zuwege bringst? Schließlich bist du intelligent.«

»Aber ich ...«

»Du kannst gehen, Pek Brimmidin.«

»Aber ...«

»Du kannst gehen.«

Nicht einmal ein höflicher Wunsch für mehr Erfolg. Enli drehte sich um und schlurfte tropfend hinaus. Draußen stieg sie auf ihr nasses Fahrrad und machte sich durch den kalten Regen auf den Rückweg nach Gofkit Jemloe.

»Bitte, Pek Sikorski ...«, begann Enli.

»Ja, Enli? Was gibt's?«

»Würdest du mir beibringen, mit euren Worten zu sprechen?«

Pek Sikorski sah sie überrascht an. Zurück in Gofkit Jemloe, trocken und ausgeruht, hatte Enli ihre Zuversicht wiedergewonnen. Hatte sie nicht bisher jede Informantenaufgabe bewältigt? Dann würde sie es doch auch hier schaffen!

»Warum möchtest du unsere Worte lernen, Enli?«, fragte Pek Sikorski. Ihr Weltisch war nicht so gut wie Pek Bazargans, und ihr Akzent klang ziemlich seltsam. Außerdem hatte Enli den Eindruck, dass die Terranerin eine Blumenkrankheit ausbrütete. Ihre Nase lief, und ihre Augen begannen sich zu röten und anzuschwellen. Die Trifalitib würden bald blühen; wahrscheinlich war das der Grund für Pek Sikorskis Zustand. Tabor hatte so etwas auch gehabt und sich furchtbar dafür geschämt, jedes Mal, wenn die zarten Blüten aufgeblüht waren ... Nein, sie wollte jetzt nicht an Tabor denken.

Das Seltsame war, dass Pek Sikorski sich nicht im Geringsten zu schämen schien. Sie versteckte sich nicht wie die reichen Frauen in ihrem Zimmer, sie hielt den Kopf auch nicht in Buße gesenkt, sie vollbrachte auch kein Sühneritual vor den Trifalitibbeeten, dafür, dass sie deren Blüten nicht zu schätzen wusste – ein jammervolles Versagen. Ja, sie hatte nicht einmal ihr Nackenfell – ihr Kopffell natürlich – zu Sühnezöpfen geflochten. Es sah genauso aus wie sonst, heute in einem glänzenden Knoten auf dem Kopf zusammengezwirbelt.

»Ich möchte eure Worte lernen, weil ich gerne neue Dinge lerne«, erklärte Enli. Erst gestern hatte Pek Sikorski sie dafür gelobt, dass sie die Wurmscheibchen für die sonderbare terranische Maschine mit dem Namen ›Gen-Sequencer‹ so gut vorbereitet hatte. Es gab eine ganze Anzahl solcher merkwürdiger Maschinen, die alle aussahen wie versiegelte Metallkästen, in deren Rachen tote Dinge verschwanden und nie wieder zum Vorschein kamen.

Pek Sikorski lächelte, nieste und wischte sich die Nase ab. Nicht das geringste Anzeichen von Sühne. »Na ja, Enli, ich bringe dir gern ein bisschen Terranisch bei. Wollen wir gleich damit anfangen?«

»Ja, gerne.« Störte es diese Frau denn überhaupt nicht, dass sie eine Blume beleidigte? Was war mit diesen Leuten nur los?

»Dann fangen wir doch einfach mit den Sachen in diesem Raum an, ja? Das hier ist ein *Tisch*.«

»*Tisch*«, wiederholte Enli und ließ sich das fremde Wort auf der Zunge zergehen. Zwischen ihren Augen spürte sie den Druck, aber er blieb erträglich und weit weg, weil sie derzeit so viele Ministeriumspillen schluckte. Das war die einzige Möglichkeit, den Tag bei diesen grässlichen Terranern zu überstehen. Zwar hatte Enli bei Pek Nagredil nicht viel zu berichten gehabt, aber sie sammelte ständig neue Eindrücke.

»*Boden*«, fuhr Pek Sikorski unbeirrt fort und bückte sich, um den Boden zu berühren. Wieder nieste sie, ohne den Kopf zu senken.

»*Boden, Boden, Boden*«, wiederholte Enli, ohne Pek Sikorski anzusehen.

»*Wand.*«

»*Wand, Wand, Wand. Boden, Boden, Boden. Tisch, Tisch, Tisch.*«

»Gut. Und noch eins, das bestimmt wichtig für dich ist: *Blume.*« Dabei berührte Pek Sikorski tatsächlich eine Trifalitblüte aus dem Strauß auf ihrem Tisch. Und das, während sie die Trifalitblumenkrankheit hatte!

Enli spürte, wie ihr selbst ganz schlecht wurde. Also waren die Terraner wohl doch nicht real. Kein Realer konnte sich ein solches Sakrileg zuschulden kommen lassen. Eigentlich hätte Pek Sikorski jetzt vor Schmerzen aufschreien und zu Boden sinken müssen ... aber nichts dergleichen geschah. Sie begrüßte Pek Bazargan, der gerade zur Tür hereingekommen war.

»Guten Morgen, Ann, hallo Enli ... Mögen eure Gärten immer blühen. Ann, du siehst nicht besonders gut aus. *Allergie?*« Das letzte Wort war Terranisch.

»Ja, fühlt sich so an«, antwortete Pek Sikorski etwas jämmerlich in der Weltlersprache. »Ich bin noch nicht dazu gekommen, mein *Antihistamin* zu nehmen. Enli wollte ein bisschen Englisch lernen, und wir haben gerade eine kleine Lektion durchgenommen.«

»Gut«, meinte Pek Bazargan und lächelte Enli zu. »Mögen deine Blumen blühen bei diesem Vorhaben. Aber du solltest wirklich sofort dein *Antihistamin* nehmen, Ann.«

Den letzten Satz sagte er besonders eindringlich.

Pek Sikorski erwiderte: »Oh. *Tabu?*« Schon wieder ein terranisches Wort.

»Sehr sogar.«

»Entschuldigt mich.« Sie verließ den Arbeitsraum.

Pek Bazargan schlenderte zu Enlis *Tisch* und betrachtete ihre Arbeit. »Sehr schön, Enli. Ich bin sicher, du bist eine große Hilfe für Ann.«

»Danke«, antwortete Enli.

»Ich hab dich gestern auf deinem Fahrrad gesehen, im Regen. Du musst ja patschnass geworden sein.«

»Ja«, erwiderte Enli vorsichtig. Konnte er auf irgendeine Art, irgendeine unreale terranische Art, erraten, wo sie gewesen war? War er etwa auch ein Spitzel?

»Ich würde dich gern etwas fragen, wenn ich darf. Dein Fahrrad hat wie alle anderen ein Schloss. Nun wandelt sich die geteilte Realität ja im Lauf der Zeit, wie wir alle wissen, und ich interessiere mich sehr dafür. Deshalb klingt meine Frage vielleicht etwas seltsam, aber denk bitte daran, dass die geteilte Realität auf Terra natürlich auch geteilt wird, sich jedoch vielleicht ein wenig von der auf Welt unterscheidet. Warum haben eure Fahrräder ein Schloss, wenn es doch ganz bestimmt die geteilte Realität verletzen würde, eines zu stehlen?«

Enli bemühte sich, ihre Hände ruhig zu halten und weiterzuarbeiten. Da war es also. Selbst Pek Nagredil würde das für eine bedeutsame Information halten. Ja, die geteilte Realität wandelte sich, aber nicht so sehr, dass man ein so grundlegendes Konzept einfach ignorieren konnte. Pek Bazargan musste unreal sein, wenn er diese Frage stellte. Und wenn er sie jemandem gestellt hätte, der keine Pillen nahm, hätte das ein solches Maß an Unrealität offenbart, dass es zu üblem Kopfweh gekommen wäre ... Aber er hatte Enli danach gefragt. Sollte sie so tun, als hätte sie Schmerzen? Nein, er würde den Unterschied sowieso nicht erkennen.

So ruhig, wie es ihr wild hämmerndes Herz zuließ, sagte

sie: »Stehlen verletzt die geteilte Realität nicht. Man nimmt sich Sachen, die man sieht und sich wünscht und nicht selbst haben kann, das wird immer so sein. So ist die Weltlernatur, das ist geteilte Realität.«

»Aha«, erwiderte Pek Bazargan und blickte sie mit seinen seltsamen blassen Terraneraugen so durchdringend an, dass Enli ganz unbehaglich zumute wurde.

War es möglich, dass er die Antwort auf seine eigene Frage bereits gewusst hatte? Dass er sie nicht gestellt hatte, um die Antwort zu hören, sondern um zu sehen, ob Enli sie geben konnte, ohne Kopfschmerzen zu bekommen? Hegte er einen Verdacht?

Panik überfiel Enli. Wenn die Terraner sie durchschaut hatten, wenn sie wussten, dass sie sie ausspionierte ... Sie kämpfte darum, ruhiger zu werden und sich nichts anmerken zu lassen, während Pek Bazargan sie mit seinen fremden Augen anglotzte. Endlich kehrte Pek Sikorski zurück.

Und sie nieste plötzlich nicht mehr, hatte keine roten Augen, und ihre Nase lief auch nicht mehr.

Das war unmöglich. Die Trifalitblüte stand immer noch auf dem *Tisch*. Ihr Duft erfüllte die Luft. Am anderen Ende des Gartens war ein ganzes Beet der zarten Blumen, gleich neben dem Teich. Trifalitib würde noch die nächsten beiden Dezimen blühen. So lange hatte Tabor immer gelitten, jeden Tag stärker und tiefer in der Sühne. Aber hier stand Pek Sikorski vor ihr und hatte alle Anzeichen der Blumenkrankheit abgelegt.

Ich bin noch nicht dazu gekommen, mein Antihistamin zu nehmen.

Sie hatten also irgendeinen Trank, der die Blumenkrankheit vertrieb, genau wie die Ministeriumspillen die Kopfschmerzen verscheuchten.

Enlis Hand mit dem Wurmmesser beruhigte sich. Sie war doch eine gute Informantin. Am nächsten Dezimtag würde sie Pek Nagredil etwas Wichtiges und Einzigartiges zu erzählen haben. Von Pek Voratur ganz zu schweigen.

»Also«, sagte Pek Sikorski, »bist du bereit für noch ein paar terranische Wörter, Enli?«

Enli nickte zustimmend.

»Bist du sicher?«, fragte Pek Voratur. »Absolut sicher?«

»Ja«, antwortete Enli. »Ich hab's gesehen. Sie hatte die Blumenkrankheit ganz schlimm, wegen des Trifalitib, dann hat sie *Antihistamin* eingenommen, und die Blumenkrankheit war plötzlich wie weggeblasen.«

Pek Voratur stand auf, ging zum Fenster hinüber und blickte hinaus. So hatte Enli ein bisschen Zeit zum Nachdenken.

Pek Voraturs Privatgemach war bei weitem das prächtigste, das sie je gesehen hatte. An den Wänden war jeder Zentimeter mit flachen gewachsten Blumen in gedämpften Farben bedeckt, die dank der Kunstfertigkeit des Tapetenmachers eine dezente harmonische Schönheit ausstrahlten. Die Bogenfenster gewährten einen Ausblick auf einen privaten Innenhof mit Pajalib, Sajib und seltenen gelben Anitabib. Ein dicker Teppich von der Insel Seuril lag auf dem Boden, golden wie Gras, durchzogen von einer kunstvoll gewebten schwarzen Welle. Das Schlaflager war um diese Tageszeit natürlich bereits entfernt worden, aber die Frühstücksschalen aus dunklem geölten Holz und schwerem Zinn mit Goldrand standen noch auf dem niedrigen geschwungenen Tisch, mitten zwischen einem Schwung nüchtern gerundeter Geschäftsbriefe.

An der Südwand erhob sich ein Blumenaltar, der schönste, den Enli jemals gesehen hatte. Lebendes Holz war in jahrelanger mühevoller Arbeit in ausladenden Kurven gezüchtet, dann geerntet, poliert und in zwei Silbervasen eingepasst worden. In den Vasen prangten frische Sträuße zu Ehren der Ersten Blume, der perfekten Blüte, die vom Mond Obri herabgekommen war und sich entfaltet hatte, um Welt zu erschaffen. Zwischen den beiden Vasen lag ein Blumenandenken für Pek Voraturs Ahnen, und auch es war das schönste, das Enli je zu Gesicht bekommen hatte. Zarte

Glasbläserkunst in Form kreisförmiger Röhren, durch die das schnelle silberrote flüssige Metall floss, das man auf Welt ›Blumenseele‹ nannte.

Enli wandte den Blick ab. Erst wenn sie wieder real war, durfte sie sich wieder einem Blumenaltar widmen. Jetzt nicht. *Tabor* ...

Pek Voratur drehte sich um. »Wir werden zusammen zu Pek Bazargan gehen.«

»Ich?«, fragte Enli verwirrt. Aber dann verstand sie es. Jetzt ging es nicht um Informationen, sondern um reale Kaufmannsgeschäfte. Die Realität musste geteilt werden. Sie nickte. Hoffentlich hatte Pek Voratur nicht bemerkt, dass sie gezögert und einen Augenblick vergessen hatte, dass *er* zumindest real war.

»Wir werden jetzt gleich gehen«, sagte Pek Voratur und pflückte eine Pajalblüte vom Gastfreundschaftsbusch. Enli sah weg.

Sie fanden Pek Bazargan in seinem Privatgemach, das wesentlich weniger luxuriös war als das des Haushaltsvorstands, aber viel luxuriöser als Enlis Zimmer, das sie mit drei anderen Dienstbotinnen teilte. Pek Bazargan war nicht allein; bei ihm war Pek Allen, auf einem seiner seltenen Besuche außerhalb des Krelmhauses, und der riesige Terraner Pek Gruber, den Enli seit ihrem ersten Tag hier im Voraturhausstand nie wieder gesehen hatte. Pek Gruber sah verschwitzt, schmutzig und sehr glücklich aus. Offensichtlich war er gerade erst eingetroffen. Auf dem Rücken trug er immer noch einen hässlich eckigen Rucksack, der bis weit über seine breiten Schultern hinausragte. Die drei Terraner unterhielten sich angeregt. Enli hörte das Wort ›Neurygebirge‹.

Als Pek Bazargan Enli und Pek Voratur kommen sah, pflückte er sofort eine Blüte vom Willkommensbusch. »Möge dein Garten erblühen, Pek Voratur.«

»Möge dein Garten eure Ahnen ergötzen, Pek Bazargan, Pek Allen. Willkommen zurück, Pek Gruber.«

»Ja, unser Pek Gruber ist von seiner Reise wieder da.«

»Mit Steinen«, fügte Pek Voratur hinzu, und Enli wusste, dass er leise in sich hineinlachte. Alle fanden Pek Grubers Leidenschaft für Steine komisch. Steine!

»Wundervolle Steine«, bestätigte Pek Gruber. Sein Weltisch klang jetzt ähnlich undeutlich wie der Akzent der Gebirgler.

»Die Blumen meines Herzens freuen sich für dich«, sagte Pek Voratur, immer noch mit dem unterdrückten Lachen. Nur Pek Bazargan lächelte zurück. Wieder verspürte Enli einen Stich des Zweifels. Pek Bazargan schien die Realität so viel mehr zu teilen als die anderen Terraner ... War es möglich, dass er als Einziger von ihnen real war? Aber wie es aussah, teilte er die Realität auch mit Pek Sikorski und Pek Allen und jetzt sogar mit Pek Gruber. Dann konnte er eigentlich nicht real sein ...

»Ich habe noch einmal über die Sache mit dem Bild von meinem Gehirn nachgedacht, Pek Bazargan«, begann Pek Voratur. »Vielleicht gibt es eine Möglichkeit, wie ein Geschäft zwischen uns zur Blüte gebracht werden kann.«

»Welche Möglichkeit wäre das?«, fragte Pek Bazargan. Enli sah, wie er Pek Sikorski ein kurzes Zeichen mit der Hand gab, so unauffällig, dass es ihr fast entgangen wäre, wenn sie es nicht schon so oft gesehen hätte. Seine Bedeutung war klar ersichtlich: *Sag nichts. Ich spreche für uns alle.* Eine seltsame Geste.

Pek Voratur blickte demonstrativ zu den Kissen, die auf dem Boden lagen. Sofort entschuldigte sich Pek Bazargan, und alle setzten sich. Jetzt nahm Pek Gruber auch endlich seinen schweren Rucksack ab. Steine.

»Enli wird sich uns anschließen«, sagte Pek Voratur bestimmt, und so setzte sich auch Enli etwas beiseite auf eins der geschwungenen Kissen. Bazargan bot allen eine Platte mit kleinen Kuchen an.

Nun begann Pek Voratur: »Als Assistentin von Pek Sikorski in ihrem Heilerzimmer verbringt Enli Pek Brimmidin naturgemäß sehr viel Zeit mit ihr. Sie teilen die Realität des Tages. Und natürlich teilt Enli auch Realität mit meinem Hausstand.

Auf diese Weise sind mir merkwürdige Dinge zu Ohren gekommen. Ist es nicht geteilte Realität, dass Pek Sikorski eine Blumenkrankheit durch die blühenden Trifalitib hatte? Und dass sie einen auf Terra hergestellten Trank eingenommen hat, worauf die Blumenkrankheit verschwand, obgleich die Trifalitib immer noch blühen?«

»Ja, das ist geteilte Realität«, bestätigte Pek Bazargan.

»Und dieser Trank nennt sich *Antihistamin*?«

»Auch das ist geteilte Realität.«

»Aaaahhh«, meinte Pek Voratur. »Dann ist das wirklich ein sehr wertvoller Trank.«

Pek Bazargan schwieg, sein dunkler Blick blieb ruhig.

Nun wandelte sich Pek Voratur vom wissbegierigen Fragensteller zum energischen Geschäftsmann. »Ich möchte ein Geschäft zwischen uns zur Blüte bringen. Ich möchte der einzige Kaufmann auf Welt sein, der diesen Trank vertreibt. Euer *Antihistamin* für ein Bild von meinem Gehirn.«

Pek Bazargan knabberte an einem der süßen Kuchen herum. Er will Zeit gewinnen, dachte Enli. Die Terraner waren wirklich gute Geschäftsleute. Schließlich sagte er: »Als wir das letzte Mal darüber gesprochen haben, Pek Voratur, hast du mir gesagt, du könntest das Risiko nicht eingehen, dein Hirn, in dem deine Seele beheimatet ist, einer Prozedur auszusetzen, die du nicht verstehst. Wodurch hat sich die geteilte Realität gewandelt?«

Sofort wurde ihm klar, dass er einen Fehler gemacht hatte; Enli sah, wie er sofort Pek Voraturs Erstaunen wahrnahm. Die Antwort war geteilte Realität – Pek Bazargan hätte sie schon kennen müssen. Auf Pek Voraturs Gesicht wandelte sich die Verblüffung in Unbehagen. Die Kopfschmerzen setzten ein.

Rasch – für Enlis wachsames Ohr zu rasch – setzte Pek Bazargan hinzu: »Ich möchte es gern von dir hören, Pek Voratur. Es ist besser, die geteilte Realität laut auszusprechen. So ist es jedenfalls auf Terra Brauch.«

Pek Voratur wirkte erleichtert. Enli kannte seine Gedanken:

Ob man die Realität laut aussprach oder nicht, das war nur eine kleine Veränderung. Eindeutig im Bereich des Realen, vor allem für einen gebildeten Kaufmann, der an lokale Veränderungen der Realität gewöhnt war. Jetzt würde das Kopfweh hinter Pek Voraturs Augen wieder nachlassen. Aber nicht bei Enli. Sie konnte es spüren, ein Sturm, der hinter dem künstlichen Deich der Ministeriumspillen tobte.

»In den ersten Lebensmonaten«, begann Pek Voratur, als rezitiere er eine Geschichte auf dem Dorfplatz, »sind wir alle Säuglinge. Knospen, noch keine Blüten. Knospen sind zart und müssen beschützt werden. Deshalb werden viele Aspekte der geteilten Realität den Kindern vorenthalten, auf die gleiche Weise, wie man Regen und direkte Sonneneinwirkung von den Knospen fern hält, die in ihrer grünen Blätterhülle ein sicheres Dasein fristen.

Während wir wachsen – wird die Realität auf Terra tatsächlich so geteilt, Pek Bazargan? Wird das Offensichtliche ausgesprochen, als wären die Erwachsenen Kinder in einem Krelmhaus?«

»Ja«, antwortete Pek Bazargan.

»Nun gut. Während wir also heranwachsen, wird mehr und mehr Realität mit uns geteilt. Aber selbst als Erwachsene brauchen wir manchmal noch Schutz. Wird in einer Dorffamilie etwa verlangt, dass die alte Großmutter sich am Transport schwerer Baumstämme beteiligt? Nein. Es sind die starken jungen Männer, die ihren Rücken riskieren, damit die Alten Schutz haben. Die Fischerin wagt sich aufs Meer, damit ihre Familie zu essen hat. In den Bergen setzt der Vater sein Leben aufs Spiel, um zu verhindern, dass seine Kinder sich verirren und in die Neuryhöhlen geraten. Dass man sich für das Allgemeinwohl einer Gefahr aussetzt, gehört zur geteilten Realität.

Wenn Tausende, vielleicht Millionen von der Schande der Blumenkrankheit befreit werden könnten, dann ist das doch sicher das Risiko wert, dass von einem einzigen Weltler ein Gehirnbild gemacht wird, oder nicht? Sogar wenn ich es nicht genau verstehe. Die Seele geht stets siegreich hervor, wenn sie sich für das Allgemeinwohl einer Gefahr aussetzt – ganz anders, als wenn sie von Profitgier getrieben wird. Nichts gefällt der Ersten Blume besser und nichts ist demzufolge realer als eine Person, die ihr Leben für andere aufs Spiel setzt. Außer natürlich eine Person, die ihr Leben tatsächlich opfert, um andere zu retten – die besondere und bewundernswerte Freude der Ersten Blume, die blühte und starb, um Welt zu erschaffen. So, nun habe ich die geteilte Realität laut ausgesprochen.«

Pek Voratur lächelte, aber Enli spürte, dass er sich noch immer unbehaglich fühlte.

Pek Bazargan nickte. »Ich danke dir. Nun erlaube mir, dir Blumen des Lernens anzubieten.«

Pek Voratur nickte gnädig und nahm damit die untergeordnete Rolle des Lernenden an. Jetzt befand er sich wenigstens auf vertrautem Boden, auf dem er zu verhandeln gewohnt war.

»Welt und Terra teilen vielleicht Realität, aber nicht die Körper. Ihr habt Nackenfell, wir haben Kopffell. Ihr habt dunkle Augen, manche von uns haben helle Augen. Ihr könnt die Hanfrucht essen, wir nicht – wenn wir es doch tun, werden wir sehr krank.«

»Ihr habt es versucht?«, erkundigte sich Pek Voratur interessiert.

»Sozusagen«, antwortete Pek Bazargan. Was sollte das nun bedeuten?, fragte sich Enli. Aber Pek Bazargan redete schnell weiter. »Vielleicht gibt es noch viele weitere Unterschiede im Innern unserer Körper, dort, wo wir sie nicht sehen können. Wenn wir uns mit dem *Antihistamin* handelseinig werden, dann kann es passieren, dass die Körper der Weltler auf eine Art erkranken, die wir nicht vorhersehen können. Selbstverständlich möchten die Terranern den Weltlern keinen Schaden zufügen.«

»Mögen deine Blumen erblühen«, sagte Pek Voratur. Er hatte die Stirn gerunzelt.

»Möge dein Garten stets Freude bringen«, erwiderte Pek Bazargan. »Deshalb können wir das *Antihistamin* leider nicht gegen das Gehirnbild eintauschen. Doch was die Wasserpfeifen angeht, die nicht rosten und über die wir schon einmal gesprochen haben ...«

»Ich werde darüber nachdenken«, fiel ihm Pek Voratur abrupt und sehr unhöflich ins Wort und erhob sich. »Ich werde die Realität mit den Dienern der Ersten Blume teilen. Komm, Enli.«

Eifrig rappelte sie sich von ihrem Kissen auf, überrascht, wie schnell der reibungslose Ablauf des Gesprächs durcheinander geraten war. Nicht einmal um die Abschiedsblumen kümmerte sich Pek Voratur!

Während sie ihm eilig durch die Höfe des großen Hauses folgte, wurde Enli der Grund dafür klar. Pek Voratur war wütend. Das hatte sie während ihres gesamten Aufenthalts im Voraturhausstand noch nicht erlebt, aber allem Anschein nach war es für die anderen kein unbekanntes Phänomen. Bedienstete, Gärtner, sogar ein Hausgast aus der Hauptstadt – alle warfen nur einen kurzen Blick auf Pek Voraturs Gesicht und verschwanden dann eilig in Türeingängen, hinter Pergolen, unter einer Steinbrücke, die einen dekorativen Bach überspannte.

Als sie wieder in seinem Privatzimmer ankamen, wandte er sich an Enli, und beim Klang seiner Stimme, die jetzt so kontrolliert wie immer war, sträubten sich ihr die Nackenhaare.

»Du wirst das *Antihistamin* aus Pek Sikorskis Privatgemach stehlen und mir bringen. Heute Nacht. Teilen wir die Realität, Pek Brimmidin?«

»Wir teilen die Realität«, stieß Enli hervor. Dann fügte sie hinzu: »Aber wenn es für Weltlerkörper gefährlich ist ...«

»Das Allgemeinwohl rechtfertigt dieses Risiko. Dass diese Terraner sich anmaßen, so etwas für mich zu entscheiden ... für mich! Enli« – abrupt veränderte sich seine Stimme wieder – »ich frage mich allmählich, ob sie überhaupt real sind.«

Enli sagte nichts.

»Natürlich müssen das die Diener der Ersten Blume entscheiden, nicht ich. Und ich beneide die Priester nicht um ihre Aufgabe! Aber in der Zwischenzeit bleiben diese überheblichen Terraner Gäste in meinem Haus, und das *Antihistamin* ist gewiss real genug. Also stiehl es.«

»Ich werde es tun. Aber ... Pek Voratur ... wenn ich das fragen darf ... wer wird es schlucken?« *Und dabei den Tod riskieren,* fügte sie lieber nicht hinzu. Und brauchte es natürlich auch nicht.

»Ich natürlich«, antwortete Pek Voratur. »Wer denn sonst? Ich werde es schlucken.«

KAPITEL 7

Gofkit Jemloe

»Er ist furchtbar wütend«, bemerkte Dieter Gruber auf Englisch.

Ahmed Bazargan nickte.

Voratur war tatsächlich wütend gewesen. Zum ersten Mal hatte Bazargan erlebt, dass die Außerirdischen nicht nur freundlich, liebenswürdig und schlüpfrig wie Aale sein konnten. Jetzt war Voratur anscheinend bis ins Mark getroffen. Eine gefährliche Situation.

»Das Problem ist dieses Mädchen, diese Enli«, sagte er zu den anderen beiden. »Ich glaube, sie könnte ...«

»Nein, das Problem sind die Priester!«, platzte David Allen heraus. »Habt ihr nicht gehört, wie Voratur gesagt hat, er wollte dort sofort um Rat fragen? Die Priester haben diese wundervollen Kreaturen unter der Kuratel, und das ganz sicher nur, um die Macht zu behalten!«

Bazargan sah Allen düster an. Der junge Mann war eindeutig wegen irgendetwas furchtbar aufgeregt, direkt fiebrig. Aber Bazargan wollte diese Geschichte auf keinen Fall mit dem ganzen Team durchdiskutieren. Ach, diese jungen Leute. Ganz gleich, in welcher wissenschaftlichen Disziplin, immer waren sie felsenfest davon überzeugt, dass ihre Theorien alles umstürzen würden, was vorher gewesen war. Und genauso überzeugt, dass die älteren, etablierteren Leute nichts anderes im Sinn hatten, als ihnen den wohlverdienten Ruhm vorzuenthalten. Ihnen fehlte die Erfahrung, sie wussten noch nicht, dass die großen Fortschritte meist nicht mit aufgeregten Visionen, sondern mit winzig kleinen Anormalitäten begannen. Mit scheinbar unwichtigen Details, die nicht ins Gesamtbild passten. Wie zum Beispiel diese Enli.

»Wenn die Priester nicht wären«, fuhr Allen fort, das glatte Gesicht vor Aufregung gerötet, »dann würde niemand für ›unreal‹ erklärt und getötet. Der physiologische Mechanismus der geteilten Realität würde weiterhin existieren, die Kopfschmerzen würden immer noch als soziale Schranke funktionieren, und das Einzige, was sich verändern würde, wenn die sozialen Kontrollen ein wenig gelockert würden, wäre eine vielleicht etwas stärkere Abweichung der Gedanken in voneinander isolierten Regionen. Aber das ist doch nicht schlecht! Und die ganze Bevölkerung wäre befreit von der Angst, dass …«

»Die Weltler sind nicht ängstlich«, unterbrach ihn Bazargan, schärfer als beabsichtigt. Irgendetwas an David Allen machte ihm Sorgen. Vielleicht war es mehr als sein wild gewordenes Ego in Kombination mit seiner nervtötenden Unsicherheit. »Später einmal höre ich mir Ihre Theorie gern an. Aber momentan möchte ich gern erst mal Dieters Bericht hören. Immerhin ist er mehrere Monate weggewesen.«

Eine Übertreibung, aber sie funktionierte. Allen machte einen Rückzieher.

»Vieles von dem, was das erste Expeditionsteam festgestellt hat, konnte ich einfach nur bestätigen«, begann Gruber mit seinem nicht völlig akzentfreien Englisch. Seine blauen Augen leuchteten. Wenn Gruber richtig in Fahrt geriet, verfiel er manchmal ins Deutsche, das wusste Bazargan bereits. »Aber ich bin auch noch viel weiter ins Neurygebirge vorgedrungen, wozu das erste Team bekanntlich keine Zeit hatte. *Lieber Gott,* es ist wirklich erstaunlich! Alles verändert sich vollkommen. Die Berge haben nicht die gleiche Zusammensetzung wie der Rest der Planetenoberfläche. Sie sind eine Mischung aus allem Möglichen – ein bisschen leichtes Vulkangestein, Basalt und Dazit und Bimsstein und Obsidian, durchsetzt von radioaktiven Elementen mit enorm langer Halbwertzeit. Viel mehr Thorium und Uran, als man erwarten würde. Alles gemischt mit hartem Gestein, wie es für Tiefseeformationen typisch ist. Ich glaube, das Neurygebirge ist das Überbleibsel eines gigantischen Asteroideneinschlags irgendwann in frühester geologischer Vorzeit.«

»Interessant«, sagte Bazargan. Ihm war klar, dass Gruber noch längst nicht fertig war und dass er diese Geschichte auf die ihm eigene Art erzählen würde.

Allen war nicht so geduldig. »Und was ist daran so erstaunlich?«, wollte er wissen.

Gruber ignorierte ihn. »Vermutlich ist der Asteroid auf Wasser getroffen, über einem so genannten ›Hot Spot‹, an dem es bereits vulkanische Aktivitäten unter Wasser gab und Magma vom Planetenkern heraufgedrückt wurde. Der Unterwassereffekt führte dazu, dass das Gestein, das hochgeschleudert wurde, voller Gas war, sodass sich der Bimsstein gebildet hat. Möglicherweise hat der Bimsstein sogar das gesamte Einschlagsbassin über dem Asteroiden ausgefüllt.

Irgendwann hat sich dann durch die tektonische Plattenverschiebung das ganze Bassin angehoben und das Neurygebirge gebildet, *ohne* es von dem ursprünglichen Druck des Hot Spots abzutrennen. Vulkangestein erodiert leicht, und es war bereits porös, daher war das Ende vom Lied ein ausgedehntes Höhlennetz. Miteinander verbundene Höhlen mit so viel Grundwasser, Kaminlöchern, Lavatunneln und einer eigentümlichen Strahlung, dass alles zusammen ganze Untergrundökologien bildet, unter anderem mit den erstaunlichsten Blumenmutationen!«

Anns Gesicht hellte sich auf. »Im Neurygebirge hat sich angeblich die Erste Blume entfaltet. Das ist der Schöpfungsmythos von Welt. Deshalb sind die Berge auch verbotenes Gebiet.«

»Das könnte aber auch mit der dortigen Strahlung zusammenhängen«, gab Bazargan trocken zu bedenken. »Dieter ...«

»Ich hab insgesamt nur zweiunddreißig Rads gemessen«, erklärte Gruber, »und ich hatte ja meinen Anzug. Niemand hat gesehen, wie ich die Berge betreten und wieder verlassen habe, da bin ich ganz sicher. Aber diese Strahlung ist das eigentliche Wunder, Ahmed. So etwas habe ich noch nie gesehen. An manchen Stellen bilden Wasser, Stein oder dichtere Metalle natürliche Schutzschilde, sodass eine Höhle vollkommen sicher ist, und die daneben – oder darunter – lebensgefährlich. Und die Ökologien, die sich dadurch entwickelt haben! Ann wird in Ekstase geraten.«

»Wenn sie die Berge je zu Gesicht bekommt«, meinte Bazargan. »Momentan gibt es hier genug zu tun.«

»Ja, schon. Aber das ist noch lange nicht alles – hört zu! In einigen exponierten Felswänden habe ich die dünne Lehmschicht gefunden, wie man sie nach einem größeren Asteroideneinschlag erwarten würde. Erde wird in die Luft geschleudert, in alle Richtungen geweht und setzt sich nach und nach wieder ab. Eine solche Lehmschicht haben wir auf der Erde auch, von dem Asteroideneinschlag von vor fünfundsechzig Millionen Jahren an der K/T-Grenze, die ...«

»Dieter, bitte nicht so viel Theorie«, unterbrach ihn Bazargan. »Haben Sie Erbarmen mit uns.«

Gruber lachte sein lautes Lachen, das tief aus dem Bauch kam. »Ich gerate schon wieder in Verzückung, ja? Aber seht euch das mal an!«

Gruber fischte ein bisschen Dreck aus der Tasche und zeigte es auf seiner großen, dreckgeränderten Pranke herum, als wäre es ein Diamant. Bei näherer Betrachtung erkannte Bazargan winzige Körnchen von etwas glasig Glänzendem zwischen den losen Sandpartikeln.

»Quarz!«, dröhnte Dieter. »Unter dem Mikroskop sind die Körnchen alle kaputt und verformt, und das kommt nur nach einer großen Hitze- oder Druckeinwirkung vor. Beispielsweise bei einem Asteroideneinschlag!«

»Ah«, sagte Bazargan. »Ist das ...?« Aber wenn Gruber erst mal geologisch in Fahrt gekommen war, ließ er sich nicht mehr bremsen.

»Der Asteroid, der das verursacht hat, ist ein Marker. Unter der Lehm-Quarz-Schicht sind die Fossilien vollkommen anders als alles darüber.«

»Punktuelle Evolution ...«, hauchte Ann.

»Ja! Der Asteroideneinschlag war eine Katastrophe für Welt – Staub wurde aufgewirbelt und verdeckte die Sonne, es gab Flutwellen, Erdbeben. Das Leben verändert sich rapide, wenn eine Katastrophe eintritt. Vielleicht hat sich an diesem Punkt der Mechanismus der geteilten Realität entwickelt, Ann.«

»Ich brauche unbedingt Ihre Daten, Dieter«, sagte sie. »Am besten sofort. Ich muss die Computersimulationen machen.«

»Ja, selbstverständlich, Frau Professor Blume. Aber darf ich mich vielleicht zuerst waschen? Ich fürchte, ich rieche.«

»Wie eine Jauchegrube«, bestätigte Bazargan, und Dieter lachte wieder. Trotz all seiner Sorgen stimmte Bazargan ein. Es war immer schön, einen Wissenschaftler zu sehen, der sich über eine Entdeckung freute. Zu diesem Zweck waren sie schließlich hier. Er musste sich das immer wieder ins Gedächtnis rufen, mitten in all den Komplikationen mit Voraturs Wut und Allens größenwahnsinnigen Hyperenthusiasmus und Enlis Spitzelei – er war sich inzwischen ziemlich sicher, dass sie spionierte, und zwar nicht nur für Voratur.

»Bevor Sie gehen, Dieter«, sagte er zu Gruber, »was war Ihr Eindruck von den Weltlern außerhalb von Gofkit Jemloe? Wie hat man auf Sie reagiert?«

»Ziemlich gut, glaube ich«, antwortete Gruber. »Natürlich hatten alle schon von meiner Existenz gehört. Geteilte Realität. Ich habe nicht viel gesprochen und so getan, als würde ich noch weniger verstehen, als ich es sowieso schon tue. Ich dachte, das ist die beste Möglichkeit, Fehler zu vermeiden. Ich bin kein Anthropologe, wissen Sie. Gott sei Dank.« Er grinste Ann verschmitzt an. Allen, ganz der pubertäre Moralapostel, knirschte mit den Zähnen.

»Außerdem«, fuhr Gruber fort, »wenn man so tut, als versteht man nicht, dann unterhalten sich die anderen viel ungehemmter um einen herum. In den Gasthöfen und Pelhäusern haben mich die Weltler einfach als Geschäftsmann betrachtet, der von etwas weiter weg kam als die meisten anderen. Sie machten nicht den Eindruck, als fürchteten sie sich vor mir oder als wären sie beunruhigt oder gar feindselig. Einfach nur neugierig. Natürlich hab ich alles aufgenommen, und ihr könnt alles sehen, was ihr wollt, bevor ich die Daten zur *Zeus* schicke.«

»Ja«, entgegnete Bazargan. »Dann nehmen Sie doch erst mal Ihr Bad. Wissen Sie noch, wo Ihr Zimmer ist?«

»In diesem Kaninchenbau? Nein, keine Ahnung.« Gruber lachte; Bazargan fand, dass der Überschwang des Geologen ein guter Ausgleich für sein ernstes Team war. »In den tiefen heiligen Höhlen des Neurygebirges hab ich keine Schwierigkeiten, aber in diesem verschlungenen Haus finde ich mich nicht zurecht!«

»Zeigen Sie ihm den Weg, David«, sagte Bazargan und war damit gleichzeitig Allens überhitzte Theorien über priesterlichen Eigennutz los. Jedenfalls für den Augenblick. Er brauchte ein bisschen Ruhe zum Nachdenken.

Schmollend führte Allen Gruber davon. Bazargan ging in sein Privatzimmer, schloss die Tür hinter sich und zog die zarten Vorhänge vor den Bogenfenstern sorgfältig zu. Im mit Blumenduft erfüllten Halbdunkel setzte er sich auf ein geschwungenes Kissen, um darüber nachzugrübeln, wie er Hadjil Pek Voratur am besten davon überzeugen konnte, dass die Terraner real waren, trotz all der gegenteiligen Indizien, die Voratur inzwischen sicher zusammengetragen hatte.

Es war äußerst wichtig, dass Voratur weiterhin glaubte, dass sie real waren. In den Wochen seines Aufenthalts auf Welt hatte Bazargan Voratur zu seiner Heimindustrie ›Manufakturen‹ nach Rafkit Seloe begleitet, in die Häuser von Freunden und auch auf verschiedene Geschäftsreisen. Obwohl dem Fragenstellen aus offensichtlichen Gründen enge Grenzen gesetzt waren – warum sollte er irgendetwas fragen, wenn er bereits die Realität mit den anderen teilte? –, hatte Bazargan viel gelernt. Inzwischen kannte er alle größeren Regierungsabteilungen: Prozessionen und Zeremonien, Steuern und Schenkungen, Chroniken und Sonnenblitzer, Straßen und

Brücken, Gärten und Brachland. Und auch das mächtigste Ressort der Doppelministerien: Realität und Sühne.

Der Ministerium für Realität und Sühne legte fest, wer sich einen Verstoß gegen die geteilte Realität hatte zuschulden kommen lassen. Das Ministerium für Realität und Sühne bestimmte die Strafe. War der Verstoß so ernst, dass der Verbrecher für unreal erklärt wurde, bedeutet das seinen Tod. Es gab nur ein paar Ausnahmen, die Bazargan jedoch bislang noch nicht ganz durchschaute, obgleich er den Verdacht hegte, dass die Dienerin Enli zu diesen Ausnahmefällen gehörte.

Eines war Bazargan vollkommen klar, was das eilig zurückgerufene erste Expeditionsteam nicht begriffen und auch sein eigenes kleines Team noch nicht erkannt hatte. Mit an Sicherheit grenzender Wahrscheinlichkeit hatte das Ministerium für Realität und Sühne sein kaltes Auge von Anfang an aufmerksam auf die Terraner gerichtet. Wenn man zu dem Schluss kam, dass die Terraner unreal waren, würden sie sterben.

Also hatte der junge Allen in gewisser Hinsicht nicht Unrecht. Die Priester – ihrer eigenen Definition zufolge ›Diener der Ersten Blume‹ –, mit denen Voratur ohne Zweifel die gesamte Realität teilte, die er erlebte, waren gefährlich. Aber nicht für die Weltler. Für die Terraner.

Selbstverständlich konnte Bazargan sein Team jederzeit zurückbeordern. Er konnte Funkkontakt mit der *Zeus* aufnehmen und das Shuttle kommen lassen. Aber das würde er nicht tun. Auf Welt gab es zu viele interessante wissenschaftliche Erkenntnisse zu gewinnen, auf ganz verschiedenen Gebieten. Ironischerweise hatte Voratur es am treffendsten ausgedrückt: Es war ein *Risiko im Dienste des Allgemeinwohls.*

Aber jetzt musste ihm irgendeine effektive Methode einfallen, wie er Hadjil Pek Voratur davon überzeugen konnte, dass die Terraner auf diesem wunderschönen, nach Blumen duftenden Planeten nicht nur abwegige Illusionen waren.

Es war zu viel. Sie hatten einfach keine Balance: Bazargan, Gruber, selbst Ann, die David Allen ansonsten sehr bewunderte. Allesamt unausgewogen. So vertieft waren sie in ihr individuelles wissenschaftliches Fachgebiet, dass ihnen das Gesamtbild entging. Dabei entfaltete es sich doch direkt vor ihren Augen, in dieser lächerlichen Zeremonie!

David rutschte auf seiner Bank herum. Es regnete, ein sanfter warmer Regen, der die Zeremonien im Haupthof des Voraturhausstands keineswegs behinderte. Den ganzen Morgen hatten die Diener Baldachine über die Bänke gespannt, die den Hof umgaben, direkt hinter den Blumenbeeten an den Hauswänden. Ein weiterer Baldachin schützte das Podium, das mitten auf dem Hof über dem reflektierenden Teich errichtet worden war. Zu diesem Podium ging jetzt der kleine Nafret in einer extrem kurzen Tunika und einem langen Umhang, den er hinter sich herschleppte, gewebt aus frisch gepflückten Blumen. Hinter ihm – und das war der Teil, der David besonders ärgerte – schritten nicht etwa seine Familienangehörigen, sondern sechzehn Priester mit riesigen Bouquets heiliger Blumen.

Wieder rutschte David unruhig herum. Bazargan warf ihm aus seinen tief liegenden dunklen Augen einen Blick zu, und David riss sich zusammen.

Aber genau genommen war Bazargans vorsichtiger Respekt vor den Bräuchen der Eingeborenen doch *Teil* des Problems! Gut, der Anthropologe musste sich neutral verhalten, musste sich der Gesellschaft anpassen, die er studierte, sonst wurde er hinausgeworfen, und dann war auch Schluss mit der Forschung. Auf dieser Erkenntnis basierte ihre Arbeit. Aber Bazargan ging viel zu weit. Er dachte – wie all die anderen alten Leute auf seinem Gebiet –, dass die Neutralität sich auch auf ihre privaten Überzeugungen erstrecken musste. *Maßt euch kein Urteil an.* Keine Kultur war besser als die anderen, von keiner Kultur sollte man glauben, sie müsste verbessert werden. Unsinn! Das war die schlimmste Art moralischer Faulheit, die sich als Kulturrelativismus tarnte.

Inzwischen sollte die Anthropologie über dieses Stadium hinaus sein, schimpfte David innerlich, während er sich gewissenhaft bemühte, nicht auf der Bank herumzuzappeln. Die Anthropologie hatte eine Pflicht gegenüber den Völkern, der sie diente, sowohl den menschlichen als auch den außerirdischen, nämlich, das Leben für sie *besser* zu machen. Es war die gleiche Pflicht, die jedes Individuum sich selbst gegenüber zu erfüllen hatte – mit Hilfe der Disziplin das Beste aus sich zu machen. Man verabreichte sich selbst die Neuropharmaka, die dem Körper fehlten, sodass man frei war von chemischen Mangelerscheinungen und Exzessen, frei, in der Welt optimal zu funktionieren.

Und dazu passte es absolut nicht, dass sechzehn pompöse Priester feierlich die Entscheidung trafen, dass sie den kleinen Jungen am Leben lassen würden.

Nafret sah ängstlich aus, wie er da seine schwere empfindliche Blumenschleppe hinter sich herzog. Gerade stieg er die beiden Stufen zum Podium empor, wie ein kleines Kind: rechter Fuß auf die erste Stufe, linker Fuß auf die erste Stufe, rechter Fuß hoch, linker Fuß hoch. Die Priester folgten ihm. Einer von ihnen – zweifellos ein großes Tier beim Ministerium für Realität und Sühne – hob Nafret auf einen hohen mit Blumen bedeckten Stuhl in der Mitte des Podiums. Hektisch blickte Nafret um sich und suchte mit den Augen auf den Bänken nach seiner Mutter oder seinem Lehrer. Schließlich entdeckte er David, der ihm ermutigend zulächelte. Aber der kleine Junge machte noch immer einen verängstigten Eindruck.

Die Priester setzten sich im Kreis um den Blumenthron. Das Gesicht dem Publikum zugewandt, begannen sie zu singen.

So gut David die Weltlersprache auch beherrschte, konnte er dem archaischen, stark modulierten Singsang dennoch nicht ganz folgen, aber er wusste, dass es die Geschichte der Ersten Blume war und dass sie mindestens eine Stunde dauerte. Danach würde der Segen kommen, mit dem Nafret für real erklärt wurde, und Nafret würde zum ersten und letzten Mal in seinem Leben eine Blume essen – es sei denn, er wurde Priester. Danach wurde im Hausstand bis tief in die Nacht gefeiert und getanzt.

Die Initiationszeremonie hätte in jeder beliebigen Gesellschaft stattfinden können, nur war diese hier sanft, gewaltlos und basierte auf einer biologischen Tatsache, die nichts mit der Pubertät zu tun hatte. Die Pubertät wurde von den Weltlern mehr oder weniger ignoriert. Wichtig war die geteilte Realität, dass man sich unbehaglich fühlte oder Kopfschmerzen bekam, wenn der eigene Glaube von dem der Gemeinschaft abwich, dass man die Empathie für andere körperlich fühlte, nicht nur als abstrakten Gedanken.

Man wurde real.

Auf einmal spürte David eine große Sehnsucht, ebenso unerwartet wie heftig. Zu *wissen*, dass man dazugehörte, akzeptiert wurde, sich mit seinen Mitmenschen im Gleichklang befand ... Wann hatte er das zum letzten Mal erlebt? Eigentlich noch nie, und ganz sicher nicht bei seinem Vater, der nie ein Hehl daraus gemacht hatte, wie sehr David ihn enttäuschte, und auch nicht bei seiner Mutter, die mit ihrer Medizinerkarriere viel zu beschäftigt war, um ihren einzigen Sohn auch nur wahrzunehmen. Und auch in Princeton war es nicht anders gewesen ...

Schon wieder spürte er Bazargans Blick, und er konzentrierte sich schnell wieder auf die Zeremonie. Bazargan respektierte ihn nicht wirklich, das wusste David. Sein älterer Kollege hielt David Campbell Allen III. für ein verwöhntes Bürschchen, zu jung, zu nervös, zu unerfahren. Aber in Wirklichkeit war es Bazargan, der keinen Respekt verdiente, denn er war schwerfällig, engstirnig und borniert.

David würde es ihnen schon zeigen. Er würde es allen zeigen.

Nach der Zeremonie trat Bazargan auf David zu, der sich gerade mit Colert Gamolin unterhielt. »Pek Voratur möchte, dass wir in sein Privatgemach kommen. Wo ist Dieter?«

»Ich weiß es nicht. Worum geht es denn?«

»Das hat er nicht gesagt. Gehen Sie schon mal mit Ann vor, ich suche Dieter.«

Während sie sich einen Weg durch die fröhliche Menge bahnten, fragte David die Biologin: »Wissen Sie vielleicht, was Voratur von uns will?«

Sie biss sich auf die Unterlippe. »Ich fürchte, ja. Heute früh habe ich Inventur gemacht, und es ist was von meinem Antihistamin verschwunden.«

»Antihistamin? Wer ...«

»Mögen eure Blumen ewig blühen«, dröhnte Voraturs Stimme. Der Kaufmann kam ihnen entgegen, um sie zu begrüßen, prächtig gekleidet in leichte bestickte Spinnenseide, das Nackenfell zu hunderten kleiner, mit winzigen Blumen geschmückter Zöpfchen gebunden. Voraturs breites, flaches Gesicht war gerötet. Vermutlich ein bisschen zu viel Pel, dachte David.

Er lächelte dem Weltler zu. »Ich erfreue mich an deinen Blumen an diesem glücklichen Tag, Pek Voratur.«

»Ah, wir werden das eines Tages auch für Bonnie und Ben machen. Eine wundervolle Blumenzeremonie!«

Von einem Weltler war das ein unverbrüchliches Versprechen. Und kein billiges obendrein; David schätzte, dass Voratur für das heutige Fest die Hälfte seines Jahreseinkommens investiert hatte. Natürlich unter anderem eine riesige Summe für die Parasitenpriester. Trotzdem brachte David ein Lächeln zustande und entgegnete: »Ich danke dir im Namen von Ben und Bonnie.«

»Ja, Pek Voratur, vielen Dank«, schloss Ann sich mit etwas mehr Wärme an. »Deine Blumen machen mein Herz froh!«

In diesem Moment stießen Bazargan und Dieter Gruber zu ihnen. Anfangs hatte Gruber sich beschwert, weil er wegen der Blumenzeremonie einen ganzen Tag für die Steinanalyse verlor, aber jetzt, wo er einmal da war, sah er aus, als genösse er die Feier sogar mehr als die anderen Terraner. David bemerkte voller Missbilligung, dass sein Gesicht genauso rot war wie das von Voratur. Allerdings kam es bei ihm sicher nicht vom Pel, denn Ann hatte gegen den Genuss des Weltlerrauschmittels ein Veto eingelegt. »Es richtet keinen direkten körperlichen Schaden an«, hatte sie erklärt, »aber jeder Braumeister fügt so viele Zusatzstoffe bei, dass ich nicht sicher bin, welchen Gesamteffekt das Zeug auf das Nervensystem ausübt.«

Also musste Gruber wohl einen Fizzy intus haben, den er vom Schiff mitgenommen hatte. Oder auch mehrere. David war es vollkommen schleierhaft, warum die Leute absichtlich ihr Gehirn damit belasteten. Wäre er religiös gewesen, hätte er Grubers Zustand als Sakrileg bezeichnet.

»Pek Bazargan! Pek Gruber!«, rief Voratur. »Mögen eure Blumen ewig blühen!«

»Und deine ebenfalls, an diesem glücklichen Tag«, erwiderte Bazargan.

»Kommt herein, kommt herein.« Voratur führte die Terraner an seinem Privatgemach vorbei, in dem sich eine Gruppe erlesener Gäste um Alu Pek Voratur scharte. Auch Nafret saß hier, etwas jämmerlich in seinem unpraktischen Umhang, während die anderen Kinder kreischend und lachend zwischen den Beinen der Erwachsenen herumflitzten. Voratur komplimentierte sie in einen kleinen Vorraum, dessen Zweck David nicht erraten konnte. Er hatte bemalte Wände, keine Fenster, weder Kissen noch Tische. In der Mitte jedoch stand ein hohes kuppelförmiges Objekt aus einem Wollgewebe, die über dünne Streben aus Metall oder Holz gespannt war. In der Kuppel summte es leise.

»Ich möchte gern ein Geschäft zwischen uns zur Blüte bringen«, sagte Voratur, noch immer erhitzt und lächelnd. Aber schon etwas konzentrierter, fand David. Voratur war nicht ganz so betrunken, wie es zunächst den Anschein gehabt hatte.

Was man von Gruber nicht behaupten konnte. »Ich geb dir alles für deine erstgeborene Tochter«, sagte er auf Englisch. Voratur ignorierte Grubers Unhöflichkeit, aber Bazargan warf seinem Kollegen einen Blick zu, der so kalt war, dass Gruber sogar in seinem gegenwärtigen Zustand ganz still wurde.

»Um was für ein Geschäft geht es denn, Pek Voratur?«, erkundigte sich Bazargan dann.

»Das gleiche, über das wir bereits gesprochen haben. Ein Bild von meinem Gehirn gegen die Verkaufsrechte für das *Antihistamin*.«

»Das *Antihistamin* ist heute früh aus Pek Sikorskis Zimmer verschwunden. Zumindest ein Teil davon«, entgegnete Bazargan ruhig.

»Nein, nicht heute früh«, korrigierte ihn Voratur. »Vielleicht habt ihr es erst heute Morgen bemerkt. Aber es ist schon seit einer Dezime weg. Ich habe es stehlen lassen.«

Keine Spur von schlechtem Gewissen war auf Voraturs Gesicht zu erkennen. Lag es am Pel? Oder gehörte Stehlen zur geteilten Realität, wenn man damit einen Geschäftsvorteil herausschlagen konnte? Vielleicht beides, überlegte David.

»Verstehe«, erwiderte Bazargan, noch immer ganz ruhig, »Aber was ich dir damals gesagt habe, Pek Voratur, ist noch immer geteilte Realität. Womöglich ist das *Antihistamin* für einen Weltlerkörper gefährlich. Wir können das Geschäft mit dem *Antihistamin* nicht zur Blüte bringen.«

»Nein, mein Freund«, meinte Voratur fröhlich. »Die Realität hat sich gewandelt, und ich teile sie jetzt mit euch. Das *Antihistamin* ist nicht gefährlich für einen Weltlerkörper. Ich habe es gegessen, und es geht mir gut!«

»Wie lange ist es her, dass du es versucht hast?«, mischte Ann sich hastig ein.

»Vor zehn Tagen das erste Mal, vor neun Tagen noch etwas, und den Rest, eine ziemlich große Menge, vor sieben Tagen. Und ich habe auch eine Blumenkrankheit, Pek Sikorski. Bei Fakim. Vielleicht ist dir schon aufgefallen, dass in meinem Hausstand keine Fakimib wachsen. Glücklicherweise ist es keine rituelle Blume. Aber vor vier Tagen war ich zu Besuch im Haus von Freunden und habe den Nachmittag in einem

Garten voller Fakimib verbracht, ohne krank zu werden. Ihr seht ja, dass ich mein Nackenfell keinen einzigen Tag in Sühne flechten musste. Euer *Antihistamin* ist ungefährlich für Weltler, Pek Sikorski. Und es wird uns alle sehr reich machen.«

Ann sah Bazargan an. Offensichtlich hatten die beiden sich schon abgesprochen, wie sie reagieren wollten. Warum wurden solche Entscheidungen so oft ohne ihn, David, getroffen? Sie behaupteten zwar, es läge nur daran, dass er im Krelmhaus relativ isoliert war, aber sie konnten doch einfach zu ihm kommen, wenn sie ihn einschließen wollten. Und das taten sie nicht.

Noch ein kleiner Zusatz zu dem Groll, der sich bereits in David Allen anstaute.

»Pek Voratur, mein Freund, hör mir gut zu«, sagte Bazargan. »Wir können das Geschäft mit dem *Antihistamin* nicht zur Blüte bringen. Es tut mir Leid, aber es ist unmöglich. Der Grund ist folgender: Selbst auf Welt sind die Körper unterschiedlich. Das ist geteilte Realität. Du bekommst die Blumenkrankheit von den Fakimib. Ein anderer von den Rarifib. Wieder ein anderer von Pajalib oder Trifalitib. Genauso kann einer *Antihistamin* nehmen, und er ist von der Blumenkrankheit geheilt. Aber ein anderer könnte daran sterben. Es ist nicht ungefährlich.«

Voraturs Lächeln erstarb. Er ging zu dem Kuppelobjekt in der Mitte des kleinen stickigen Raums und blieb daneben stehen. »Dann teile diese Realität, Pek Bazargan. Wenn die Weltlerkörper sich so sehr voneinander unterscheiden, dann gilt das Gleiche für Terranerkörper. Ist das nicht geteilte Realität?«

»Ja«, antwortete Bazargan.

»Doch eine Terranerin, Pek Sikorski, nimmt das *Antihistamin*. Warum tut sie das, wo es doch wegen der verschiedenen Körper nicht ungefährlich ist? Und wenn es für einen Terraner ungefährlich ist, dann ist es auch für einen Weltler ungefährlich.«

»Nein«, entgegnete Bazargan. »Lass mich diese Realität

mit dir teilen, Pek Voratur. Auf Terra gibt es ... gibt es *Heiler*, die *Antihistamin* herstellen. Dann testet unsere Regierung das *Antihistamin* an vielen, vielen kranken Terranern. Auf diese Weise sehen wir, wie viele von der Medizin kränker werden und ob jemand daran stirbt. Nur wenn niemand stirbt und nur sehr wenige kränker werden, kommt ein Geschäft für den Verkauf des Mittels zur Blüte.«

»Was für eine Regierungsabteilung macht diese Tests?«

David sah, wie Bazargan überlegte. Schließlich antwortete er: »Das Ministerium für Realität und Sühne. Das Mittel muss für real erklärt werden.«

Voratur nickte. Das ergab Sinn für ihn. »Dann werden auch wir einen Test vom Ministerium für Realität und Sühne vornehmen lassen. An sehr vielen Weltlern.«

»Aber Pek Voratur ...«, warf Ann ein.

»Genug«, fiel ihr Voratur ins Wort, und jetzt klang seine Stimme kalt. »Wir werden diese Tests machen.«

Ratlos sah Ann zu Bazargan hinüber.

»Ihr könnt uns nicht behandeln wie unreale Kinder im Krelmhaus«, sagte Voratur. »So teilt man nicht die Realität. Wir sind keine Kinder. Teilt ihr die Realität über das *Antihistamin* mit uns oder nicht?«

David spürte, wie sich ihm die Kehle zuschnürte. Voratur setzte ein Ultimatum. Wenn die Terraner die Realität nicht teilten, dann waren sie auch nicht real. Wenn sie nicht real waren ... Auf einmal erinnerte er sich an das geistig behinderte kleine Mädchen, das an seinem ersten Tag auf Welt zu ihm gelaufen war, das unreale Kind, mit dem er irrtümlicherweise gesprochen hatte. Was war mit der Kleinen passiert?

Er wusste es.

»Du hast Recht«, sagte Bazargan. »Verzeih mir, ich werde meinen Kopfpelz in Sühne flechten. Ja, wir teilen die Realität. Morgen werde ich Pek Sikorski zu den Heilern deiner Wahl schicken, damit sie ihnen zeigen kann, wie man das *Antihistamin* herstellt, und um es an vielen, vielen Weltlern zu testen.«

Augenblicklich begann Voratur wieder zu lächeln, ganz der herzliche Gastgeber, der joviale Geschäftspartner. »Wunderbar! Auf dass unsere Blumen für eine lange Zeit zusammen blühen mögen und ihr Duft zu den Wolken emporsteigt!«

»Auf dass unsere Blumen ewig zusammen blühen mögen«, erwiderte Bazargan. Er machte auf David keineswegs einen geknickten Eindruck, obwohl er die Debatte doch genau genommen verloren hatte. Nun, Bazargan war unter anderem ein alter Politiker. Er würde ein Ideal jederzeit für einen Kompromiss verkaufen.

Über diesen speziellen Kompromiss war David allerdings hocherfreut. Jetzt bekamen sie tatsächlich einen Lagerfeld-Scan von einem Weltlergehirn! Zusammen mit der DNS und den anderen Daten, über die Ann bereits verfügte, würde das genügen, um den biologischen Mechanismus zu verstehen, der die geteilte Realität möglich machte. Vielleicht sogar, um seine physiologischen Grundlagen zu duplizieren? Danach musste er Ann fragen. Und dann, mit ein bisschen Genmanipulation ...

»Wann kann Pek Sikorski das Gehirnbild machen?«, fragte David.

»Sobald sie möchte«, antwortete Pek Voratur voller Überschwang. »Morgen. Aber jetzt muss ich zu meinen Gästen zurückkehren.«

»Die Blütenblätter deiner Blumen erfreuen mich«, erwiderte Bazargan.

»Ich bin beglückt im Angesicht der Blumen deines Herzens«, sagte Voratur. Auf einmal stieß er ein lautes Gelächter hervor und schlug gegen die Kuppel. Das Summen darin schwoll an. *Lebensspender,* dachte David – die kleinen Insekten, die die Blumen bestäubten. Wenn er recht überlegte, hatte er während der ganzen Zeremonie für Nafret keine Lebensspender gesehen, keine lästigen Plagegeister, die den Gästen vor den Augen herumschwirrten oder an den Händen kitzelten. Wie hatten die Weltler sie eingefangen?

»Diese kleinen Weltler verursachen bei ein paar von uns

auch eine Krankheit«, verkündete Voratur, »und auch diese werden wir mit Heiltränken behandeln. Und bald werden wir reicher sein als die Insel Seuril!« Lachend schlug er abermals an die Kuppel und ging dann zur Tür, um lautstark nach mehr Pel zu verlangen.

Die vier Menschen blickten einander an. Nein, eigentlich waren es nur drei, wie David angeekelt feststellen musste. Gruber schlief nämlich im Stehen, an die bemalte Wand gelehnt. Schlafend oder jedenfalls weggetreten.

»Sie hatten keine andere Wahl, Ahmed«, sagte Ann auf Englisch.

»Nein«, stimmte Bazargan ihr zu. »Die hatte ich nicht. Jedenfalls wenn ich uns hier nicht rausholen will.«

»Uns hier *rausholen?*«, wiederholte David. »Sie meinen, die Segel streichen? Wegen eines Allergiemedikaments?«

»Wegen einer vermeidbaren biologischen Kontamination des Planeten«, entgegnete Bazargan.

»Sie ziehen in Erwägung wegzugehen, bevor wir den Mechanismus der geteilten Realität vollständig verstanden haben? Den größten Segen, der der Menschheit je zuteil geworden ist?«

»Nicht jetzt, David«, sagte Ann mit warnender Stimme und sah Bazargan an.

David steckte zurück. Aber innerlich kochte er. Diese Kurzsichtigkeit, diese gedankliche Feigheit ... Was war nur los mit diesen Wissenschaftlern? Waren sie so von der pedantischen Spießigkeit besessen, dass vor allem veröffentlicht werden musste?

»Nur eines verstehe ich nicht, Ahmed«, fuhr Ann fort. »Voratur hat das Konzept akzeptiert, die Antihistamine klinisch zu testen, und einem vom Ministerium für Realität und Sühne durchgeführten Versuchsdurchlauf zugestimmt – und das, ohne vorher mit den Priestern auch nur darüber zu reden. Kommt das daher, dass die Priester die Realität so vollständig teilen und er schon weiß, was sie sagen werden?«

»Könnte gut sein«, meinte Bazargan. »Aber ein Grund

dafür ist auch, dass die geteilte Realität innerhalb der herrschenden Klasse, den Priestern und den Vorstehern der großen Haushalte, ein komplexes System von ›Geschenken‹ umfasst, das wir als Bestechung und Schmiergeldverschiebung bezeichnen würden. Ich habe das noch nicht alles durchschaut, denn es ist schwer, Feldforschung zu betreiben, wenn man eigentlich keine Fragen stellen sollte. Aber Sie dürfen die Priester nicht unterschätzen, Ann. Die haben hier auf Welt eine enorme Macht, selbst wenn sie nichts außerhalb der geteilten Realität ausrichten können.«

»Ich unterschätze die Priester ganz bestimmt nicht«, sagte David. »Schon die ganze Zeit sage ich, dass sie tödliche Parasiten sind!«

»Das habe ich aber nicht gemeint«, erwiderte Bazargan, und obwohl sein Ton so ruhig wie immer war, brachte etwas daran David sofort zum Schweigen.

Wenig später brachten Ann und Bazargan Gruber zu seinem Zimmer. David blieb noch eine Weile, obwohl er wusste, dass er zu Nafret zurückgehen sollte. Schließlich war er einer der beiden Lehrer des Knaben. Unter ihrem Dom summten ärgerlich die Lebensspender. Ärgerlich, dass sie eingesperrt waren und für eine Zeit ihrer wahren Bestimmung nicht nachgehen konnten.

Aber nur für eine Zeit.

KAPITEL 8

An Bord der *Zeus*

Syree Johnson und Rafael Peres warteten im Andockbereich, während die leichte überdachte Gangway zu dem kleinen sieben Meter entfernten Schiff ausgefahren wurde. Neben der *Zeus* sah der Flyer aus wie ein Kätzchen, das sich vorsichtig an ein Nilpferd heranpirschte.

Und ›heranpirschen‹ war genau das richtige Wort, fand Syree. Wenn der Flyer gute Nachrichten gebracht hätte, wären sie gleich nach dem Austritt aus dem Weltraumtunnel 438 per Funk durchgegeben worden. Stattdessen hatte der Pilot des Flyers die *Zeus* einfach nur über seine Anwesenheit informiert, über die man auf der *Zeus* aber bereits Bescheid wusste. Sobald irgendetwas aus dem Weltraumtunnel kam, schickte ein Ortungsgerät umgehend eine kodierte Nachricht an die *Zeus*. Die Anfrage des Flyers, sich der *Zeus* nähern und andocken zu dürfen, hatte sechsundfünfzig Minuten gebraucht, der Flyer selbst war fünf E-Tage unterwegs. Flyer bewegten sich mit 2,3 g positiver und negativer Beschleunigung. Das war hart für die Piloten, aber es waren lauter junge, fitte Heißsporne, denen das nichts ausmachte. Die körperliche Anstrengung war Ehrensache. Wenn sie daran dachte, fühlte Syree sich alt.

»Gangwaykontakt«, sagte der Deckoffizier zu Peres. »Arretierung ... Arretierung bestätigt.«

»Druckangleichung«, meinte Peres.

»Ja, Sir. Druck wird angeglichen.«

Syree und Peres trugen beide volle Galauniform. Mit fliegenden Fahnen dem Abstieg entgegen. Falls sie wirklich zurückgerufen wurden.

Ein Rückruf hätte Syree nicht gestört. Aber es hätte sie

gestört, nicht das erreicht zu haben, weshalb sie hergekommen war.

»Öffne Luftschleuse im Flyer, Sir.«

Eine andere Stimme kam jetzt über die Gegensprechanlage von der Gangway. »Captain Llewellyn Jones von Flyer 583. Bitte um Erlaubnis, an Bord kommen zu dürfen.«

»Erlaubnis gewährt. Leutnant, öffnen Sie die Luftschleuse.«

»Luftschleuse geöffnet.«

Jones kam an Bord, im Raumanzug, jedoch ohne Helm, mit den sorgsam bedächtigen Schritten eines Mannes, der sich an eine große Veränderung in der Schwerkraft anpassen muss. Aber er hielt sich gut – schon wieder eine Ehrensache. Wenn man lieber in der Galaxie herumhüpfte, als unter einem festen Kommando zu arbeiten, und wenn man nie wusste, was in der nächsten Stunde von einem verlangt wurde, war es wichtig, immer zu demonstrieren, wie gut man sich selbst unter Kontrolle hatte. Klein, schnell und schwer zu erkennen, leisteten Flyer im Krieg das, was Privatdetektive in der Spionage bewerkstelligten.

»Willkommen an Bord, Captain Jones«, sagte Peres.

»Danke, Sir.«

»Das ist Colonel Johnson.«

»Ma'am.« Peres brauchte Syrees Titel als Team Commander für Spezialprojekte nicht zu nennen, denn es war offensichtlich, dass Jones bereits wusste, welche Aufgabe sie hier erfüllte. Oder eher, zu erfüllen versuchte.

»Der Postsack für die *Zeus* ist an Bord meines Flyers«, erklärte Jones. »Download ist möglich, wann immer es Ihnen beliebt. Und ich habe eine ausschließlich persönliche Botschaft für Colonel Johnson vom Hauptquartier.«

»Hier entlang, bitte.«

Peres führte die beiden anderen in sein Quartier und aktivierte einen Sicherheitsschild. Damit war der Raum gegen jeden elektronischen Kontaktversuch von außen abgeschirmt. Wenn auf der Brücke ein Feuer ausbrach, würde ein Soldat an die Tür klopfen müssen, um Peres' Aufmerksamkeit zu erregen.

»Möchten Sie den Anzug ablegen, Captain Jones?«, fragte Peres.

»Nein danke, Sir. Ich werde nicht lange bleiben. Meine Botschaft ist genau genommen eine offizielle Anfrage an Colonel Johnson von General Stefanak. Der General möchte wissen, was Sie entdeckt haben, Ma'am.«

Genau das hatte Syree erwartet. Es gab keine andere Möglichkeit, eine Nachricht durch einen Weltraumtunnel zu schicken, als mit einem Trägerobjekt: in einer Kapsel, einer Sonde, durch eine Person. Die ersten beiden konnten zwar Fragen und Antworten befördern, aber nur eine Person konnte die nächsten Fragen stellen, die nach der Beantwortung der ersten auftauchten. Jones war sozusagen eine menschliche Nachrichtenkapsel. Dass Stefanak sich entschlossen hatte, ihn herzuschicken, zeigte Syree, dass der Krieg nicht gut lief.

Dieser spezielle Weltraumtunnel war, soweit die Menschen wussten, noch nicht von den Fallern entdeckt worden. Einen Flyer durchzuschicken, erhöhte die Chance einer Entdeckung. Stefanak hatte es trotzdem riskiert, was auf eine große Dringlichkeit hinwies.

»Ich habe einen vollständigen Bericht für General Stefanak vorbereitet«, antwortete Syree und reichte Jones einen Kommunikationskubus. »Lassen Sie es mich zusammenfassen. Bei dem Artefakt scheint es sich tatsächlich um eine Waffe zu handeln, von einem Typus, den wir noch nie gesehen haben. Wir haben sie einmal aktiviert, auf dem niedrigsten Niveau, ohne damit an der *Zeus* oder dem Planeten Schaden anzurichten. Allerdings wurde dabei ein Shuttle zerstört, und es kam leider zu einem Todesfall – wir haben Captain Daniel Austen verloren. Das Artefakt scheint eine sphärische Welle auszusenden, die temporär die Nuklei aller Elemente mit einer Atomzahl über fünfundsiebzig destabilisiert.«

Jones' Augen wurden groß, und einen Moment lang geriet

seine professionelle Unerschütterlichkeit ins Wanken. Aber nur einen Moment. »Und Ihre gegenwärtigen Pläne für das Artefakt, Colonel?«

»Wir haben ausgiebige Untersuchungen angestellt, und zwar mit allen Hilfsmitteln, die wir erforschen, erfinden oder uns auch nur vorstellen konnten«, antwortete Syree. »Bisher haben sich die dadurch gewonnenen Informationen entweder als vernachlässigenswert oder nutzlos erwiesen. Anscheinend gibt es keine Möglichkeit, ins Innere des Artefakts vorzudringen, es sei denn, wir schneiden es mit den Waffen der *Zeus* auseinander, wodurch wir es aber womöglich zerstören würden. Wir können das Artefakt auch nicht durch den Tunnel bringen, weil sein Schwarzschildradius zu groß ist.«

Jones wartete.

»Unsere Möglichkeiten sind daher beschränkt. Die Waffe kann zwar theoretisch zum Weltraumtunnel geschleppt, dort festgemacht und mit Sonden ausgestattet werden, die alles destabilisieren, was durch den Tunnel kommt und kein vorgegebenes Alarmsignal abgibt. Auf diese Weise könnte man mit ihrer Hilfe dieses Sternsystem verteidigen. Dann kann das Sternsystem als sichere Basis für Militäroperationen und auch als Depot benutzt werden.«

Jones nickte. »Verstehe. Das könnte sich als nützlich erweisen, Ma'am.«

»Möglicherweise. Der einzige Planet innerhalb der Erdklassenparameter ist bereits reichlich mit Wissenschaftlern bestückt. Aber die Berichte vom wissenschaftlichen Team auf dem Planeten deuten darauf hin, dass die Einwohner der Idee von Handelsbeziehungen sehr offen gegenüberstehen. Rohmateriallieferung für unsere Ingenieure ist daher möglich. Und das System könnte natürlich auch als sichere Station und als Trockendock genutzt werden.«

Wieder nickte Jones. »Und die Berichte vom Team auf dem Planeten?«

»Sind ebenfalls auf dem Kubus enthalten. Sie machen einen routinemäßigen Eindruck« – Syree war sie nicht einmal alle durchgegangen – »hauptsächlich geht es um die vorindustrielle einheimische Kultur. Außerdem noch um geologische Befunde und Ähnliches. Keine Anzeichen für außerirdische Besucher, einschließlich Fallern, ausgenommen das Orbitalobjekt 7 selbst. Und die Bewohner halten das Artefakt für einen Mond.«

»Ja, Ma'am. Sonst noch eine Nachricht für General Stefanak?«

Was zum Beispiel? Dass Syree es nicht geschafft hatte, mit ihrer Mission eine Möglichkeit zu finden, wie man diese unschätzbare Entdeckung nutzen konnte, um das Kriegsglück zu wenden? Vielleicht war dieser Misserfolg unvermeidlich gewesen, aber es war trotzdem ein Misserfolg.

»Nein, sonst habe ich keine Nachricht, Captain Jones.«

»Was gibt es Neues im Krieg?«, erkundigte sich Peres.

»Auf Ihrem Download befinden sich die vollständigen offiziellen Berichte, Commander. Inoffiziell sieht es beschissen aus.« Auf einmal wirkte Jones wesentlich älter, trotz seiner jugendlichen Sprechweise. »Die Fallies haben unsere Militärbasis auf Camden zerstört, bevor wir überhaupt wussten, dass sie sie entdeckt hatten. Außerdem haben sie auch noch drei Kreuzer vernichtet. Die Mistkerle sagen uns einfach nicht, was sie wollen oder warum. Sie weigern sich strikt, mit uns zu verhandeln. Es sieht mehr und mehr danach aus, als wollten sie die Menschheit vollkommen ausrotten. Erst mal unsere Kolonien platt machen, unsere Flotte schwächen und sich am Schluss dann das Sonnensystem vornehmen.«

Der Ton des Flyer-Piloten war energisch und ruhig wie immer, aber auf seine Worte folgte ein längeres Schweigen.

Schließlich sagte Peres: »Was können wir sonst noch für Sie tun, Captain?«

»Nichts. Sobald der Mailaustausch abgeschlossen ist, mache ich mich auf den Rückweg. Commander Peres, Colonel Johnson.« Er salutierte, und Peres begleitete ihn zurück zum Dock.

Syree blieb noch in Peres' Quartier. Auf einem Regal stand

sein Biomonitor. Also war auch der Commander der *Zeus* ein Anhänger der Disziplin. Was für eine Mixtur von Neuropharmaka verabreichte sich Peres am Morgen? Was war der Optimalmix, wenn man einen Tag vor sich hatte, an dem die Mission, der man nachging, größtenteils erfolglos blieb, die Berichte meist negativ ausfielen und die eigene Spezies auch noch dabei war, den Krieg mit einem völkermörderischen Feind zu verlieren, den niemand verstand?

Es musste eine Möglichkeit geben, ins Innere des Orbitalobjekts 7 zu gelangen. Eine Möglichkeit, es zu demontieren, ohne es zu zerstören. Es durch den Tunnel in den menschlichen Weltraum auf der anderen Seite zu schaffen, ins Caligula-System. Und dann weiter durch andere Tunnel, zurück zu Sol. Es wieder zusammenzusetzen und es als Schutz für die wirkliche Heimat der Menschheit zu nutzen, statt für diesen gottvergessenen, am Arsch aller Welten gelegenen Planeten, auf dem niemand lebte außer einer Spezies, deren Hauptinteresse darin bestand, Blumen zu züchten.

Es musste einfach eine Möglichkeit geben.

KAPITEL 9

Gofkit Jemloe

»Das ist Pek Renjamor«, stellte Voratur am Morgen nach dem Fest den Weltler vor, der ihn zu Bazargan begleitete. Es war sehr früh am Morgen, aber Voratur sah frisch und munter aus. »Pek Renjamor ist ein Heiler. Er besitzt außerdem eine Manufaktur für Heilmittel, die euer *Antihistamin* für mich herstellen wird.«

Pek Ranjamor streckte ihnen eine Gastfreundschaftsblume entgegen. Mühsam ein Gähnen unterdrückend nahm Bazargan sie entgegen und lächelte. Der Fabrikant bildete einen fast komischen Kontrast zu Voratur, denn er war extrem klein, runzlig und schweigsam.

»Heute Morgen scheint die Sonne«, donnerte Voratur, »und Pek Renjamor und ich sind bereit, Pek Bazargan, euch zu zeigen, auf welche Weise es uns gelingen wird, eine Menge Leute mit Blumenkrankheit zu finden, für jede Blüte, die ihr nur nennen mögt. Pek Renjamor hat in seiner Fabrik bereits die Heiler darauf vorbereitet, dass sie alles nachmachen, was Pek Sikorski ihnen beibringt. Wir hoffen, heute Abend mit den Tests an Weltlerkörpern beginnen zu können.«

Heute Abend? Bazargan musste erneut ein Gähnen unterdrücken. Es war wirklich noch sehr früh.

»Komm, komm«, drängte Voratur. »Ich habe dein Fahrrad schon vors Tor gestellt, damit wir nach Rafkit Seloe fahren können. Wir wollen doch den Sonnenschein nicht nutzlos verschwenden! Und auch keine Zeit!« Er lachte, wurde dann jedoch wieder ernst, und sein rundes Gesicht wirkte plötzlich schmaler. »Wir haben gerade genug Zeit, dass wir wieder da sind, wenn das Bild von meinem Gehirn gemacht werden muss.«

»Das Gehirnbild ist nicht gefährlich, weißt du«, versicherte Bazargan.

»Ich weiß«, erwiderte Voratur in einem so besorgten Ton, dass Bazargan schnell hinausging, um sich anzuziehen und nach Rafkit Seloe zu fahren, ehe der Kaufmann es sich doch noch anders überlegte.

Ganz gegen seinen Willen war er von der Sonnenblitzerstation in der Hauptstadt tief beeindruckt. Die Einrichtung war erstaunlich einfach. Und erstaunlich effizient.

Schnaufend stiegen die drei Männer einen steilen Hügel vor den Toren von Rafkit Seloe empor und keuchten dann eine noch steilere Wendeltreppe hinauf, die sich an der Außenseite um einen schlanken Turm schlängelte. Oben saß eine Frau in einer Sonnenblitzertunika und einem riesigen Hut. Die Krempe überragte ihren Kopf um gut einen halben Meter und schützte sie so vor den hellen orangeroten Sonnenstrahlen.

»Pek Bazargan, dies ist Pek Careber, Sonnenblitzerin. Eine der besten, wie ich hinzufügen möchte – ich versuche meine Nachrichten immer dann zu schicken, wenn sie hier im Dienst ist!«

Die Frau errötete vor Freude, wandte sich dann aber betont geschäftsmäßig an Voratur. »Und wie lautet Ihre Botschaft heute, Pek?«

»Wir brauchen Leute, die von Pajalib, Mitrib oder Jelitib die Blumenkrankheit bekommen und bereit sind, gegen Bezahlung mit den Heilern zusammenzuarbeiten. Hier, ich habe es aufgeschrieben. Schauen Sie her, Pek Bazargan. Pek Careber ist sehr, sehr schnell. Und vollkommen zuverlässig.«

Bazargan riss den Blick von der wunderschönen Aussicht los. Zu seinen Füßen lag Welt in seiner ganzen Pracht. Aus dieser Höhe war das Land ein kunterbuntes Mosaik, das sich von Rafkit Seloe, seinem weißen Zentrum, in alle Himmelsrichtungen erstreckte. Kleine saubere Dörfer, weiße Straßen, grüne, gelbe oder orangefarbene Felder, dunklere Wälder, und überall die Farbkleckse der allgegenwärtigen Blumen: in den Gärten, in Parks, an den Straßenrändern, sogar mitten in den Feldern, wo kein Terraner sie je pflanzen würde. Karminrot, Kobaltblau, Zitronengelb, Apricot, Scharlachrot, Türkis, Mauve, Smaragdgrün, Rosa. Noch nie war sich Bazargan so vieler großartiger Worte für Farben bewusst geworden – und noch nie hatte er die Vorherrschaft der Blumen auf Welt so deutlich wahrgenommen.

»Bitte, sieh her, Pek Bazargan.«

Er gehorchte. Die Sonnenblitzerin kippte einen großen Spiegel nach Osten. Sofort kam ein Antwortblitz von einem Turm, den Bazargan nicht sehen konnte. Die Sonnenblitzerin nickte und begann den Spiegel rasch hierhin und dorthin zu kippen, während sie immer wieder auf den Zettel sah, den Voratur ihr gegeben hatte, und kleine Pausen einlegte, wenn die bestätigenden Lichtblitze eintrafen.

»Wie weit sind die Türme voneinander entfernt?«, fragte Bazargan.

»Im Durchschnitt sieben Cellib.«

Ungefähr dreißig Kilometer also. Welt hatte etwa einen Umfang von sechsunddreißigtausend Kilometern, wobei seine Hauptlandmasse praktischerweise den Äquator umspannte. An Sonnentagen waren die Türme ständig besetzt, hatte Voratur ihm erklärt. Angenommen, eine dringende Nachricht brauchte eine halbe Minute, um von einem Turm zum nächsten übermittelt zu werden, dann konnte sie, vorausgesetzt, das Wetter spielte mit, zwischen der Morgen- und der Abenddämmerung halb um Welt herumreisen, in ungefähr zehn Erdstunden. Und dann noch einmal zehn für die andere Halbkugel. Zweifellos gab es auch Türme, die von der geraden äquatorialen Linie abzweigten. Und die allgegenwärtigen Fahrradboten für entlegene Dörfer.

Voraturs Botschaft brauchte nicht den ganzen Globus zu erreichen. Aber zumindest theoretisch konnte eine wirklich dringliche Nachricht in einem einzigen Erdentag jeden Bewohner dieses so ›rückständigen‹ Planeten erreichen. Eine wahrhaft beeindruckende Leistung, das musste Bazargan zugeben. Und natürlich würde keiner die Botschaft in Zweifel ziehen, niemand musste erst von irgendetwas überzeugt werden. So ermöglichte die geteilte Realität eine enorm rasche Mobilisierung. Andererseits sorgte sie auch für einen ziemlich gedämpften Erfindungsgeist. Der Kultur mangelte es an wirklich ausgefallenen Denkern. Obgleich es auf Welt schon lange intelligentes Leben gab, bevor sich auf Terra eine solche Spezies entwickelte, war hier noch nicht einmal die Dampfmaschine erfunden worden.

»So«, sagte Voratur befriedigt, nachdem die Sonnenblitzerin ein paar Antwortblitze von dem fernen Turm übersetzt hatte. »Pek Renjamor, bei Sonnenuntergang werden sich bei dir ungefähr vierzig Leute mit der Blumenkrankheit melden.«

»Ah«, entgegnete Renjamor, praktisch das erste Wort, was er sagte. Aber in der einzelnen Silbe lag tiefe Zufriedenheit.

»Jetzt bin ich bereit, das Bild von meinem Gehirn machen zu lassen«, sagte Voratur zu Bazargan.

Nach der anstrengenden Radtour zurück nach Gofkit Jemloe nahm Bazargan ein Bad, um sich den Schweiß abzuwaschen, und wanderte dann gemächlich durch die Gärten zu Anns Labor. Als er schließlich an den offenen Torbogen klopfte, hatte sie den Lagerfeld-Scan bereits aufgebaut.

Wie die gesamte moderne Ausrüstung des Teams war auch das Lagerfeld-Gerät für gewöhnlich in einer gesichtslosen, undurchdringlichen Metallkiste verborgen. Die Weltler wussten, dass die Terraner viele ›Gegenstände aus Fabriken‹ besaßen, mit denen sie nicht handelten. Das war kein Problem. Die Weltler, die zu pragmatisch waren, um die wissenschaftliche Ausrüstung für ›Zauberei‹ zu halten, waren andererseits auch zu kommerziell eingestellt, um viel Interesse an etwas zu haben, das keinerlei Profit einzubringen schien. Diese Haltung erklärte auch, warum sie selbst nur so wenige Wissenschaftler hatten, mit Ausnahme der Heiler. Trotzdem ließen sich die verschlossenen Kisten nur mit Hilfe von DNS-Identifizierung öffnen. Wenn sie unbefugt bewegt wurden, lösten sie ein umfassendes Alarmsystem aus und gaben Peilsignale an orbitale Satelliten, die den Standort ihrerseits an die Comlinks des Teams weitergeben konnten. Bazargan traute dem kommerziellen Pragmatismus nur begrenzt.

Voratur, der dicker war als Bazargan, ruhte sich nach der Fahrt zum Sonnenblitzerturm erst einmal aus. Er hatte Bazargan gesagt, er könne ihn ›in Kürze‹ bei Pek Sikorski erwarten. Bevor der Kaufmann eintraf, hatte Bazargan noch einiges mit der Teambiologin zu besprechen. »Guten Morgen, Ann.«

»Guten Morgen, Ahmed. Mögen deine Blumen prächtig erblühen«, entgegnete Ann in der Weltlersprache.

Jetzt erst sah Bazargan, dass Enli schweigend auf einem runden Kissen in der Ecke saß. Zwar ärgerte ihn das ein wenig, aber er ließ sich nichts anmerken. »Mögen eure Blumen blühen, Ann, Enli. Enli, Pek Sikorski und ich brauchen ein wenig Zeit, um ein paar Dinge zu regeln.«

Das hässliche Mädchen – Bazargan entwickelte inzwischen ein Auge für die Weltlermaßstäbe von Schönheit – erhob sich gehorsam. »Dann werde ich zurückkehren, wenn Pek Voratur kommt, Pek Sikorski.«

»Gut«, entgegnete Ann mit einem Lächeln.

Bazargan sah Enli nach, die den Hof überquerte und hinter einer Mauerkurve verschwand. Der Weg, das wusste er, schlängelte sich um mehrere Gebäude und endete schließlich an der dicken hohlen Mauer, die das Voraturanwesen umgab. War es möglich ...?

»Ann«, sagte er auf Englisch, »wie viel Englisch hat Enli schon gelernt?«

»Nicht sehr viel«, antwortete Ann. »Wir nehmen zwar jeden Tag ein paar Lektionen durch, aber irgendwie bleibt es bei ihr nicht richtig hängen.«

»Könnte es sein, dass sie Ihnen etwas vormacht und in Wirklichkeit viel mehr versteht?«

»Ich glaube nicht, Ahmed. Schließlich würde ihr das entsetzliche Kopfschmerzen bescheren.«

»Ja, natürlich«, sagte Bazargan. »Vergessen Sie's. Anscheinend brennen Sie darauf, das Experiment durchzuführen.«

»Das ist stark untertrieben«, lachte Ann. »Aber trotzdem bin ich noch längst nicht so versessen darauf wie David. Er kommt extra vom Krelmhaus rüber, um bei dem Scan dabei zu sein. Aber Dieter nicht.«

»Das überrascht mich nicht. Bestimmt muss er sich noch von der Party gestern erholen und kuschelt sich lieber an einen Beutel mit seinen geliebten Steinen.«

Ann lachte wieder. Sie war keine wirklich hübsche Frau, aber trotzdem attraktiv. Bazargan mochte ihren durchtrainierten Körper, ihren glänzenden blonden Haarknoten, ihre ausdrucksvollen Augen. Aber er nahm sein Eheversprechen sehr ernst, genau wie seine Frau Batul, die im Iran auf ihn wartete. Die Ernsthaftigkeit wurde unterstützt von der Standarddosis von Sexsuppressoren, die man bei der Feldforschung einnahm – das einzige Neuropharmakon, das Bazargan benutzte. Das ganze Team nahm Sexsuppressoren, denn das beugte potenziellen Komplikationen vor.

Ann hatte den Lagerfeld-Scanner auf einer perfekt parabolisch geformten Bank aufgebaut. Bei den Weltlern hatte die Form natürlich einen anderen Namen. Die eckigen Umrisse des Geräts mit dem sanft leuchtenden Display kamen Bazargan seltsam vor, nachdem er so viele Wochen zwischen den auf Welt bevorzugten Kurvenformen zugebracht hatte. Erstaunlich, wie schnell die eigene Kultur einem fremd wurde, während die fremde den Platz der Norm einnahm. Kein Wunder, dass der junge Allen oft so übertrieben reagierte.

»Unter anderem möchte ich gern mit Ihnen über David sprechen«, begann Bazargan. »Ich mache mir Sorgen seinetwegen.«

»Ich muss zugeben, dass es mir genauso geht. Hat er Ihnen auch schon von seiner Theorie erzählt, dass der Mechanismus der geteilten Realität, wenn wir ihn erst einmal verstanden haben, im menschlichen Genom verankert werden könnte?«

»Ja. Ich hab ihm gesagt – und Sie dabei zitiert –, dass der Mechanismus höchstwahrscheinlich nicht genetisch ist. Und selbst wenn er es wäre und ins Genom aufgenommen werden könnte, würde das die Menschheit noch lange nicht verändern. Wenn man das Genomod freiwillig macht, dann produziert man nur eine kleine Zahl von Friedensfanatikern, die den Kontakt mit der übrigen Menschheit nicht aushalten. Wenn man es zum Zwang macht, dann bekommt man entweder die schlimmste Tyrannei, die das Sonnensystem jemals erlebt hat, oder einen systemübergreifenden Bürgerkrieg. Und in der gegenwärtigen politischen Lage wäre beides keine gute Idee. Aber Allen schien die politischen Aspekte überhaupt nicht zu verstehen.«

Ann runzelte die Stirn. »Er denkt, wenn eine kleine, anfangs isolierte Minderheit das Genom bei all ihren Nachkommen entsprechend verändert, hätte sie eine dermaßen überlegene evolutionäre Strategie, dass andere Gruppen sich Schritt für Schritt anschließen oder durch die natürliche Auslese unterliegen würden. Aber die Dawkins-Gleichungen sagen genau das Gegenteil, Ahmed. Ich hab ihm die Simulationen gezeigt. Ganz egal, wie man die ›kleine Anfangspopulation‹ definiert, gewinnt die Fähigkeit des Individuums, andere bewusst zu täuschen, genetisch immer die Oberhand gegenüber der Unfähigkeit, in größerem Rahmen zu schummeln.«

»Kennen Sie den Dichter Sadi?«, fragte Bazargan. »Ich versuche mal zu übersetzen ...

›*Menschen sind wie Körperteile, erschaffen aus der gleichen Essenz,*

Wenn ein Teil verletzt wird und schmerzt, dann können auch die anderen nicht in Ruhe und Frieden existieren.

Wenn das Elend anderer dich gleichgültig lässt und dir keinen Kummer bereitet,

Dann kannst du dich nicht einen Menschen nennen.‹«

Ann starrte ihn an, und auf einmal kam Bazargan sich vor wie ein Idiot. Er hatte David Allen, der dachte wie ein Dummkopf, nicht verteidigen wollen. Genauso wenig hatte er die Absicht gehabt, vor einer attraktiven jungen Frau, mit der er nicht verheiratet war, Gedichte zu rezitieren. Bestimmt war es der Einfluss von Welt mit seinem ständigen Parfümduft, seinen üppigen, fruchtbaren Gärten ...

»Mögen eure Blumen gedeihen und erblühen«, ertönte Hadjil Voraturs durchdringende Stimme vom Torbogen her. Er kam früher als erwartet.

Erleichtert über die Ablenkung antwortete Bazargan: »Möge dein Garten deine Vorfahren erfreuen, Pek Voratur.«

Willkommensblumen wurden ausgetauscht. Pek Voratur befand sich in Begleitung: seine Frau Alu, die recht nervös wirkte, eine Frau in der geblümten Tunika einer Priesterin und der wortkarge Pek Renjamor. Alle vier drängten sich in Anns Labor, dicht gefolgt von Enli. Natürlich. Das Mädchen war wie eine Klette, man wurde sie nicht los. Bazargan war sich immer noch nicht sicher, für wen sie arbeitete, und er wunderte sich immer noch darüber, wie sie angesichts der geteilten Realität im Geheimen für jemanden arbeiten konnte. Musste ihr das nicht geradezu unerträgliche Kopfschmerzen bereiten?

Vielleicht würden sie alle nach dem Lagerfeld-Scan mehr wissen.

Pek Voratur machte die Anwesenden miteinander bekannt. Sein jovialer Blick schweifte im Labor umher und blieb an dem Lagerfeld-Scanner auf dem parabolischen Tisch haften. Ihm war deutlich anzumerken, dass er das Gerät unnötig hässlich fand, aber er war zu höflich, um es laut auszusprechen.

»Pek Sikorski«, sagte er, »ich hatte gehofft, das *Antihistamin* würde schon für uns bereitliegen. Wie ich Pek Bazargan schon mitgeteilt habe, hat Pek Renjamor in seiner Fabrik bereits die Heiler darauf vorbereitet, alles zu vervielfältigen, was du ihm zeigst.«

»Tut mir Leid, Pek Voratur«, meinte Ann. »Ich war damit beschäftigt, alles für dein Gehirnbild vorzubereiten. Sobald wir damit fertig sind, werde ich die erste Portion *Antihistamin* herstellen, und Pek Renjamor kann mir dabei zuschauen.«

Zufrieden nickte Voratur. Seine Frau Alu zupfte nervös an ihrem Nackenfell herum. »Ist das Gehirnbild wirklich nicht gefährlich?«

»Nein, nein«, beruhigte Ann sie. »Überhaupt nicht. Nun, fangen wir an. Wenn du dich bitte hierher setzen möchtest, Pek Voratur ...«

Der Kaufmann machte es sich mit seiner ganzen Leibesfülle auf einem großen Kissen bequem, den Rücken dem niedrigen Tisch zugewandt, auf dem der Scanner stand. Ann setzte ihm vorsichtig den Helm auf. Er passte bequem über seinen Kopf, über Hals und Stirn, ließ aber das Gesicht frei. Zwar gehörte so etwas nicht zu Bazargans Spezialgebiet, aber er wusste, dass sich jetzt hunderte von Elektroden auf Voraturs Kopf und in seinem Nackenfell positionierten. Winzige, mit einem Anästhetikum ausgestattete Nadeln nahmen gleichzeitig Proben von Blut, Knochenmarksflüssigkeit und Schweiß ab. Aber die nützlichsten Daten erbrachte die MOSS-Komponente des Lagerfeld-Geräts.

Der MOSS – Multischichts-Organ-Struktur-Scan – lieferte ein detailliertes Bild von annähernd jedem einzelnen Neuron des Gehirns. Welche Zellen aktiviert waren, welche Neurotransmitter ausgeschüttet wurden, welche Muster der Neuronenerregung hervortraten. Rezeptorenzellendocking, Transmitterwiederaufnahme, Enzymkaskaden, Substanzanalyse und Nebenprodukte ... MOSS fing alles ein, analysierte die Daten auf vielfältige Weise und lieferte Gleichungen und Formeln zu ihrer Erklärung. MOSS machte alles – außer Pillen zu synthetisieren und Etiketten auf den Körper zu kleben. Ohne MOSS-Daten hätte sich die Medizin noch immer im dunklen Mittelalter befunden.

Bazargan hatte seinen ersten Lagerfeld-Scan mit achtzehn Jahren bekommen, als er so weit war, mit der Disziplin zu beginnen. Die MOSS-Daten bildeten die Grundlage für die individuelle Mixtur, die Fingerabdruck-ID, die zeigte, in welchen Bereichen sein Hirn optimal funktionierte und wo biochemische Defizite vorlagen. Jeder Heranwachsende, der es sich leisten konnte, verbrachte danach die nächsten Jahre damit zu lernen, sich selbst in all den subjektiven Aspekten zu beobachten, welche die MOSS-Basis ergänzten, und die Neuropharmaka zusammenzustellen, mit denen sich die für den Tag angepeilten Leistungen am besten unterstützen ließen.

Bazargan hatte der ganze Prozess nicht zugesagt. Er hatte die Disziplin durchgeführt, solange er auf dem College und in der Highschool war, denn sonst konnte man nicht mit den anderen Studenten konkurrieren. Aber in der Zeit danach hatte er die morgendlichen Neuropharmaka meist weggelassen, ausgenommen unter besonders stressigen Bedingungen. Er wusste, dass das irrational war. Wie sollte man vernünftige Einwände gegen die Künstlichkeit erheben, wenn die gesamte Anthropologie einem ständig vor Augen führte, wie künstlich alle kulturellen Institutionen letzten Endes waren? Dennoch war Bazargan von leichter Abscheu gegenüber dem fanatischen Einsatz von Neuropharmaka erfüllt. Vielleicht war es auch weniger Abscheu als Stolz. Sein MOSS-Basisprofil hatte im achtundneunziger Perzentil für Persönlichkeitsstabilität gelegen.

Alu Voratur lachte unbehaglich. »Blume meines Herzens«, sagte sie zu ihrem Mann. »Du siehst aus wie ein Käfer in diesem ... diesem Ding. Ein Käfer mit einem glänzenden, harten, grünen Kopf!«

Voratur winkte mit seinen feisten Händen ab. »Ja, ja. Aber es wird mir nicht schaden, wenn es erst mal losgeht.«

»Es läuft schon, Pek Voratur«, sagte Ann. Sie betrachtete den Display aufmerksam. Graphen flackerten vorüber, aus denen Bazargan jedoch nichts entnehmen konnte.

Augenblicklich begannen die Priesterin, der Heiler, die beiden Voraturs und Enli gleichzeitig zu singen, ohne dass es ein für Bazargan ersichtliches Signal dafür gegeben hätte. Geteilte Realität.

»Etwas leiser, bitte!«, rief Ann auf Englisch, fing sich und wiederholte in der Weltlerspache: »Wir müssen dir ein paar Fragen stellen, Pek Voratur ... da. Wir haben eine Basisableitung.«

Das Lied verebbte zu einem sanften rhythmischen Singsang. Einen Augenblick später erkannte ihn Bazargan: Es war ein ritueller Segen für eine Person, die einer riskanten Aktivität nachging, zum Beispiel eine Klippe hinunterkletterte, um Vogeleier zu holen. Bazargan lächelte.

»Ich werde dir jetzt ein paar Gegenstände zeigen und dir verschiedene Fragen stellen, um zu sehen, wie sich das Bild deines Gehirns verändert, Pek Voratur«, erklärte Ann in ihrem leicht zögerlichen Weltisch. »Würdest du bitte einmal an dieser Blume riechen?«

»Mit Vergnügen«, sagte Pek Voratur. Seine Stimme war so herzhaft heiter wie immer, aber Bazargan sah, dass sich sein Nackenfell unter dem Helm sträubte. Die Prozedur war sicher nicht ganz einfach für jemanden, dem selten etwas begegnete, das nicht seit Langem in seiner eigenen und der Realität der anderen etabliert war. Weltler besaßen eine sonderbare Courage.

»Danke«, sagte Ann. »Denk jetzt bitte an deine Kinder ... Gut. Jetzt stell dir vor, du hast einen schrecklichen Unfall, du stürzt von deinem Fahrrad und brichst dir das Rückgrat ... Ja. Jetzt denk an einen großen Erfolg, den du haben wirst, wenn du das *Antihistamin* auf den Markt bringst ...«

Die Sitzung zog sich hin, Voratur schwitzte, obwohl es im Raum nicht heiß war. Alu Voratur runzelte die Stirn, und ihre Nervosität wich ernsthafteren Sorgen. Der Singsang wurde lauter. Gerade als Bazargan schon fürchtete, die Spannung würde zu groß, sagte Ann: »Wir sind fertig. Herzlichen Dank, Pek Voratur.«

Damit entfernte sie den Helm, und Voratur sprang auf wie ein Gummiball.

»Gut, gut, das war ja alles überhaupt kein Problem!«, rief er. Schweißperlen glänzten auf seinem erhitzten Gesicht, und er blinzelte mehrmals. Bazargan vermutete, dass Voratur unter unglaublichen Kopfschmerzen litt. Diskret stellte er sich vor den Lagerfeld-Scanner und verdeckte ihn so für den Weltler.

»Wir danken dir, Pek Voratur. Jetzt wird Pek Sikorski dir zeigen, wie man das Antihistamin herstellt.«

»Ja, ja, aber sie soll es lieber Pek Renjamor zeigen, er ist der Heiler.«

»Komm, Blume meines Herzens, leg dich ein bisschen hin«, drängte Voraturs Frau.

»Nicht nötig, nicht nötig, liebste Blüte«, wehrte er ab, ließ sich dann aber doch wegführen. Unter dem Torbogen drehte er sich allerdings noch einmal um. »Zuerst das Geschenk. Enli!«

Das Mädchen erhob sich von ihrem Kissen in der Ecke und verließ den Raum. Bazargan fiel auf, dass auch sie ungewöhnlich erregt wirkte. Ob sie ebenfalls Kopfschmerzen hatte? Einen Augenblick später kehrte sie zurück, die Arme voller rosaroter Rosen.

Bazargan erstarrte. Diese Rosen durften eigentlich nicht existieren. Er hatte seine Abmachung mit Voratur erfüllt und die bestrahlten sterilen Rosen durch lebensfähige Samen ersetzt, allesamt für rote Rosen. Die Büsche waren gewachsen – und hatten zweimal geblüht. Dann war das letale Gen zum Tragen gekommen und hatte eine weitere Keimung unterbunden. Das hätte eigentlich das Ende der terranischen Rosen auf Welt sein müssen – egal von welcher Farbe. Aber hier waren eindeutig frische rosarote Rosen, vermutlich das Ergebnis komplizierter manueller Kreuzbesamung mit irgendwelchen weißen Blumen, die rezessive Gene für das äußere Erscheinungsbild hatten. Wie hatten die Gärtner das bewerkstelligt? Und waren diese rosaroten Hybriden etwa keimfähig?

Ann sah genauso erschrocken aus, wie Bazargan sich fühlte. Aber nach einem Moment des Zögerns trat sie vor und stammelte die angemessenen rituellen Dankesformeln. Es war sehr unkorrekt, direkt nach den Zuchtmethoden von Geschenkblumen zu fragen. Ungefähr so, als würde man sich nach dem Sexleben des Gastgebers erkundigen. Bazargan würde sich gedulden müssen, wenn er herausfinden wollte, wie die rosaroten Blumen entstanden waren.

»Eure Blumen blühen in meinem Herzen«, sagte Voratur mit beträchtlichem Nachdruck. Dann geleitete seine Frau ihn hinaus.

Ann stellte die Rosen in eine Vase und wandte sich danach rasch dem Heiler und der Priesterin zu, die bereits auf Instruktionen warteten. Und natürlich Enli.

Bazargan ging zu der Vase und rieb ein rosarotes Blütenblatt zwischen den Fingern. Es war glatt wie lebendiger Samt und verströmte einen durchdringenden Duft. Er fand sich zurückversetzt in den ummauerten Garten seiner Mutter in Isfahan. Er war ein kleiner Junge, der von seiner *Laleh* hochgehoben wurde, von der geduldigen Dienerin, die halb Kinderfrau und halb Leibwächterin war, um an den vollkommenen, gentechnisch verbesserten Rosen seiner Mutter zu riechen, die unter den Granatapfel- und Mandelbäumen blühten.

Nun gab es also Rosen auf Welt. Das ließ sich nicht mehr rückgängig machen. Genauso wenig, wie man das Antihistamin wieder entfernen konnte. Die Idee, dass man eine kulturelle Veränderung nach Welt bringen könnte, ohne auch biologische Veränderungen herbeizuführen, war ein Hirngespinst. Nicht an einem Ort wie Welt, wo die Leute so habgierig waren wie die Medici.

Jetzt war es Bazargan, der unter Kopfschmerzen litt. Aber er verdrängte sie und setzte sich hin, um Ann zuzusehen, die ihrerseits unablässig von Enli beobachtet wurde.

Am nächsten Tag hatte Ann den Lagerfeld-Scan bereits analysiert. Bazargan hegte den Verdacht, dass sie sich die Nacht damit um die Ohren geschlagen hatte, nachdem sie den Tag damit zugebracht hatte, einem Weltlerheiler grundlegende Labortechniken beizubringen. Auf Anns Gesicht lag die spezielle Kombination von Erschöpfung und Stolz, die oft von den größten und besten Entdeckungen ausgelöst wird. Trotz seiner zunehmenden Sorge über die terranische Position auf Welt ließ sich Bazargan vom Charme dieses Ausdrucks verzaubern.

»Wir haben es«, sagte David Allen immer wieder. Er war genauso aufgeregt wie Ann, nachdem er anfangs geschmollt hatte, weil er den Scan selbst nicht mitbekommen hatte. »Wir haben den Mistkerl aufgepiekt, seziert und etikettiert.«

»Lassen Sie Ann erzählen«, sagte Dieter Gruber. Der Geologe hatte sich von seinem privaten Besäufnis zur Feier seiner Steinfunde erholt. »Aber haben Sie Erbarmen mit den Nichtbiologen, ja, Ann?«

»In Ordnung«, versprach Ann. »Aber Sie müssen bedenken, dass dies nur eine vorläufige Analyse ist. Noch weit entfernt davon, aufgepiekt, seziert und etikettiert zu sein, wie Sie das gerade ausgedrückt haben, David.«

David grinste. Bazargan setzte sich auf seinem Kissen zurecht. Sie hatten sich in Bazargans Privatgemach versammelt, das erfüllt war von dem Duft einer Blume, die im Garten wohl gerade aufgeblüht war. Das Kissen war wunderschön geformt, aber leider nicht in denselben Kurven, die Bazargans Körper aufwies. Wieder rutschte er darauf herum.

»Der Lagerfeld zeigt eine Gehirnstruktur, die genau der unseren entspricht, wie wir es uns bereits gedacht haben«, berichtete Ann. »Wer auch immer hier den ›Samen‹ für die hominiden Lebensformen in unserer Galaxie ausgestreut hat, tat dies recht spät. Es gibt nur geringe Abweichungen in der Hirnentwicklung von Weltlern, Atvarianern und Blickern, und nichts, was nicht mit einer statistischen Sicherheit von null Komma neun fünf in die wahrscheinliche evolutionäre Entwicklung hineinpasst. Die Faller sind natürlich eine Ausnahme.«

»Soweit wir wissen«, warf Gruber ein. Xenobiologen hatten

einen toten Faller seziert, aber nie einen lebenden. Faller ließen sich nicht lebend gefangen nehmen.

»Ja«, bestätigte Ann. »Voraturs Gehirn zeigt nur zwei größere Abweichungen von unserem. Eine liegt in einigen mit der Verdauung verbundenen Hormonen – Sie wissen doch sicher alle, dass der Körper sparsam ist und die gleichen Substanzen sowohl als Hormone wie auch als Transmitter im Nervensystem benutzt, nicht wahr?«

»Nein«, sagte Gruber.

»Ja«, sagte Bazargan.

»Spielt keine Rolle!«, rief David Allen. »Machen Sie weiter!«

»Die Differenzen bei den Verdauungshormonen hängen vermutlich mit der anderen Ernährungsweise auf Welt zusammen. Es gibt Überschneidungen, weshalb wir manches von ihrer Nahrung mühelos verdauen. Das heißt natürlich auch, dass ihr Stoffwechsel einiges, wenn auch nicht alles, von unseren Lebensmitteln verarbeiten könnte. Der andere Unterschied hat erwartungsgemäß mit dem Mechanismus der geteilten Realität zu tun.«

Ann hielt inne, leckte sich über die Lippen, starrte ins Leere und fuhr sich mit der Hand durch die Haare. Bazargan erkannte die Gesten eines Wissenschaftlers, der verzweifelt nach einer Möglichkeit sucht, etwas hoffnungslos Theoretisches für hoffnungslose Ignoranten verständlich aufzubereiten.

»Lassen Sie mich mit den Grundlagen beginnen«, fuhr sie schließlich fort. »Das Gehirn funktioniert sowohl elektrisch als auch chemisch. Zuerst kommt der elektrische Aspekt. *Irgendetwas* bringt Millionen von Neuronen dazu, gleichzeitig in verschiedenen Teilen des Gehirns zu feuern. Dieses Etwas kann ein äußerer Reiz sein: der Anblick eines materiellen Körpers, ein Geräusch, ein Geruch, eine Empfindung. Der Reiz kann auch von innen kommen, beispielsweise eine Erinnerung oder eine Absicht. Oder es kann auch eine Kombination von beidem sein, wie als ich Voratur gebeten habe, an etwas zu denken, was ihm physisch nie passiert ist – dass er vom Fahrrad stürzt und sich das Rückgrat bricht. Der Unfall selbst ist imaginär, aber der Klang meiner Stimme, die linguistische Symbole benutzt, ist physisch.

Wie auch immer der Stimulus geartet sein mag, er bringt die Neuronen dazu, rhythmisch zu feuern, unter anderem in einer besonders hohen Frequenz, die man ›synchronisierte Gamma-Oszillation‹ nennt. Sie dauert ungefähr eine Viertelsekunde, aber die Synchronisation von Oszillationen in getrennten Hirnbereichen ist genau der Punkt, weshalb man Gedanken so gern als zusammenhängendes Ganzes betrachtet. Ein ›Gedanke‹ besteht in Wirklichkeit aber aus Millionen separater elektrischer Impulse in verschiedenen Hirnteilen – in sensorischen und motorischen Gebieten, im Gedächtnis, in emotionalen Zentren und so weiter. Aber wegen der Synchronisierung der Gamma-Oszillation *erlebt* die Person den Gedanken als einzelnes, schreckliches, schmerzhaftes Bild von einem Sturz und der Verletzung des Rückgrats. Wichtig ist dabei das Muster des Feuerns der Neuronen, und zwar auf dem Makroniveau. Ist das so weit klar?«

»Ja«, antwortete Bazargan. »Fahren Sie fort.«

»Okay.« Weiteres Lippenlecken und Ins-Leere-Starren. »Auf chemischem Niveau passiert Folgendes: Auf jedem Nerv erzeugt der sich fortbewegende elektrische Impuls ein bewegliches ringförmiges elektrisches Feld, mit dem Nerv als Achse. Dieses bewegliche Feld erreicht das Nervenende, wo es einen kleinen Zwischenraum zwischen diesem Nerv und dem Anfang des nächsten gibt.«

»Die Synapse«, sagte Gruber, sichtlich stolz auf sich.

Ann lächelte. »Ich mache es zu simpel, oder nicht?«

»Sogar für einen dummen Geologen, Frau Professor«, erwiderte Gruber, und in seiner Stimme war ein neckender Unterton. David warf ihm einen ärgerlichen Blick zu und runzelte die Stirn.

»Jedenfalls«, fuhr Ann fort, »sitzen am Ende aller Nerven Strukturen, die man ›parakristalline präsynaptische Gitter‹ nennt. Sie sehen tatsächlich aus wie winzige feste Gitter in einer winzigen Pyramide. In den Zwischenräumen jedes Gitters befinden sich dreißig bis vierzig kleine Ballons, die man Vesikel nennt, und in *diesen* befindet sich jeweils eine Portion eines chemischen Neurotransmitters. Manche Gitter enthalten Dopamin, manche Serotonin, manche schmerzhemmende Peptide und so weiter und so fort ... das ganze Zeug, das Ihr Biomonitor für die Morgendisziplin zusammenmixt, David.«

Bazargan sah Allen nicken. Offenbar freute er sich, dass Ann ihm ihre Aufmerksamkeit schenkte.

»Der elektrische Nervenimpuls erreicht also das präsynaptische Gitter mit all seinen dort wartenden Ballons voller Neurotransmitter, und der elektrische Impuls verursacht den Zufluss von Kalziumionen, der dazu führt, dass einer – und immer nur einer – der Ballons seine Ladung in die Synapse freisetzt. Dies wiederum bringt den Nerv auf der anderen Seite der Synapse zum Feuern, jetzt werden seine Transmitterballons aktiviert und so weiter. Auf diese Weise bekommt man eine chemische Kaskade, und die Chemikalien machen das, was man von Chemikalien im Körper erwartet. Sie stellen Energie für Aktivität bereit. Sie stimulieren motorische Zellen. Sie beeinflussen die Durchblutung, bringen das Adrenalin in Fahrt oder die Emotionen in Wallung oder was auch immer. All das verstehen wir bisher recht gut.

Aber dass wir die einzelnen Teile verstehen, bedeutet noch lange nicht, dass wir das Gehirn als Ganzes durchschauen. Das Ganze ist wieder einmal mehr als die Summe seiner Einzelteile.«

»Das Gleiche, was auch auf eine Kultur zutrifft.«

»Das ist zu subtil für mich«, warf Gruber ein.

»Deshalb sollten Sie auch lieber bei Ihren Steinen bleiben«, brummte David Allen.

Bazargan merkte, dass er allmählich ungeduldig wurde. Gruber war nicht annähernd so dumm, wie er manchmal tat, und Allen bei Weitem nicht so streitlustig. Sie produzierten sich beide gern ein bisschen. Für Ann?

Plötzlich fragte er sich, ob sein Team tatsächlich Sexualsuppressoren einnahm.

Ann fuhr fort. »Jetzt also zu einem Aspekt des Gehirns, den wir *nicht* verstehen. Wenn dieser elektrische Impuls auf das präsynaptische Gitter trifft, hat er eine messbare elektrische Spannung, die gleiche Spannung bei allen Neuronen. *Aber* – manchmal verursacht er die Freisetzung von Neurotransmittern und manchmal nicht. Die Wahrscheinlichkeit dafür schwankt zwischen null Komma siebzehn bis null Komma zweiundsechzig, je nach Art des Neurons. Und niemand weiß, warum.«

»Wie klein ist denn dieses Gitter?«, fragte Gruber. »Befinden wir uns hier auf dem Niveau einzelner Atome?«

»Ja, und genau das ist eins der Probleme. Bei dem Kalziumionenauslöser sind wir nahe am Quantenlevel. Jede Untersuchung ist schwierig, weil die Messungen das Ergebnis beeinflussen. Einer Theorie zufolge sogar mentale Ereignisse.«

»Das verstehe ich nicht«, unterbrach Bazargan.

»In Ordnung. Kurz gesagt – ich komme schon noch zu Voraturs Gehirnscan, keine Sorge! – scheint Folgendes zu passieren: Man denkt an etwas, was mit keinem externen Stimulus unmittelbar etwas zu tun hat. Beispielsweise ist man allein in seinem dunklen Zimmer und denkt an jemanden, den man auf der Erde zurückgelassen hat, jemanden, den man liebt. Auf einmal sieht man sie oder ihn vor seinem inneren Auge, man kann sie oder ihn sogar riechen, der ganze Körper reagiert. Aber was hat diese Kaskade ausgelöst? Eine Erinnerung ohne identifizierbare Energiequelle im Gehirn, ohne einen Standort. Es ist nur ein Muster verstreuter neuronaler Konfigurationen. Das nennen wir ein ›mentales Ereignis‹. Aber dieses nichtphysische Ereignis hat begonnen mit einer Kette von elektrischen Impulsen, die – zum Teil! – eine ganze Kette von Neurotransmitterballons aktiviert hat.

Wie kann das passieren? Warum setzen die präsynaptischen

Gitter manchmal Ballons frei und manchmal nicht, wenn die elektrische Spannung doch die gleiche ist? Was geschieht auf atomarem Level? Wir wissen es nicht.«

Allmählich hatte Bazargan genug von den ›Grundlagen‹. »Aber Ann ... trifft das alles auch auf Voraturs Gehirn zu?«, fragte er. »Was ist der zweite große Unterschied zwischen seinem Gehirn und unserem, den Sie vorhin erwähnt haben?«

Sie lächelte. »Ich hole zu weit aus, stimmt's?«

»Nein!«, rief Allen übereifrig dazwischen. »Ich finde es gut, wenn eine Wissenschaftlerin harte Daten nicht einfach runterspult, als wäre es eine hirnlose Fernsehkomödie.« Wieder warf er Gruber einen bösen Blick zu, doch der bemerkte nichts davon.

»Voraturs Gehirn«, erinnerte Bazargan geduldig ans ursprüngliche Thema.

»Ja. Gut. Alle zerebralen Strukturen sind mit unseren identisch. Evozierte Emotionen folgen den gleichen neuronalen Pfaden wie bei uns. Die Gamma-Oszillation entspricht der unseren. Ebenso die neuronale Spannung, die Zusammensetzung der Neurotransmitter und alle anderen beobachteten Prozesse. Der einzige wirkliche Unterschied im Lagerfeld-Scan zeigte eine größere Aktivität sowohl im ventralen vorderen *Gyrus cinguli* und im *Nucleus accubens*.«

»Was ist das?«, erkundigte sich Allen eifrig.

»Der vordere *Gyrus cinguli* ist eine kleine Struktur hinter dem Nasenrücken, die ...«

»Genau da fängt der Kopfschmerz an!«, krähte Allen.

»Ja. Aber der *Gyrus cinguli* verursacht den Kopfschmerz nicht. Ich meine, das tut er schon, insofern, als er für die Freisetzung der Transmitter zuständig ist, die den Kopfschmerz verursachen. Aber der vordere *Gyrus cinguli* koordiniert nur die Informationen aus vielen verschiedenen Gehirnbereichen. Beispielsweise ist es eine der wenigen zerebralen Strukturen mit einer direkten Verbindung zum Hypothalamus, der Stressreaktionen auslöst. Aber – und das möchte ich ganz klarstellen – der vordere *Gyrus cinguli* ist *nicht* der Sitz des

Mechanismus der geteilten Realität. Er ist nur eine Schaltstation, wo sie verarbeitet wird. Der *Gyrus cinguli* aktiviert lediglich Kaskaden von Stresstransmittern, wenn die Realität nicht geteilt wird, oder Transmittern, die für das Wohlbefinden sorgen, wenn sie geteilt wird.«

»Wo ist dann die Quelle dieser geteilten Realität?«, fragte Gruber.

»Das ist es ja – es gibt sie nicht! Im präsynaptischen Gitter der Weltler werden andere Mengen von Neurotransmittern freigesetzt als im menschlichen Gehirn. Aber der Input, der die Freisetzung verursacht – die elektrische Spannung der neuronalen Erregung –, ist genau der gleiche! Gleicher Input, gleiche Prozessoren, unterschiedlicher Output. Es ergibt keinen Sinn.«

Schüchtern meinte Bazargan: »Und natürlich haben Sie pathogene Substanzen ebenso ausgeschlossen wie Umweltgifte, Differenzen in der Ernährung ...«

»Ja, selbstverständlich.« Es kam selten vor, dass Ann barsch wurde. »All das hätte sich auf dem Lagerfeld gezeigt.«

Gruber grinste. »Dann ist es ein Rätsel, oder? Faktor X. Eine spirituelle Funkwelle, ein unsichtbares individuelles Download?«

»Machen Sie sich doch nicht lächerlich«, meinte Allen kalt.

»Sie dürfen keine vorschnellen Schlüsse ziehen«, sagte Bazargan zu Ann. »Sie haben eine bemerkenswerte Menge von Daten gesammelt. Vielleicht können Sie die in einer Weile auch zusammensetzen.«

Aber Ann schenkte ihm ein müdes Lächeln. »Ich möchte das gerne jetzt tun. Aber es passt einfach nicht zusammen. Und schauen Sie – da ist noch etwas!«

»Was denn?«, fragte Bazargan.

»Die ›Lebensspender‹«, antwortete Ann, und erst jetzt sah Bazargan das kleine Pseudoinsekt auf ihrer nackten Schulter, direkt neben dem Träger ihrer Tunika. Auf Welt standen die Fenster immer offen. Der Lebensspender faltete seine durchsichtigen Flügel, ließ sich auf Anns Haut nieder und hielt sich mit seinen winzigen Saugfüßchen fest. Sein gelber Körper schimmerte leicht.

»Näher kommen sie nie an den Kopf«, sagte Ann. »Egal, ob Mensch oder Weltler – sie setzen sich nie auf einen Kopf. Ich hatte gehofft, der Lagerfeld-Scan würde irgendeinen logischen Grund dafür zeigen, etwas über das vom Gehirn erzeugte elektrische Feld vielleicht, das mit dem Feld des Lebensspenders zusammentrifft. Aber nein – nichts.«

»Noch ein Rätsel«, stellte Bazargan fest, »zumindest für den Augenblick. Aber konzentrieren wir uns lieber auf das, was wir herausgefunden haben. Die Kopfschmerzen, die Weltler bekommen, wenn die ›geteilte Realität‹ verletzt wird ... sie sind also ein reales, physiologisches, registrierbares Phänomen?«

»O ja«, antwortete Ann. »Obgleich Sie bedenken sollten, dass auch beim Menschen die Beziehung zwischen emotionaler Physiologie und moralischem Urteil höchst komplex ist. Man braucht ja nur den Soziopathen zu nehmen. Er begeht unmoralische Taten, mordet beispielsweise ohne jeden Skrupel, weil er keinerlei Mitgefühl mit seinem Opfer verspürt. Weltler sind genau das Gegenteil. Ihre Beziehung zwischen der eigenen Physiologie und dem moralischen Bewusstsein würden wir als übertrieben bezeichnen. Zum Teil ist es erlerntes Verhalten. Kinder werden stark sozialisiert, wie sie auf ihre Gefühle von Ekel und Schmerz reagieren sollen, wenn Leute etwas sagen, was die moralischen Bräuche verletzt. Aber Ekel und Schmerz sind real und registrierbar. Die geteilte Realität besitzt eine solide physiologische Basis.«

»Ein evolutionärer Fortschritt«, sagte David. »Die nächste Stufe im moralischen Wachstum der Hominiden.«

»Das hab ich nicht gesagt«, betonte Ann schnell.

»Aber Ihre Befunde legen das nahe.«

»Nein, David, das tun sie nicht. Ich spreche über die Biologie, ich gebe keine Bewertung ab.«

Allen verzog das Gesicht. Für Bazargan war beides das Gleiche. Aber der Junge erwiderte nur: »Die wirkliche Frage ist doch: Können wir den physiologischen Prozess beim Menschen nachmachen? Physiologische Prozesse basieren auf Proteinen, und Proteine sind genetisch kodiert. Also müssten wir in der Lage sein, sie in der relevanten DNS zu verankern.«

»*Was?*«, fragte Gruber einigermaßen entsetzt, und Bazargan wurde klar, dass er heute Davids irre Theorie zum ersten Mal hörte.

»David, das hab ich Ihnen doch schon erklärt«, antwortete Ann matt. »Es gibt keine relevanten genetischen Unterschiede. Was immer im Gehirn der Weltler passiert, geschieht mit dem gleichen Input und der gleichen Ausrüstung wie bei uns. Deshalb verstehen wir nicht, warum die Ergebnisse anders sind.«

David antwortete nicht, sondern blickte nachdenklich aus dem Bogenfenster. Aber Bazargan wusste, dass der Knabe das, was Ann gesagt hatte, ablehnte – das war ihm so klar, als hätte Allen es laut ausgesprochen. Er glaubte nach wie vor, dass die geteilte Realität an eine klare, noch unentdeckte Gensequenz gebunden war. Er wollte, dass es ein Stück DNS gab, das herausgeschnitten und in das menschliche Genom eingefügt werden konnte. Weil er sich das so sehr wünschte, glaubte er daran.

Eine sehr gefährliche Art zu denken. Und nicht nur für Allen selbst.

Nach längerem Schweigen fragte Allen: »Wie können wir mehr darüber herausfinden? Wenn Sie annehmen, dass die DNS tatsächlich der Schlüssel des Ganzen ist, was wäre dann der nächste Schritt?«

Jetzt verlor Ann endgültig die Geduld. »Ein Weltlergehirn sezieren, die geteilte Realität herausschneiden und sie in unserem Gehirn verankern!«

Bazargan griff ein und meinte beschwichtigend: »Ann, gibt es noch andere wichtige Informationen, von denen Sie uns heute berichten sollten? Möchten Sie uns noch etwas über den Lagerfeld sagen?«

»Ich weiß nicht ... o ja ... nein, das ist nicht wichtig. Aber ... warten Sie ... nein ...«

»Sie sind erschöpft, meine Liebe«, sagte Bazargan fest. Aber jetzt kam plötzlich Leben in Gruber.

»Kommen Sie schon, Annie«, rief er, zog sie von ihrem Kissen hoch und legte stützend den Arm um sie. »Wann haben Sie zum letzten Mal was gegessen, *Liebchen*?«

»Ich kann mich nicht erinnern. Gestern Morgen? Aber es geht mir gut, das war bloß eine vorübergehende Schwäche.«

»Ein guter Grund, zu essen und zu schlafen«, meinte Gruber. »Macht's gut, Jungs.«

Damit führte er Ann durch den Torbogen zu ihrem Zimmer, den Arm immer noch um ihre Taille gelegt. Stirnrunzelnd sah David ihnen nach. »Woher nimmt er sich das Recht, Entscheidungen für sie zu treffen?«

»Vielleicht gibt sie es ihm«, antwortete Bazargan und bereute seine Worte sofort. Der Junge konnte nicht anders, als einem auf die Nerven zu gehen, genauso wie die Stechmücken nicht aufhören konnten zu stechen. Aber Bazargan sollte eigentlich über Stechmücken erhaben sein.

»Bitte verzeihen Sie, David, ich glaube, ich bin auch müde. Aber das war doch ein nützliches Treffen, nicht wahr? Passt das, was Ann gesagt hat, zu Ihren Beobachtungen über die kindliche Entwicklung im Krelmhaus?«

»Ja, es passt perfekt.«

»Gut. Wir alle lernen jeden Tag ein bisschen mehr. Wenn Sie mich jetzt entschuldigen würden ...«

David stand auf und ging, nur eine Spur schmollend. Bazargan zog die leichten Vorhänge vor die Bogenfenster in seinem Zimmer. Wieder einmal plagten ihn Kopfschmerzen.

Allerdings war er nicht in der richtigen Stimmung, sich damit auseinander zu setzen, dass auch diese Kopfschmerzen auf ihre spezielle Art etwas mit Störungen in der wahrgenommenen Realität zu tun hatten.

Philoktetes, der gefeierte Held des Trojanischen Krieges, hatte sowohl einen magischen Bogen, der nie sein Ziel verfehlte, als auch einen eiternden, nie verheilenden Schlangenbiss, der ihm ständig Schmerzen bereitete. Das eine war der Preis, den er für das andere bezahlte. Wenn die Wunde heilte, verlor er die Zielgenauigkeit.

Aber war die geteilte Realität, die ausschloss, dass man jemals wirklich voneinander getrennt war, nun die Wunde oder der Zauberbogen?

David Allen war sich der Antwort sicher. Aber Ahmed Bazargan nicht.

Er schluckte eine Kopfschmerztablette und rollte seine Schlafdecke aus. In einer späteren Version des Philoktetes-Mythos wurde der Held von dem Schlangenbiss geheilt. Das war das Schwierige mit den alten Geschichten. Sie veränderten sich im Lauf der Zeit. Und am Ende wusste man überhaupt nicht mehr, was man glauben sollte.

Bazargan legte sich in dem halbdunklen Zimmer nieder und wartete, dass das Kopfweh sich verzog.

KAPITEL 10

Rafkit Seloe

»Bist du sicher, dass du das gehört hast?«, fragte Pek Nagredil.

»Ja«, antwortete Enli.

»Warte hier.« Er verschwand durch einen Torbogen und ließ Enli, die versuchte, sich darüber klar zu werden, worüber sie sicher war und worüber nicht, allein in seinem chaotischen Büro stehen.

Manchmal übten die Terraner diese Wirkung auf sie aus.

Diesmal regnete es nicht. Bei jeder anderen ihrer Fahrten nach Rafkit Seloe hatte es geregnet, jedenfalls kam es Enli so vor. Heute fiel heller Sonnenschein durch die offenen Fenster und badete alles in seinem orangefarbenen Licht. Ralibib hatte gerade angefangen zu blühen, und der schwere Duft der winzigen weißen Blüten, hunderte auf jedem Zweig, erfüllte die Luft. Unter den Ralibbüschen waren die Allabenirib gerade am Verblühen. Bald würden die Gärtner die Stämme bis zum Boden abschneiden und die Pflanzen so für die nächste Blütezeit vorbereiten.

In den Voraturgärten war ein Beet mit Allabenirib umgegraben worden, um Platz für die terranischen Rosib zu machen.

Enli griff in die Innentasche ihrer Tunika und fischte noch eine Kopfschmerzpille heraus. Inzwischen brauchte sie zehn bis zwölf Stück pro Tag. Pek Nagredil hatte ihr gesagt, sie solle nicht mehr als acht nehmen, aber damit bekam sie den Schmerz nicht in den Griff. Wenn doch die Spitzelei endlich vorbei wäre! Bald, bitte bald ...

Doch wenn sie ihre Arbeit erledigt hatte, würden die Terraner sterben. Und das, was Enli belauscht hatte, machte sie zum Werkzeug ihres Todes, genau wie bei Tabor. Pek

Sikorski, die so nett zu ihr gewesen war. Pek Gruber, den sie kaum kannte – war es richtig, über jemanden zu urteilen, von dem sie so gut wie gar nichts wusste? Kein Priester aus dem Ministerium für Realität und Sühne würde so handeln, denn Realitätsrichter waren immer Angehörige der örtlichen Regierung, Leute, die sich mit den lokalen Persönlichkeiten und Umständen genau auskannten. Pek Bazargan mit seinem ruhigen, gefassten Gesicht. Pek Allen, der mit Sicherheit verrückt war, aber so liebevoll mit den Kindern umging, egal ob Weltler oder Terraner. Und die terranischen Kinder, diese wunderschönen kleinen Blütenknospen ...

Enli kniff die Augen zusammen. Sollte sie noch eine Pille nehmen? Nein, das konnte sie nicht, sie hatte innerhalb weniger Minuten schon drei geschluckt. Noch mehr, und sie würde einschlafen. Und das ging nicht, sie musste ja ihren Bericht machen. Ihr Kopf fühlte sich so schwer auf dem Hals an, das Innere ihres Schädels wie Blei ...

»Pek Brimmidin.«

Enli öffnete die Augen. Pek Nagredil war mit zwei anderen zurückgekommen, mit einem Heiler und einem Priester. Enli versuchte, sich zu verbeugen, stolperte und wäre fast umgekippt. Der Diener der Ersten Blume packte sie am Arm und führte sie zu einem Kissen. »Setz dich, Pek Brimmidin. Möchtest du ein Glas Wasser?«

»Ich ...«

»Bring ihr lieber ein Glas Pel«, sagte der Priester zu Pek Nagredil, der mit erschrockenem Gesicht gehorchte. »Hier, trink.«

Der Pel wärmte sie ein wenig und dämpfte die Kopfschmerzen. Wenigstens so, dass sie wieder weitermachen konnte. Der Pel half ebenso wie die Wärme von der Hand des Priesters auf ihrem Arm.

»Nun, kleine Blüte«, sagte er freundlich, »erzähl uns, was du über diese Terraner erfahren hast.«

Enli nahm noch einen Schluck Pel. »Sie ... sie haben ein Bild von Pek Voraturs Gehirn gemacht.«

»Ja, das wissen wir«, erwiderte der Priester. »Und wir wissen auch von den Rosib und von Pek Renjamors Fabrik und von den Tests mit dem *Antihistamin,* das müssen wir nicht noch einmal besprechen. Pek Renjamor hat die erste Portion *Antihistamin* sogar schon hergestellt, vierzig Leute nehmen es jetzt probeweise ein, wusstest du das? Anscheinend sind alle von ihrer Blumenkrankheit geheilt. Die Krankheiten waren vielfältig, aber natürlich hauptsächlich von den Ralibib verursacht, denn mit ihren Blüten segnet uns die Erste Blume ja zu dieser Zeit ...« So fuhr er mit seiner beruhigenden, freundlichen Stimme fort, plauderte von allem Möglichen und gab Enli eine Chance, sich wieder einigermaßen zu fassen.

Als sie sich beruhigt hatte, meinte der Priester: »Aber da ist noch etwas anderes, glaube ich, Pek Brimmidin. Etwas, worüber unser anderer Informant nicht berichtet hat. Vielleicht etwas, was du erfahren hast, weil du die terranischen Worte besser verstehst als alle anderen.«

»Ja«, sagte Enli. Sie fühlte, wie ihr Mut zurückkam und mit dem Pel wieder durch ihre Adern floss. »Ja.«

»Etwas Gefährliches?«

»Ja!«

Der Priester faltete die Hände in Knospenhaltung. »Ich bin bereit, dir zuzuhören.«

»Die Terraner ... sie ...«

»Sprich, kleine Blume.« Zwar war die Freundlichkeit geblieben, aber jetzt war auch deutlich ein Befehl aus den Worten herauszuhören.

»Sie wollen die Köpfe der Weltler aufschneiden und die geteilte Realität herausholen und sie mit einem Anker in ihren eigenen Köpfen befestigen.«

Pek Nagredils Augen wurden groß. Auf seinem Gesicht sah Enli die Anzeichen der einsetzenden Kopfschmerzen: die gestraffte Haut um die Augen, der verkniffene Mund. Der Heiler schlug beide Hände an die Stirn. Nur der Diener der Ersten Blume hatte den Schmerz unter Kontrolle, obwohl auch bei ihm die Schädelwülste über seinem Nackenfell sichtbar pochten. »Das ist unmöglich«, sagte er.

»Natürlich ist das unmöglich«, rief der Heiler. »Aber allein der Gedanke ... dass sie zu einer solchen Idee fähig sind! Sie *müssen* unreal sein!«

»Wartet«, sagte der Priester. »Pek Brimmidin, bist du sicher, dass du das gehört hast? Welcher Terraner hat das gesagt?«

»Zuerst Pek Allen«, antwortete Enli. Jetzt, wo sie die schreckliche Realität mit jemandem geteilt hatte, wurde das Kopfweh etwas besser. Aber nur wenig. »Vor fünf Tagen haben sie dann alle miteinander darüber diskutiert. Ich war in dem Versteck in der Mauer, das Pek Voratur mir gezeigt hat. An dieser Stelle ist die Mauer ganz dünn, damit man hören kann, was in den Gästezimmern gesprochen wird. Natürlich weiß jeder, dass Kaufleute so etwas tun, aber ...« Wieder stockte Enli. Wussten die Terraner Bescheid? Wenn nicht, dann war das an sich schon ein weiterer Beweis dafür, dass sie die Realität nicht teilten. Aber wenn doch, warum hatten sie dann zugelassen, dass Enli sie belauschte, während sie diese grässlichen Pläne schmiedeten?

»Trink noch ein paar Schluck Pel, kleine Blüte.«

Enli tat, was der Priester sagte, und leerte ihr Glas.

»Jetzt fahre bitte fort.«

»Die Terraner haben Pek Voraturs Gehirnbild besprochen. Pek Allen fragte, ob Pek Sikorski von dem Bild genug erfahren hatte, um die geteilte Realität mit einem Anker in die Köpfe von Terranern zu verpflanzen. Sie hat nein gesagt. Sie sagte, zuerst muss sie ...«

»Warte«, unterbrauch Pek Nagredil. »Ich muss dir noch eine Frage stellen. Du verstehst Terranisch viel besser als sonst jemand auf Welt, Enli. Aber verstehst du denn wirklich *alle* Wörter, die die Terraner benutzen? Jedes einzelne davon?«

Enli gestikulierte abwehrend. »Daran habe ich schon gedacht, Pek Nagredil. Immer wieder. Ein paar ihrer Wörter sind mir tatsächlich noch fremd. Aber nicht so viele, dass ich ihre Bedeutung nicht verstehen kann. Und ein Wort kenne ich sehr gut. Pek Sikorski und ich benutzen es dauernd bei der Arbeit. Es heißt ... es heißt *sezieren*. Das bedeutet, man schneidet eine Pflanze oder ein Tier in kleine Teile, um es zu studieren. Pek Sikorski hat gesagt ... sie hat gesagt ...«

Die drei anderen warteten: der Heiler und der Regierungsbeamte mit offensichtlichem Grausen, die sanften, sonst so gleichmütigen Gesichter schmerzverzerrt. Nur der Priester war ruhig geblieben, aber er sah traurig aus.

»Pek Sikorski hat den anderen gesagt, dass sie ein Weltlergehirn *sezieren* muss, um die geteilte Realität in die Terranergehirne zu verpflanzen.«

Der Heiler schrie auf. Pek Nagredil schloss kurz die Augen und kramte dann in seinen Gürtelbeutel nach einer Pille. Enli sah, dass es die gleiche Sorte war, von der sie sich zurzeit mehr oder weniger ernährte. Ach, wenn diese Arbeit doch nur endlich überstanden wäre ...

»Das ist der Beweis!«, rief der Heiler. »Sie sind ganz sicher unreal!«

»Wartet«, sagte der Priester, und die anderen schwiegen.

Minuten verstrichen, Enli spürte, wie sie schläfrig wurde. Also hatte sie wohl doch zu viele Pillen genommen. Vielleicht war es aber auch der Pel. Oder einfach nur die Erleichterung, dass sie die Realität mit diesen guten Leuten teilen konnte ... ihren Leuten ... Tabor hatte einmal gesagt ...

Eine Hand schüttelte sie. »Noch nicht, Pek Brimmidin«, sagte der Diener der Ersten Blume sanft. »Nur ein paar Fragen noch, dann kannst du schlafen. Nein, Sühne ist nicht notwendig, beantworte nur noch ein paar Fragen. Wie lautet das terranische Wort für Boden?«

Enli sagte es ihm.

»Für Gehirn?«

Sie antwortete prompt.

»Für Gerechtigkeit? ... Für Realität? ... Für das Anlegen eines privaten Meditationsgartens?«

»Dafür gibt es kein terranisches Wort.«

»Gibt es kein Wort dafür oder hast du es vielleicht nur noch nicht gelernt?«

»Das weiß ich nicht«, räumte Enli ein.

»Wie lautet das Wort für ein Kind, das die geteilte Realität noch nicht erreicht hat?«

»*Baby*, glaube ich.«

»Bist du sicher? Vollkommen sicher?«

»Nein«, entgegnete Enli.

»Wie ist es mit dem Wort für eine Knospe, die sich weit genug geöffnet hat, dass man ihre Farbe sieht, aber noch nicht die Form ihrer Blätter?«

So prüfte der Priester Enlis Sprachkenntnisse noch mit zwanzig oder fünfundzwanzig weiteren Vokabeln. Von manchen kannte sie die terranische Bedeutung, von einigen aber nicht. Weil sie ständig gegen das Einschlafen ankämpfte, hatte sie sich kerzengerade auf ihr Kissen gesetzt, und schließlich bohrte sie sich auch noch die Fingernägel in das weiche Fleisch des Oberarms. Dem Priester entging ihr Bemühen nicht.

»Das reicht jetzt, kleine Blüte.« Er wandte sich zu Pek Nagredil und den Heiler. »Sie kann sehr gut Terranisch, aber es gibt Bereiche in ihrem Wissen, die sich noch im Knospenstadium befinden. Daher ist es möglich, dass sie die Terraner missverstanden hat. Natürlich werde ich dem Hohen Rat mitteilen, was sie berichtet hat, aber ich werde nicht behaupten, dass es noch nicht voll erblühte Gewissheit ist. Die terranische Frage bleibt nach wie vor unbeantwortet.«

Langsam nickten Pek Nagredil und der Heiler. Ihre Gesichter entspannten sich etwas. Sie dachten das Gleiche. Die Realität war geteilt worden.

Sogar mit *mir*, dachte Enli, und ein warmes Gefühl durchflutete sie. Oh, es war so gut, endlich wieder zur Realität zu gehören, zu wissen, was die anderen wussten, die Wahrheit der Welt zu teilen, statt allein im Dunkeln Geheimnisse zu hegen. Ihr ganzer Körper reagierte auf dieses

Gefühl, entspannte sich und ließ los. Oh, das tat so gut ... Wenn doch nur Tabor hier wäre ...

»Schlaf jetzt, kleine Blüte«, sagte die freundliche Stimme, und warme Hände stützten sie, während sie langsam auf das breite Kissen hinuntersank. Sie spürte, wie eine Decke über sie gebreitet wurde, hörte das Gemurmel der Stimmen wie die beständige leise Musik bei einem Dorftanz ... wenn die Kochfeuer munter brannten und die Kinder im warmen, duftenden Zwielicht lachten ...

Dann war Enli eingeschlafen. Sie hörte nicht mehr, wie der Regierungsbote in Pek Nagredils Büro stürzte, so aufgeregt, dass er nicht einmal eine Willkommensblume mitgebracht hatte. Sie hörte nicht, wie er berichtete, dass einer von Pek Renjamors Freiwilligen, wenige Minuten nachdem er das *Antihistamin* eingenommen hatte, zusammengebrochen und gestorben war. Sie hörte nicht, wie der Diener der Ersten Blume den Gesang für die Seele des Toten anstimmte, für die Seele, die nun ihren blütenbestreuten Weg zu ihren Ahnen antrat.

Dennoch erfüllte der Gesang ihre Träume.

KAPITEL 11

Gofkit Jemloe

Wieder einmal hatte man ihn ausgeschlossen. David erfuhr von der tödlichen allergischen Reaktion des Weltlers erst, als Ann, Bazargan und der zunehmend widerwärtige Dieter Gruber die Sache bereits durchdiskutiert und einen Beschluss gefasst hatten. Ohne David mit einzubeziehen. Gehörte er nun zu diesem Team oder nicht?

Um alles noch schlimmer zu machen, erzählte ihm ausgerechnet auch noch Gruber davon. Gruber, der nicht einmal bei Voraturs Lagerfeld-Scan dabeigewesen war, weil er sich bei Nafrets Blumenzeremonie sinnlos betrunken hatte. Jetzt kam der Geologe einfach ins Krelmhaus geschlendert und blickte sich amüsiert um. Jawohl, amüsiert. Blasiert. Überheblich. Weil David mit lebenden Kindern arbeitete, während Gruber sich für tote Steine begeisterte? Wahrscheinlich war David in Grubers Augen weiter nichts als ein Weichei, kein richtiger Mann. Und ausgerechnet mit ihm hatte Ann geschlafen ... wenn es stimmte ...

Stopp. Moment mal. Er ärgerte sich, dabei gab es doch gar keinen Grund, so wütend zu werden. Er musste seine Neuropharmaka besser anpassen. Mehr Serotonin, mehr Aktivatoren für den linken präfrontalen Kortex, mehr Kortisolblocker.

»David?«, sagte Gruber auf Englisch. »Hören Sie mir überhaupt zu?«

»Natürlich höre ich Ihnen zu«, fauchte David. »Sie haben gesagt, dass eine von Renjamors Betatest-Versuchspersonen an einer allergischen Reaktion auf Anns Antihistamin gestorben ist.«

»Ja. Die Beerdigung – oder wie man das hier sonst nennt –

ist um Mittag. Ahmed möchte, dass wir mit dem Rest des Hausstands ungefähr eine Stunde früher losgehen. In voller Galauniform.«

»Man nennt das ›Abschiedsverbrennung‹, Dieter. Nicht ›Beerdigung‹.«

»Ich kann die Weltlersprache eben längst nicht so gut wie Sie«, meinte Gruber unbeeindruckt. Er sah sich im Krelmhaus um. Natürlich war Nafret inzwischen, da er vollständig real war, zum Rest der Voraturfamilie gezogen. Die verbleibenden Kinder, einschließlich Bonnie und Ben, tollten in der Spielecke herum, die David für sie eingerichtet hatte. Auf Welt waren Spielsachen immer Miniaturversionen von Objekten aus der Erwachsenenwelt: Puppen, aus Holz geschnitzte Fahrräder mit kleinen Holzfiguren darauf, Geschirr, Bauernhoftiere und natürlich Blumen. David hatte ein paar neue abstrakte Formen hinzugefügt, beispielsweise bunt bemalte Holzklötze, zusammensteckbare Plastikkugeln, aufblasbare Ballons in verschiedenen Formen, sehr robust und so groß wie die Kinder selbst. Natürlich hatten sich die erwachsenen Weltler darüber gewundert. Was soll man damit anfangen?, hatten sie David gefragt. Was soll das alles denn sein?

Aber nachdem David die Realität dieser seltsamen, nichtfunktionalen Spielsachen mit allen geteilt hatte, schien sich im Dorf ein Konsens gebildet zu haben, und jetzt war es, als hätte es schon immer solche Dinge gegeben. Sicher, das terranische Spielzeug war sonderbar, aber harmlos. Allerdings hatten die Weltler darum gebeten, dass die rechteckigen Holzklötze, die Ben und Bonnies Mutter mit auf die *Zeus* gebracht hatte, verändert wurden. Sie waren zu hässlich für kleine Kinder. Es war nicht gut für ihre sich noch entwickelnden Gehirne, wenn sie mit so hässlichen Dingen spielten. Also ließ David einen Tischler des Hausstands die Klötze verändern, kugelförmig, nierenförmig, in alle möglichen geschwungenen Kurven sägen und schmirgeln. Zwar ließen sie sich jetzt nicht mehr ordentlich aufeinander stapeln, aber man konnte viel interessantere Türme daraus bauen und wieder umwerfen.

Von Anfang an hatten die Weltlerkinder Davids Sachen geliebt. Ihre ungehemmt kreative Reaktion erstaunte die Erwachsenen: Kleine Klötzchen wurden wilde Tier, große Ballons Berge. David machte stapelweise Notizen über die Fantasie von noch nicht der Sozialisation unterworfenen Kleinkindern. Wenn er auf den Mars zurückkehrte, wollte er eine umfassende Arbeit darüber schreiben.

Jetzt tollten drei der Kinder, Uvi, Grenol und der muntere Ben, kreischend und lachend mit den Ballons herum. Der Sinn des Spiels – sofern ein solcher existierte –, schien darin zu liegen, dass man auf einem anderen Kind landete. Colert Gamolin, Davids Kollege, achtete geduldig darauf, dass das Spiel nicht zu wild wurde. Bonnie, die nachdenklich einen frei geformten gelben Klotz betrachtete, lag mitten im Zimmer auf dem Rücken, während eine alte Kinderfrau, die sich wahrscheinlich schon um drei Generationen von Weltlerkindern gekümmert hatte, ihr die Windel wechselte. Die dicke gemütliche Frau war Bonnies liebste Bezugsperson.

Nachsichtig betrachtete Gruber die Aktivität, aber David war nicht in der Stimmung für Nachsicht.

»Die Abschiedsverbrennung dürfte es überhaupt nicht geben! Hat Bazargan wenigstens versucht, die Erlaubnis für eine Autopsie des Weltlers zu bekommen? Das wäre doch eine perfekte Gelegenheit, um den Effekt einer tödlichen chemischen Reaktion auf ein Weltlergehirn zu untersuchen und dabei vielleicht mehr über den Mechanismus der geteilten Realität zu erfahren!«

Jetzt hatte er Grubers volle Aufmerksamkeit. »Sie machen wohl Witze, David.«

»Ich mache keine Witze! Behandeln Sie mich bitte nicht so von oben herab!«

Gruber musterte ihn. »Ich behandle Sie überhaupt nicht von oben herab. Aber es muss Ihnen klar sein, dass die Situation sich absolut nicht dazu eignet, die Todeszeremonie der

Weltler zu stören. Sogar *ich* hab das eingesehen, und Ann erzählt mir dauernd, dass ich so unsensibel bin wie ein Staubsauger.«

Er sagte das mit einem Lächeln, aber David nahm die Versöhnungsgeste nicht an. Das war doch nur weitere Herablassung! Und dazu stellte der Kerl auch noch nicht sonderlich subtil seine Beziehung mit Ann zur Schau. Dennoch zwang David sich zur Ruhe.

»Sehen Sie, Dieter, ich weiß, dass die Zeremonie eine Autopsie ausschließt. Ich bin nämlich Anthropologe, falls Sie das vergessen haben sollten. Aber das hier ist eine einmalige Gelegenheit. Bazargan könnte Voratur sagen, dass eine Autopsie notwendig ist, um ... ach, ich weiß auch nicht ... um irgendetwas Lebenswichtiges über das Antihistamin herauszufinden, damit es auf lange Sicht bei den Weltlern richtig wirkt. Ann könnte ihm doch bestimmt helfen, etwas Derartiges zu erfinden. Und stellen Sie sich vor, was wir dadurch über die geteilte Realität herausfinden könnten!«

Dieters Blick wurde noch intensiver. »Sie schlagen also vor, dass Ahmed und Ann Voratur anlügen? Sind Sie nicht immer derjenige, der die geteilte Realität deshalb so bewundert, weil die keine Lügen duldet?«

David spürte, wie er rot wurde. »Das ist doch etwas anderes! Der potenzielle Gewinn ist so enorm, so ... so wegweisend ...«

Jetzt war er ins Schwimmen gekommen. Und das auch noch vor Gruber. Verdammt. Zum Glück kam in diesem Augenblick die frisch gewickelte Bonnie auf ihn zugewackelt und umklammerte voller Zuneigung seine Beine.

»Hallo Süße«, sagte David auf Englisch.

Sie antwortete ihm auf Weltisch und hielt ihm einen runden roten Holzklotz hin. »Mein Blume.«

David beugte sich zu ihr herab. »Nein, Bonnie. Das ist keine Blume.«

Das war das Einzige, worauf die Weltler bei den abstrakten Spielsachen bestanden. Als Blumen durften nur richtige Blumenspielsachen bezeichnet werden.

»Mein Blume!« Ihr kleiner rosa Mund verzog sich eigensinnig.

Sanft nahm David ihr das Holzteil aus der Hand und hob dann ein Blumenspielzeug vom Boden auf, eine hübsche Allabenir auf Stoff, und gab sie ihr. »Das ist eine Blume, Schätzchen«, sagte er auf Weltisch.

Die Kleine schaute auf das Holz in seiner Hand. Ohne das Gesicht zu verziehen, bewegte David die Hand hinter den Rücken. Mit der anderen Hand hielt er dem Mädchen die Stoffblume hin. Nach einem Augenblick des Zögerns nahm Bonnie sie. Ihr Schmollmund entspannte sich wieder.

»Mein Blume.«

»Ja, das ist Bonnies Blume. Was für eine hübsche Blume!«

Bonnie nickte und wackelte davon, um die Blume ihrer geliebten Kinderfrau zu bringen. David stand wieder auf.

»Sie machen keinen Unterschied zwischen Weltisch und Terranisch«, bemerkte Gruber.

»Natürlich nicht«, meinte David. »Das ist es ja gerade. Dieter, eine Autopsie würde ...«

»Aber das ist unmöglich. Verabschieden Sie sich lieber von der Idee.«

»Verdammt, niemand *sieht* auch nur das Potenzial, das Welt für die ganze menschliche Rasse bereithält!«

»Niemand außer Ihnen«, erwiderte Gruber lächelnd. »Wir treffen uns bei der Prozession.« Ehe David ihm eine Abschiedsblume reichen konnte, war er auch schon weg. Und Bonnie hatte zugeschaut. Verdammt, wusste dieser Mann denn nicht einmal, dass Kinder durch Nachahmung lernten, und dass Erwachsene die Verpflichtung hatten, in dem, was die Kinder nachahmen sollten, konsequent zu sein?

»Pek Allen«, sagte die Kinderfrau und trat auf ihn zu. »Blühen deine Blumen in gutem Boden?« Sie wollte wissen, wie er sich fühlte, und als David in ihr liebes altes Gesicht blickte, verpuffte seine Wut auf Gruber sofort. An ihre Stelle trat Verzweiflung. Warum nur war er unfähig, einem von seinen eigenen Leuten die Augen zu öffnen? Entweder waren sie blind oder er.

»Nein, heute ist der Boden nicht gut für mich«, antwortete er Pek Fasinil mit ihrem grauen, spärlichen Nackenfell und versuchte ein halbherziges Lächeln. Zu den Weltlern war David immer freundlich.

»Dann musst du dich ein Weilchen hinlegen, Pek Allen«, sagte sie fest und nickte drei- oder viermal mit dem Kopf. Sie war eine energische alte Frau, die sich ihres Werts und ihrer Stellung sicher war und sich nicht fürchtete, ihm Befehle zu erteilen.

»Das werde ich. Mögen deine Blumen blühen und gedeihen.«

»Mögen auch deine Blumen blühen«, erwiderte sie und watschelte zu einem Kind, das gerade von einem der großen Ballons gefallen war und angefangen hatte zu heulen.

David ging in sein Privatgemach, zog die Vorhänge am Torbogen zu, holte den Biomonitor aus der Safebox und stellte ihn auf den niedrigen geschwungenen Tisch. Dann machte er es sich auf einem Kissen bequem und steckte den Finger in die Maschine. Als das Display aufleuchtete, machte David große Augen.

Kein Wunder, dass er sich so reizbar fühlte! Der Hormon- und Transmittermix auf dem Graphen für Ruhe, Sicherheit und Nicht-Impulsivität lag fast im roten Bereich. Und außerdem waren auch noch die Sexsuppressoren grenzwertig, so dass sie nur noch leicht dämpfend auf das sexuelle Verlangen wirken konnten. Das erklärte wahrscheinlich seine Eifersucht auf Ann und Gruber. Wenn auch nicht vollständig. Warum eine intelligente und nette Frau wie Ann Sikorski sich mit einem Neandertaler wie Gruber abgab, der nichts drauf hatte als einen Tunnelblick ...

Da. Schon allein diese Gedanken waren ein Beweis dafür, wie unangemessen die Dosis war.

Also stellte er die Knöpfe für eine zusätzliche Dosis zur sofortigen Injektion und für eine frische ab morgen früh ein.

Dann steckte er den Finger erneut in die Maschine, um sich die Injektion verabreichen zu lassen. Schon als er den Biomonitor wieder wegschloss, spürte er, wie die Neuropharmaka ihn beruhigten. Natürlich dauerte es ungefähr eine Woche, bis sich der Körper vollständig an eine größere Veränderung in den Neurotransmittern gewöhnt hatte, aber das erkannte der Computer ebenfalls und fügte deshalb in der Zwischenzeit von sich aus einige rasch wirksame Beruhigungssubstanzen hinzu.

Schon jetzt fühlte er sich viel besser. Bestimmt konnte er der Abschiedsverbrennung mit der angemessenen Ruhe beiwohnen, denn allem Anschein nach würde eine solche ja stattfinden. Vielleicht würden noch weitere Weltler bei den Antihistamintests sterben. Nicht dass David sich das wünschte! Aber wenn noch jemand sterben musste, sollte eine Autopsie stattfinden. Aber bis dahin konnte David ausführlich mit Ann sprechen, jetzt, wo er wusste, dass die Möglichkeit im Raum stand.

Für jedes Problem gab es eine Lösung, man musste sich ihm nur mit der richtigen Einstellung nähern, mit all der Hilfe, die einem die moderne Technologie zu bieten hatte. Dafür war sie schließlich da.

Die Abschiedsverbrennung war die bewegendste Zeremonie, die Ahmed Bazargan jemals erlebt hatte.

Er war selbst ein wenig überrascht. In seinem Leben hatte er schon an vielen Beerdigungen teilgenommen, angefangen mit der seines Vaters. Damals war Ahmed zwölf Jahre alt gewesen. Erst hatte ihm das Ganze Angst gemacht: seine Mutter, die klagte und jammerte und sich die Haare raufte, der Körper seines Vaters, der von seinen eigenen Soldaten auf einem Holzpier zu seinem üppig geschmückten Grab getragen wurde, die endlose Lobesrede in der Moschee, in der sich die Ausdünstungen viel zu vieler menschlicher Körper stauten. Aber dann hatte der zwölfjährige Ahmed irgendwann eine Art Distanz gespürt, eine Abkopplung von seinem

Schmerz, ähnlich wie es bei der DNS geschah, wenn sie sich zur Reproduktion bereitmachte und sich so selbst erhielt. Bei allen Beerdigungen in den kommenden Jahren hatte er diese Distanz gespürt, die ihn eher zum Beobachter als zum Teilnehmer machte. Beim Begräbnis seiner Mutter, seiner Freunde und Kollegen. Vermutlich würde diese Distanz auch da sein, wenn er eines Tages seine Frau Batul zu Grabe tragen würde, die jetzt geduldig seine Rückkehr zur Erde erwartete. Der innere Abstand war es, der ihm half, solche Situationen durchzustehen.

Aber nicht hier, nicht bei dieser Totenfeier, in diesem fremden Land. Ahmed Bazargan kannte die Tote nicht. Aber er spürte, wie ihr Tod sein Herz berührte. Und er suchte nach dem Grund dafür.

Es war nicht die Trauerprozession an sich, die vom Standpunkt eines abgestumpften Anthropologen ziemlich gewöhnlich ausfiel, abgesehen vielleicht von der Blumenfülle. An der Spitze des Zuges gingen die Trauernden langsam im Gleichschritt auf den Gemeindescheiterhaufen von Gofkit Jemloe zu. Auch auf Welt war Schwarz die Trauerfarbe, aber nicht aus denselben Gründen wie auf der Erde, denn hier war es keineswegs ein Symbol für die Nacht, die Unterwelt und so weiter. Nein, Schwarz war die einzige Farbe, die es bei Blumen nicht gab, denn schwarze Knospen absorbierten zu viel Hitze und starben, bevor sie sich öffneten. Daher hatte kein Gärtner auf Welt je schwarze Blumen gezüchtet, und die Familienmitglieder, die singend an Bazargan vorüberschritten, waren alle in Umhänge aus dünnem schwarzen Stoff gehüllt.

Hinter ihnen kamen die Priester, angeführt vom lokalen Vertreter des Ordens der Ersten Blume. Für Bazargan war es ein Orden, aber er wusste, dass die Weltler es anders sahen. Die Diener der Ersten Blume waren nicht in ›Orden‹ eingeteilt, sondern in nebulösere Strukturen, die von den terranischen Anthropologen noch nicht ganz aufgedröselt worden waren, außer dass es irgendetwas mit dem Neurygebirge zu tun hatte. Die Priester trugen geblümte Roben, die mit kleinen Glasvasen verziert waren, und in jeder steckte eine lebende Blüte in einem speziellen Wasser.

Hinter den Priestern folgte das gesamte Dorf, ebenfalls in Schwarz gehüllt. Als die Dörfler vorbeidefilierten, reihten sich die vier Terraner in den Zug ein. Auf Welt waren Trauerfeiern ein kollektives Ereignis, und das bedeutete, dass jeder, der konnte, daran teilnahm. Bazargan sah einen alten Mann mit einem gebrochenen Bein, den vier kräftige junge Leute auf einer provisorischen Trage mitschleppten. Kinder, die alt genug für die Blumenzeremonie waren, gingen mit ernster Miene neben ihren Müttern einher.

Schließlich, fast wie nachträglich hinzugefügt, kam die Verstorbene. Der ungewaschene Körper lag auf einem gewöhnlichen zweirädrigen, von zwei Familienangehörigen gezogenen Bauernwagen und war unter den Bergen von Blumen jeder momentan in der Gegend blühenden Art kaum zu sehen.

Als alle bis auf die Tote den Scheiterhaufen erreicht hatten, bildeten sie einen großen Kreis mit nur einer einzigen schmalen Straße, durch die der Karren bis direkt an den Rand des lodernden Feuers gezogen wurde. Eine leichte Bewegung ging durch die Versammlung.

Nun folgte der Teil der Zeremonie, der Bazargan von einem Begräbnis, das er mit Voratur besucht hatte, bereits vertraut, für Ann, Dieter und David jedoch neu war. Der Karren wurde nach vorn gekippt. Das Holz des Karrens war zuvor gewachst worden, sodass die Leiche, halb verborgen von den Blumen, mühelos ins Feuer glitt. Und sämtliche Prozessionsteilnehmer, die Trauernden, die Alten, die Hinkenden, die Lahmen, warfen gleichzeitig ihre schwarzen Umhänge ab und schrien so laut, als wollten sie den Verstorbenen wieder auferwecken.

Es war ein Schrei reiner Freude. Heute kehrte die tote Frau zu ihren Ahnen zurück.

Die Weltler sangen und psalmodierten. Unter den schwarzen Umhängen trugen sie alle farbenfrohe kurze Gewänder, die am Morgen mit frischen Blumen verziert worden waren. Jede davon versinnbildlichte eine Facette der Beziehung des Trägers zu der Seele, die jetzt frohlockend in die Geisterwelt entlassen wurde, wo jede Blume für immer blühte.

»*Mein Gott*«, sagte Dieter lächelnd auf Deutsch. Bazargan konnte ihn in dem unglaublichen Lärm kaum hören. Ann sah verblüfft aus, aber auch sie lächelte. Nur David machte den Eindruck, als wäre er am liebsten aufgesprungen und hätte die irregeleiteten Dörfler belehrt – hinsichtlich ihrer Verehrung des Todes und der Priester, die über ihn herrschten. Wahrscheinlich entsprach dieser Eindruck auch den Tatsachen.

Bazargan wandte sich ab. Die Feier berührte ihn immer noch. Nicht mit Trauer und auch nicht mit der Freude, welche die Weltler so offensichtlich teilten, sondern mit einem anderen Gefühl, das er aber nicht recht zu fassen bekam. Was war das?

Inzwischen war die Leiche fast vollständig verbrannt; das Feuer brannte offensichtlich enorm heiß. Dieter wusste bestimmt, was für ein Brennmaterial dafür nötig war. Es roch auch kein bisschen nach verbranntem Fleisch. Sicher verwendeten die Priester irgendein Öl oder Pflanzengemisch, das den Geruch überdeckte. Stellte Ann vielleicht schon entsprechende Forschungen an? Bazargan nahm sich vor, sie bei nächster Gelegenheit danach zu fragen.

Aber er konnte so viel vernünftig nachdenken, wie er wollte – das sanfte, angenehme und sehr reale Gefühl ließ sich nicht vertreiben. Und jetzt, da die Dorfbewohner zu den hohen Tönen von Flöten und Streichinstrumenten zu tanzen begannen, erkannte Bazargan plötzlich, was er fühlte: Bewunderung.

Dies war die erste Begräbnisfeier, die genau die Qualität besaß, die er am meisten bewunderte: Ausgewogenheit. Eine Balance zwischen dem Kummer über die Trennung und der Freude über den Fortbestand des Lebens. Zwischen dem Säkularen und Religion. Zwischen Leben und Tod, buchstäblich.

Es spielte keine Rolle, dass der Glaube der Weltler an ein geistiges Leben mit den Ahnen nicht Bazargans Überzeugung entsprach. Er bewunderte die Würde dieses Glaubens, und ihn bewegte die Würde einer Todeszeremonie, bei der die Frauen sich nicht die Haare ausrissen, die Verwandten sich nicht über das Testament stritten und auch keine Politiker in dem Vakuum, das der Tote – oft genug das Opfer eines politischen Attentats – hinterließ, um seine Macht schacherten. Auf Welt wirkte der Tod rein. Auf seine ausgewogene Essenz reduziert: Feuer, Asche, Blumen.

Bazargan sah zu Ann hinüber, die ernst in voller Galauniform dastand. Nein, nicht ganz, keiner der Terraner trug ein Schwert. Bazargan erinnerte sich an das kleine Malheur mit Syree Johnson an Bord der *Zeus* und lächelte Ann zu, um die Erinnerung mit ihr zu teilen. Aber ihr Blick ruhte auf Dieter. Während er die beiden beobachtete, verpasste Bazargan den Augenblick, in dem der Tanz gestört wurde.

Jemand ziemlich weit hinten im Kreis rief etwas und drängte sich nach vorn. Dann waren es zwei, dann fünf, eine kleine Gruppe. Zuerst konnte Bazargan nicht verstehen, was sie riefen. Und im ersten Moment ergab es auch keinen Sinn, weil der Inhalt so unerwartet war. Es war, als hörte man bei einer Hochzeit plötzlich Fußballgegröle.

»Tod den unrealen Terranern!«

»Die Terraner haben Pek Aslor getötet!«

»Unreal, unreal!«

In einer schockierenden Fantasie hörte Bazargan: *Unrein, unrein!* Philosophische Leprakranke? Dann übernahmen seine anthropologischen Antennen das Kommando.

Einer der Protestierer drängte sich rechts von Bazargan durch den riesigen dichten Kreis. Es war ein junger Mann, das Nackenfall jugendlich glänzend, in der Hand etwas, was nur ein Knüppel sein konnte. Er schien selbst überrascht, dass er so dicht bei seinem Opfer aus der Menge ausgebrochen war, trat einen Schritt zurück, nahm sich zusammen und umklammerte seinen Knüppel fester.

»Tod den unrealen Terranern!«

Jetzt fassten sich die Leute um ihn herum mit den Händen an die Köpfe und verzogen die Gesichter mit den unverkennbaren Anzeichen einsetzender Kopfschmerzen. Offenbar spürte es auch der junge Mann, denn seine Stirn legte sich in Falten, und Bazargan sah in seinen Augen die Vorboten des Schmerzes, der von einer nicht geteilten Wahrnehmung herrührte. Was hatte Ann gesagt – schmerzinduzierende Neurotransmitter wurden im vorderen *Gyrus cingularis* freigesetzt. Die Gedanken straften sich sozusagen selbst.

Zwei weitere junge Leute bahnten sich jetzt einen Weg durch die Menge und stellten sich neben den Anführer. Einen Moment sahen sie einander an und schienen durch ihr gemeinsames Ziel an Kraft zu gewinnen.

»Tötet die Terraner, die Pek Aslor getötet haben!«

»Die Terraner sind unreal!«

Reglos verharrte die Menge, Schädelwulste wurden gerunzelt. Alle schienen wie gelähmt. Vermutlich waren sie zutiefst bestürzt über das, was hier vor sich ging, denn so etwas hatte es noch nie gegeben. Wie konnte es sein, dass sieben oder acht Weltler – die Anzahl der Protestierer war nicht größer geworden – die Realität nicht teilten, die besagte, dass der Status der Terraner noch unentschieden war? Das war unmöglich. Aber es geschah trotzdem. Obwohl es nicht sein konnte.

Es passierte.

Der erste, kühnste Protestierer hob seinen Knüppel und wollte sich auf Bazargan stürzen.

Ohne Zögern schubste David Allen Bazargan weg und stellte sich vor ihn. Allen war blass, aber er wirkte nicht bedrohlich. Ein kompliziertes Gefühl erfüllte Bazargan: Ärger, weil David Allen dachte, dass er, Bazargan, beschützt werden musste, Amüsement über das Gleiche, Irritation über das theatralische Gehabe des jungen Mannes. Ehe er um Allen herumgehen konnte, stand auch schon eine Dienerin der Ersten Blume neben dem Jungen mit dem Knüppel.

»Junger Zweig«, sagte die Priesterin mit ruhiger, gefasster Stimme, »die Terraner sind vom Ministerium für Realität und Sühne nicht für unreal erklärt worden. Das ist geteilte Realität.«

Der Protestierer wandte sich zu der Frau in der Blumenrobe um. Etwas veränderte sich hinter seinen Augen, aber Bazargan konnte es leider nur aus dem Profil sehen. Dann nickte der Junge.

»Das ist geteilte Realität«, pflichtete er der Priesterin bei.

Die Priesterin sah zu den anderen Randalierern. Einer nach dem anderen nickte und murmelte: »Das ist geteilte Realität.«

Fasziniert verfolgte Bazargan das Geschehen. Es war keine Kapitulation, nicht die biologische Unterwerfung der niederen Mitglieder des Rudels unter den Alphawolf. Es war auch nicht die Arglist des Rebells, der zum Schein nachgibt, um Zeit zu gewinnen. Mit fast beiläufiger Überzeugung bestätigten die Protestierer die geteilte Realität – wie jemand, der sagt: »Es regnet draußen.« Die Menge rundum nickte, nicht erleichtert oder triumphierend, weil ein Unheil abgewendet worden war, sondern mit der gleichen beiläufigen Akzeptanz. Dann setzte die Musik ein, und alle, einschließlich der Randalierer, nahmen den Tanz wieder auf.

»Mein Gott«, sagte Dieter. »Komm, Ann, wir tanzen.«

»Ja«, sagte Bazargan. Der Vorfall hatte ihn heftiger aufgerüttelt, als er zugeben mochte. Aber auch er gesellte sich zu der nächstbesten Gruppe und schloss sich dem Tanz an.

Allein David Allen tanzte nicht mehr. Er stand da und starrte der Dienerin der Ersten Blume nach, die tanzte, als wäre sie nie unterbrochen worden. Allen sah sie lange an, und Bazargan hoffte, dass die Weltler die menschliche Mimik noch nicht gut genug kannten, um seinen Gesichtsausdruck zu interpretieren.

»Ich weiß wirklich nicht, auf welche Beweise Bazargan noch wartet«, sagte David. »Mein Gott, was ist denn noch alles nötig, um ihn zu überzeugen? Himmelserscheinungen? Eine Erleuchtung auf dem Weg nach Damaskus?«

Er und Ann standen im Garten vor ihrem Quartier. Dieter Gruber war vermutlich drinnen, aber das störte David nicht. Eigentlich war es so sogar besser. Dann konnte er gleich mithören. Vielleicht konnte der Geologe sie besser überzeugen als David. Obwohl – warum musste eine intelligente Frau wie Ann überzeugt werden, warum konnte sie nicht sehen, was sich direkt vor ihren Augen abspielte …?

Gott, sie sah heute Abend wunderbar aus. Nicht schön vielleicht, jedenfalls nicht so wie die reichen Genomodpüppchen auf dem Mars, aber vital und voller Leben. Die Abschiedsverbrennung hatte in der Abenddämmerung geendet, wie es Brauch war, und alle waren ins Dorf zurückgekehrt. Manche hatten eine Menge Pel intus. Die Terraner hatten Bazargans Anordnung gehorcht und nichts getrunken, aber im Licht der drei Weltlermonde wirkte Ann erhitzt, die langen Haare lose über die Schultern fallend, die Pupillen groß inmitten der klaren blauen Iris.

»David«, sagte Ann sanft, »Ahmed weiß, was er tut. Er macht eine ganz heikle Gratwanderung, wissen Sie. Im Ministerium für Realität und Sühne wird man zu einer Entscheidung kommen, ob wir real sind. Lautet die Entscheidung ja – und Ahmed setzt alles daran, um das Pendel auf diese Seite schwingen zu lassen –, dann brauchen wir gute Beziehungen zu den Priestern, damit wir unsere Arbeit fortsetzen können. Wenn sie aber negativ ausfällt, müssen wir bereit sein, uns von jetzt auf nachher aus Welt zurückzuziehen. Sind Sie …«

»Ja, ja, ich kann in dreißig Sekunden aufbrechen. Meine Notizen sind vorbereitet. Himmel, Ann, Sie behandeln mich wie ein Kind. Ich *weiß* das alles, was Sie mir eben gesagt haben. Aber es geht doch um etwas viel Umfassenderes. Die Leute hier sind praktisch Sklaven der Priesterschaft! Sie haben gesehen, was heute passiert ist. Einer von diesen selbsternannten Bonzen – in diesem Fall auch noch eine Frau – hat nur den Mund aufgemacht, einen einzigen Satz gesagt und damit einen Aufstand abgewendet. Sicher, damit hat die Dame unsere Haut gerettet – für dieses Mal. Genauso gut hätte sie die Leute auch in die andere Richtung beeinflussen können. Dass diese Typen überhaupt eine solche Macht haben, ist beängstigend, nicht die spezifische Entscheidung von heute. Die Weltler sind freundliche, gute Leute. Keine Mörder ... das haben Sie doch daran gesehen, wie schnell der Knabe sich zurückgezogen und lieber wieder getanzt hat, Himmel noch mal. Er wollte ganz sicher keinem wehtun. Das Konzept, dass die ›Unrealen‹ getötet werden müssen, stammt von den Priestern, und sie entscheiden auch, wer dazugehört und wer nicht. Das ist in homogenen bäuerlichen Gesellschaften die klassische Masche. Warum sieht Bazargan das denn bloß nicht?«

»Ich bin sicher, dass er es sieht«, erwiderte Ann müde. »Aber es ist fast Mitternacht, David, und ich bin echt nicht in der Stimmung, mit Ihnen über Anthropologie zu diskutieren.«

»Aber *Sie* müssen doch wenigstens verstehen ...«

»Gute Nacht, David.«

Er beugte sich über sie und küsste sie.

Ann wich weder zurück noch erwiderte sie den Kuss. Sie stand einfach regungslos da, obgleich der Kuss nicht einmal sonderlich leidenschaftlich war – dank der Sexsuppressoren. Als er fertig war, sagte sie leise: »Tun Sie das bitte nie wieder, David.«

»Ann, ich liebe Sie.«

»Nein, das tun Sie nicht. Sie ...«

»Sie behandeln mich schon wieder wie ein Kind!«

»Weil Sie sich auch so benehmen. Denken Sie doch mal nach, David – Sie wissen, was los ist. Das gehört zu Ihrer Ausbildung. Es ist ein Phänomen der Feldforschung, eine Verliebtheit, die aus unserer isolierten, riskanten Situation entsteht. Ich bin fünfzehn Jahre älter als Sie und ...«

»Und ist es bei Ihnen und Dieter Gruber das Gleiche? Eine Verliebtheit aufgrund unserer isolierten, riskanten Situation?«

»Gute Nacht, David.« Damit wandte sie sich ab und verschwand durch den Vorhang des Torbogens.

Er wollte ihr nachlaufen und endlich alles herauslassen – in einem Weltlerhaushalt gab es keine richtigen Türen, außer den Toren in der Außenmauer. Aber der Gedanke, dass Gruber da drin sein könnte und ihn auslachte ... O Gott, warum hatte er Ann geküsst? Jetzt hatte er Gruber einen Grund gegeben, auf ihn wütend zu sein, und wahrscheinlich würde Ann jetzt ganz auf Distanz gehen oder, noch schlimmer, sie würde Bazargan davon erzählen ... Scham durchflutete ihn.

Er musste die Neuropharmaka neu einstellen. Schon wieder.

Ja, das würde er machen. Während er zu seinem Zimmer zurückstolperte, plante er die Sache ganz sorgfältig. Eine Mixtur, die ihn unempfänglich für alle ihre Witze machte, die sämtliche verletzlichen Gefühle dämpfte und dafür Unverfrorenheit und Aggressivität verstärkte ...

Warum hatte er sie geküsst? Warum? Das war dumm gewesen, einfach dumm ...

Hinter einem Baum bewegte sich etwas und huschte quer durch den Garten. Eine dunkle Gestalt. David blieb stehen und spähte in die Schatten. Vielleicht war es einer von den Aufrührern, der wieder Mut gesammelt hatte, weil die Priester nicht mehr in der Nähe waren ...

Wieder bewegte sich die Gestalt. Es war die kleine Dienstmagd, Enli.

Erneut schämte er sich. Jetzt hatte er schon Angst vor den Schatten. Kein Zweifel, er brauchte eine neue Neuropharmakamischung. Gleich morgen früh. Ein Neuanfang.

»Mögen sich deine Blüten in Frieden entfalten, Enli«, rief er. Das Mädchen fuhr zusammen, und David fühlte sich ein bisschen besser, als er den mondbeschienenen Garten durchquerte.

KAPITEL 12

An Bord der *Zeus*

Der Alarm schrillte, als Syree sich in der akustischen Dusche befand. *Auf Gefechtsstation.*

In drei Sekunden war sie bei der Sprechanlage. »Hier Colonel Johnson, was ist los?«

Die Exekutivoffizierin Debra Puchalla antwortete von der Brücke. »Etwas ist aus dem Tunnel gekommen, Ma'am. Ein Faller-Skeeter. Er rast mit Höchstgeschwindigkeit auf uns zu.«

»Bin schon unterwegs.«

Aber nicht sehr schnell. Skeeter, die das fallersche Gegenstück zu den menschlichen Flyern waren, erreichten etwa das Anderthalbfache der für menschliche Piloten erträglichen Spitzengeschwindigkeiten, woraus sich folgern ließ, dass die Faller eine robustere biologische Konstitution besaßen als die Menschen. Zwar interessierte sich Syree weniger für die Biologie als für die Technologie, aber bisher war es nicht gelungen, einen Skeeter einzufangen und auseinander zu nehmen. Die Faller jagten sie vorher lieber selbst in die Luft. Aber selbst im Spitzentempo würde ein Skeeter ein paar Tage brauchen, um vom Weltraumtunnel 438 nach Welt zu gelangen. Außerdem waren sich alle Geheimdienstinformationen darin einig, dass die Schussweite der Skeeter wesentlich geringer war als die der *Zeus*. Zwar drohte also eine Krise, aber nicht unmittelbar.

Commander Peres war schon vor Syree auf der Brücke. Aufs rechte Bein gestützt wartete sie geduldig, während er seine Befehle gab. Ihr Auftrag verlieh ihr zwar die Macht, die Aktionen der *Zeus* unter Normalbedingungen zu bestimmen, aber nicht im Kriegsfall. Deshalb hatte Peres jetzt das Sagen.

Als er fertig war, fragte sie: »Haben sie die Sonden zerstört?«

»Als Erstes«, antwortete Peres erwartungsgemäß. Höchstwahrscheinlich waren die Faller blind aus dem neuen Weltraumtunnel gekommen, den sie gerade entdeckt hatten. Dann hatten sie die beiden Markersonden bemerkt, aber nicht, bevor diese sie wahrgenommen und die Daten an die *Zeus* weitergeleitet hatten. Dann hatte der Feind die Sonden umgehend abgeschossen, da man sie inzwischen natürlich als menschlich erkannt hatte. An Stelle der Faller hätte Syree genauso gehandelt.

Wäre sie ein Faller, hätte sie als Nächstes eine Datenrakete durch den Weltraumtunnel dorthin zurückgeschickt, von wo der Skeeter gekommen war, um das Oberkommando darauf aufmerksam zu machen, dass sich Menschen in dem neuen System befanden. Das war die eine Möglichkeit. Die andere bestand darin, selbst wieder durch den Tunnel zurückzufliegen, Bericht zu erstatten, sich neue Befehle zu holen und den Tunnel erneut zu durchqueren. Aber wenn es so gewesen wäre, würde jetzt mehr als ein Skeeter auf die *Zeus* zusausen. Es hing alles davon ab, wie weit die Verstärkung von der Faller-Seite des Tunnels entfernt war. Es war durchaus möglich, dass der Skeeter doch zurückgeflogen war und das jetzige Schiff besser ausgerüstet war als der ursprüngliche Eindringling. Da konnte sich Peres nicht sicher sein.

Er wandte sich an Syree. »Wir nähern uns dem Feind, Dr. Johnson. Ich möchte so weit von dem Planeten entfernt wie möglich auf ihn treffen. Das Shuttle kann jetzt losfliegen und Ihre Leute abholen und trotzdem noch rechtzeitig vor der Begegnung wieder bei uns sein. Oder Ihr Team kann da unten bleiben. Wie Sie wünschen.«

Genau das hatte Syree erwartet. »Ich möchte mit Dr. Bazargan sprechen.«

»Selbstverständlich. Aber wir brauchen eine sofortige Entscheidung.«

»Verstehe. Haben Sie irgendeinen Grund dafür, zu vermuten, dass der Feind über das Orbitalobjekt 7 Bescheid weiß?«

»Nein. Aber auch nicht für das Gegenteil.«

»Der Schutz des Artefakts ist ein wichtiges militärisches Ziel, Commander.«

Peres sah sie durchdringend an. »Dessen bin ich mir bewusst, Dr. Johnson. Aber es ist nicht von höherer Priorität als das Zusammentreffen mit dem Feind.«

»Nein.«

»Commander ...« Die Offizierin, mit einer militärischen Frage. Syree entfernte sich. Peres ließ keinen Zweifel daran aufkommen, dass er das Kommando hatte, trotz all ihrer Erfahrung. Sie ging in die andere Ecke der Brücke und aktivierte ihr Comlink.

Alle Mitglieder des Planetenteams hatten für Notfälle ein persönliches Comlink unter die Haut eingepflanzt bekommen, aber es war unangenehm, es herauszuholen. Das offizielle Comlink befand sich bei Bazargan, der fast sofort auf Syrees Signal antwortete. »Hier Ahmed Bazargan.«

»Hier spricht Colonel Johnson, Doktor. Sind Sie allein?«

»Dr. Sikorski ist bei mir. Sonst niemand.« Er klang wachsam, und das war auch gut so. Bazargan hatte auf Syree gleich einen soliden Eindruck gemacht, vor allem für einen Zivilisten.

»Die *Zeus* befindet sich in einer militärischen Aktion. Ein Faller-Schiff ist aus dem Weltraumtunnel gekommen und fliegt mit Höchstgeschwindigkeit auf den Planeten zu. Die *Zeus* wird den Feind so weit draußen wie möglich treffen und verlässt derzeit die Umlaufbahn. Wir können ein Shuttle für Ihr Team schicken, wenn Sie das möchten. Falls sie das nicht wollen und falls die *Zeus* zerstört wird, sitzen Sie auf dem Planeten in einem von Fallern kontrollierten Weltraum fest, zumindest temporär. Die Entscheidung liegt bei Ihnen, aber sie muss jetzt getroffen werden.«

Ein kurzes Schweigen trat ein, dann sagte Bazargan: »Verstehe.« Seine Stimme klang ruhig.

Kurz darauf hörte Syree ihn sagen: »Ann?« Sikorskis Murmeln war nicht zu verstehen. »Dr. Gruber und Mr. Allen sind nicht für eine Beratung erreichbar, Colonel. Aber Dr. Sikorski und ich stimmen überein, dass das Team auf Welt bleiben sollte. Bitte halten Sie uns über ... über das Ergebnis der Militäraktion auf dem Laufenden.«

»Selbstverständlich«, sagte Syree. Wenn Bazargan nichts von ihr hörte, bedeutete das, dass es keine *Zeus* mehr gab. Aber sie verkniff sich diese Bemerkung, denn schließlich war Bazargan klug genug, selbst darauf zu kommen.

Nach einem Augenblick fügte er hinzu: »Gibt es sonst noch etwas?«

Auf einmal fragte sich Syree, ob er wohl einen Verdacht wegen des Artefakts hegte. Sein Ton klang irgendwie bedeutsam. Aber nein ... Bazargan war einfach nur Anthropologe. Bestimmt hatte keiner ihn über den Zweck der Unternehmung informiert, und die Sicherheitsvorkehrungen waren bei diesem Projekt so streng eingehalten worden wie schon lange nicht mehr.

Natürlich hätte Syree es ihm jetzt erzählen können. Es war immerhin möglich, dass die Faller nicht die einzige Gefahr für die Menschen auf dem Planeten waren. Rasch ging sie die Informationen im Geiste noch einmal durch, dann traf sie ihre Entscheidung.

»Nein, sonst nichts. Viel Glück, Doktor.«

»Das wünsche ich Ihnen auch«, antwortete Bazargan leise.

Syree war froh, dass sie die Angelegenheit erledigt hatte. Jetzt konnte sie sich um die wirklich relevante Frage kümmern: das Artefakt. Die Detonatoren würden es durchschlagen können, so viel war sicher. Sie würden es verdampfen und den rötlichen Himmel über dem Planeten im Licht zerrissener Atome erglühen lassen. Commander Peres war Herr über die Fernzündung, die allerdings auch automatisch losgehen würde, falls die *Zeus* explodierte.

Dann würde niemand das Artefakt in die Hände bekommen. Welchen Effekt hätte das für den Planeten, der sich dort unten drehte? Keiner konnte das wissen. Das Artefakt war nur ein einziges Mal – versehentlich und nur auf niedrigster Stufe – als Waffe ›benutzt‹ worden, als sie mit der starken Kraft herumgespielt und damit die Welle ausgelöst hatten, durch die Captain Austen ums Leben gekommen war. Wenn es explodierte, würde es diese Welle möglicherweise mit voller Kraft aussenden – was immer diese Welle sein mochte. Was dann auf Welt geschehen würde, konnte man nur raten. Ebenso wenig konnte man voraussehen, wo sich Bazargans Leute zu diesem Zeitpunkt befinden würden: direkt im Einflussbereich der Welle, teilweise geschützt vom Planeten, auf der dem Artefakt abgewandten Seite? Es lohnte sich nicht, Bazargan zu warnen und damit zu riskieren, dass die Faller von dem Artefakt erfuhren, wenn der Nutzen einer solchen Aktion so ungewiss war.

Also informierte sie Peres schlicht über die Tatsache, dass die Zivilisten auf dem Planeten bleiben würden.

»Skeeter in Schussweite«, sagte der Bordschütze, ein großer, schlaksiger Unteroffizier namens Sloane.

Peres wandte sich an die Exekutivoffizierin: »Ms. Puchalla? Gibt es Kontaktaufnahme oder Kommunikation von dem Skeeter?«

Syree schnaubte innerlich. Wann hatten die Faller denn jemals kommuniziert? Sie betrachtete die Displays auf der Brücke der *Zeus,* wo sie sich während einer Militäraktion theoretisch gar nicht aufhalten durfte. Aber ihr Status an Bord war so ungewöhnlich, dass sie und Peres es vermieden hatten, darüber zu diskutieren. Vermutlich hatte sie mehr Kampferfahrung als er. Aber er war der Commander, und sie gehörte zum Spezialprojekt, daher war es leichter, in der stillschweigenden Übereinstimmung zu handeln, dass sie alles beobachten und sich nicht einmischen würde.

Die Anwesenheit des Skeeters zeigte sich überall, nur nicht visuell: thermische Signatur, Masse, Strahlung. Er gab sich keine Mühe, sich zu verstecken.

»Keine Kommunikation von dem Skeeter, Sir«, entwortete Puchalla.

»Feuer frei.«

»Feuer«, entgegnete Sloane.

Ein Strahl von auf relativistische Geschwindigkeiten beschleunigten Protonen schoss aus der *Zeus* hervor, ein tödlicher Partikelpfeil. Auf dem Display konnte Syree genau verfolgen, wie er sich durch den leeren Raum bewegte und auf den Skeeter zielte ... und durch ihn hindurchging.

Noch immer zeigte der Skeeter eine klare thermische Signatur, noch immer bewegte er sich direkt auf die *Zeus* zu.

Syree stockte der Atem. Was sie gerade gesehen hatte, war unmöglich. Wo war der Strahl geblieben? Warum war der Skeeter nicht verdampft?

»Herr des Himmels«, sagte der große Bordschütze. Seine Hand hing schlaff herunter. Die Offiziere warfen einander ungläubige Blicke zu.

»Feuern Sie noch einmal«, befahl Peres mit hoher, gepresster Stimme.

Wieder ging ein Strahl von der *Zeus* aus, traf auf den Skeeter und ging durch ihn hindurch.

Syrees geklontes Bein gab nach, und sie legte Halt suchend eine Hand auf das Schott. Das vertraute kühle Metall klärte ihren Kopf.

»Die müssen irgendeinen Schutzschild haben«, platzte der Schütze heraus.

»Nein, keinen Schild«, entgegnete Peres, immer noch mit völlig veränderter Stimme. »Der Strahl ist durch sie durchgegangen. Dr. Johnson, was meinen Sie?«

Alle auf der Brücke wandten sich zu Syree um, sogar der Steuermann, dessen Augen eigentlich das Display nie verlassen durften. Syrees Gedanken rasten, drehten sich im Kreis ... und landeten schließlich bei der einzig möglichen Erklärung. Obgleich diese gleich die nächste Spirale auslöste.

»Stellen Sie doch bitte mal den Strahl dar, kurz bevor er den Skeeter getroffen hat«, sagte sie, und niemand korrigierte sie dahingehend, dass der Strahl den Skeeter genau genommen ja gar nicht getroffen hatte. Der Bordschütze holte die Daten auf den Bildschirm. Eine Sekunde lang wurde der Mann für Syree real – jung, feiner, flaumiger Bartwuchs, wahrscheinlich seine erste Fahrt, die nordisch blaue Iris groß im von feinen roten Äderchen durchzogenen Augapfel. Doch beim Anblick der auf dem Bildschirm erscheinenden Daten vergaß sie ihn sofort wieder.

Ja. Es war nicht möglich. Aber es passierte trotzdem.

»Es ist kein Schild«, sagte sie hastig zu Peres. »Es ist ein ... na ja, wie haben kein Wort dafür. Sie haben die Wellenfunktion den Protonenstrahls verändert und seine Phase komplex gemacht, direkt bevor er aufgetroffen wäre.« Aber *wie?* Wie, um Himmels willen?

»Erklären Sie das bitte so, dass ich es verstehen kann, Dr. Johnson«, bat Peres.

Syree sah die Offiziere und die beiden Besatzungsmitglieder an, den Schützen und den Steuermann. Wahrscheinlich verfügte keiner von ihnen über das notwendige physikalische Grundwissen – Himmel, sie verstand es ja nicht mal selbst! Aber es war passiert. Der Skeeter sauste immer noch auf sie zu, aber seine Schussweite war nur ungefähr halb so groß wie die der *Zeus,* also würde es noch eine ganze Weile dauern, bis auch er feuern konnte. Es sei denn, er verfügte außer der neuen Verteidigungstechnik auch noch über neue Waffensysteme.

»Dr. Johnson?«

»Entschuldigen Sie, Commander. Ich will versuchen, es zu erklären. Unser Protonenstrahl ist natürlich ein Partikelstrom, der sich nahezu mit Lichtgeschwindigkeit fortbewegt. Aber wie Sie wissen, kann man ihn auch als Welle ansehen, mit den Eigenschaften einer solchen, einschließlich Amplitude und Phase. Der abgefeuerte Strahl ist also sowohl eine Welle als auch ein Partikelstrom, bis zu dem Augenblick, in dem er ... in dem er beobachtet wird. Das Ziel jeder Waffe ist eine Art Beobachter. Der abgefeuerte Strahl wirkt auf den

Skeeter und löst sich so in einen Partikelstrom auf. Nur hat er genau das diesmal nicht getan.« Die Gleichungen tauchten in ihrem Kopf auf, aber sie schob sie rasch beiseite. Peres war kein Physiker.

»Warum nicht?«, wollte er wissen.

»Der Beobachter – also der Skeeter – hat den Strahl als Welle beibehalten. Er hat die Phase zu einer Komplexität verändert, die nicht mit gewöhnlicher Materie interagiert. Deshalb ist der Strahl durch den Skeeter durchgegangen. Wenn man es in den Begriffen des notwendigen Beobachters ausdrückt, hat der Skeeter sich entschieden, den Strahl nicht wahrzunehmen und so seine Dualität nicht aufzulösen.«

»Er hat sich *entschieden*, ihn nicht wahrzunehmen?«, warf die Exekutivoffizierin ein. »Was zum Teufel soll das denn heißen?«

Syree sah sie an. Hätte sie selbst hier das Kommando gehabt, hätte sie Puchallas Ton nicht durchgehen lassen. »Genau das, was ich gesagt habe. Er hat sich entschieden, ihn nicht wahrzunehmen. Indem er die Phase des Wellenaspekts zu hoher Komplexität verändert hat, wurde der auf ihn abgefeuerte Strahl für gewöhnliche Materie unreal.«

»Unreal?«, wiederholte Sloane, obwohl er eigentlich nicht hätte mitreden sollen, solange er nicht von einem Offizier angesprochen wurde.

»Ja, Mr. Sloane. Unreal. Nicht in unserer Realität existent.«

Der Bordschütze lachte, ein rauer, hysterischer Klang, der in der Stille der Brücke widerhallte. »Mr. Sloane, Sie sind aus dem Dienst entlassen«, sagte Peres. »Ms. Puchalla, rufen Sie Mr. Sloanes Stellvertretung auf die Brücke. Dr. Johnson, haben Sie irgendeine Idee, ob die Fähigkeit der Faller, die Wellenphase des Protonenstrahls zu verändern, auch als Offensivwaffe eingesetzt werden kann?«

»Nicht dass ich es mir vorstellen könnte«, antwortete Syree. »Aber wenn sie das hier fertig bringen, kann man unmöglich vorhersagen, wozu sie sonst noch alles fähig sind.«

Peres starrte auf das Display. »Verstehe.« Der Skeeter sauste durch den inneren Raum des Sternsystems unaufhaltsam auf sie zu.

Noch fünf Mal feuerte die *Zeus* in den nächsten beiden Tagen auf den Skeeter und prüfte damit den Effekt der Entfernung auf den Wellenphasenmodulierer. Der unbeholfene Name stammte von Peres; anscheinend brachte er mit diesem Ausdruck auf den Punkt, was er von der Physik, die hinter der Verteidigung der Faller steckte, verstehen konnte oder wollte. Keiner der Schüsse hatte die geringste Wirkung. Aber der Skeeter erwiderte das Feuer auch nicht.

Das machte Syree noch mehr Angst als der Wellenphasenmodulierer selbst.

Die Faller waren ganz eindeutig nicht daran interessiert, mit der *Zeus* die Waffen zu kreuzen. Zwar waren die Chancen des Skeeters ohnehin gering, aber für gewöhnlich scherte das die Faller wenig, und ihre Schiffe feuerten trotzdem. Diesmal jedoch nicht. Warum war der Skeeter dann überhaupt aufgetaucht? Das einzig andere, was den Feind außer der *Zeus* sonst noch interessieren konnte, war das Orbitalobjekt 7.

Während die Stunden verstrichen und die Nervenanspannung wuchs, wurde Syree immer sicherer. Der Skeeter flog an der *Zeus* vorbei, weiter in den Raum hinein. Die *Zeus* wendete und verfolgte ihn, obwohl sie letztlich unfähig war, ihn aufzuhalten. Sie konnte nur hinterherhinken und sehen, was die Faller machten. Jetzt war sie selbst auf den Beobachterstatus reduziert.

»Dr. Johnson?«

»Die orbitalen Berechnungen sind eindeutig genug«, sagte Syree. »Sie machen einen Vorbeiflug, um von dem bewohnten Planeten Daten zu sammeln. Das würde keinen Sinn ergeben, wenn sie nicht vermuten würden, dass es dort etwas gibt, über das man lohnenswerte Informationen sammeln kann.«

Das Projektteam traf sich in Peres' Quartier. Peres, Canton Lee, John Ombatu, Lucy Wu. Peres hatte die beiden Offiziere

Puchalla und Kertesz ebenfalls einbezogen. Die Artefaktmission hatte immer auf der Grundlage des Wissenswerten basiert; offenbar hatte Peres entschieden, dass seine Exekutivoffizierin und sein dritter Offizier Bescheid wissen mussten. Syree informierte die beiden, die ein grimmiges Gesicht machten, wahrscheinlich, weil man sie nicht früher in Kenntnis gesetzt hatte.

Genau wie alle anderen sahen auch sie nicht gut aus. Unrasiert und – dem Geruch in der Kabine nach zu urteilen – zum größten Teil ungewaschen. Nach Schiffszeit war es zweiundzwanzig Uhr, aber alle hatten den gewöhnlichen Ablauf von Tag und Nacht inzwischen aufgegeben. Das Licht wurde nicht mehr gedämpft, die Kampfstationen waren durchgehend besetzt. Die Offiziere schliefen häppchenweise und griffen, wenn sie erwachten, sofort nach ihren Kleidern, voller Angst, dass sie in den wenigen Stunden unruhigen Schlafs etwas verpasst haben könnten. Die Spannung war fast unerträglich, obwohl nichts passierte. Der Skeeter flog auf Welt zu, die *Zeus* trudelte hinterher. Die Tatenlosigkeit machte alles nur noch schlimmer.

Syree hatte ihre tägliche Neuropharmakamixtur mit mehr Serotonin, Balolin und Substanz J. aufgepeppt. Aber sie wagte es noch nicht, auch das Dopamin oder den Kampf-oder-Flucht-Komplex zu verändern, bis sie tatsächlich etwas zu tun bekamen. Eine zu reichhaltige Mischung würde nur dafür sorgen, dass der Körper ausbrannte. Sie ging davon aus, dass die anderen das Gleiche taten.

Peres fragte sie: »Was können die Faller Ihrer Meinung nach mit dem Artefakt machen?«

Syree nahm die Ausdrucke ihrer Kalkulationen zur Hand, obgleich sie für niemanden außer für sie selbst einen Sinn ergaben. »Natürlich können sie auf es schießen. Ein Protonenstrahl würde das Artefakt wahrscheinlich verdampfen. Oder sie können es einfach beobachten, möglichst viele Daten sammeln. Ansonsten fällt mir nichts ein, was der Feind mit dem Objekt anfangen sollte.«

Sie fügte nicht hinzu: *Schließlich konnten wir auch nichts mit ihm anfangen, und wir hatten mehrere Monate zum Ausprobieren.* Dessen waren sich alle ohnehin schon mehr als bewusst.

Lee rutschte auf seinem Stuhl herum. »Colonel, wir haben doch einmal einen Plan dafür ausgearbeitet, dass die *Zeus* das Artefakt zum Weltraumtunnel schleppen könnte. Könnte der Skeeter das auch?«

Auch daran hatte Syree schon gedacht. »Ich glaube nicht, Canton. Natürlich hatten wir nie die Gelegenheit, einen Skeeter auseinander zu nehmen und zu analysieren, aber das Beste, was ich aus den Gleichungen rauskriegen kann, besagt, dass der Skeeter nicht anhalten kann, ohne den Effekt des Wellenphasenmodulierers zu beeinträchtigen. Nicht nur der Protonenstrahl muss sich bewegen, damit die Verteidigung effektiv ist, auch der Skeeter muss eine bestimmte Mindestgeschwindigkeit haben. Selbst jetzt im Moment liegt er nur knapp darüber.«

»Aber er ist bereits außerhalb der Schussweite«, warf Peres ein. »Wenn er das Artefakt erreicht und lange genug anhält, um es einzufangen, dann müssten sich die Faller nur noch Sorgen wegen der automatischen Geschütze in der Umlaufbahn machen. Und wir wissen bereits, dass sie imstande sind, alles, was wir in diesem Bereich aufweisen können, aufzuspüren und zu zerstören.«

»Ja«, antwortete Syree. Ihr schwirrte der Kopf. Wie lange war es her, dass sie etwas gegessen hatte? Sie musste bald etwas in den Magen kriegen. »Aber die Gleichungen sagen, wenn die das Artefakt aus der Umlaufbahn reißen, dauert es so lange, bis sie wieder ausreichend Tempo haben, dass die *Zeus* wieder in Schussweite kommen würde, ehe sie Welt verlassen.«

»Dann können sie das Artefakt also nicht abschleppen«, stellte Puchalla fest.

»Wenn die Gleichungen stimmen«, gab Peres zu bedenken.

»Ja, wenn die Gleichungen stimmen«, bestätigte Syree.

»Und selbst wenn sie es abschleppen würden«, argumentierte Syrees Assistent John Ombatu, »was würde ihnen das nützen? Wir wissen, dass die Masse des Artefakts zu hoch ist, um durch den Tunnel zu passen. Wir haben selbst immer wieder versucht, es in seine Komponenten zu zerlegen, und nichts hat funktioniert. Warum sollte es ihnen dann gelingen?«

»Warum sollte es ihnen gelingen, einen Wellenphasenmodulierer herzustellen?«, warf Peres ein. »Herrgott, bin ich müde. Wo sind wir eigentlich?«

Niemand antwortete. Sie wussten, wo sie waren: Sie flogen hinter einem feindlichen Skeeter her wie Trümmer hinter einem Kometen. Und warteten. Höchstwahrscheinlich würden sie auch in den nächsten Tagen nichts Nützliches tun können, aber wenigstens würden sie ein paar Antworten auf nützliche Fragen bekommen. Beispielsweise: Würden die Faller das Artefakt nur beobachten, sozusagen als Bestätigung dafür, dass ein zweites, von der Rasse geschaffenes Objekt existierte, die auch die Weltraumtunnel konstruiert hatte? Würden die Faller es sprengen? Hatten sie noch mehr ungeahnte Technologien, mit denen sie auch die *Zeus* in die Luft jagen würden? Und den Planeten Welt vielleicht noch dazu?

»Es gibt noch etwas, was gesagt werden muss.« Peres sah aus, als wüsste er, dass sie daran schon gedacht hatten, was natürlich stimmte. »Es könnte jederzeit alles Mögliche aus dem Tunnel kommen. Faller-Kriegsschiffe oder sonst was. Nur weil seit ein paar Tagen nichts erschienen ist, heißt das noch lange nicht, dass es so bleiben wird.«

Die in dem kleinen, übel riechenden Raum zusammengepferchten Leute nickten einer nach dem anderen.

»Sonst noch was?«, fragte Peres. »Nein? Gut, dann warten wir jetzt. Deb, übernehmen Sie das Ruder.«

Puchalla nickte. Syree stand auf, das Gewicht auf dem rechten Bein. Am besten, sie schlief ein paar Stunden. Oder versuchte es jedenfalls.

Das Schwierigste war immer, nichts zu tun.

Sechs Stunden später änderte der Skeeter seinen Kurs. Ohne das Tempo zu verringern, vollführte er eine enge Kurve um das Orbitalobjekt 7. Syree und ihr Projektteam beobachteten gemeinsam mit Peres und seinem Kampfteam von der Brücke der *Zeus* aus, wie der Skeeter graziös seinen Vorbeiflug machte. Er wurde nicht langsamer. Dann flog er zurück in Richtung Weltraumtunnel, ausgestattet mit den gesammelten Daten, zur nächsten Aktion, die das Oberkommando der Faller sich ausdachte.

»Na gut«, sagte Peres nach langem, langem Schweigen. »Jetzt wissen wir jedenfalls, worauf sie es abgesehen haben.«

KAPITEL 13

Gofkit Jemloe

Als Enli nach Gofkit Jemloe zurückfuhr, fühlte sie sich besser als die ganzen letzten zehn Dezimen. Wie angenehm der Schlaf in Pek Nagredils Büro gewesen war! Eingehüllt in die Wärme der geteilten Realität mit dem Priester der Ersten Blume, hatte Enli stundenlang geruht. Als sie erwachte, war es draußen dunkel geworden, doch Pek Nagredil war immer noch da.

»Lass die Blumen deines Herzens still sein, Pek Brimmidin«, hatte er leise gesagt. »Wir haben eine Botschaft nach Gofkit Jemloe geschickt. Du wirst erst morgen im Voraturhausstand zurückerwartet.«

»Aber ...«

»Lass deine Blumen ruhen. Hier, die Suppe ist noch warm.«

Sie hatte nicht damit gerechnet, dass sie solchen Hunger haben würde. Gierig schlürfte sie die Schale leer. Schweigend füllte Pek Nagredil Suppe nach, und Enli aß auch die zweite Portion. Dann goss er ihr ein Glas Pel ein. Das Büro war nur vom Mondlicht erhellt, das durchs die Bogenfenster strömte. In Rafkit Seloe gab es nur wenige Öllampen, denn in der Hauptstadt arbeitete niemand nach Einbruch der Dunkelheit.

»Hast du genug gegessen?«

»Ja, ich bin satt. Danke, Pek Nagredil.«

Er zog ein Kissen heran und setzte sich, mit dem Rücken zum Fenster, sodass er für Enli nur eine dunkle Silhouette mit einem Halo aus ergrauendem Nackenfell war – ein Beamter mittleren Alters und mittleren Ranges, der sich nicht die Zeit genommen hatte, seinen Pelz zu bürsten.

»Enli, ich möchte dir gern ein paar Fragen stellen.«

Noch nie zuvor hatte er sie mit ihrem Kindernamen angesprochen.

»Der Diener der Ersten Blume konnte leider nicht länger bleiben. Die Angehörigen des Ministeriums für Realität und Sühne treffen sich heute Abend, um über die Terraner zu diskutieren, wie du wahrscheinlich schon erraten hast. Aber unser Priester macht sich große Sorgen um dich. Die Arbeit eines Informanten soll den Unrealen erlauben, durch den Dienst an der geteilten Realität ihre Seele wiederzuerlangen, nicht etwa, ihre Seele selbst zu zerstören. Jetzt sieh dich an. Du bist so dünn geworden. Du zuckst bei jedem Geräusch zusammen. Deine Augen füllen sich mit Tränen, wenn man dich etwas fragt. Du bist hier eingeschlafen wie tot. Deshalb muss ich dich fragen, Enli. Hält deine Seele es überhaupt noch aus, weitere Informationen über die Terraner zu sammeln?«

»Ich ...«

Aber Pek Nagredil hob die Hand. »Warte. Wenn es so ist, werden dir keine Vorwürfe gemacht – darauf hat mir der Diener der Ersten Blume sein Wort gegeben. Wir können eine andere Informantenaufgabe für dich finden, um deine Sühne zu vollenden. Natürlich weißt du bereits, dass wir im Voraturhausstand noch weitere Informanten haben, welche die Terraner beobachten. Zurzeit sind es zwei. Aber keiner arbeitet so eng mit ihnen zusammen wir du mit Pek Sikorski. Keiner kann uns so viele Information beschaffen wie du. Aber wenn du dich dabei selbst kaputtmachst, ist dieser Preis zu hoch. Also musst du eine Wahl treffen, Enli. Möchtest du eine andere Aufgabe?«

Enli trank den letzten Schluck Pel in ihrem Glas. Seine Wärme breitete sich in ihrem ganzen Körper aus. Wenn nur die schrecklichen Kopfschmerzen, unter denen sie im Voraturhausstand litt, endlich vorbei wären ... Aber es war ihre Aufgabe. Ihre Sühne. Sie tat es für Tabor, um ihn zu befreien, damit er sich seinen Ahnen anschließen konnte. Befreit mit der gleichen Freude, mit der auch die Frau, die am *Antihistamin* gestorben war, zu ihren Ahnen geschickt worden war. Das war die Realität, die sie jetzt mit Tabor teilte.

Und mit Pek Nagredil.

Und mit dem Diener der Ersten Blume, der so nett zu ihr gewesen war.

Und selbst mit den Terranern. Obwohl sie darüber berichtet hatte, wie sie die geteilte Realität aus den Schädeln der Weltler herausholen und mit einem Anker in den Köpfen der Terraner befestigen wollten ... jetzt noch zuckte sie bei dem Gedanken unwillkürlich zusammen. Nach diesem Bericht würde man die Terraner zweifellos für unreal befinden. Aber noch war es nicht so weit. Das war die Realität, und sie teilte sie mit den seltsamen Fremden. Möglicherweise hatte sie die Terraner nicht richtig verstanden, hatte der Priester gemeint. Vielleicht hatte er Recht. Pek Sikorski, die immer so nett zu ihr war ...

Schließlich antwortete sie Pek Nagredil: »Ich bleibe im Voraturhausstand und horche die Terraner aus.«

Pek Nagredil nickte. Natürlich hatte er diese Antwort erwartet. Sie teilten ja die Realität der Situation.

»Du kannst heute Nacht hier schlafen, Pek Brimmidin.«

»Mögen deine Blumen die ganze Nacht blühen.«

»Mögen deine Blumen die ganze Nacht blühen.«

Pek Nagredil wandte sich zum Gehen, stieg auf sein Fahrrad und radelte durch die verlassenen Straßen von Rafkit Seloe davon. Zu ihrer eigenen Überraschung war Enli fast sofort wieder eingeschlafen, obwohl sie doch bereits so lange und erfrischend geschlummert hatte. In der Morgendämmerung verließ sie die Hauptstadt auf ihrem Fahrrad, wusch sich an einem kühlen Teich und frühstückte in einem Rasthaus.

Jetzt radelte sie an Feldern vorüber, auf denen Getreide unterschiedlichen Reifegrads gedieh, jedes Feld umrandet von seiner speziellen Schutzblume. Stetig stieg die Sonne am Himmel empor, und Enli beobachtete mit Freude, wie die lebendigen Blumen ihre Gesichter dem warmen roten Ball am Himmel zudrehten. An den Toren des Voraturhausstands stieg sie ab und schob ihr Rad direkt zu Pek Sikorskis Unterkunft.

»Enli, ich hab dich heute Morgen vermisst«, sagte Pek Sikorski auf Terranisch. »Du siehst sehr gut aus.«

»Der Boden ist üppig heute, Pek Sikorski. Mögen deine Blumen blühen.« Aus irgendeinem Grund antwortete Enli in der Weltlersprache.

»Mögen deine Blumen blühen«, erwiderte Pek Sikorski, ebenfalls auf Weltisch. Allerdings machte sie nicht den Eindruck, als wäre ihr Boden heute besonders üppig. Ihr seltsamer Kopfpelz war ungekämmt und ihre Tunika fleckig. Die Laborbänke waren voll gestellt mit terranischen Maschinen, allerdings ohne die hässlichen viereckigen Kisten und Kästen. Daneben lagen auch Stückchen der verschiedenen Pflanzen und Tiere, mit denen Pek Sikorski die Maschinen fütterte.

»Kann ich helfen, deine Erde zu bepflanzen?«

Pek Sikorski lächelte. »Danke, Enli. Aber diesen Boden kann keiner von uns bepflanzen, fürchte ich. Es fehlt ein großes Stück Information.«

Auf einmal wusste Enli, dass Pek Sikorski von Pek Voraturs Gehirnbild sprach. Darüber, Teile von Pek Voraturs geteilter Realität aus seinem Gehirn zu schneiden und ...

Sofort bekam Enli Kopfschmerzen. Heute Morgen hatte sie keine Pille genommen; zum ersten Mal, seit sie in den Voraturhausstand gekommen war, hatte sie keine gebraucht. Das hatte sich so gut angefühlt. Aber jetzt kehrte der Horror mit voller Wucht in ihren Kopf zurück, die undenkbare Verletzung der geteilten Realität, welche die Terraner planten ... falls es wirklich stimmte ...

Sie musste es herausfinden. Auf der Stelle. Solange sie sich noch so stark fühlte, wieder wie sie selbst, ehe die geteilte Realität erneut aus den Fugen geriet, ehe die Terraner sie wieder um sich herum verstreuten wie Blütenpollen, wo immer sie auch hingingen.

»Pek Sikorski«, sagte Enli, und jetzt schaltete sie auf Terranisch um, weil es diesmal kein Missverständnis geben durfte.

»Pek Sikorski, werdet ihr Pek Voraturs geteilte Realität aus seinem Schädel schneiden und in einen Terranerkopf einpflanzen?«

Mit erstauntem Gesicht wandte sich Pek Sikorski zu ihr um. »Was sollen wir tun?«

Enli wiederholte ihren Satz langsam und gewissenhaft. Ihr war es egal, wenn sie damit endlich zugab, wie gut ihr Terranisch tatsächlich war. »Werdet ihr Pek Voraturs geteilte Realität aus seinem Schädel herausschneiden und in einem Terranerkopf befestigen? Mit einem Anker?«

»Mit einem Anker ... o mein Gott. Den Mechanismus der geteilten Realität im Genom verankern ...«

Pek Sikorskis Mund hatte die Form eines perfekten Os angenommen. Ihre seltsamen bleichen, fast farblosen Augen waren beinahe genauso rund. So starrten sich die beiden Frauen über die mit fremder Maschinerie und weltlerischen Pflanzen bedeckte Arbeitsbank hinweg an.

»Enli ... was hast du da gehört? Was stellst du dir denn vor, was das bedeutet?«

Darauf wusste Enli keine Antwort. Sie konnte weiter nichts tun, als ihre Frage zum dritten Mal stellen. »Werdet ihr Pek Voraturs geteilte Realität aus seinem Schädel herausholen? Um sie in einen Terranerkopf einzupflanzen?«

»Nein! Mein Gott, nein! Hör zu, Enli, wir werden keinem Weltler Schaden zufügen. Wir werden nichts aus dem Kopf irgendeines Weltlers entfernen. Was du gehört hast, war die verrückte Idee von Pek Allen, der versuchen will, terranische Babys ...«

Sie hielt inne. Was will er mit den terranischen Babys?, fragte sich Enli. Ihnen geteilte Realität geben? Aber das würde ja bedeuten, dass sie bis jetzt *keine* hatten.

»Dass terranische Babys den Weltlerbabys ein bisschen ähnlicher werden«, fuhr Pek Sikorski mit fester Stimme fort. »Das hat er mit ›verankern‹ gemeint. Beispielsweise ist in deinen Genen die Anlage für das Nackenfell verankert, und bei uns nicht.«

Nackenfell. Die Terraner wollten also gern ein Nackenfell haben. Warum auch nicht? Wahrscheinlich wussten sie selbst, wir hässlich sie ohne eines aussahen.

»Nackenfell«, sagte Enli laut, und solche Freude stieg in ihr auf, Nektar in den Blumen ihres Herzens, dass sie kaum merkte, dass Pek Sikorski den Blick abwandte. Nackenfell!

»Und andere im Genom verankerte Eigenschaften«, sagte Pek Sikorski mit gedämpfter Stimme. »Aber Enli – seit wann sprichst du eigentlich so hervorragend Englisch?«

Wieder starrten die beiden Frauen einander an. Nach einer langen Pause meinte Pek Sikorski mit einem traurigen Lächeln: »Anscheinend wissen wir nicht besonders viel voneinander.«

»Aber wir teilen die Realität!«, platzte Enli heraus. Sie konnte nicht anders. Das musste real sein.

»O ja«, erwiderte Pek Sikorski, und jetzt waren auf einmal terranische Schatten in ihrer Stimme, die Enli nicht verstand. »Wir gehören ganz sicher in die gleiche Realität.«

Seltsam, es so auszudrücken, selbst auf Terranisch. Außerdem sah Pek Sikorski sie sehr sonderbar an, durchdringend, als wüsste sie, dass Enli ihre eigene Realität nicht vollständig teilte.

Was sie natürlich auch nicht tat.

Plötzlich schlug der Kopfschmerz so heftig zu, dass Enli aufschrie. Das Zimmer verschwamm vor ihren Augen. Das war der Lohn dafür, dass sie keine Pille geschluckt hatte ... Enli legte die Hand über die Augen. Das Licht, das Licht, es tat so weh ...

»Was ist los? Enli?« Sie spürte Pek Sikorskis Hände, kühl und besorgt, die ihr halfen, sich aufzusetzen.

Aber Enli schob sie weg. Sie wühlte in ihrer Tasche, fand endlich die Pillen und stopfte sich eine ganze Hand voll davon in den Mund. Stück für Stück gewann das Zimmer wieder seine Konturen, während die Kopfschmerzen widerstrebend in den Hintergrund rückten – ein Raubtier, das sich für eine Zeit in den Schatten zurückzog.

Auch Pek Sikorski tauchte wieder auf, eine etwas zerzauste Frau, die auf dem Boden kniete und Enlis Hand festhielt.

»In Ordnung, Enli«, sagte Pek Sikorski leise. »Sag mir, was das für eine Attacke war.«

Enli schüttelte den Kopf. Die Bewegung tat weh.

»Es ist passiert, als ich gesagt habe: ›Wir gehören ganz sicher in die gleiche Realität.‹ Weil du weißt, dass das nicht stimmt. Die nicht geteilte Realität hat die Attacke in deinem Gehirn ausgelöst, die schlimmste, die ich bisher mitgekriegt habe. Enli, wer bist du?«

Das Untier kam wieder aus dem Schatten hervor. Enlis Hand tastete nach den Pillen.

»Was bewirken diese Pillen? Enli? Mein Gott – sie dämpfen die Kopfschmerzen. Damit du es aushältst, die Realität nicht zu teilen. Aber die Weltler glauben ... Enli, wer bist du?«

Enli schluckte zwei weitere Pillen. Wie viele hatte sie jetzt intus? Sie durfte keine mehr nehmen, das war zu gefährlich.

»Ich mache es schlimmer, stimmt's? Das tut mir Leid, Enli. Sag nichts, wenn du nicht willst.«

Sanft legte Pek Sikorski den Arm um Enli. Erschrocken zuckte Enli zurück, aber die Bewegung veranlasste das Raubtier, mit gefletschten Zähnen und weit aufgerissenem Maul zum Sprung anzusetzen. Langsam, als wäre ihr Kopf aus dünnem Glas, lehnte sich Enli an Pek Sikorski. Die Arme der Terranerin fühlten sich so warm an, so stark. Seit Tabors Tod hatte niemand mehr Enli berührt.

Tabor ...

»Selbst wenn wir niemandem wehtun wollen, passiert es trotzdem, nicht wahr«, sagte Pek Sikorski leise. »Nicht nur, weil wir Terraner sind. Weil wir einfach Menschen sind.«

»Mein Bruder ist tot, und ich bin schuld daran«, sagte Enli.

Sofort bereute sie es. Die Worte waren ihr einfach so herausgerutscht, weil Pek Sikorskis Arme so stark und freundlich waren. Und wegen der Kopfschmerzen. Weil die Worte Realität waren, und weil diese Realität so lange nicht geteilt worden war. So lange.

»Es tut mir Leid, Enli. Aber ich bin sicher, was auch immer geschehen sein mag, es lag nicht in deiner Absicht, ihn zu töten.«

Enli befreite sich aus Pek Sikorskis Armen. Mühsam stand sie auf und blickte auf Pek Sikorski hinunter, die offensichtlich nicht verstand, was sie gerade offenbart hatte, und lediglich ihr müdes, besorgtes, freundliches Gesicht zu Enli emporwandte.

Pek Sikorski erkannte – *wusste* – nicht, dass die Realität nichts mit einer Absicht zu tun hatte. Realität war eine Tatsache.

Und diese grundlegendste aller Erkenntnisse hatte Pek Sikorski nicht begriffen.

»Nein, Ann«, sagte Enli. »Es war nicht meine Absicht, Tabor zu töten.«

»Bleib hier und leg dich ein bisschen hin ...«

»Ich muss in mein Zimmer und mich dort ausschlafen.«

Natürlich war das eine Lüge, aber angesichts all der viel größeren Lügen spielte sie kaum eine Rolle.

Sie fand Pek Voratur in seinem Geschäftszimmer, das ganz in der Nähe des Haupttors lag. Er war nicht allein. Neben ihm stand ein Gärtner mit einem Korb voller Wurzeln, die Hosenbeine schmutzig vom Knien auf der Erde. Der Gärtner war ein alter kleiner Mann mit vergilbtem Nackenfell und sanftem Gesicht, einer der zig Untergärtner, die ständig um die Blumenbeete in den verschiedenen Höfen herumwanderten, ein Mann, den keiner eines zweiten Blicks für würdig befinden würde. Aber als Enli ihn jetzt sah, wusste sie sofort, dass er wie sie zu den Spitzeln des Hausstands gehörte.

»Ich habe dir etwas zu berichten, Pek Voratur«, sagte Enli.

»Das habe ich mir gedacht«, erwiderte Pek Voratur. Sein schlaues Gesicht mit den Hängebacken und der glänzende Schädel legten sich beide in Falten. »Und nicht nur ich. Du bist eine Regierungsspionin, Pek Brimmidin.«

»Ja.«

»Du bist unreal.«

Enli antwortete nicht. Es war nicht notwendig.

»Und niemand hat mich darüber informiert.«

»Es ist nicht Brauch, jemandem in der Nähe eines Informanten mitzuteilen, dass die unreale Person unreal ist. Der Stress wäre zu groß.«

»Aber nicht, wenn du im Besitz der Pillen bist, die du gerade geschluckt hast. Was sind das für Pillen? Haben die Terraner sie dir gegeben?«

»Sie bewahrt sie in ihrer Tunika auf«, sagte der alte Mann, dessen Stimme genauso unauffällig war wie der Rest seiner Persönlichkeit.

»Dann kommst du also vom Ministerium für Realität und Sühne? Die Pillen machen den Schmerz ungeteilter Realität erträglicher? So etwas gibt es tatsächlich?«

»Ich werde deinen Hausstand verlassen, Pek Voratur«, sagte Enli. Sie war ohnehin gekommen, um ihm das zu sagen. Pek Sikorski würde Pek Bazargan bestimmt von Enlis Attacke und ihren Pillen erzählen, und Pek Bazargan war der Terraner, der die Sitten auf Welt am besten verstand. Wenn er erst einmal begriffen hatte, dass Enli unreal war, würde er es Pek Voratur mitteilen. So viel Realität teilten die beiden. Enli hatte die beiden Männer abends in der Mauer belauscht.

»Nein, Enli, ich glaube nicht, dass du gehst.«

Sogar der alte Mann machte ein erschrockenes Gesicht. Pek Voratur gab ihm mit einer Handbewegung zu verstehen, dass er sich entfernen sollte, und der Alte schlurfte gehorsam aus dem Zimmer.

»Lass mich die Pillen sehen.«

»Nein«, erwiderte Enli. Einen kurzen Moment schoss ihr die Fantasie durch den Kopf, dass er die Pillen mit Gewalt an sich nehmen würde. Aber natürlich würde er das nicht tun. Schließlich war Pek Voratur real.

»Habe ich denn wenigstens Recht? Sind sie vom Ministerium für Realität und Sühne und dafür gedacht, dir deine Aufgabe erträglich zu machen?«

»Ja.«

»Verstehe.«

Aber eigentlich war es Enli, die jetzt etwas verstand: die unverkennbaren Anzeichen von Schmerzen hinter Pek Voraturs Stirn. Schon allein dadurch, dass sie da in ihrer Unrealität vor ihm stand, war sie eine Zumutung für ihn.

»Pek Brimmidin«, meinte er förmlich, »ich werde darüber nachdenken. Geh jetzt. Aber verlasse den Hausstand vorerst nicht. Ich möchte einen Priester zu Rate ziehen.«

»Ja«, entgegnete Enli schlicht.

»Geh jetzt.«

Kein Blumensegen zum Abschied. Natürlich nicht. Er wusste ja jetzt, mit wem er es zu tun hatte.

Beschämt stolperte sie durch die blühenden, duftenden Gärten, ohne den Gruß der Leute, denen sie begegnete, zu erwidern. In dem Zimmer, das sie mit drei anderen Dienerinnen teilte, ließ sie sich auf ihr Lager fallen. Das Raubtier schlich geifernd heran, aber der Schlaf war schneller. Schon wieder schlafen? Ja, sie hatte zu viele Pillen geschluckt. Schlafen ...

Als sie eindöste, wünschte sie sich, sie würde nie wieder aufwachen, sondern wäre einfach tot.

KAPITEL 14

Gofkit Jemloe

Mitten in der Nacht gab Bazargans Comlink zum zweiten Mal, seit er auf Welt war, das Notfallsignal von sich.

Sofort saß er kerzengerade auf seinem Lager und tastete im Dunkeln herum, um die Öllampe anzuzünden. Irgendjemand forderte seine sofortige Aufmerksamkeit ein. Aber das bedeutete wenigstens, dass die *Zeus* noch existierte. »Hier Ahmed Bazargan!«

Am anderen Ende antwortete Syree Johnsons ruhige, ausdruckslose Stimme: »Dr. Bazargan, hier spricht Colonel Johnson. Leider muss ich Ihnen mitteilen, dass wir auf der *Zeus* einen weiteren Notfall haben, der auch sie betrifft. Das Faller-Schiff ist durch den Weltraumtunnel zurückgeflogen, aber wir erwarten, dass bald ein größerer Aufmarsch dort erscheinen wird.«

»Verstehe. Sie möchten, dass wir an Bord kommen. Aber wir haben ja schon gesagt ...«

»Nein, die Situation ist wesentlich komplexer.« Johnsons Stimme hatte sich nicht verändert, aber nichtsdestoweniger spürte Bazargan, wie sein Körper in der Dunkelheit erstarrte.

»Dr. Bazargan, die *Zeus* hat in diesem Sternsystem eine militärische Mission, die über die Begleitung der wissenschaftlichen Expedition hinausgeht. Ein Mond dieses Planeten, ›Tas‹, ist kein natürliches Objekt, sondern ein außerirdisches Artefakt, vom gleichen Ursprung wie die Weltraumtunnel. Allem Anschein nach ist es eine gefährliche Waffe. Die Faller wollen sie haben, und wir natürlich auch. In der Zeit, bis ihre Schiffe wieder auftauchen, wird die *Zeus* das Artefakt zum Weltraumtunnel schleppen und versuchen, es durch den Tunnel zu schicken.«

»Einen Mond? Sie wollen einen Mond wegschleppen?«

»Jedenfalls werden wir es versuchen. Die einzige Alternative wäre, ihn zu sprengen, und wenn die Faller-Flotte erscheint, bevor wir den Tunnel erreichen, dann tun wir das auch. Der Grund ...«

»Warum hat man mich nicht zu Beginn der Expedition darüber informiert?«

»Weil diese Informationen nur für das Militär relevant waren«, antwortete Johnson kühl. »Für Sie spielte das damals keine Rolle.«

»Aber der ...«

»Ich habe leider nicht viel Zeit, Dr. Bazargan. Bitte hören Sie mir zu. Ganz gleich, ob wir das Artefakt durch den Tunnel schleppen oder ob wir es sprengen müssen, beides kann Konsequenzen für den Planeten nach sich ziehen. Deshalb informiere ich Sie jetzt. Das Artefakt sendet eine sphärische Welle aus, die Elemente mit einem Atomgewicht von über fünfundsiebzig temporär destabilisiert. Von diesen Elementen geht dann für eine unbestimmte Dauer Strahlung aus. Wir haben bereits ein Todesopfer zu beklagen, obgleich der Welleneffekt auf der kleinstmöglichen Stufe ausgelöst wurde. Die zerstörerische Kraft weiterer Emissionen könnte weit größer sein. Ich informiere Sie jetzt darüber, damit Sie die Chance haben, Ihr Team in eine relativ sichere Gegend zu bringen. Ob und wie Sie die einheimische Bevölkerung verständigen möchten, überlasse ich ganz Ihnen.«

»Was ... wann ...« Bazargan versuchte verzweifelt, seine mageren Physikkenntnisse zusammenzuklauben. *Elemente mit einem Atomgewicht von über fünfundsiebzig werden temporär destabilisiert ...* was um Himmels willen gehörte denn dazu?

»Wir wissen nicht, wann es passiert«, unterbrach Johnsons Stimme seine Grübeleien. »Genau das will ich Ihnen ja mitteilen. Ich bin überzeugt, dass Sie jemanden in Ihrem Team haben, der die Implikationen versteht – Dr. Gruber höchstwahrscheinlich. Der Rest bleibt Ihnen überlassen. Viel Glück.«

Dann war die Verbindung tot.

Mit zitternden Händen öffnete Bazargan den Link erneut, aber die *Zeus* antwortete nicht.

Im Halbdunkel stand Bazargan auf und ging zum Fenster. Nur einmal in seinem Leben war er bisher so wütend gewesen. Damals hatte er sich zu einer überstürzten Reaktion hinreißen lassen, und es hatte Jahre gedauert, bis die Dinge wieder einigermaßen im Lot waren. So viel Zeit stand ihm jetzt nicht zur Verfügung. Er atmete tief durch und bemühte sich, die Situation in den Griff zu bekommen.

Man hatte ihm kein Sterbenswörtchen von den militärischen Implikationen der Unternehmung gesagt. Sein Team war in Gefahr – der ganze Planet –, und diese Mistkerle hatten es nicht für nötig befunden, ihn über diese Möglichkeit in Kenntnis zu setzen. Trotz seiner Vergangenheit, trotz seiner Reputation, trotz seines respektablen wissenschaftlichen Status ...

In den Tiefen des Herzens ringen zwei Kräfte miteinander, Feuer und Wasser ... Ferdausi. Zehntes Jahrhundert.

Man hatte ihn als Tarnung für eine geheime Militäraktion benutzt. Ganz Welt hatte man als Tarnung missbraucht und damit einen ganzen Planeten gefährdet ...

Blumenduft stieg ihm in die Nase. *Die Lilie schien mich zu bedrohn und zeigte bebend die gebogne Klinge ...* Hafiz. Vierzehntes Jahrhundert.

Johnson hatte ihm ganze sechzig Sekunden ihrer kostbaren Zeit geschenkt, kurz angebunden und ohne jede Entschuldigung. Sie hatte es ihm überlassen, mit dem Schlamassel fertig zu werden, in den die Beziehungen zwischen Welt und Erde stürzen würden, ganz zu schweigen von dem anthropologischen Projekt, das jetzt so vollständig gesprengt worden war, wie es diesem so genannten ›Artefakt‹ vielleicht drohte ...

Zertrete nicht die Ameise, die das goldne Korn sammelt: Sie lebt mit Freuden und wird unter Schmerzen sterben ... Sadi. Welches Jahrhundert? Das hatte er vergessen, jedenfalls im Moment.

Allmählich beruhigte er sich etwas. Irgendwann, wie er so da stand, in der Hand die lose Gardine, die Sinne von Nacht durchflutet, wurde ihm klar, dass er sich eigentlich ein Neuropharmakon zusammenmixen könnte, um sich zu beruhigen. Aber nein, es war besser so, wie es war. Auf die persischen Dichter konnte man sich verlassen.

Blumen erblühen jede Nacht. Blüten im Himmel, Friede im Unendlichen; in mir ist Frieden ... Rumi. Ein tiefer Atemzug.

Dreizehntes Jahrhundert. Noch ein tiefer Atemzug.

Dann machte er sich auf den Weg, um die anderen zu wecken.

»Erklär mir das bitte noch einmal, Dieter«, sagte Ann. Im schwachen Schein der Öllampe, die auf dem Boden mitten in ihrem Labor stand, wirkte ihre Haut blass, fast durchscheinend. Bazargan hatte David Allen aus dem Krelmhaus geholt und zu Recht vermutet, dass er Dieter und Ann zusammen in Anns Wohnung vorfinden würde. So musste er nicht noch einmal durch den Garten gehen und riskieren, dass er unerwünschte Aufmerksamkeit auf sich zog. Am Himmel stand nur ein einziger Mond, so niedrig, dass Gebäude und Bäume ihn verbargen.

Dieter hatte sich hastig eine Tunika übergeworfen, die aussah, als hätte sie drei Wochen in seinem Rucksack verbracht, und rutschte jetzt unruhig auf seinem Kissen herum. Unter Stressbedingungen verstärkte sich sein deutscher Akzent. »Ich kann nur nach dem gehen, was Johnson laut Ahmed gesagt hat. Wenn eine Welle, die das nukleare Gleichgewicht durcheinander bringt, mit einiger Kraft hier auftrifft und wirklich alles über einer Atomzahl von fünfundsiebzig in Mitleidenschaft zieht, dann wird alles Mögliche radioaktiv. Wenn die Störung temporär ist – hat sie wirklich ›temporär‹ gesagt, Ahmed? *Ja?*«

»Ja. Ist das möglich?«

»Nicht bei den Sachen, mit denen wir uns auskennen. Aber wir wissen ja auch nicht, wie die Weltraumtunnel gebaut worden sind. Wenn es sich so verhält, wie Sie es beschreiben, dann werden alle möglichen Dinge eine Alpha-Strahlung aussenden. Iridium, Platin, Gold ... alles über fünfundsiebzig? Ahmed, hat sie auch Blei erwähnt? Blei ist sehr stabil!«

»Nein, ich glaube nicht. Aber ich bin mir nicht sicher.«

»Dann ruft die Zicke doch zurück und fragt nach!«, platzte David heraus. Sie hatten ihn schon einmal mit vereinten Kräften beruhigen müssen.

»Wir haben versucht, Kontakt aufzunehmen, aber die *Zeus* antwortet nicht. Jetzt seien Sie aber bitte mal still, David«, sagte Bazargan.

»Nein, ich bin nicht still! Die haben uns total verarscht, kapieren Sie das denn nicht? Und wenn es ganz schlimm kommt, werden alle Weltler sterben!«

»Nein, nein«, beschwichtigte Ann. »Das wird nicht passieren. Erstens ist sowieso nur die Hälfte der Landmasse der Strahlung ausgesetzt, wenn sie überhaupt eintrifft – vielleicht wird sie auch von Felsgestein aufgehalten. Könnte sein. Außerdem würden lebende Körper von dem, was Dieter beschreibt, nicht stark beeinträchtigt. Hoffentlich. Wenn die Welle überhaupt kommt.«

»Dann sollen wir hier einfach rumsitzen, den Kopf in den Sand stecken und hoffen, dass sie wegbleibt? Und damit zulassen, dass womöglich die Hälfte von Welt gebraten wird? Aber das ist in Ordnung, weil es ja nur die Hälfte ist?«

Bazargan stand auf. Die farbenfrohen geschwungenen Weltlerkissen waren ziemlich flach, und im Stehen thronte er einen Meter über David. »Ich hab Ihnen doch ausdrücklich gesagt, Sie sollen still sein, und Sie hören einfach nicht auf mich. Wenn Sie sich jetzt nicht zusammenreißen, schließe ich Sie von unserer Besprechung aus. Zur Not mit Gewalt.«

Auch David sprang auf. »Nein, das werden Sie nicht tun!«

»O doch«, entgegnete Bazargan. »Wenn es sein muss, werde ich genau das tun.«

Die beiden Männer standen sich hoch aufgerichtet gegenüber. Schatten tanzten über die Wände. Gruber erhob sich ebenfalls und stellte sich neben Bazargan.

David lachte. »So ist das also, ja? Na gut, Syree Johnson ist anscheinend nicht die einzige autoritäre Herrscherin auf dieser Expedition.« Damit setzte er sich wieder.

Auch Bazargan nahm Platz, ohne sich seinen Sieg in irgendeiner Weise anmerken zu lassen. Nach kurzem Zögern folgte Gruber seinem Beispiel.

»Wir müssen die Weltler warnen«, sagte Bazargan. »Etwas anderes wäre moralisch nicht vertretbar. Wir müssen den Leuten genau sagen, was, wann und warum es geschehen wird.«

»Wir kennen das Was und das Wann aber gar nicht«, wandte Ann ein. »Sagt Dr. Johnson Ihnen denn wenigstens Bescheid, bevor sie den Mond in die Luft jagt? Welcher ist es noch mal?«

»Tas«, antwortete Bazargan. »Ich alles daransetzen, dass sie mich nachrichtigt. Benachrichtigt, meine ich natürlich.« Es war lange her, dass ihm die vertraute Fremdsprache Schwierigkeiten gemacht hatte, aber jetzt merkte er, dass er nach Worten suchen musste. Vielleicht hätte er doch vorsorglich ein paar Neuropharmaka nehmen sollen. Aber er atmete lieber tief durch und ordnete seine Gedanken, so gut es eben ging.

»Ich werde sie einfach immer wieder zu erreichen versuchen, bis ich von der *Zeus* eine verpflichtende Zusage bekomme, dass man uns informiert, bevor Tas gesprengt wird oder bevor man versucht, ihn durch den Weltraumtunnel zu schicken, der ...«

»Wahnsinn«, brummte Dieter vor sich hin. »Die Masse ist doch zu groß.«

»... der immerhin sechs Tage entfernt liegt, vorausgesetzt, Dieters Berechnungen stimmen. Natürlich kann es sein, dass niemand antwortet, und wenn die Faller plötzlich wieder auftauchen und Tas ihrerseits abschießen, dann kann uns die *Zeus* natürlich nicht rechtzeitig warnen. Vielleicht ist es doch das Beste, wenn wir die Weltler über die Situation in Kenntnis setzen, auch wenn wir selbst nicht ganz sicher sind, was geschehen wird.«

»Ja. ›Etwas anderes wäre moralisch nicht vertretbar‹«, warf David zynisch ein. Sein junges hübsches Gesicht war verzerrt und bitter. Aber Bazargan hatte keine Geduld mehr, sich um jugendliche Desillusionierung zu kümmern.

»Dieter, Sie müssen alles auflisten, was aus den Dörfern und aus Rafkit Seloe entfernt werden muss. Oder wäre es besser, wenn auch die Einwohner selbst Schutz suchen?«

Gruber überlegte. »Ich weiß nicht, wie lange sie wegbleiben müssten, und das meiste Baumaterial wird von dem Effekt der Welle sowieso nicht in Mitleidenschaft gezogen ... Andererseits, wenn die Atomzahl der beeinträchtigten Kerne weit unter fünfundsiebzig absinkt ...«

»Dann sind auch lebende Körper betroffen, und wir müssen sowieso allesamt sterben«, vollendete Ann den Satz.

»Stellen Sie Ihre Liste auf, Dieter«, sagte Bazargan. »Am besten sofort. Morgen früh gehen wir alle zusammen zu Pek Voratur, denn er ist unser Gastgeber, und bitten ihn, uns zum Büro für Notfallhilfe in Rafkit Seloe zu bringen. Ja, ich denke, so ist es am besten.«

»Die Leute werden wütend auf uns sein«, gab Ann leise zu bedenken. »Auf was für eine Art von Rache sollten wir uns gefasst machen?«

»Natürlich könnten sie uns für unreal erklären«, antwortete Bazargan ruhig. »Aber davon möchte ich fürs Erste nicht ausgehen. Es wird eine Weile dauern, den Hohen Rat einzuberufen und eine Entscheidung zu fällen. Bis dahin habe ich hoffentlich alle nötigen Leute davon überzeugt, dass wir die Realität mit ihnen geteilt haben, sobald sie sich gewandelt hat. Deshalb ist es auch so wichtig, dass wir gleich morgen früh zu Voratur gehen. Jede Verzögerung wird uns so ausgelegt werden, dass wir die Realität nicht teilen.«

»Ich glaube, wir sollten gleich bei ihm vorsprechen. Dieter kann sich später um die Liste kümmern.«

Im trüben Licht der Öllampe sah Bazargan, wie Gruber langsam nickte. Einen Augenblick später folgte David Allen seinem Beispiel.

»Na schön«, meinte Bazargan. »Dann gehen wir jetzt sofort.« Und zu seiner eigenen Überraschung fügte er etwas hinzu, was aus seinem tief verdrängten Kinderglauben plötzlich in ihm aufstieg: »Möge Allah mit uns sein.«

Gruber grinste.

Enli bewegte sich unruhig im Schlaf und erwachte schließlich.

Im Zimmer war es stockdunkel und vollkommen still. Wie war das möglich? Wenigstens das Atmen von Udla und Kenthu und Essli musste doch zu hören sein! Normalerweise schnarchte Kenthu sogar ... wo war diese nasale Musik geblieben, verstimmt wie eine rostige Flöte? Wo war das Fenster, wo war das Mondlicht?

Etwas bewegte sich, drüben an der Wand.

Leise rollte sich Enli von ihrem Lager und ein Stück über den Boden. Als Kind war sie eine Meisterin in dieser Art der Fortbewegung gewesen, so gut, dass Ano und Tabor nie wussten, wo sie sich gerade befand. Als sie – zumindest ihrem Gefühl nach – die Mitte des Zimmers erreicht hatte, blieb sie still liegen. Wer auch immer hier herumschlich, würde eher damit rechnen, dass sie sich in die andere Richtung bewegte und den Schutz der Wand suchte.

Jetzt konnte sie ein bisschen mehr sehen. Der Vorhang war über das Bogenfenster gezogen worden, aber ein schmaler Streifen blasses Mondlicht schimmerte am Rand. Gegenüber vom Fenster hatte der Schatten jetzt bei den vier Truhen Halt gemacht, in denen die vier Dienerinnen ihre persönliche Habe aufbewahrten. Ein Deckel quietschte leise, als die Gestalt ihn aufklappte. Die kleinen Truhen standen dicht beieinander, aber wenn sich diese so ohne weiteres öffnen ließ, musste es die der schlampigen Udla sein, denn die anderen drei sorgten immer dafür, dass ihre Sachen unter Verschluss blieben.

Auf einmal merkte Enli, dass auf dem Boden nur noch ihr eigenes Schlaflager war. Essli, Udla und Kenthu übernachteten offensichtlich anderswo. Erleichterung durchströmte sie – wenigstens hatte ihnen niemand etwas angetan.

Aber wer war der Eindringling? Ein Dieb? Wie war er in das Voraturanwesen hereingelangt?

Der Deckel von Udlas Truhe wurde leise quietschend wieder geschlossen. Jetzt probierte der Eindringling sein Glück auch noch bei den anderen drei Truhen, fand sie aber alle verschlossen.

Er – oder war es eine Sie? – bewegte sich vollkommen lautlos, aber zielbewusst durch die schwarze Dunkelheit genau zu der Stelle, an der Enli immer ihre Schlafdecke ausrollte. Gleich würde er bemerken, dass sie nicht da war.

Enli zauderte nicht lange. Ohne länger auf lautlose Bewegungen zu achten, stürzte sie sich mit einem Satz auf die dunkle Gestalt. Der Überraschungseffekt war auf ihrer Seite. Sie packte den Schatten und warf ihn zu Boden.

Falls es ein Mann und obendrein ein kräftiger Mann war, würde er sie mühelos überwältigen.

Aber es war kein kräftiger Mann. Im Nu saß Enli rittlings auf ihm und drückte seine Arme auf den Boden. An der Haut hatte sie stachelige Bartstoppeln gefühlt, aber im Zimmer war es zu dunkel, um den Bösewicht zu erkennen. Doch dann sprach er.

»Bitte, Pek Brimmidin ... tu mir nichts!«

Es war der alte Mann, Pek Voraturs Informant! Natürlich. Enli hatte sich geweigert, Pek Voratur die Kopfschmerzpillen auszuhändigen, also hatte er den Spitzel losgeschickt, um sie zu stehlen. Eigentlich hätte sie darauf gefasst sein müssen.

»Ich tu dir schon nichts, du alter Mistkübel! Aber die Pillen wirst du nicht finden, die sind nämlich nicht hier.«

»Ooooooh, tu mir nicht weh. Ich bin sehr alt.«

Enli lockerte ihren Griff, stand auf und ging zum Torbogen, um den Vorhang wegzuziehen. Sie wollte das Gesicht des Alten sehen. Stehlen war keine Verletzung der geteilten Realität, es gehörte fast zum Alltag. Aber Pek Voratur hätte ihr die Pillen nie mit Gewalt abgenommen. Er war real, und die Realen verletzten nicht die ultimative Realität eines anderen Wesens. Aber genauso selbstverständlich war es, dass er versuchen würde, das, was er sich wünschte, trotzdem in seinen Besitz zu bringen – schließlich waren die Pillen ein wertvolles Handelsgut. Und dieser alte Dieb war bereits unreal, sonst wäre er kein Spitzel gewesen. Enli wollte ihn sehen, von Angesicht zu Angesicht. Sie hatte die Wahrheit gesagt, sie verstaute ihre Pillen nachts tatsächlich anderswo, aber sie wollte direkte Realität mit dem Dieb teilen, damit er ihr Zimmer nicht noch einmal durchwühlte und dann womöglich Udla, Kenthu und Essli mit aufscheuchte.

Enli packte den Vorhang und zog. In diesem Moment traf sie ein heftiger Schlag in den Rücken.

... Und dieser alte Dieb war bereits unreal, sonst wäre er kein Spitzel gewesen ...

Informanten waren fähig zu töten. Sie, Enli, hatte es selbst schon getan.

»Wo sind sie?«, stieß der alte Gärtner wütend hervor.

Der Schmerz war erstaunlich. Er tanzte ihre Wirbelsäule hinauf und ihre Beine hinunter. Er zermalmte alles unter seinen skrupellosen Pranken. Enli konnte sich nicht bewegen, konnte nicht sehen, nicht sprechen. Es gab nur noch diesen Schmerz.

»Wo sind sie, Pek?«

Sie wimmerte und stürzte zusammengekrümmt auf den Boden, unfähig zu antworten. Der Alte knurrte etwas, was »Mist« oder »Tu's« oder womöglich sogar »Hilf uns« hätte heißen können.

Dann spürte Enli das Unvorstellbare, das wahrhaft Unreale ... ein Messer bohrte sich in ihre Haut, ihr Fleisch, ihre lebende Seite. Dann wurde alles dunkel.

Als die vier Terraner durch die Gärten zu Pek Voraturs Privatwohnung gelangten, hatte Bazargan die Fassung wiedergewonnen. Nun, vielleicht nicht vollkommen die Fassung. Man konnte kaum gefasst bleiben, wenn man seinem Gastgeber die Nachricht über eine potenzielle Massenvernichtung zu überbringen hatte. Aber zumindest oberflächlich fühlte sich Bazargan wieder ruhig.

Im Privatgarten des Haushaltsvorstands flüsterte Ann ihm zu: »Ahmed, warten Sie bitte auf Dieter.«

Bazargan wandte sich um. »Wo ist Dieter? Ich dachte, er wäre bei uns.«

»Er wird gleich wieder da sein. Er wollte nur schnell ein paar Gesteinsproben aus seinem Zimmer holen, um Voratur genau zeigen zu können, was instabil wird, wenn die Welle uns trifft.«

Zwar fand Bazargan, dass die Anschaulichkeit durchaus auch bis nach der ersten Information hätte warten können, aber Gruber war schon weg. Also blieb ihnen nichts anderes übrig, als – fröstelnd in der Morgenkühle – auf ihn zu warten. Bis Sonnenaufgang würde es noch ein paar Stunden dauern. Ein weiterer Mond ging gerade auf, aber Bazargan wusste nicht, welcher es war. Sein Licht erhob sich gerade über die dunkle Silhouette der Mauer. Einer der größeren, langsameren Monde: Ral oder vielleicht auch Cut. Jedenfalls nicht Tas, denn der wurde ja derzeit zum Weltraumtunnel 438 geschleppt. Durch das kalte, blasse Licht schwebte der Duft unsichtbarer Blumen.

Allein die Nachtigall und niemand sonst weiß, dass schlummernd in der Knospe ruht die Rose ... Hafiz. Seit seiner Kindheit hatte kein anderer Ort in Bazargan so viele persische Gedichte wiederaufleben lassen wie dieser hier. Es waren die Blumen, die Architektur, die Innenhöfe.

Und womöglich auch die äußerst komplizierte Situation.

Die Unfähigkeit, ohne Komplikationen, Intrigen und nächtliches Ränkeschmieden irgendetwas zu erreichen. Genau aus diesen Gründen hatte der junge Bazargan den Iran so gehasst und geliebt. Genau aus diesen Gründen hatte er sich entschlossen, im Ausland zu studieren, und war schließlich bei der Anthropologie gelandet, denn sie gab ihm Gelegenheit, andere Gruppen beim nächtlichen Ränkeschmieden zu beobachten, statt es selbst zu tun. Und so war er nun in diesen nächtlichen Garten gekommen, der duftete wie Isfahan.

»Hier bin ich«, sagte Gruber, als er hinter Bazargan auftauchte.

Er hatte sich sogar noch die Zeit genommen, etwas Warmes überzuziehen. Außerdem trug er einen großen Beutel seiner geliebten Steine bei sich.

»Los geht's«, sagte Ann, und Bazargan sah wieder die normalerweise verborgene Seite ihrer Persönlichkeit, den Mut, der das Gegengewicht zu ihrer Sanftheit bildete. »Gehen wir rein.«

Sie pflückten alle eine Blume von den Willkommensbüschen, dann brachte Bazargan die Glöckchen an der Ankündigungsschnur zum Klingeln.

Pek Voraturs Privatdiener führte sie in Voraturs Privatgemach. Er hatte den äußeren Vorhang zum Garten zugezogen, und nun versuchte er, blinzelnd vor Staunen und Müdigkeit, eine Lampe anzuzünden. Dann verschwand er ins Hausinnere, von wo kurz darauf ein höchst verärgerter Ausruf und dann eine flüsternde Frauenstimme zu hören war. Noch mehr Lampen wurden gebracht, und schließlich erschien Pek Voratur, allein, nachdem er den schweren Vorhang seiner Frau Alu energisch vor der Nase zugezogen hatte. Der stämmige Weltler blickte finster drein, und sein Nackenfell sträubte sich wirr hinter seinen Hängebacken.

»Pek Voratur, meine Blumen welken vor Scham, dass ich dich so unsanft geweckt habe«, begrüßte ihn Bazargan. »Doch der Grund unserer Unhöflichkeit ist ein dringender Notfall. Wir haben soeben erfahren, dass die Realität sich gewandelt hat, und dies müssen wir umgehend mit dir teilen.«

Auf Voraturs Gesicht machte der Ärger dem wachsamen Kaufmannsblick Platz. »Mögen deine Blumen blühen, Pek Bazargan. Welche Realität hat sich denn gewandelt?«

Keine Einladung, Platz zu nehmen. Der Diener wartete

höflich an der Wand; Voratur hatte ihn nicht weggeschickt. Also blieb wohl nichts anderes übrig, als gleich zur Sache zu kommen.

»Unser großes Flugboot hat uns aus dem Weltraum angerufen«, begann Bazargan. »Welt und wir alle sind in Gefahr. Man hat entdeckt, dass eine fremde Waffe« – er benutzte das Weltlerwort für ›Ding, das eine Explosion oder einen Waldbrand auslöst‹ – »euren Planeten umkreist. Die Terraner versuchen ... sie versuchen, zu verhindern, dass dieses Ding explodiert. Diese Explosion müsst ihr euch ungefähr so vorstellen, als wenn man Frelrinde ins Feuer wirft, und sie könnte – ich sage *könnte*, weil wir es nicht mit Sicherheit wissen – auf Welt seltsame Auswirkungen haben. Als das terranische Schiff uns davon berichtet hat, sind wir sofort aufgebrochen, um die Realität mit euch zu teilen. Ihr müsst uns zum Büro für Notfallhilfe bringen. Der ganze Planet muss Vorkehrungen treffen.«

Voratur sah verwirrt aus. Mit einer seiner rundlichen Pranken zupfte er gedankenverloren an seinem struppigen Nackenfell herum. »Eine Waffe, die Welt umkreist. Was für eine Waffe? Wessen Waffe?«

»Das wissen wir nicht«, antwortete Bazargan wahrheitsgemäß. »Sie ist sehr alt. Sie umkreist Welt schon seit langer, langer Zeit.«

»Und sie wird explodieren? Woher ...«

»Sie *könnte* explodieren.«

»... woher wisst ihr das?«

»Unsere Priester an Bord des fliegenden Schiffs untersuchen die Waffe. Sie glauben, dass es so geschehen wird. Wir müssen zum Büro für Notfallhilfe, damit man hier auf Welt entsprechende Vorkehrungen treffen kann.«

»Was denn für Vorkehrungen?« Voratur schien immer verwirrter zu werden.

»Wir werden euch alles genau erklären. Es ist sehr kompliziert, Pek Voratur. Aber die Realität wird geteilt, und möglicherweise können wir es verhindern, dass auf Welt jemand zu Schaden kommt.« Möglicherweise, ja. Aber war es auch wahrscheinlich?

»Was ... was ist das für eine Waffe, die ihr da entdeckt habt?«

Bazargan überlegte rasch. Die Weltler waren gute Himmelsbeobachter; sie würden bald merken, dass Tas, der schnellste der beiden Monde auf niedriger Umlaufbahn, nicht wie üblich über den Himmel eilte. »Die Waffe ist der Mond Tas, denn Tas ist eigentlich gar kein Mond. Er ist eine hohle Metallkugel.«

»Eine hohle Metallkugel? Ein Mond ist ein Mond!«

»Nein, ich fürchte, das trifft in diesem Fall nicht zu.«

Bazargan sah Voratur an, der diese Idee zu verdauen versuchte. »Aber es ... na schön, er ist also eine hohle Metallkugel. Eine Waffe. Sehr alt. Nicht terranischen und auch nicht weltischen Ursprungs. Und diese Metallkugel könnte explodieren.«

»Ja, Pek Voratur. Sie könnte explodieren.«

»Ich verstehe das alles überhaupt nicht!«

Mitfühlend meinte David Allen: »Das ist auch wirklich schwer zu verstehen, Pek. Nicht einmal wir Terraner verstehen das Verhalten von Tas vollständig. Aber wir wissen, dass es sich um ein Artefakt handelt.«

Voratur erstarrte.

Was bedeutet der Ausdruck für ihn?, überlegte Bazargan hektisch. *Was passiert da ...?*

»Ein ›Artefakt‹«, wiederholte Voratur. »Tas ist also das Artefakt. ›Wir werden zurückkommen, um uns das Artefakt genauer anzuschauen‹, haben eure Leute beim ersten Mal gesagt. Wir haben gedacht, ihr meint damit etwas, was wir in unseren Fabriken herstellen, vielleicht einen Kunstgegenstand. Aber ihr habt Tas gemeint. Wegen Tas seid ihr zurückgekommen.«

»Pek ...«

»Ihr habt es also *gewusst*. Ihr habt gewusst, dass Tas kein Mond, sondern eine Waffe ist. Ihr habt das schon vor fast einem Jahr gewusst, aber ihr habt die Realität nicht mit uns geteilt.«

»Nein«, erwiderte Bazargan hastig. »Nein, nein. Wir haben es soeben erst erfahren. Unsere Leute, die sich auf der Umlaufbahn um euren Planeten befinden, haben uns gesagt ...«

Er sah seinen Fehler. Aber es war zu spät.

»Sie haben es gewusst«, wiederholte Voratur. »Die Terraner im All haben es gewusst. Und sie haben die Realität nicht mit euch geteilt, mit Angehörigen ihrer eigenen Art ...«

Voraturs Gesicht veränderte sich schlagartig. Er musste unter grausamen Kopfschmerzen leiden. Pochend, stechend. Aber nicht so schlimm, dass Voratur nicht mehr denken, den unvermeidlichen Schluss nicht ziehen konnte. Leute, die ihrer eigenen Art gegenüber die Realität verletzten ... Terraner waren nicht real. Das war ein schlagender Beweis, ein Beweis, den zu begreifen es nicht einmal der Weisheit des Hohen Rats bedurfte. Jedes Weltlerkind konnte das sehen. Er, Bazargan, musste rasch handeln, sonst waren sie alle tot.

Aber Voratur und Gruber waren schneller.

»Unreal!«, sagte Voratur zu dem Diener am Torbogen. »Ruf den Hausstand zusammen!« Sofort verschwand der Mann durch den Vorhang. Gruber beugte sich bereits über seinen Rucksack, in dem er angeblich seine Steine mitgebracht hatte, aber als er mit einem Laserpistole in der Hand wieder hochkam, war der Diener längst aus dem Zimmer und sogar schon aus dem äußeren Garten verschwunden.

»*Verdammt!*«, fluchte Gruber auf Deutsch. »Pek Voratur, leg dich bitte mit dem Gesicht nach unten auf den Boden.«

»Das ist nicht notwendig, Dieter«, schaltete sich Bazargan ein, und er hörte selbst, wie müde seine Stimme klang. »Hier funktioniert das anders.« Und tatsächlich: Voratur schaute bereits durch sie hindurch, als wären sie Luft. Sie waren unreal.

»Was?«, fragte Gruber. »Dieser Diener wird dem ganzen Hausstand erzählen, dass wir unreal sind!«

»Ich bin sicher, dass er das bereits getan hat. Und wenn

Pek Voratur stark genug wäre, um es mit vier Erwachsenen aufzunehmen, würde er uns angreifen. Aber das ist er nicht, deshalb existieren wir für ihn einfach nicht mehr. Wir sind unreal.«

»Aber der Hausstand insgesamt ist stark genug, um uns anzugreifen, *ja*? Also hauen wir lieber ab. Ann, folg mir, dann Sie, Ahmed und zum Schluss David. David?«

Bazargan drehte sich um. David Allen war starr vor Schreck. Und dann fiel bei Bazargan endlich der Groschen.

Und wenn Pek Voratur stark genug wäre, um es mit vier Erwachsenen aufzunehmen, würde er uns angreifen ...

Bonnie. Ben.

»David, warten Sie!« Aber wieder reagierte Bazargan zu spät. Allen war bereits losgerannt, stolperte durch den Garten und trampelte in seiner Hast, zum Krelmhaus zu kommen, mitten durch ein Beet mit Allabenirib.

»O mein Gott«, flüsterte Ann.

»Es sind doch erst ein paar Minuten ...«, sagte Bazargan, merkte aber, dass er seine Beschwichtigung selbst nicht glaubte. Ein paar Minuten reichten vollkommen. Wenn man die absolute moralische Sicherheit auf seiner Seite hatte, dann waren ein paar Minuten sogar mehr als genug.

»Bleibt zusammen«, befahl Gruber. Sie folgten David Allen zum Krelmhaus, Gruber vorneweg. Mit jedem Garten, den sie hinter sich ließen, wurde der Himmel heller, neue Blumen öffneten sich, und von überallher kamen Angehörige des Voraturhausstands aus den Gebäuden. Aber sobald sie die drei Terraner entdeckten, erstarrten sie zur Salzsäule.

Ein Gärtner sah Bazargan in die Augen und drehte sich rasch um.

Mit schreckverzerrtem Gesicht kam eine Frau aus dem Waschhaus gerannt – offensichtlich hatte sie gerade erfahren, dass die Terraner unreal waren. Als sie die drei in ihrem Garten entdeckte, kreischte sie laut auf, dann wurde ihr Ausdruck seltsam leer und fern, und sie fasste sich mit den Händen an den Kopf.

Eine andere Frau eilte an ihnen vorüber, die Augen starr nach vorn gerichtet, die Schultern gekrümmt, als trüge sie eine Last. Wie schnell verbreitete sich die geteilte Realität? So schnell wie Mundpropaganda, denn wenn man die Worte aussprach, waren sie Wirklichkeit und wurden fraglos geglaubt. Alle waren eins in der Realität.

Alle bis auf die Terraner.

Bazargan, Ann und Gruber hatten das Krelmhaus noch nicht erreicht, als sie David Allens Entsetzensschrei hörten.

»Nein, nein, nein«, flüsterte Ann immer wieder.

Bonnie und Ben waren in den Spielgarten gebracht worden, weg von den realen Kindern. Ben war schon fertig angezogen gewesen; schließlich wachen die meisten kleinen Kinder früh auf. Er trug eine rote Weltlertunika. Auf ihr war das Blut weniger deutlich sichtbar als auf Bonnies Nachthemdchen. David hatte sich über die kleinen Körper gebeugt, seine Schultern zuckten.

Ann legte ihm die Hand auf den Rücken. »David ... Kommen Sie, David. Sie können ihnen nicht mehr helfen, wir müssen weg von hier.«

Allen sprang auf und wirbelte mit geballten Fäusten zu ihr herum. Wenn es Gruber gewesen wäre, hätte er zugeschlagen, das war Bazargan klar. Aber nicht bei Ann.

»Sie können ihnen nicht mehr helfen, Lieber«, wiederholte sie. »Kommen Sie. Ehe der ganze Hausstand auf uns losgeht.«

Er ließ sich von ihr an der Hand nehmen und wegführen.

»Bleibt alle zusammen«, wiederholte Gruber. »Zum nächsten Tor müssen wir durch den Dienergarten. Hier entlang.« Die Pistole im Anschlag, führte er sie an den hier- und dorthin eilenden Weltlern vorbei, die sich in ihrer Hektik, einander möglichst rasch davon in Kenntnis zu setzen, dass die Terraner nicht existierten, genauso verhielten, als wären diese nicht vorhanden.

KAPITEL 15

Das Neurygebirge

Enli erwachte in der Morgendämmerung.

Kalt. Das Licht war so kalt. Nein, ihr war kalt. Der alte Mann, der unreale Spitzel, hatte sie erstochen, Natürlich, er war ja unreal. Die Unrealen konnten töten. Er hatte sie getötet.

Sie war unreal. Aber er hatte sie nicht getötet.

Kalt. Ihr war so kalt.

Noch immer lag sie in ihrem Zimmer. Klebriges dunkles Zeug hielt sie am Boden fest. Nein, sie konnte kriechen. So klebrig war ihr Blut auch wieder nicht.

Aber es war so kalt.

Sie musste es Pek Voratur sagen. Er war real. Er würde keinen Spitzel einstellen, der töten konnte. Er würde den alten Mann wegschicken. Sie musste es Pek Voratur erzählen.

Tabor war auch so kalt gewesen, als er in seinem Blut zu Füßen des Blumenaltars gelegen hatte. So schön war der Altar gewesen, voller Rafirib und Adkinib und roten terranischen Rosib ... nein, nein, nein, die terranischen Rosib waren viel später nach Welt gekommen ... Tabor. Kalt.

Sie musste es Pek Voratur sagen. Nur dann konnte sie leben und Tabor befreien.

Enli kroch über den Boden. Noch eine Armlänge bis zum Torbogen. Die Welt verschwamm vor ihren Augen. Sie machte weiter. Jetzt hatte sie den Vorhang erreicht. Mühsam kroch sie darunter durch. Kalt. Der Boden unter ihr bestand jetzt nicht mehr aus eisigen Fliesen, sondern aus eisigen Gartensteinen.

Morgen. Gerade erst Morgen. O Tabor ...

Jemand kreischte. Nicht in diesem Hof, in einem anderen. Warum kreischten die Leute im ordentlichen Voraturhausstand so früh am Morgen? Nicht ihretwegen, sie war ja noch niemandem begegnet. Auch nicht wegen Tabor, er war weit weg, tot am Fuße des Blumenaltars ...

»Enli! O mein Gott, Enli!«

Pek Sikorski. Aber das ergab keinen Sinn. Was hatte Pek Sikorski am frühen Morgen im Garten der Diener zu suchen, wenn es so kalt war ...?

»Enli? Kannst du mich hören?«

Sie wurde umgedreht. Pek Sikorski beugte sich über sie.

»J-ja, P-P-Pek ...«

»Sie lebt, aber sie hat eine Stichwunde. Am Hinterkopf ist auch Blut ... Dieter, ich brauche meinen Medizinkoffer.«

»Hier ist er«, sagte eine andere Stimme, und Enli merkte, dass sie Terranisch sprachen, nicht Weltisch.

»Sie haben es gewusst«, sagte Bazargan. Er war also auch hier, im Garten der Diener in der frühen Morgendämmerung. Sonderbar.

Und kalt.

»Sie wussten, wie Voratur reagieren würde, und deshalb haben Sie die Waffe eingepackt, Dieter. Und den Medizinkoffer. Und was sich sonst noch alles in Ihrem Rucksack befinden mag.«

»Aber nein, woher hätte ich das alles denn wissen sollen? Wer kann denn ahnen, wie diese Weltler reagieren, Ahmed? Aber ich wollte auf alle Eventualitäten vorbereitet sein, und das war auch gut so, *ja*? Ann, dafür ist jetzt keine Zeit.«

»Es ist Enli«, sagte Pek Sikorski, was seltsam war, weil Enli schon wusste, wer sie war. Wussten es die anderen noch nicht?

»Aber Ann ...«

»Siehst du denn nicht?« Pek Sikorskis Stimme klang auf einmal wesentlich höher als sonst. »Bestimmt hat man sie unseretwegen überfallen. Weil sie eine so enge Beziehung zu uns hat. Wie ... wie ...«

»Schon gut, Ann.«

»Sie kommt mit uns. Sie ist nicht schwer verletzt, es sieht schlimmer aus, als es ist.«

»Ann, denk doch mal ...«

»Ich trage sie«, sagte noch eine andere Stimme. Eine Stimme, die klang wie die von Pek Allen. Und doch auch wieder nicht.

Pek Sikorski trug etwas auf Enlis Haut auf, irgendetwas Warmes, und der Schmerz verschwand. Einfach so – weg war er. Enli spürte, wie sie hochgehoben wurde, und erhaschte einen Blick auf Pek Allens Gesicht, das über ihr schwebte. Ein paar Leute rannten durch den Garten an ihnen vorbei, sahen aber nicht in ihre Richtung.

»Sie wird gleich das Bewusstsein verlieren«, sagte jemand.

Es war nur noch genug Zeit zu sagen: »Bringt Tabor«, dann breitete sich die Wärme überall in ihr aus, und sie lächelte. Jetzt war es nicht mehr wichtig, dass alles keinen Sinn ergab.

Sie tanzte mit Tabor über den Dorfanger, zusammen mit anderen jungen Leuten, zwischen den Kochfeuern hindurch. Der alte Pek Raumul spielte Dudelsack. Sie tanzten, wie sie jeden Abend in Gofkit Shamloe tanzten, während das Abendessen kochte, die Kinder munter herumtollten und die geteilte Realität sie alle warm und schwer umhüllte wie Parfüm. Aber heute war kein gewöhnlicher Abend. Es war der Abend, an dem sie und Tabor den Anger verließen und hinunter zum Fluss gingen, wo die Pajalib wuchsen, und Tabor sagte: »Da schwimmen Gehirne mit Anker den Fluss herunter – gib mir lieber die Kopfwehpillen«, und dann stach der alte Mann ihn mit einer terranischen Rose in die Seite.

»Noch zwanzig Kilometer«, sagte Tabor, nur war es auf einmal nicht mehr Tabor, sondern es war eine terranische Stimme, die terranische Worte sprach: »Ich wünschte, wir hätten die Fahrräder dabei.«

Enli schlug die Augen auf. Sie lag im Freien unter Monden und Sternen. Die Sterne waren klar und scharf, sehr weit entfernt. Kalte Nachtluft strich über ihre Wangen, aber ansonsten war ihr wohlig warm unter einer unglaublich leichten Decke, die selbst Wärme zu erzeugen schien. Nichts tat weh – weder ihre Seite noch der Hinterkopf. Stattdessen fühlte sich ihr ganzer Körper seltsam schwerelos an, als triebe sie auf unsichtbarem Wasser. Ganz in der Nähe saßen die vier Terraner, in ähnliche Decken gehüllt, um einen kleinen Lichtkegel herum. So etwas hatte Enli noch nie gesehen.

»Glauben Sie, dass die Weltler uns verfolgen?«, fragte Pek Sikorski gerade.

»Nicht bevor es Morgen wird«, antwortete Pek Bazargan mit seiner tiefen Stimme. »Ich vermute, dass Pek Voratur diese Realität erst einmal mit den Priestern teilen möchte.«

»Die Priester! Die sind doch der Grund für diese Situation!«

»Nein, David«, entgegnete wieder Pek Bazargan. »*Wir* sind der Grund dafür. Unsere eigenen Leute auf der *Zeus*. Man hätte uns von Anfang an umfassend über alle Einzelheiten der Mission unterrichten müssen. Nur dann hätten wir angemessen beurteilen können, was wir den Weltlern sagen.«

»Und was hätten Sie ihnen gesagt?«, fragte Pek Gruber herausfordernd. »Die außerirdische Waffe war ein Militärgeheimnis. Sie hätten sowieso nicht darüber sprechen dürfen.«

»Zum Teufel mit den militärischen Geheimnissen!«, rief Pek Allen.

»Das meinen *Sie* vielleicht«, entgegnete Pek Gruber.

»Hört damit auf.« Pek Sikorskis Stimme klang strenger, als Enli sie jemals gehört hatte. »Wir können uns keinen Streit erlauben, das wisst ihr doch beide, David und Dieter.«

»Wir brauchen einen Plan und dann ein wenig Schlaf«, meldete sich Pek Bazargan zu Wort. »Ein paar Stunden nur. Denn müssen wir weiter, damit wir so bald wie möglich die Berge erreichen, damit uns keiner vom Ministerium für Realität und Sühne in die Quere kommt. Inzwischen breiten sich die Neuigkeiten über uns in ganz Welt aus wie ein Lauffeuer.« Er dachte an die effizienten Sonnenblitzer auf ihren Türmen. »Ich möchte auf keinen Fall in eine Lage kommen, in der wir einen Weltler töten müssen.«

»Nicht einmal die Priester, die Bonnie und Ben abgeschlachtet haben?«, fragte Pek Allen bitter. »Nicht einmal die so genannten religiösen, machtgierigen Weltler, die einem Baby die Kehle durchschneiden können, wenn sie schlafend in ihrem ... ihrem ...« Die Stimme stockte. Dann stand Pek Allen abrupt auf und stapfte in die Dunkelheit davon.

»Arschloch«, brummte Pek Gruber. »Glaubt er denn, es hilft, wenn er sich mit uns streitet? Oder indem er sich allein da draußen verirrt?«

»Er wird sich schon nicht allzu weit von uns entfernen«, meinte Pek Sikorski zuversichtlich. »Für ihn ist es am schlimmsten, Dieter. Er war jeden Tag mit den beiden Babys zusammen.«

»Ich weiß«, erwiderte Pek Gruber etwas ruhiger. »Seht mal – Enli ist aufgewacht.«

Pek Sikorski beugte sich über sie und legte etwas auf Enlis Stirn und auf die Stichwunde in ihrer Seite. »Wie fühlst du dich, Enli?«

»Ihr seid unreal«, sagte Enli. »Ihr seid alle unreal.«

Pek Bazargan schaute Pek Sikorski über die Schulter und antwortete, nicht auf Terranisch, sondern in der Weltler-Sprache: »Und du auch, Enli. Nicht wahr?«

»Ja«, sagte Enli mit einer Erleichterung, die ihren Ursprung in der seltsamen Schwerelosigkeit ihres Körpers hatte.

»Ist es unseretwegen?«, fragte Bazargan.

»Nein«, erwiderte Enli. »Es ist wegen Tabor. Das ist mein Bruder.«

»Ahmed«, mischte sich Pek Sikorski ein, »sie steht unter Medikamenten. Sie sollten ihr jetzt keine Fragen stellen, das ist nicht fair.«

»In Ordnung, nur noch eins. Enli, wir werden ins Neurygebirge gehen. Dafür gibt es viele Gründe, aber einer ist, dass deine Leute uns dann nicht verfolgen und womöglich umbringen können. Möchtest du, dass wir dich mitnehmen, oder sollen wir dich hier lassen, damit die Weltler dich finden? Wenn du nicht unseretwegen unreal bist, dann solltest du vielleicht lieber hier bleiben und ... und weitermachen mit dem, was dir vom Ministerium für Realität und Sühne aufgetragen worden ist.«

Hier bleiben. Weitermachen mit dem, was das Ministerium für Realität und Sühne ihr aufgetragen hatte. War das überhaupt möglich? Man hatte sie zu einer Spionin gemacht, aber nicht zu einer, die tötete wie der alte Mann, der versucht hatte, sie zu erstechen. Teilten sie und dieser alte Mann die gleiche Realität? Oder die gleiche Unrealität? Teilte sie eins davon, Realität oder Unrealität, mit den Terranern, die alle so unreal waren, dass ihre eigenen Leute ihnen weisgemacht hatten, die Wahrheit wäre gar nicht die Wahrheit?

Gab es also viele Realitäten? Aber wie konnte das sein? Wie konnten die Leute leben, wenn das stimmte, wie konnten sie abgetrennt voneinander in unterschiedlichen Realitäten leben, isoliert und einsam?

Dann war es das Alleinsein, das real war.

Ihr Kopf schmerzte nicht. Hier lag sie, Enli Pek Brimmidin, unter den kalten Sternen und dachte das Undenkbare, aber ihr Kopf tat trotzdem nicht weh. Bestimmt waren die Drogen daran schuld, die die Terraner ihr verabreicht hatten. All das geschah nur wegen der Terraner, die eine neue Realität oder Unrealität in die alte gebracht und damit Welt in seinen Grundfesten erschüttert hatten. Wenn sie nicht gekommen wären, hätte sie ihre Zeit als Spitzel abgedient, wäre wieder für real erklärt worden und hätte schließlich die Erlaubnis bekommen, Tabor freizulassen, damit er sich seinen Vorfahren anschließen konnte. All diese verschiedenen Realitäten, diese Isolierung, die die Leute voneinander abschnitt, sodass sie sich einsam und allein abmühen mussten – an all dem waren doch nur die Terraner schuld.

Sie hasste die Terraner.

Nein, sie hasste sie nicht. Sie waren ihre Realität.

»Drängen Sie Enli nicht, Ahmed«, sagte Pek Sikorski mit ihrer sanften, freundlichen, unrealen Stimme. »Sonst bekommt sie auch noch Kopfschmerzen. Schlaf jetzt, Enli, wenn du wieder aufwachst, kann du immer noch entscheiden, ob du mit uns kommen willst oder nicht.«

Als wäre es für sie jemals wieder möglich, sich dem Schlaf hinzugeben, diesem kurzen friedlichen Aufenthalt bei ihren Ahnen.

Aber Pek Sikorski zupfte die warme Decke über Enli zurecht, stopfte sie fest unter ihre Füße und zog sie bis zum Kinn hoch. Wie eine Mutter bei ihrem Kind, wie Ano bei ihrem kleinen Fentil. Dann beugte sich Pek Bazargan zu ihr herunter und flüsterte dicht an ihrem Ohr: »Es tut mir Leid, Enli. Ich wollte nicht, dass so etwas passiert.«

Bazargan fuhr sich mit der Hand über die Stirn. Er schwitzte, obwohl die Nachtluft empfindlich kalt war. Keiner von ihnen war an solche langen und anstrengenden Fußmärsche gewöhnt. Seine Wadenmuskeln schmerzten.

»Wie weit noch, Dieter?«, fragte er.

Gruber saß dicht neben Ann beim Energiekegel. »Noch ungefähr zwölf oder dreizehn Kilometer. Das schaffen wir bis Mittag, wenn wir in der Morgendämmerung aufbrechen.«

»Selbst wenn wir Enli tragen müssen?«

»Ich denke schon. Aber Ahmed, wenn die Weltler uns verfolgen, nehmen sie bestimmt die Fahrräder, und die können wir zu Fuß nicht abhängen.«

»Ich glaube nicht, dass sie vor Tagesanbruch losziehen, und mit ein bisschen Glück sind wir schneller«, meinte Bazargan. »Wir brauchen Schlaf, aber jetzt möchte ich erst mal genau wissen, was Sie alles in Ihren Notfallsack gepackt haben.«

Gruber grinste. Er war eindeutig der körperlich Fitteste von ihnen, und Bazargan vermutete, dass ihm Gefahrensituationen auch am meisten Spaß machten. Gut, wenn man jemanden wie ihn in einer solchen Lage dabeihatte. »Vier Schutzanzüge – ich wusste ja nicht, dass Enli bei uns sein würde.«

»Natürlich.« Bazargan warf einen kurzen Blick auf das schlafende Weltlermädchen. Ihr würde jeder der mitgebrachten

Anzüge passen, aber dann ging einer von ihnen leer aus. Momentan hatte Ann sie in die Thermodecke eingewickelt, die Dieter ebenfalls mitgebracht hatte und die selbst Wärme erzeugte. Aber das Neurygebirge war leicht radioaktiv, und dort schützte einen nur ein richtiger Schutzanzug.

»Außerdem den Energiekegel, ein paar Lampen, Thermodecken, die Pistole«, fuhr Dieter fort. »Das Nahrungspulver, von dem wir gerade gegessen haben ...«

»Wie viel davon?«

»Für vier Leute müsste es etwa eine Woche reichen. Wenn wir sparsam damit umgehen. Anns Medizinköfferchen, meinen tragbaren Geolog, ein paar simple Höhlenforscherwerkzeuge. Das wär's so ungefähr.«

»Kein Wunder, dass das Ding so schwer ist.«

»Überleben ist immer schwer. Aber zum Glück ist die Schwerkraft hier ja ein bisschen geringer.« Gruber grinste wieder.

In diesem Moment gab es außerhalb des vom Energiekegel ausgehenden Lichtkreises eine Bewegung – es war David Allen, der von seinem privaten Schmollausflug zurückkehrte. Bazargan sah ihm zu, wie er sich wortlos, das Gesicht von seinen Kollegen abgewandt, auf dem Boden ausstreckte und so tat, als wollte er gleich schlafen.

»In den Bergen funktioniert das Comlink vielleicht nicht«, fuhr Gruber fort, als existierte Allen gar nicht. »Und die *Zeus* muss sowohl die Faller besiegen als auch den Mond, mit dem sie da draußen rumexperimentieren, in den Griff kriegen, sonst kommt vermutlich niemand, um uns hier wieder abzuholen.«

»Dann hoffen wir mal lieber, dass die *Zeus* die Oberhand behält«, meinte Bazargan ruhig.

Das Neurygebirge stieg abrupt von der Ebene empor. Mindestens zwei Stunden waren sie einen langen, sanften Abhang hinunter- und einen etwas steileren wieder hinaufgetrottet, und als sie oben angekommen waren, sah Bazargan ihre unsichere Zuflucht zum ersten Mal mit eigenen Augen. Keuchend und schwitzend hielten die vier Menschen und Enli an und starrten auf die Heimat der Ersten Blume, deren sich öffnende Blütenblätter Welt erschaffen hatten.

Die Berge sehen aus, als hätte ein verrücktes Kind sie gemalt, dachte Bazargan: unregelmäßig, zackig an manchen und abgerundet an anderen Stellen, an der Basis von Rissen, Spalten und Höckern durchzogen, als wäre der Malpinsel verrutscht. Die Berge waren bedeckt von dem allgegenwärtigen Weltlergras, gesprenkelt mit den ebenfalls allgegenwärtigen Wildblumen, die auf dem felsigen Untergrund etwas dünner und zäher gediehen. Große graue Felsnasen durchbrachen an vielen Stellen das Pflanzenwachstum.

»Sie sehen ja aus wie ganz normale Berge«, stellte Ann fest.

»Relativ jung, geologisch gesehen«, erklärte Gruber. »Im letzten großen geologischen Zeitalter lag das hier alles unter Wasser. Tektonische Plattenverschiebungen haben das ganze Becken vor vielen Jahrmillionen angehoben. Aber wartet nur, bis ihr das alles von innen zu sehen kriegt.« Sein Enthusiasmus war unüberhörbar.

»Enli«, sagte Bazargan, »schaffst du noch ein Stück?«

»Ja«, antwortete das Mädchen. Ann hatte sie wieder unter Medikamente gesetzt, daher spürte sie keine Schmerzen. Aber das bedeutete auch, dass sie ihre eigene Erschöpfung nicht spürte, jedenfalls nicht, ehe sie im Stehen einschlief. Das war bereits einmal passiert: Sie war einfach zu Boden gesunken und hatte sich erneut den Kopf angeschlagen. Danach hatten David und Gruber sie abwechselnd eine Weile getragen, aber selbst für ihre jugendliche Kraft hatte sie sich als schwer erwiesen. Bazargan, der auf dem forcierten Marsch ohnehin ständig an sein Alter erinnert wurde, hatte es erst gar nicht versucht.

»Aber das ist ... das ist ...«

»Ja, Enli?«, half Ann nach.

»Es ist verboten. Das Gebirge. Da können wir nicht hin.«

Ann nahm Enlis Arm und zog sie sanft mit sich.

Enli leistete Widerstand.

Auf einmal begann David Allen zu sprechen, das erste Mal seit seinem Ausbruch letzte Nacht. »Da hinten auf der kleinen Anhöhe sind gerade Leute aufgetaucht.«

Bazargan wirbelte herum. Tatsächlich, zehn bis fünfzehn Weltler verfolgten sie zielstrebig und entschlossenen Schrittes. Sie waren höchstens noch einen Kilometer entfernt.

»Los geht's«, sagte Gruber, energisch wie immer, und jetzt nahm er Enlis Arm. In einem Tempo, dem sich die anderen gezwungenermaßen anschlossen, zog er das Mädchen mit sich.

Nach ein paar Minuten wandte Bazargan sich um. Die Weltler holten auf.

»Schneller«, sagte Gruber und verfiel in Laufschritt, Enli hinter sich her zerrend. Zu Bazargans Überraschung schaffte sie es irgendwie mitzukommen. Allem Anschein nach hatten sie das Durchhaltevermögen der kleinen Weltlerin unterschätzt.

Aber sein eigenes leider nicht. Bazargans Brust schmerzte, während er verzweifelt versuchte, mit den jungen Leuten Schritt zu halten. Zuerst tat es weh, dann brannte es wie Feuer. Er würde er nicht mehr lange durchhalten. Sein Herz ...

»Ihr ... ihr könnt ruhig weitergehen«, keuchte er und krümmte sich. »Nimm du ... nimm meinen Schutzanzug ... Enli ...«

»Nichts da, Ahmed«, widersprach Dieter Gruber unbeeindruckt. »Kommen Sie, es ist nicht mehr weit.«

Aber in Bazargans Augen sah es noch sehr weit aus. Die Schmerzen kreisten in seiner Brust und seinen Beinen und schienen sich allmählich dort einzunisten. Vor seinen Augen drehte sich alles. Sein Herz, sein Herz ...

Gruber ließ Enlis Arm los und umfasste stattdessen Ahmeds. In seinem starken Griff – was zum Teufel hatten Grubers Eltern bloß mit seinem Genom angestellt? – stolperte, rannte, taumelte Bazargan hinter ihm her, jeder keuchende Atemzug eine Qual. Stolpern, Atmen, Stolpern. Er bekam keine Luft mehr, stopp, bitte, stopp ...

»Sie sind stehen geblieben«, sagte David Allen, und Dieter ließ Bazargans Arm los. Sofort sank er in sich zusammen, sein gesamtes Bewusstsein auf den unglaublichen Schmerz in jeder Rippe, jeder Faser seines Brustkorbs konzentriert. Atmen, Schmerz, Atmen ...

»Machen Sie eine kleine Verschnaufpause, Ahmed«, sagte Gruber, und der Mistkerl keuchte nicht einmal dabei.

Als er wieder aufstehen konnte, stützte Bazargan die Hände auf die Knie und sah sich um. Sie hatten soeben den ersten von zahlreichen riesigen Felsbrocken passiert, die vor dem abrupten Anstieg des Gebirges allenthalben herumlagen. Offensichtlich war der Stein eine Art Markierung, jedenfalls waren ihre Verfolger ungefähr einen Viertelkilometer davor stehen geblieben und wuselten nun in scheinbarer Bestürzung durcheinander. Japsend und keuchend beobachtete Bazargan dann, wie sie sich alle wieder in Bewegung setzten. Geteilte Realität.

»*Scheiße!*«, rief Gruber auf Deutsch. »Wir müssen tiefer rein.«

»Nein«, protestierte Enli, aber sie wehrte sich nicht, als David Allen sie hochhob und einfach mit sich trug.

So erreichten sie den Fuß der hoch aufragenden grauen Felswand und gingen ein Stück an ihr entlang. »Hier ... hier ... jetzt gleich ...«, murmelte Gruber, und Bazargan sah, wie das Todesschwadron der Weltler – denn so etwas Ähnliches musste es wohl sein – parallel zu ihnen einschwenkte. Und immer näher kam.

Die Verfolger waren mit Speeren bewaffnet.

Ahmed hatte noch nie zuvor Speere bei den Weltlern gesehen. Auf Welt gab es keine Jagd, man ernährte sich vorwiegend von Gemüse, gelegentlich ergänzt vom Fleisch von Tieren, die schon lange in gefügigen Herden domestiziert worden waren. Raubtiere gab es schon seit Jahrtausenden nicht mehr. Ungeziefer wurde mit einem von den Heilern hergestelltem Gift bekämpft. Weltler töteten einander äußerst selten, und wenn, dann im Affekt, aus Leidenschaft oder wegen einer Unrealität, und es wurden eigentlich immer Messer benutzt. Woher kamen nun plötzlich diese Speere?

Noch immer nach Luft ringend, blieb Bazargan ein Stück weit hinter den anderen zurück. Ein Speer schwirrte über seinen Kopf hinweg und traf den grauen Fels.

»Runter!«, schrie Ann, packte seine Hand und riss ihn zu Boden. Bazargan fiel auf die Knie und schürfte sich schmerzhaft die Haut. Als er weiterkroch, hinterließ er eine Blutspur – eine japsende Krabbe, der die Nachhut der Gruppe bildete. Sie hielten sich eng an die gigantische Felswand, immer ein Stück weit von den herumliegenden Felsbrocken geschützt, dann wieder ohne Deckung. Bazargan sah, wie Gruber, der sie führte, um ein Haar von einem zweiten Speer getroffen wurde.

»*Ja!*«, schrie er plötzlich. »Hier!« Und verschwand im Berg.

Bazargan hastete weiter. Von Ann waren nur noch die zerkratzten und blutigen Beine zu sehen. Dann endlich entdeckte auch Bazargan das Loch in der Felswand. Nicht mehr als einen Meter hoch, mit Gras und Unkraut überwachsen. David Allen bugsierte Enli durch den Pflanzenvorhang in den Tunnel. Zu Bazargans Verblüffung kauerte er sich dann hinter einen Felsbrocken und winkte Bazargan heran.

Sie hatten keine Zeit, darüber zu diskutieren, wer als Nächster in Sicherheit gebracht wurde, also zwängte Bazargan sich so rasch wie möglich in den Spalt, und Allen folgte einen Augenblick später.

Bazargan hatte Tunnel nie gemocht. Dieser hier war kaum höher als einen Meter, gerade hoch genug, um durchzukriechen, und fast vollkommen dunkel. Sie waren eingequetscht wie Würstchen in der Dose. Ihm sträubten sich die Nackenhaare. Etwas krabbelte über seinen Arm, und er versuchte es abzuschütteln.

»Es wird gleich besser«, versprach Gruber. »Folgt mir.«

Als hätten sie eine andere Wahl! Bazargan kroch vorwärts, bemühte sich, möglichst ruhig zu atmen und sich einzureden, dass sein Zustand sich bessern würde, sobald er sich von dem hektischen Gerenne erholt hatte. Der Tunnel wurde dunkler. Die alte irrationale Angst überkam ihn, erdrückte ihn ... Er würde stecken bleiben, sich nicht mehr vor und nicht zurück bewegen können, lebendig begraben, während sich Millionen Tonnen Stein auf seinen Körper senkten, sein Fleisch und seine Knochen zermalmten ...

Tief durchatmen. Stell dir vor, du bist an einem ruhigen, sicheren Ort. Atmen ...

»Wir sind fast da«, rief Gruber fröhlich.

Bazargan konnte nichts sehen. Blind kroch er über das ungleichmäßige Gestein, bis der Tunnel erneut eine Biegung machte und er die schwachen Umrisse von Enlis Hinterteil erkennen konnte. Er folgte ihr, bis sie plötzlich verschwand und das Licht heller wurde. Bazargan krabbelte weiter, so schnell er konnte. *Atmen ... atmen ...* Dann war er draußen.

Sie befanden sich in einer Höhle, die ungefähr so groß war wie Bazargans Privatgemach im Voraturhausstand; von oben fiel Licht durch einen großen Felskamin. Im grauen Halbdunkel erkannte Bazargan einen weiteren Tunnel – zum Glück größer als der vorherige –, der auf der anderen Seite der Höhle abzweigte. Mit weit aufgerissenen Augen, in denen die Pupillen riesig wirkten, blickten die fünf Gefährten auf die unregelmäßigen Wände, hinüber zu dem zweiten Tunnel. Schließlich schauten sie einander an.

»Enli«, fragte Ann aufgeregt in der Weltler-Sprache, »besteht die Möglichkeit, dass deine ... deine Leute uns hier herein folgen?«

Enli schüttelte stumm den Kopf. Sie schien sprachlos zu sein.

»Als ich das Gebirge erforscht habe«, sagte Gruber auf Englisch, »bin ich in vielen von diesen Tunneln gewesen, meist nur ein kleines Stück, aber in zwei davon ziemlich weit. Den hier kenne ich nicht, aber im Grunde ist es ein homogenes System.«

»Erzähl uns doch, was wir zu erwarten haben«, schlug Ann vor. Sie lächelte. »Aber bitte die Kurzfassung, ja, Dieter?«

»In Ordnung. Nun, vor einer Million Jahren war hier überall Wasser, ein flaches Becken. Der Einschlag des Asteroiden war heftig genug, dass er auf Magma traf, und bei der Eruption des Felsens wurde eine Menge Gas freigesetzt. Deshalb gibt es hier auch so viel Bimsstein – das leichte, poröse Gestein überall um euch herum.« Er hob einen Stein vom Höhlenboden auf und hielt ihn den anderen entgegen. Bazargan sah, dass der Stein voller Löcher war.

»Schließlich«, fuhr Gruber fort, »schließlich wurde durch die tektonische Plattenverschiebung das gesamte Becken angehoben, und so entstand das Gebirge. Noch immer ruhten die Berge auf einem Hot Spot in der Erdkruste – oder bewegten sich vielleicht langsam darauf zu. Jedenfalls gab es jede Menge vulkanische Aktivität, wodurch sich Lavatunnel bildeten, wie zum Beispiel der, in dem wir jetzt stehen. Wir sind immer noch über einem Hot Spot, also einer Stelle, unter der sich heiße Quellen befinden. Im Lauf der Zeit wurde der weiche Bimsstein von Wasser und Wind ausgewaschen, sodass immer mehr Höhlen und Kamine und Tunnel entstanden. Außerdem ist das ganze System natürlich radioaktiv.«

»Wie radioaktiv?«, wollte David Allen wissen.

»Das variiert je nach der Gegend.«

Bazargan richtete sich auf. Es wurde Zeit, dass er das Kommando wieder übernahm. »Wir haben vier Schutzanzüge, sind aber zu fünft. Ich schlage vor, dass wir die Anzüge abwechselnd tragen und sorgfältig darauf achten, wie viele Rads jeder Einzelne abbekommt. Enli, zieh das an, bitte.«

Er schälte sich aus seinem Schutzanzug, aber Enli starrte ihn nur verwundert an. Die Wirkung der Mittel, die Ann ihr verabreicht hatte, ließ sicher allmählich nach.

»Bitte tu, was ich dir sage«, sagte Bazargan in der Weltlersprache, und Enli reagierte auf seinen Ton so, wie er es sich erhofft hatte. Unbeholfen zog sie sich den elastischen Anzug über die Beine, über Rumpf und Arme. Ann zeigte ihr, wie man ihn befestigte, und zog den mit Poren versehenen, aufblasbaren Helm aus der dafür vorgesehenen Tasche.

»Hier brauchen wir keinen Helm«, meinte Gruber beruhigend.

»Gut«, entgegnete Bazargan. »Wenn ich mich direkt unter den Felskamin hier stelle, kriege ich dann die *Zeus* auf den Transmitter?«

Gruber betrachtete mit zusammengekniffenen Augen den schwachen Lichtstrahl. »Nein. Aber weiter drin könnte es gehen.«

»Weiter drin?«, wiederholte Allen.

»Ja, kommt. Diesmal gibt es auch ein bisschen Licht.« Gruber holte die Lampe aus seinem Rucksack, stellte sie an und machte sich auf den Weg. Die anderen folgten ihm in den zweiten Tunnel, in dem sich alle außer Enli leicht ducken mussten. Zuerst Ann, die ein wenig hinkte. Dann Enli, immer noch benommen, das mausige Nackenfell zerzaust über dem Kragen des Schutzanzugs – ein komischer Anblick. Hinter ihr ging David Allen, die Tunnelwände mit finsteren Blicken musternd. Und schließlich Bazargan, der sich mühsam auf einen weiteren Tunnelaufenthalt einzustellen versuchte.

Der zweite Tunnel war nicht ganz so eng wie der erste, dafür aber dunkler. Vom Licht von Grubers Lampe bekam Bazargan, der wieder das Ende der Prozession bildete, nicht viel zu sehen. »Haltet euch an den Händen«, rief Gruber. Bazargan spürte, wie sich David Allens Hand um seine schloss. Allens Finger zitterten leicht, und das beruhigte Bazargan paradoxerweise.

Der Tunnel schien sich kilometerweit hinzuziehen, und mit der Zeit bekam Bazargan Schulterschmerzen vom gebückten Gehen. Ein paar Mal glaubte er das Plätschern von Wasser hinter den dunklen Felswänden zu hören. Einmal fielen ein paar Steinchen von der Decke, und das Herz rutschte ihm in die Hosen. *Erosion,* hatte Gruber gesagt. *Weiches Gestein.*

Irgendwann merkte er, dass der Tunnel anstieg. Außerdem wurde der Gang enger. Gerade als Bazargan spürte, dass ihn die Panik wieder einzuholen drohte, vollführte der Tunnel eine abrupte Biegung, und auf einmal konnte er die anderen vor sich sehen, ein gebückt dahinschlurfendes Grüppchen, das sich fest an den Händen hielt wie ein paar müde Elefanten an den Rüsseln. Dann trat Gruber hinaus, Ann folgte ihm, und Bazargan hörte, wie sie nach Luft schnappte.

Kurz darauf trat er hinaus in ein offenes Becken mit einem Durchmesser von etwa zwanzig Metern. Die Südseite wurde von einem Felsvorsprung überschattet, doch der Norden lag frei unter der äquatorialen Sonne. Im Zentrum des Beckens blubberte eine Quelle aus dem Stein. Das Licht, das unter dem Felsvorsprung eher diffus wirkte, fiel im offenen Bereich vertikal herab und brachte Dutzende von Blumensorten jeder nur erdenklichen Farbe zum Strahlen.

Ann stürzte vorwärts. Bazargan bewegte Knie und Schultern, um sie etwas zu entspannen. Dann folgte er Ann, aber Gruber hielt ihn unsanft zurück.

»Warten Sie, Ahmed. Wir haben hier ziemlich hohe Werte. Zu hoch für Sie ohne Schutzanzug!«

Radioaktive Strahlung. Als Bazargan etwas genauer auf die Blumen schaute, erkannte er, dass einige davon unverkennbar mutiert waren. Ein Pajalbusch mit länglichen Blättern statt der üblichen runden Büschel. Eine blaue Vekifir lag auf dem Boden, zu schwer für ihren spindeldürren Stiel. Eine riesenhafte, monströse rotbraune Blume, von einer Farbe wie geronnenes Blut, eine Seite aufgequollen, die andere verkümmert.

»Die Strahlung kommt von der Quelle«, erklärte Gruber stirnrunzelnd. »Aber ... na ja, vergessen wir das. Ahmed, ich denke, von hier aus müssten Sie Kontakt mit der *Zeus* aufnehmen können.«

Bazargan wagte sich noch einen weiteren vorsichtigen Schritt von der Felswand weg und zog das Comlink aus der Tasche. Ohne Schutzanzug fühlte er sich seltsam nackt. Wie in einem dieser Träume, in denen alle anderen Teilnehmer auf einer wissenschaftlichen Konferenz ordentlich angezogen sind und man selbst splitterfasernackt eine Präsentation zu machen versucht.

»*Zeus*, hier spricht Dr. Bazargan. Bitte kommen.«

»Hier Colonel Johnson. Ja, Doktor?«

»Wir hätten gern ein Update, was bei Ihnen da draußen passiert«, sagte Bazargan, nicht ohne eine gewisse Schärfe. Was glaubte Syree Johnson denn wohl, warum er anrief?

Natürlich kannte er die Antwort: Johnson dachte überhaupt nicht an das Planetenteam.

»Wir schleppen das Artefakt zum Weltraumtunnel 438«, meldete Johnson knapp. »Bisher gibt es keine Anzeichen feindlicher Flugkörper. Keine Statusveränderungen.«

»Aber hier hat es eine Veränderung gegeben«, erwiderte Bazargan noch barscher. »Die Einheimischen haben uns Terraner für unreal erklärt und versucht, uns zu töten. Ben und Bonnie Mason haben sie bereits umgebracht. Wir Übrigen sind ins Neurygebirge geflohen. Da befinden wir uns jetzt. Wir können die Berge nicht verlassen, ohne dass man uns von Neuem verfolgt. Unsere Nahrungsvorräte sind begrenzt. Wir haben gestern Nacht versucht, Sie zu erreichen, um Ihnen Mitteilung zu machen, aber keiner hat geantwortet. Können Sie uns ein Shuttle schicken?«

»Negativ, Doktor«, antwortete Johnson. »Wir können kein Shuttle starten, ohne dass wir dabei langsamer werden, was unserer militärischen Mission zuwiderlaufen würde. Wenn Sie ...«

Lautes statisches Rauschen unterbrach sie.

»Was? Was war das?«, rief Bazargan.

Wieder nur Geknister. Dann herrschte Funkstille.

Bazargan, Gruber und Ann schauten einander an. David Allen schlug sich mit der Faust auf die Handfläche und stolzierte mit wütendem Gesicht davon. Enli blickte ihm unsicher nach, dann sah sie Ann an.

»Da oben passiert gerade irgendwas«, meinte Gruber.

»Ich denke«, begann Bazargan ruhig, »ich denke, wir sollten vom Schlimmsten ausgehen. Dieter, wenn das Artefakt –

Tas – diesen Welleneffekt aussendet, der die Atome destabilisiert, sind wir dann hier ausreichend geschützt?«

»Nein, das Gelände ist zu offen. Aber Stein ist immer eine gute Isolierung. Wenn wir tiefer in die Berge gehen, dann haben wir genug Schutz. Vorausgesetzt, wir meiden die Gebiete mit hoher Radioaktivität.«

»Wissen Sie, wie man von hier zu einem sicheren Ort gelangt?«

Gruber schüttelte den Kopf. »Nein. Auf meinem ersten Ausflug hab ich in diesem Becken hier kehrtgemacht und bin auf dem Weg zurückgegangen, auf dem wir jetzt gekommen sind. Aber das können wir nicht. Selbst wenn die Weltler weg sind, liegt die nächste Öffnung, die ich kenne, sehr weit weg. Wir wären zu lange ungeschützt. Sowohl gegen die Dorfbewohner als auch gegen den Welleneffekt – falls er denn eintrifft.«

»Dann gehen wir weiter«, sagte Bazargan. »Gibt es unter dem Felsvorsprung da drüben noch Eingänge?«

»Das werden wir gleich herausfinden«, antwortete Gruber. »Halten Sie sich an die Felswand, Ahmed, und machen Sie einen Bogen um die Quelle. Wir gehen zu dem Tunnel dort drüben. Haltet euch alle fern von der Quelle. Und du, Ann, reiß dich endlich von den Pflanzen los.«

»Ich nehme Proben mit«, entgegnete sie.

Diesmal ging Bazargan an zweiter Stelle hinter Gruber, wodurch er natürlich mehr von Grubers Lampe profitierte. Allerdings war es ein schwacher Trost, denn dafür kannte niemand diesen Tunnel. Bazargan merkte, wie er immer wieder sämtliche Muskeln anspannte, um sich gegen Steinschlag oder plötzlich vor ihm auftauchende Felsspalten zu wappnen, so sehr er sich auch mahnte, sich zu entspannen. Denk an Iqbal aus Lahore, den eifrigen Reformer: *Auf welche Art ein Mensch an den anderen gebunden ist, gleicht einem Faden, dessen Ende längst verloren ging und der sich nie mehr entwirren lässt.* Bazargan lächelte grimmig.

Der Tunnel fiel steil ab. »Kein lockeres Gestein«, sagte

Gruber, »aber wir sollten nicht zu tief runter. Gehen wir trotzdem noch ein Stück weiter.«

»In Ordnung«, sagte Bazargan, unentwirrbar an einen anderen Menschen gebunden.

Schweigend wanderten sie weiter, eine lange Zeit, wie es schien. Gelegentlich verengte sich der Tunnel, aber nie unerträglich, gelegentlich wurde er weiter, sodass er einem fast wie eine lange, schmale Höhle vorkam. Häufig hörte Bazargan Wasser plätschern, sah aber nichts. Auf einmal blieb Gruber stehen und leuchtete mit seiner Lampe gegen die Wand.

»Schaut auch das alle mal an. Seht ihr die dünne Lehmschicht? Die stammt aus der Zeit des Asteroideneinschlags.« Die Schicht zog sich mal höher, mal tiefer durch die Wand, der Anhebung des Gesteins folgend, stummer Zeuge einer globalen Katastrophe.

Weiter ging der schweigsame Marsch; nun wurde der Tunnel noch steiler. Bazargan begann zu schwitzen. Wie tief im Berg befanden sie sich inzwischen? Vielleicht sollte er zurückgehen, nach einem Ausgang suchen ... Gruber hatte gesagt, dass Gestein sie vor dem Welleneffekt schützen würde, den Syree Johnson möglicherweise auslösen würde. Aber ein Schutzschild nutzte nichts, wenn sie lebendig begraben waren.

Plötzlich war Gruber verschwunden.

»Dieter? Alles in Ordnung?«

Nach einer ewig erscheinenden Verzögerung erklang Grubers Stimme von etwas weiter unten. »Ja. Alles klar, war nur ein Abhang. Nicht allzu steil. Ihr könnt auf dem Hintern runterrutschen. Von hier kommt man auch auf verschiedenen Wegen wieder hoch.«

Er leuchtete mit der Lampe das Gefälle ab, und Bazargan sah, dass der Boden relativ glatt war und um etwa dreißig Prozent abfiel. Er seufzte, setzte sich auf die Decke, die er trug, rutschte hinunter und bekam tatsächlich nur einen einzigen scharfen Schlag aufs Steißbein, als er über einen unnachgiebigen Stein sauste. Am Ende der Rutschbahn angekommen, stand er auf und machte Platz für Enli, die ihm folgen sollte.

Er und Gruber standen in einer großen dunklen Höhle, erleuchtet nur von Grubers Lampe, die er in die andere Richtung hielt. Im Halbdunkel erkannte Bazargan Stalaktiten und Stalagmiten, wie große Zähne. Wasser perlte von ihren Spitzen. Bazargan lief der Schweiß über den Rücken, ungeschützt durch den temperaturausgleichenden Anzug.

»Irgendwas stimmt hier nicht«, brummte Gruber mit Blick auf sein Display, das er um sein kräftiges Handgelenk trug.

»Was denn?«, fragte Bazargan, aber ehe Gruber antworten konnte, kam Enli die Felsenrutsche herunter, ein Weltlermädchen in einem terranischen Schutzanzug, mit flatterndem Nackenfell und vor Angst weit aufgerissenen Augen. Aber sie jammerte nicht, sondern stand einfach auf und trat vom Ende der Rutsche weg, auf der jetzt Ann heruntersauste.

»Was stimmt nicht?« wiederholte Bazargan. Die Worte kamen seltsam träge aus seinem Mund. Irgendetwas war mit seinem Kopf geschehen, er fühlte sich an wie in feuchte Watte verpackt. Vermutlich war es die Erschöpfung.

Anmutig und mit grimmigem Gesicht kam Allen als Letzter die Steigung herunter.

»Der geothermische Gradient«, erklärte Gruber, und seine Stimme klang in Bazargans Ohren ebenso gedämpft wie seine eigene vorhin geklungen hatte. Erschöpfung, Anspannung, Hunger. Seit gestern Nacht hatten sie nicht mehr gerastet und nichts gegessen.

»Was ist mit diesem ... diesem Gradienten?«

Gruber betrachtete stirnrunzelnd sein Display. »Es wird wärmer, je tiefer wir kommen, *ja*. Das ist normal. Selbst wenn man den Effekt von Magma abzieht, erhitzt die natürliche Radioaktivität das Gestein. Selbst auf der Erde gibt das Gestein eine geringfügige Strahlung ab – Sie sind hier nicht in Gefahr, Ahmed. Das Gestein speichert die Hitze, er ist eine hervorragende Isolation. Aber wenn man tiefer hineingeht, sollte sich die Temperaturzunahme eigentlich verlangsamen, da sich die meiste Radioaktivität in der Nähe der Oberfläche befindet. Aber hier steigt sie an!«

Es war schwierig, seinen Worten zu folgen. Aus den Tiefen seiner Kopfschmerzen klaubte Bazargan mühsam die erwartete Frage hervor: »Warum?«

Gruber zuckte mit den Achseln. »Wir sind nicht auf der Erde.«

»Wir haben ein Genie unter uns«, bemerkte David Allen sarkastisch, und eine Sekunde lang flammte in Grubers blauen Augen Ärger auf. Aber er verlosch rasch wieder, und an seine Stelle trat die gleiche Lethargie, die Bazargan ebenfalls befallen hatte.

Trotzdem zwang er sich zu sprechen. »Führen Sie uns weiter, Dieter.«

Gruber schlurfte los und leuchtete mit der Lampe zur gegenüberliegenden Seite der Höhle. Mehrere Öffnungen säumten den Fels. Gruber ging auf eine davon zu.

»Pek Bazargan, hier sollten wir nicht langgehen«, sagte Enli, die hinter Bazargan ging.

Er brauchte einen Moment, um zu verstehen, was und dass sie überhaupt etwas gesagt hatte.

»Warum nicht? Warten Sie, Dieter.«

Gruber kam zum Stehen, wandte sich schwerfällig um und ließ das Licht der Lampe über die Leute hinter ihm wandern.

Enli sagte etwas in der Weltlersprache. Dann wiederholte sie es noch einmal auf Englisch. Aber ihre Stimme war zu schnell, zu scharf. »Der andere Weg geht aufwärts. Du hast gesagt, weiter unten wird es zu heiß. Also müssen wir hinauf!«

Hinauf. Ja, das war richtig. Enli hatte Recht. Sie mussten weiter nach oben, das hatte Dieter doch auch gesagt.

Die Menschen drängten sich verwirrt aneinander.

»Hinauf!«, wiederholte Enli.

Hinauf. Ja, das war richtig. Enli hatte Recht. Sie mussten weiter nach oben, das hatte Dieter doch auch gesagt.

Mein Kopf tut weh, dachte Bazargan.

Weiter hinauf.

Jemand packte seine Hand und legte sie in die von Ann. Es war Enli. Sie zwang alle, sich fest an den Händen zu halten, quetschte sich dann an ihnen vorbei bis ans Ende der Reihe und zog. Gehorsam schlurften die Terraner hinter ihr her, bergauf.

Aber dann standen sie auf einmal wieder in der Höhle mit den Stalaktiten. Bazargan blinzelte. Waren die nicht weiter unten gewesen? Mussten sie nicht aufwärts gehen?

Er konnte sich nicht erinnern.

Doch Enli zog sie weiter, in einen anderen Tunnel. Jetzt trug sie die Lampe, und aus irgendeinem Grund war sie jetzt an der Spitze ihres Zuges. Irgendwie war sie da hingeraten. Wie Schlafwandler taumelten sie im Halbdunkel weiter. Bazargan wusste nicht, wie lange, vielleicht war er eingeschlafen. So fühlte er sich jedenfalls, wie in einem Traum, einem langen Traum, in dem er endlose Steinpfade entlangtappte, manche davon eben, andere nicht, manche feucht, manche trocken, und immer stiegen sie an, immer ging es bergauf ...

Die Zeit verstrich.

Noch mehr Zeit verstrich.

In Bazargans Nacken knackte etwas ... Nein, in seinem Kopf! Etwas in seinem Kopf rastete unvermittelt ein, und auf einmal konnte er wieder denken. Es war, als wäre ein Panzer, der sich um seinen Schädel gelegt hatte, plötzlich aufgebrochen.

»Was ... was?«

Alle vier Terraner sahen ähnlich benommen aus. Enli beobachtete sie angespannt. Schließlich sagte sie: »Der Boden war sehr karg. Für euch alle.«

»Das war irgendeine Art Feld«, meinte Dieter und zog wieder sein Display zu Rate. »Aber auf dem Display war nichts zu sehen ... nur dass der geothermische Gradient jetzt nicht mehr so stark ansteigt!«

Aufgeregt meinte Ann: »Ein Feld, das die Gedanken beeinflusst ... aber Dieter, das muss doch irgendwas Elektromagnetisches sein!«

»Nein. Jedenfalls nicht meinen Anzeigen zufolge«, widersprach Dieter. »Aber Ahmed, während wir ... während wir so komisch drauf waren, haben Sie leider noch mal siebzig Rads abgekriegt.«

»Wo liegt meine Gesamtmenge jetzt?«, fragte Bazargan
»Hundertzehn.«

Das war nicht gut. In ein, zwei Tagen würde er krank werden. Zum Glück nicht lebensgefährlich, auch wenn sie keine medizinische Hilfe zur Verfügung hatten. Trotzdem würde es unangenehm sein und auf lange Sicht sein Leben wahrscheinlich schon verkürzen.

David Allen streifte seinen Schutzanzug ab. »Hier, Doktor, nehmen Sie meinen.«

»Ich ... ich danke Ihnen.« Warum nicht? Sie hatten sich ja darauf geeinigt, die Anzüge abwechselnd zu tragen, und Allen war immerhin das jüngste Teammitglied.

»Hier haben Sie nichts zu befürchten, David«, meinte Gruber. »Die Strahlung ist vergleichsweise harmlos. Spitzt mal alle die Ohren, ich höre Wasser.«

»Ja, in dem Tunnel da drüben«, bestätigte Ann.

»Wartet hier.« Gruber verteilte kleinere Lampen an alle und verschwand mit der großen. Die anderen warteten. Sie standen in einer Höhle von der Größe eines kleinen Schlafzimmers, gerade geräumig genug, dass Bazargan seinen Atem einigermaßen unter Kontrolle halten konnte, wenn er sich nicht allzu sehr darauf konzentrierte, dass die Höhle unter Tonnen von Gestein lag. Aber der Boden war trocken, und im Schein seiner Lampe konnte er die glatte, abgerundete Decke über sich sehen. Vielleicht befanden sie sich in einem der leeren Lavadepots, die Dieter erwähnt hatte. Im Dämmerlicht hörte Bazargan die anderen atmen, Ann von der Kletterei ziemlich angestrengt, Enli langsamer. Und David Allen, unregelmäßig und hektisch.

Eigentlich konnte der junge Mann nicht sonderlich erschöpft sein. Bazargan taten sämtliche Muskeln weh, und sein Bauch grummelte, aber sein Herz raste nicht mehr, und er war eine Generation älter als Allen. Was also setzte David so zu?

»Wenn es kein elektromagnetisches Feld war, was zum Teufel kann es denn dann gewesen sein?« Keiner antwortete. Bazargan zupfte an Allens Schutzanzug herum und fühlte, wie er sich allmählich den neuen Konturen anpasste.

Endlich kehrte Gruber zurück, mit einem Expando voll Wasser. Expandos ließen sich ganz flach zusammenfalten und wogen so gut wie nichts, aber man konnte sie mit einem einzigen Handgriff zu robusten, undurchlässigen Beuteln formen, verstärkt mit dünnen, flexiblen und praktisch unzerbrechlichen Streben. In jedem Schutzanzug waren ein paar Expandos verstaut.

»Das Wasser ist unbedenklich«, versicherte Gruber. »Ich schlage vor, dass wir hier unser Lager aufschlagen – dass wir essen, trinken und schlafen. Es ist genauso gut wie sonstwo.«

Der Vorschlag fand allgemeinen Anklang. Sie bereiteten das geschmacksneutrale, aber äußerst nahrhafte Pulver mit Grubers Wasser zu, tranken auch etwas von dem Wasser – das metallisch schmeckte und warm war – und legten sich dann zum Schlafen nieder.

Bazargan hörte, wie Gruber und Ann leise debattierten.

»Unser *Denken* war beeinträchtigt«, sagte Ann. »Nur Enli war vollkommen immun dagegen. Sie war die Einzige, die noch normal funktioniert hat. Da bleiben nicht allzu viele Erklärungsmöglichkeiten. Entweder es war ein geruchloses Gas, das unsere Gehirnfunktionen beeinflusst hat, aber ihre nicht, und ich kann mir nicht vorstellen, was das sein könnte, in chemischer Hinsicht. Oder ein Pheromon, an das sie gewöhnt ist, wir jedoch nicht – aber im Tunnel war es zu dunkel und trocken für Vegetation. Außer in absoluten Ausnahmefällen. Oder es war ein elektromagnetisches Feld.«

»Nein, es kann kein elektromagnetisches Feld gewesen sein«, entgegnete Gruber. »Sonst hätte das Display irgendwas angezeigt. Aber vielleicht waren es an die Dunkelheit angepasste Pilze, die bestimmte Pheromone verströmen.«

»Zu welchem Zweck? Warum sollte sich so etwas entwickeln? Bewusste Gedanken können ganz sicher keine Bedrohung für Pilze sein, die einen halben Meter unter der Erdoberfläche wachsen!«

»Das wäre nicht sehr wahrscheinlich, nein«, räumte Gruber widerwillig sein. »Na gut, dann das geruchlose Gas. Aber Ann, mir ist ein noch größeres Rätsel, warum der geothermische Gradient angestiegen ist, wenn wir weiter runtergingen, und abgefallen, wenn wir uns nach oben bewegt haben. Normalerweise ist genau das Gegenteil der Fall. Und wenn der Gradient sich mit derselben Konstante weiter verändern würde, müsste in ungefähr dreißig Kilometern Tiefe das Gestein schmelzen, aber nichts weist darauf hin, dass es so ist.«

»Was glaubst du denn, was den Gradienten bestimmt?«

»Dazu fällt mir absolut nichts ein.«

»Mir auch nicht. Nur ein elektromagnetisches Feld.«

»Ann, ich hab dir doch gesagt ...«

Schließlich brach die Debatte ab, und Bazargan hörte, wie der Atem der beiden gleichmäßig und ruhig wurde. Enli hörte sich bereits genauso an, aber sie war ja auch kein Mensch, bei ihr konnte man nicht wissen, ob sie tatsächlich schlief. Das Letzte, was Bazargan hörte, ehe er, den Geruch des feuchten Steins in der Nase, selbst wegdämmerte, war David Allens Atem. Rasch, unregelmäßig, erregt, fast so, als wäre für Allen der Schlaf zusammen mit den beiden armen kleinen Babys, mit Bonnie und Ben Mason, ermordet worden.

KAPITEL 16

Unterwegs zum Weltraumtunnel 438

Ein Entschluss ist genau der Punkt, an dem man keine Lust mehr hat nachzudenken.

Syree versuchte weiterzudenken, obgleich die Abschleppoperation ohne Panne ablief. Sie stand auf der stark frequentierten Brücke und ging im Kopf die verschiedenen Möglichkeiten, Eventualitäten und potenziellen Katastrophen durch.

»Beschleunigung ein g, Geschwindigkeit acht Komma acht Kilometer pro Sekunde«, verkündete der Steuermann.

»Beschleunigung fortsetzen«, antwortete Peres.

»Beschleunigung wird fortgesetzt.«

Jemand hinter Syree pfiff geräuschvoll durch die Zähne.

Inzwischen war jedem an Bord die geheime Mission des Schiffs klar. Es war unmöglich, sie nicht zu erkennen. Die *Zeus* hatte die geosynchrone Umlaufbahn verlassen und bewegte sich jetzt zweitausenddreihundert Kilometer über dem Planeten. Vorsichtig hatte das Raumschiff sich auf die gleiche Umlaufbahn begeben wie der kleinste und schnellste ›Mond‹, das Orbitalobjekt 7. Dieser Mond stand nun direkt vor der *Zeus,* und sein Körper füllte die Windschutzscheibe wie eine riesige graue Traube. Die *Zeus* schleppte das Artefakt eigentlich nicht, sondern schob und schubste es unsanft aus seiner Umlaufbahn ins All hinaus. Dieses Schubsen und Schieben benötigte die ganze Kraft des Raumschiffs.

»Beschleunigung ein g, Geschwindigkeit zehn Komma sechs Kilometer pro Sekunde.« Der Steuermann hatte die Anweisung, alle drei Minuten eine Ansage zu machen.

»Beschleunigung fortsetzen.«

»Beschleunigung wird fortgesetzt.«

Das Orbitalobjekt 7 hatte ungefähr achtzehnmal die Masse der *Zeus,* die bei maximaler Kraft zwanzig g erreichte. Niemand nutzte die Maximalkraft für länger als ein paar Augenblicke als Fluchtaktion, weil niemand die Absicht hatte, die Menschen an Bord in matschigen Wackelpudding zu verwandeln. Aber um einen Körper, der achtzehnmal so groß ist wie man selbst, mit einer Rate von einem g in Bewegung zu setzen, brauchte man eben achtzehnmal die Kraft von einem g. Syree spürte die furchtbare Anstrengung des Schiffs. Sie spürte es in den Knochen, sie merkte es an den Vibrationen in ihrem Kopf. Wie viel deutlicher musste es dann erst Peres, ihr Commander, spüren!

»Stabilitätsbericht«, sagte Peres gerade.

»Halten Stabilität.«

Die *Zeus* musste bei jedem Schubs genau auf das Zentrum des Artefakts zielen. Elektromagnetische Stabilisierung half natürlich; Syree hatte ein Feld über die Oberfläche des Objekts gelegt. Gott sei Dank war es ein Leiter. Sie konnte sich gar nicht vorstellen, wie diese Operation sonst hätte gelingen können.

»Beschleunigung ein g, Geschwindigkeit zwölf Komma vier Kilometer pro Sekunde.«

»Beschleunigung fortsetzen.«

»Beschleunigung wird fortgesetzt.«

Je weiter das Schiff das Objekt aus der Umlaufbahn beförderte, desto leichter würde das Schieben werden. Der reziprok quadratische Effekt arbeitete für sie. Die *Zeus* würde auf dem ganzen Weg zum Weltraumtunnel positiv beschleunigen, statt wie sonst üblich auf halbem Weg mit der negativen Beschleunigung zu beginnen. Das würde die Transportzeit auf fünf Tage, siebzehn Stunden, drei Minuten reduzieren. Außerdem bedeutete es, dass sich das Artefakt, wenn es in den Weltraumtunnel eintrat, mit viertausendachthundert Kilometer pro Sekunde vorwärtsbewegte. Nie zuvor war etwas mit einer solchen Geschwindigkeit in einen Weltraumtunnel geflogen. Niemand wusste, was passieren würde. Andererseits wusste bei dieser verzweifelten Operation sowieso niemand sonderlich viel – über irgendetwas.

Hinter Syree hustete jemand, einmal, zweimal.

»Räumt die Brücke!«, fauchte Peres.

Offensichtlich ging der Stress auch an ihm nicht spurlos vorüber.

Zögernd verließen die Offiziere die Brücke. Syree blieb, wo sie war. Auf einmal kam ihr ein Bild aus einem alten Trainingsfilm in den Kopf: Ein U-Boot, das sich viel zu weit unter Wasser begeben hatte. Plötzlich flogen die Bolzen aus dem durch den Wasserdruck auseinander brechenden Rumpf, und einer landete im Kopf des Steuermanns. Sein zerschmetterter Schädel, der versehentlich auf Zelluloid gebannt worden waren, erschreckte noch Generationen von Kadetten.

Ihr Comlink piepte. »Ja?«

»*Zeus*, hier spricht Dr. Bazargan. Bitte kommen.«

»Hier Colonel Johnson. Ja, Doktor?«

»Wir hätten gern ein Update, was bei Ihnen da draußen passiert«, sagte Bazargan. In Syrees Ohren hörte sich seine Stimme untypisch barsch an.

»Wir schleppen das Artefakt zum Weltraumtunnel 438«, entgegnete sie knapp. »Bisher gibt es keine Anzeichen feindlicher Flugkörper. Keine Statusveränderungen.«

Der Steuermann meldete sich wieder mit seiner Ansage: »Beschleunigung ein g, Geschwindigkeit vierzehn Komma ein Kilometer pro Sekunde.«

»Beschleunigung fortsetzen.«

»Beschleunigung wird fortgesetzt.«

»Aber hier hat es eine Veränderung gegeben«, meldete Bazargan noch barscher. »Die Einheimischen haben uns Terraner für unreal erklärt und versucht, uns zu töten. Ben und Bonnie Mason haben sie bereits umgebracht. Wir Übrigen sind ins Neurygebirge geflohen. Da befinden wir uns jetzt. Wir können die Berge nicht verlassen, ohne dass man uns von Neuem verfolgt. Unsere Nahrungsvorräte sind begrenzt. Wir haben gestern Nacht versucht, Sie zu erreichen, um

Ihnen Mitteilung zu machen, aber keiner hat geantwortet. Können Sie uns ein Shuttle schicken?«

Ein Shuttle? Kapierten diese so genannten Wissenschaftler denn nicht einmal die Grundlagen der Physik, die über ihr Leben bestimmte?

»Negativ, Doktor«, antwortete Johnson. »Wir können kein Shuttle starten, ohne dass wir dabei langsamer werden, was unserer militärischen Mission zuwiderlaufen würde. Wenn Sie ...« Ein so heftiger Ruck durchlief das Schiff, dass das Comlink aus ihrer Hand geschleudert wurde.

»Was zum Teufel war denn das?«, fragte Major Canton Lee und rappelte sich vom Deck auf.

Mit zitternder Stimme antwortete der Steuermann: »Ich weiß es nicht. Das ... das Artefakt hat zurückgeschubst!«

Syree studierte die Anzeigen. Nichts Ungewöhnliches. Sie befragte den Steuermann, aber er konnte auch nichts weiter sagen, als dass das Display einen Augenblick geblinkt und das Artefakt stark gebebt hatte. Jetzt war es vorbei.

»Beschleunigung ablesen!«, fauchte Peres.

»Beschleunigung ein g, Geschwindigkeit fünfzehn Komma acht Kilometer pro Sekunde.«

»Beschleunigung fortsetzen.«

»Beschleunigung wird fortgesetzt.«

So geschah es, ganz ruhig, als wäre nichts geschehen. »Benutzen Sie Ihr Comlink bitte nicht mehr, Colonel«, sagte Peres zu Syree.

»Commander, das Signal zum oder vom Planeten kann unmöglich einen Einfluss gehabt haben auf das ...«

»Sind Sie da hundertprozentig sicher, Colonel? Verstehen Sie die physikalische Funktionsweise dieses Dings so umfassend, dass sie zweifelsfrei feststellen können, was es beeinflusst und was nicht?«

Syree schwieg.

»Beschleunigung ein g, Geschwindigkeit sechzehn Komma fünf Kilometer pro Sekunde«, verkündete der Steuermann, zu seiner Anweisung zurückkehrend.

»Beschleunigung fortsetzen.«

»Beschleunigung wird fortgesetzt.«

Syree deaktivierte das Comlink und steckte es in die Tasche. Auf dem Bildschirm bewegte sich das Orbitalobjekt 7, eine neunhunderttausend Tonnen schwere gesichtslose Kugel, schwerfällig aus seiner Umlaufbahn und auf den Weltraumtunnel 438 zu, über eine Milliarde Kilometer weit weg im leeren Raum.

Was hatte das Artefakt so erschüttert? Sie glaubte nicht, dass das Comlink dafür verantwortlich gewesen war. Nein, irgendetwas war im Innern der rätselhaften Kugel angesprungen, vielleicht als automatische Reaktion darauf, dass eine festgesetzte Geschwindigkeit überschritten worden war. Oder auf etwas anderes, wofür ihre Fantasie nicht ausreichte.

Aber was war angesprungen? Und welche Auswirkungen würde es haben?

KAPITEL 17

Im Neurygebirge

David erwachte als Erster. Einen schrecklichen Moment lang wusste er nicht, wo er war. Die vollkommene Finsternis, der harte Felsboden unter seinem Rücken, der Geruch nach Stein ... die Höhle.

Er stellte seine Lampe auf niedriger Stufe an und ließ das Licht nach oben scheinen. Das seltsam glänzende Gestein der Höhlendecke schimmerte auf, gefleckt mit winzigen glitzernden Stellen. Glimmer? Gold? Aber wen interessierte das schon ...?

Niemand auf Welt würde das reale Gold auch nur anschauen. Niemand außer ihm. Und vielleicht Enli.

Er setzte sich auf und spähte zu dem schlafenden Weltlermädchen hinüber. Gestern hatte sie ihnen allen das Leben gerettet, sie durch das Gebiet geführt, das ihre Gedanken so durcheinander gebracht hatte, das David das Gefühl gehabt hatte, als ... Aber daran wollte er jetzt nicht denken. Lieber an Enli. Sie hatte Mut, sie war klug. Und wie alle Weltler war auch sie einfach *gut*. Eine moralisch gute Person. Die Evolution hatte sie dazu gemacht. Der Mechanismus der geteilten Realität hatte dafür gesorgt, dass dieses stämmige schlafende Wesen mit dem zerzausten mausgrauen Nackenfell Davids eigener Rasse weit überlegen war. David schämte sich dafür, ein Mensch zu sein. Weltler konnten nicht gezielt lügen, nicht foltern, nicht töten ...

Aber Weltler hatten Bonnie und Ben umgebracht.

Ein dumpfer Druck breitete sich in Davids Hinterkopf aus, und eine Minute lang geriet er in Panik: War das, was gestern im Tunnel über sie hergefallen war, womöglich zurückgekehrt? Aber nein, er konnte noch ganz normal denken.

Weltler hatten die beiden Menschenbabys ermordet. Weltler waren auch schuld am Tod von ...

»Pek Allen«, flüsterte Enli. »Wacht auf! Eure Träume bringen euch zum Welken!«

Blinzelnd saß sie neben ihm, eine Hand auf seinem Arm. David ergriff die Hand eifrig, befühlte sie, strich mit dem Daumen über die raue Haut, die sich über dünnen Knochen spannte. Als Enli sie ihm zu entziehen versuchte, packte er sie nur noch fester. So eine Hand sollte Babys töten können? Hände wie diese, Hände, die Leben retteten, die Kinder versorgten? Colert Gamolins Hände? Oder die des kleinen Nafret, wenn er noch ein paar Jahre älter war? Wie konnte das sein?

»Pek Allen, bitte ... lass mich los!«

Die Antwort überfiel David wie eine Explosion von Klängen und Farben, die an die Stelle des Drucks in seinem Kopf traten. So fühlte es sich an: Klang und Farbe, mit der wunderschönen Unvermeidlichkeit von Sonnenaufgang und Vogelgesang. *Es war nicht so gewesen.*

»Pek Allen ...«

»Tut mir Leid, Enli«, sagte David rasch und ließ ihre Hand los. Er versuchte, seiner Stimme einen beruhigenden Ton zu verleihen. Das arme Ding hatte Angst. Natürlich hatte Enli Angst – sie konnte ja nicht sehen, was er sah, konnte nicht verstehen, was er verstand. Sie war gut, sie war mutig, und vor allem handelte sie moralisch, aber ihre Leute hatten noch nicht die richtige Vision, keine Einsicht, kein Wissen. In der Kombination würde die Antwort liegen. Die Antwort, die Rettung. Die Summe, die größer war als die Einzelteile.

Wenn die Ereignisse im Krelmhaus sich ganz anders abgespielt hatten, wie war es dann dazu gekommen? Was war wirklich schuld an Bens und Bonnies Tod? Was hatte ...

»Pek Allen, fehlt euch die Dosis? Die Morgendosis?«

Er brauchte einen Augenblick, bis er begriff, was Enli meinte. Ihre besorgte Stimme, weich und sanft im Halbdunkel, ein lebendiges Wesen mitten im toten Stein. Sie meinte natürlich seine morgendliche Neuropharmakamixtur. Woher wusste sie, dass er die Disziplin befolgte? Wahrscheinlich hatte sie Ann dabei zugesehen, schließlich verbrachte sie ja die meiste Zeit mit ihr.

»Nein, Enli, mir geht es gut«, flüsterte er, aber das Flüstern war reine Verschwendung, denn jetzt weckte der dumme Ochse Gruber alle auf, absolut rücksichtslos, keine Manieren, typisch.

»Ahmed, sind Sie wach? Ann, hier gibt's noch genug Wasser fürs Frühstück, glaube ich, aber wenn nicht, hole ich gleich welches. Und wir sollten auch möglichst bald versuchen, an einer offenen Stelle die *Zeus* zu erreichen. Hier, das Nahrungspulver ...«

Gruber und Ann rührten das Zeug mit Wasser an und reichten Expando-Tassen herum. Protein, Fett und Kohlenhydrate in idealen Proportionen, gemischt mit dehydrierten Ballaststoffen und einem Appetitzügler, der zu heftige Hungergefühle unterdrücken sollte. Dazu Vitamine und Geschmacksstoffe, Letztere für gewöhnlich ziemlich unbefriedigend. Aber David schmeckte ohnehin nichts. Seine Gedanken rasten, und seine Hand ruhte ganz in Enlis Nähe, als müsste er sie beschützen. Weltler waren *gut*. Was also war im Krelmhaus wirklich vorgefallen?

Eins war sicher: Keiner seiner Artgenossen konnte ihm helfen, die Antwort zu finden. Gruber, der schwerfällig wie ein Ochse in der Konventionalität gefangen war und sich für nichts anderes interessierte als für tote Steine. Bazargan, der vollendete Politiker, der bereit war, alles zu glauben, was in der jeweiligen Situation zweckdienlich zu sein schien. Jedenfalls gab er sich den Anschein. Selbst Ann, so nett sie war, verstand zu wenig Weltisch, war zu absorbiert von ihren Pflanzen und letztlich in ihrer Weltsicht recht engstirnig.

Also lag es an ihm, an David Campbell Allen, herauszufinden, was im Krelmhaus wirklich geschehen war. Und nicht nur das. Jetzt sah er es, das ganze Bild, das Bazargan so entschlossen zu verschleiern versuchte. Es lag an David Campbell

Allen, sich über Bazargan hinwegzusetzen, die Mission auf Welt neu zu etablieren, sodass endlich zwei genetische Ausstattungen, die menschliche und die weltische, vereint werden konnten. Die Menschheit – nein, das war das falsche Wort, denn die Vereinigung würde etwas Größeres als die Menschheit hervorbringen. Diese größere Einheit würde vollständig sein. Geheilt. Fähig, die Realität zu teilen wie die Weltler, fähig, die Realität zu beherrschen, wie es der technologisierte Mensch vermochte. Endlich vollständig. Erneuert, glänzend, gesund.

Nichts weniger als das war seine Mission.

Tiefer Frieden erfüllte David. Er drückte noch einmal Enlis Hand, dann stand er auf und streckte sich. Zu voller Höhe aufgerichtet, streiften seine Finger die Höhlendecke, glatt und glänzend wie Glas. Als er nach unten blickte, sah er, dass Bazargan ihn beobachtete, den leeren Expando in der Hand. David lächelte ihm zu. Nicht einmal Bazargan konnte ihn jetzt noch ärgern. Er war nur ein Verwaltungsbeamter mittleren Alters. Er, David Campbell Allen, war über Bazargan erhaben, er stand über ihm. Auch über Gruber. Der Geologe irritierte ihn nicht mehr, und er war auch nicht mehr eifersüchtig auf ihn wegen Ann. Er war der Auserwählte, das Werkzeug zur Heilung des intelligenzbegabten Universums.

Er allein.

»Alles in Ordnung, David?«, fragte Bazargan leise.

»Selbstverständlich.«

Nach einer kurzen Pause meinte Gruber: »Wenn wir dann alle fertig sind, sollten wir losziehen. Wir müssen einen Platz an der Oberfläche finden, von wo wir mit der *Zeus* Kontakt aufnehmen und herausfinden können, was da eigentlich los ist.«

»Enli«, sagte Pek Bazargan leise, »worüber hat Pek Allen heute Morgen mit dir gesprochen?«

Sie waren erst seit kurzer Zeit unterwegs, und der Tunnel führte zweifelsfrei aufwärts. Aber der Boden war nicht so eben wie in dem Tunnel von gestern. Pek Allen, der keinen der seltsamen terranischen Anzüge trug, ging direkt hinter Pek Gruber. Dann kam Pek Sikorski, dann Enli und ganz am Schluss Bazargan – Pek Allen konnte also unmöglich gehört haben, was Pek Bazargan, der Haushaltsvorstand, soeben gefragt hatte.

»Seine Träume haben ihn welk gemacht«, antwortete Enli. »Da hab ich ihn geweckt.«

Wer, fragte sich Enli, wer setzte Pek Allen in seinen Träumen wohl so zu? Wurden auch die unrealen Terraner im Traum von ihren unrealen Toten heimgesucht? Schon beim Gedanken daran bekam sie Kopfschmerzen.

Sie hatte keine einzige Pille mehr.

»Hat er dir erzählt, wovon er geträumt hat?«, wollte Pek Bazargan wissen.

»Nein, er ...« Ein plötzlicher Stich in den Eingeweiden ließ sie verstummen.

»Enli, was ist?«

Wieder der Schmerz, der durch ihre Eingeweide flutete und das Kopfweh überdeckte. Sie begann hastig an dem eng anliegenden Schutzanzug herumzufummeln.

»Was ist? Bitte sag es mir!«

»Durchfall«, meinte sie auf Weltisch und bemühte sich, den Anzug abzustreifen. An Pek Bazargans Miene war deutlich zu erkennen, dass er das Wort nicht verstand. Aber Enli wusste auch nicht, was es auf Terranisch hieß. »Verdauung dünn wie Wasser«, erklärte sie. »Oh!« Es tat schrecklich weh.

Überrascht stellte sie fest, dass Pek Bazargan ein verlegenes Gesicht machte. Warum nur? Durchfall war doch normal, er gehörte zur Realität. Wahrscheinlich hing seine Verlegenheit ja damit zusammen, dass er unreal war.

Jetzt waren die Kopfschmerzen plötzlich noch schlimmer als die Bauchschmerzen.

»Dieter, warten Sie«, rief Bazargan. »Enli hat ... ein persönliches Problem.«

Mit raschen Schritten entfernte er sich von ihr und eilte

durch den Tunnel den anderen hinterher. Enli stellte ihre Lampe ab und ging in die Hocke. Bisher hatten sie immer eine Nische oder einen Seitengang benutzt, um ihre Notdurft zu verrichten, aber hier gab es weder Nischen noch zweigten andere Gänge ab. Der Gestank war fürchterlich. Enli hoffte, dass sie nicht aus irgendeinem Grund auf dem gleichen Weg zurückmussten. Dann hatte sie keine Kraft mehr, sich irgendwelche Gedanken zu machen, denn eine Woge der Übelkeit überwältigte sie. Es war, als risse ihr jemand die Eingeweide aus dem Bauch. Sie stöhnte laut auf.

»Enli, ich bin's, Ann.« Pek Sikorski leuchtete mit ihrer Lampe schräg über die Tunnelwand, nicht auf Enli. »Brauchst du Hilfe?«

»Nein, ich ... es geht schon.«

»Wir warten hinter der nächsten Biegung auf dich.«

Der Anfall dauerte lange, und als das Schlimmste einigermaßen überstanden war, fühlte Enli sich völlig geschwächt. An die Tunnelwand gestützt, schleppte sie sich wieder zu den anderen. Ihre Knie waren weich, und sie trug den terranischen Anzug vorsichtshalber unter dem Arm, weil sie Angst hatte, dass ihr noch einmal übel werden könnte.

»Enli?«, sagte Pek Allen leise. Die Männer hatten sich dünne Stoffstücke über Mund und Nase gebunden.

»Ich bin ... es geht schon.«

»Nein«, widersprach Pek Sikorski, die Heilerin. »Komm, stütz dich auf mich. Wenn Dieters Instrumente Recht haben, liegt eine größere Höhle vor uns.«

»Nicht ... sprechen«, flehte Enli, zu erschöpft, um bitte zu sagen. Aber wenn Pek Sikorski – oder sonst einer der Terraner – jetzt irgendetwas sagte, was die geteilte Realität verletzte und ihr Kopfschmerzen verursachte ... Schon wieder krampften sich ihre Eingeweide zusammen.

»Ich bin schon still, Enli. Komm, Liebes. Schön langsam.«

So humpelten sie vorwärts, Enli auf die Terranerin gestützt. Die fremde, unreale, freundliche Terranerin, deren Arme sich auf Enlis kalter, ungeschützter Haut angenehm warm anfühlten. Ihre Gedanken schmolzen dahin, lösten sich auf in Pek Sikorskis Wärme.

Doch dann war der Tunnel abrupt zu Ende.

»*Verdammt*«, brummte Pek Gruber auf Deutsch. »Das Display hat doch angezeigt ... Moment mal, hier ist es.«

Er leuchtete mit seiner starken Lampe nach oben. Direkt über ihren Köpfen zeigte das Licht eine schmale Öffnung, ungefähr so breit wie die Schultern eines erwachsenen Mannes. Gruber sprang hoch und hielt die Lampe in den Spalt. Als er auf dem unebenen Felsboden wieder aufkam, verlor er kurz das Gleichgewicht und prallte heftig gegen die Tunnelwand.

»Dieter!«

»Ist doch nichts passiert, Ann«, sagte er ärgerlich und rieb sich die Schulter. »Das da oben ist die Verbindung zur nächsten Höhle, fürchte ich. Ich glaube nicht, dass es weit ist, aber wegen der Strahlung funktioniert mein Instrument nicht ganz zuverlässig.«

»Wie hoch ist denn die Strahlung?«, erkundigte sich Pek Bazargan.

»Nicht sehr hoch ... bis jetzt. Trotzdem sollte Enli ihren Anzug wieder überziehen.«

Aber Enli schüttelte entschieden den Kopf. Sie befürchtete noch immer eine neuerliche Durchfallattacke.

»Ich denke, ich sollte erst mal nachsehen, wie lang der Tunnel ist und wie breit«, schlug Pek Gruber vor. »Vielleicht ist das hier das schlimmste Stück. David, wären Sie so gut?«

Pek Allen trat vor. Er hatte die ganze Zeit über nicht gesprochen, aber jetzt konnte Enli sein Gesicht sehen. Er lächelte. In dem seltsamen Schattenspiel, das von den Felswänden reflektierte, wirkte das Lächeln regelrecht frohlockend, als hätte er gerade einen großen Triumph erlebt. Aber was für einen? Das ergab doch überhaupt keinen Sinn. Die Terraner waren einfach nicht zu verstehen. Natürlich. Was erwartete sie denn, sie waren ja unreal ...

»Ganz ruhig, Enli«, sagte Pek Sikorski leise, »ich bin ja bei dir ...« Und wieder holte ihre Freundlichkeit Enli vom Rand des Abgrunds zurück.

Pek Allen verschränkte die Hände, Pek Gruber trat hinein, und dann hievte der jüngere Terraner Pek Gruber hoch, in die Felsspalte hinein. Einen Augenblick lang dachte Enli, Grubers Schultern wären zu breit für die Öffnung, aber dann schlängelte er sich wie ein Fisch in den schmalen Gang hinein, während die anderen vier unter ihm im Halblicht ihrer Lampen zuschauten, wie erst sein Oberkörper, dann seine Beine, dann die Füße verschwanden ... und der Fels schließlich seinen ganzen Körper verschluckt hatte.

Keiner sagte ein Wort, bis Pek Sikorski flüsterte: »Wenn er stecken bleibt ...«

»Er ist ein erfahrener Höhlenforscher«, entgegnete Pek Allen, und seine Stimme war genauso triumphierend wie sein Lächeln. »Aber sollte er doch stecken bleiben, dann klettere ich rein und zieh ihn raus. Kein Problem!«

Pek Bazargan drehte sich zu Pek Allen um und musterte ihn mit durchdringendem Blick.

Die Minuten schlichen dahin. Niemand sagte mehr ein Wort. Pek Sikorski setzte sich hin und zog Enli neben sich. Pek Bazargan folgte ihrem Beispiel. Nur Pek Allen blieb stehen, lächelte, und seine Augen zuckten.

»*Ja!*«, erscholl es endlich auf Deutsch aus dem Tunnel, gedämpft durch die Steinwände. Ein paar Minuten später erschien Pek Grubers Gesicht in der Öffnung, schmutzig und grinsend. »Das müsst ihr sehen! Unglaublich! Kommt, der Durchgang ist nicht lang. Keine siebzig Meter. Und nirgends viel enger als hier am Anfang.«

»Was sollen wir uns denn ansehen?«, wollte Pek Allen wissen.

»Das werde ich euch nicht sagen, aber es ist wundervoll. Und dahinter kommt auch wieder eine Stelle, die zum Himmel offen ist. Und Wasser.« Nach und nach erschien der ganze Pek Gruber: Kopf, Schultern, Rumpf, Hüften. Enli befürchtete schon, er würde gleich nach vorn kippen und auf den Tunnelboden plumpsen, aber Pek Allen streckte ihm die Arme entgegen, Pek Gruber klammerte sich an ihn und wurde so aus dem Stein gezogen wie der Stöpsel aus einer Pelflasche.

»Ann, du zuerst, dann Ahmed und Enli. David und ich helfen euch hoch und kommen dann nach.«

»Enli fühlt sich immer noch nicht besonders, glaube ich«, sagte Pek Sikorski. »Bestimmt ist es das Proteinpulver, das verträgt sie anscheinend nicht. Aber ich dachte, sie muss etwas essen, da bin ich das Risiko eingegangen. Nur ...«

»Enli«, sagte Pek Allen und kniete vor ihr nieder, »ist dir noch übel? Hast du noch Durchfall?« Er benutzte das Weltlerwort, das er im Gegensatz zu den anderen kannte. Natürlich, er hatte ja im Krelmhaus bei den Babys gearbeitet. Enli nickte.

»Möchtest du lieber warten, bis dir nicht mehr schlecht ist?«

»Dann bleibe ich bei ihr«, sagte Pek Sikorski.

»Das geht nicht«, erklärte Pek Allen kategorisch, und Enli überlegte sich, warum Pek Bazargan kein Machtwort sprach. »Wie wollt ihr denn allein durch das Loch da oben kommen?«

»Oh, das schaffe ich schon«, entgegnete Pek Sikorski und errötete leicht. »Sie unterschätzen meine Kraft, David.«

»Ann«, begann Pek Bazargan, gerade als Pek Gruber ungeduldig rief: »Es ist keine ...«

»Ich bleibe nicht hier«, sagte Enli laut auf Weltisch. Die Terraner benahmen sich, als wäre sie ein unmündiges Kind. Sie war aber kein Kind, sondern die einzige reale Person. Und sie würde nicht an diesem dunklen, engen Ort bleiben, wenn es da oben eine geräumigere Höhle gab, die auch noch zum Himmel offen war. Durchfall hin oder her. Nun, da sie ihre Meinung offen geäußert hatte, schien der Aufruhr in ihren Eingeweiden sogar tatsächlich nachzulassen.

Einen Moment lang starrten alle Terraner sie mit ihren hellen, unergründlichen Augen an. Dann nickte Pek Gruber. »Enli soll für sich selbst entscheiden. Genau wie wir anderen auch.«

Hatte er überhaupt eine Ahnung, wie sonderbar er sich anhörte, wie unreal? Man *entschied* nicht über die Realität. Die Realität war, wie sie war. Wieder spürte sie einen stechenden Schmerz im Kopf.

»Sie tun ihr weh, Dieter«, meinte Pek Bazargan ruhig. »Fangen wir mit dem Hochheben an.«

Pek Gruber verschränkte die Hände, Pek Sikorski wurde in das Loch gehievt, bekam die Felskante zu fassen und begann sich emporzuschlängeln, bis ihre Füße verschwunden waren. Enli zog sich den Anzug über, den sie vorhin abgestreift hatte.

»Ahmed«, sagte Pek Gruber.

»Ich kann nicht.«

Pek Gruber und Pek Allen wandten sich zu ihm um. Pek Bazargan war sehr blass, selbst für einen Terraner, und auf seinem Gesicht standen Schweißperlen. Enli sah die bloße Haut in seinem Nacken; dort, wo der Pelz hätte sein sollen, pulsierte heftig eine Ader.

Zum ersten Mal erlebte Enli, dass Pek Bazargan Schwäche zeigte. Anscheinend war es auch für die Terraner das erste Mal. Pek Gruber runzelte die Stirn, während Pek Allen wieder das sonderbare triumphierende Lächeln aufgesetzt hatte und auf den Zehenspitzen wippte. Noch nie hatte Enli so etwas gesehen: Er richtete sich auf, schaukelte zurück auf die Fußsohlen, dann wieder auf die Zehenspitzen, hin und her ...

»Tut mir Leid«, wiederholte Pek Bazargan flüsternd. »Ich kann wirklich nicht mehr.«

»Dann bleiben Sie hier«, meinte Pek Allen leichthin. »Wir kommen auf dem gleichen Weg zurück, von draußen, und holen Sie ab, sobald diese Verschwörung überstanden ist und wir das Gebirge verlassen können.«

»Was ist eine ›*Verschwörung*‹?« Enli kannte das terranische Wort nicht.

»Es gibt keine Verschwörung, David«, fauchte Pek Gruber. »Ahmed, Sie bleiben nicht hier. Wir brauchen Sie, um Kontakt mit der *Zeus* aufzunehmen. Und ...«

»Sie können ...«

»Sie werden sich durch den Gang da oben quetschen, und wenn David und ich Sie mit Gewalt durchstopfen müssen.«

Pek Allen hörte auf zu wippen. Sein Lächeln wurde breiter und veränderte sich auf eine Weise, dass Enli den Blick abwenden musste. Pek Allen *wollte* Pek Bazargan mit Gewalt in das enge Loch stopfen! Das würde ihm gefallen. Ratlos sah Pek Bazargan von einem Terraner zum anderen.

»Sie meinen es ernst, Dieter, nicht wahr?«

»Ja, ich meine es ernst. Ich kenne Sie, Ahmed. Ich weiß, dass Sie kein Feigling sind.«

Bazargan lächelte, blass und verschwitzt. »Ich bin zu alt, um mich von einem jungen Mann in Verlegenheit bringen zu lassen, Dieter.«

»Trotzdem kriegen wir Sie durch den Gang.«

Pek Gruber ist wie ein *Tumban,* dachte Enli. Sie hatte einmal einen Tumban gesehen, in einem reisenden Zoo. Ein Tumban war ein dummes Tier mit dicker, grober Haut, und wenn es einmal einen Weg eingeschlagen hatte, ging es stur immer geradeaus. Unterwegs verzehrte es die Blätter, die sich ihm darboten, aber es war durch nichts von seinem Kurs abzubringen. So durchquerte es Sümpfe, Dornbüsche und stampfte sogar über glühende Kohlen hinweg. Auch auf Welt gab es solche Leute, beispielsweise die Schwester des Manns ihrer Schwester. Und eben Pek Gruber, dieser unreale Terraner.

Der ihr zunehmend real erschien. Ihr, Enli Pek Brimmidin.

Pek Gruber unterschied sich nicht wesentlich von Anos Eheschwester.

Diesmal hatte sie mit dem stechenden Schmerz in ihrem Kopf gerechnet. Durch einen wabernden Nebel sah sie zu, wie Pek Bazargan zittrig auf Pek Grubers verschränkte Hände kletterte, zurückscheute, es noch einmal versuchte. Beim zweiten Mal erwischte er die Felskante. Lange hing er dort, den Kopf und so viel vom Rumpf in dem engen Gang, dass er darin stecken blieb, Hinterteil, Beine und Füße aber hilflos herabbaumelten. Wild fuchtelten seine Füße in der Luft herum. Doch als Pek Allen merkte, dass Pek Bazargan versuchte, rückwärts wieder herauszukommen, sprang er blitzschnell hoch und versetzte ihm einen heftigen Schubs in den Hintern.

»David, *verdammt* – seien Sie doch vorsichtig!«

»Verschwörer haben es nicht anders verdient«, erwiderte Pek Allen schadenfroh. Pek Gruber ballte die Fäuste, riss sich aber am Riemen und schaute hinauf in den engen Durchgang. Langsam verschwanden Pek Bazargans baumelnde Füße.

»Enli«, sagte Pek Allen, und einen Augenblick lang überschwemmte Angst den stechenden Kopfschmerz. Würde er sie auch so grob da hineinstopfen? Aber Pek Allen ging ganz vorsichtig mit ihr um, verschränkte die Hände und hob sie behutsam in die Höhe, während Pek Gruber ihr half, das Gleichgewicht zu halten. Noch einmal zogen sich ihre Eingeweide krampfartig zusammen, aber sie beruhigten sich gleich wieder. Enli bekam den Felsvorsprung zu fassen und begann, sich nach oben durchzuarbeiten.

Auf einmal merkte sie, dass die Kopfschmerzen weg waren. Sie waren verschwunden, als sie auf Pek Allens Händen gestanden und Pek Gruber ihr an den Hüften mit seinen großen schwieligen Pranken Halt gegeben hatte. Pek Gruber war ein *Tumban,* und Pek Allens Gedanken trieben verrückte Blüten des Wahnsinns. Pek Bazargan war ein Feigling. Pek Sikorski war zwar nett, aber dennoch verletzte sie gelegentlich die Realität. Die Terraner waren alle imstande, die Realität zu verletzen, sogar untereinander (wie stellten sie das nur an?). Aber sie waren da, solide wie die Wärme dieser Hände unter Enlis Füßen, und alle hatten sie eine Seele, mochte sie noch so absonderlich und fremd erscheinen. Sie benahmen sich wie normale Leute – sie dachten nach und diskutierten, sie pflanzten und ernteten Worte im Gespräch, sie standen in Kontakt miteinander – ganz anders als die armen leeren Kinder, die vernichtet werden mussten, weil sie nicht real waren. Diese Kinder nährten niemanden, sie setzten sich nicht mit anderen auseinander, sie hegten keine Hoffnungen, sie schmiedeten keine Pläne. Aber die Terraner taten all das, wie normale Leute. Enli hatte es selbst gesehen. Sie war mit ihnen durch dunkle Tunnel gestolpert, sie hatte gefühlt, wie ihre Seelen die ihre angestoßen und berührt und durchdrungen hatten – so, wie es nicht mal die Priester konnten.

Enli kroch weiter durch den harten Stein. Sie war eine Spionin. Nun gut, sie hatte auch für ihre eigenen Zwecke Beobachtungen angestellt. Sie hatte Informationen gesammelt und diese genau unter die Lupe genommen, und nun wusste sie es. Auch wenn dieses Wissen unwillkommen war, war es ebenso unvermeidlich wie das Welken einer Blume.

Die Terraner waren real.

KAPITEL 18

Unterwegs zum Weltraumtunnel 438

Drei Tage und zwei Stunden des Wegs zum Weltraumtunnel lagen hinter ihnen. Nun lagen noch zwei Tage und fünfzehn Stunden vor ihnen.

Syree hatte kaum geschlafen, obwohl es beim Transport des Orbitalobjekts 7 bisher keinerlei Pannen gegeben hatte. Allerdings war erst ein Drittel der Entfernung geschafft. Inzwischen lag die Geschwindigkeit bei zweitausendsechshundert Kilometern pro Sekunde, aber Syree merkte, dass sie im Stillen immer noch *schneller, schneller* drängelte, obwohl das natürlich eine absolut sinnlose emotionale Übung war. Die *Zeus* gab schon alles, was sie konnte.

Das Schiff hatte der Beanspruchung standgehalten. Wenn es noch weitere zwei Tage und fünfzehn Stunden durchhielt, konnten sie die Energie zurückfahren und es der Massenträgheit überlassen, das Orbitalobjekt 7 durch den Weltraumtunnel 438 zu transportieren, mit 4.873 Kilometern pro Sekunde.

Natürlich nur, wenn es nicht doch zu groß war.

In Ermangelung einer anderen Beschäftigung hatte Syree die Gleichung auf alle erdenklichen Arten und Weisen durchgerechnet, mit Dutzenden verschiedener Variablen, hoffnungsvollen Schätzungen und regelrechten Mogelfaktoren. Wenn die Kapazität dieses Weltraumtunnels nur um drei Prozent von der aller anderen Weltraumtunnel abwich ... wenn die von den Ingenieuren auf Mars geschätzte Standardkapazität nur um zwei Prozent danebenlag ... wenn die Masse des Artefakts vier Prozent weniger betrug, als sie berechnet hatten ...

Nichts davon machte wirklich einen Unterschied. Jede

Masse besaß einen bestimmten Schwarzschildradius, der definiert war als der Radius, unter dem das Objekt, wenn es stark genug unter Druck geriet, zum schwarzen Loch wurde. Das war vor dreiundfünfzig Jahren der *Anaconda* passiert. Genau das würde dem Orbitalobjekt auch passieren. Es sei denn, die Gleichungen wiesen irgendwo ein Schlupfloch auf, von dem menschliche Physiker bisher nichts wussten.

Solche Schlupflöcher existierten. Sonst hätten die Faller nicht ihren Wellenphasenmodulierer konstruieren können. Und die Menschen wussten sehr wenig über das Artefakt, das von den gleichen verschwundenen Wesen gebaut worden war, denen man auch die Weltraumtunnel zu verdanken hatte. Wahrscheinlich jedenfalls. Vielleicht war es also möglich, dass das Orbitalobjekt 7 durch den Eingang 438 passen würde, während ein anderes Objekt gleicher Masse, aber anderen Ursprungs, dort zu einem winzigen schwarzen Loch zerquetscht würde.

Auch wenn die Gleichung etwas anderes behauptete.

Wenn das Orbitalobjekt 7 zerstört wurde, konnten die Faller es sich wenigstens nicht unter den Nagel reißen. Und es bestand auch eine winzige Chance, dass eine völlig unerwartete Variable das Artefakt auf der anderen Seite hinaussausen lassen würde.

»Kommunikationssignal von der *Hermes,* Sir«, sagte Lee, der vor seinen Displays auf der Brücke saß.

Die *Hermes,* der winzige Flyer der *Zeus,* sollte sich inzwischen rasch dem Tunnel nähern, achthundertfünfzig Millionen Kilometer vor der *Zeus.* Die Flyer-Pilotin, Leutnant Amalie Schuyler, hatte sich einer absolut überzogenen Beschleunigung ausgesetzt, um so weit vor dem Mutterschiff den Tunnel zu erreichen. Was immer sie zu melden hatte, brauchte siebenundvierzig Minuten, um zur *Zeus* zu gelangen.

»Hallo, Commander«, sagte sie, und Syree erkannte in Leutnant Schuylers Stimme den Klang eines Menschen, der an seine Grenzen stößt. »Wenn Sie diese Nachricht erhalten, dann müsste ich bereits durch den Tunnel sein. In weniger als einer Minute bin ich da. Habe die Anweisungen für das Caligula-Kommando verstanden und übermittle sie unverändert. Viel Glück Ihnen allen. Ende.«

Lee grinste Syree zu. *So weit, so gut.* Und jetzt war Amalie hoffentlich wohlbehalten im Caligula-Raum, der sich in menschlicher Hand befand, jenseits des Tunnels. Das Caligula-System war ein militärischer Außenposten; ständig kreiste ein bemannter Flyer um den Tunneleingang. Leutnant Schuyler würde sich bei dem dortigen Piloten melden und Bericht erstatten, und dieser Pilot würde dann die Information seinerseits an das Caligula-Kommando weitergeben, rechtzeitig, um entsprechende Maßnahmen zu ergreifen.

»Alles läuft nach Plan«, sagte Peres zu den Anwesenden auf der Brücke. Seine Stimme klang weniger zufrieden als die von Amalie Schuyler. Die Aufgaben der *Zeus* waren beträchtlich weniger eindeutig als die der *Hermes*.

Mit ihrem Flug durch den Weltraumtunnel hatte die *Hermes* sichergestellt, dass das nächste Objekt, das durch den Tunnel kam, ebenfalls im Caligula-System landen würde. Möglicherweise also das Artefakt, obwohl weder Syree noch Peres so richtig daran glaubten. Die Faller kannten die besondere Funktionsweise der Weltraumtunnel genauso gut wie die Menschen (vielleicht sogar noch besser, wenn man an den Wellenphasenmodulierer dachte). Früher oder später – wahrscheinlich früher – würde garantiert ein Faller-Schiff aus dem Tunnel kommen. Dann würde es zurückfliegen, sodass alles, was sich danach in den Tunnel begab, im Raum der Faller und nicht in dem der Menschen landen würde.

Die *Hermes* hatte Befehle, die darauf abzielten, eben dies zu verhindern. Syree hatte bis zur achten Stelle hinter dem Komma berechnet, welche Geschwindigkeit die *Zeus* mit dem Artefakt erreichte, wie viel Zeit sie brauchte und welche Entfernung sie zurücklegte. Wenn nichts die Schleppaktion störte, dann würde das Artefakt in zwei Tagen, fünfzehn Stunden, siebenundfünfzig Minuten und drei Sekunden in den Tunnel eintreten, ausgehend von der momentanen

Schiffszeit von 14 Uhr 37. Fünf Minuten vorher würde Leutnant Schuylers Anweisungen zufolge ein Flyer aus dem Caligula-Raum in den Tunnel flitzen und im gleichen Sternsystem wieder hervorkommen, in dem sie sich jetzt befanden. Dort würde er augenblicklich kehrtmachen, zurückfliegen und damit sozusagen für das Artefakt, das ihm folgte, die Weichen stellen.

Natürlich war es durchaus möglich, dass die Faller dieses Manöver vorausahnten. In der Vergangenheit hatten sie sich als gute Strategen erwiesen. Daher würde vier Minuten nach dem ersten noch ein zweiter menschlicher Flyer aus dem Caligula-System starten, sechzig Sekunden bevor das Artefakt den Tunnel erreichte.

»Sechzig Sekunden?«, hatte Peres gemeint, als Syree ihm ihre Berechnungen zeigte. »Können wir das wirklich so eng einplanen, Syree?«

»Ja«, hatte Syree geantwortet, allerdings mit mehr Zuversicht, als sie wirklich fühlte. Die Zahlen waren fundiert, aber die Realität drängte einem manchmal Variablen auf, die nicht in den Berechnungen enthalten waren. Davon sagte sie jedoch nichts.

»Dann koppeln wir das Artefakt also erst in letzter Minute ab«, hatte Peres ihren Plan zusammengefasst, »und lassen es ins Caligula-System sausen. Und dann?«

Darauf gab es keine wirkliche Antwort. Leutnant Schuyler hatte den Auftrag, das Kommando von Caligula darüber zu informieren, dass vielleicht eine unschätzbare außerirdische Waffe in seinem System ankommen würde – oder ein winziges schwarzes Loch, das sich mit 4.873 Kilometern pro Sekunde fortbewegte. Oder eine Welle, die die Kerne der Elemente mit einem Atomgewicht über fünfundsiebzig destabilisierte. Oder überhaupt nichts.

Inzwischen wohnten die Schlüsseloffiziere praktisch auf der Brücke, schliefen auf den Stühlen, ungewaschen, ohne ein Lächeln. Und die ganze Zeit füllte die große graue Kugel die gesamte Sichtscheibe und brachte die Sterne zum Erlöschen.

»Lunch, Sir.« Ein Soldat von der Küchenmannschaft brachte ein großes zugedecktes Tablett. Heißer würziger Essensduft zog über die Brücke. Der Mann setzte das Tablett ab und deckte es auf.

»Danke«, sagte Peres. »Wegtreten.«

Lee nahm sich ein warmes Sandwich und biss herzhaft hinein. Syree zwang sich, ebenfalls eines zu nehmen. Sie hätte nicht sagen können, wie es schmeckte, es hatte für sie nur einen Zweck: zu verhindern, dass sie zusammenklappte.

Major Ombatu, dessen Stimmung sich durch die Nachricht von der *Hermes* offensichtlich nicht gehoben hatte, meinte gereizt: »Ich kann nicht essen, wenn es hier so stinkt. Jemand sollte sich mal waschen.«

»Ach, halt den Mund, Ombatu.«

»Hört auf«, erwiderte Ombatu ausdruckslos. »Lee, sag mir, was ich tun soll.«

Verächtlich blickten sie einander an, die sinnlose Verachtung von Menschen, die zu lange auf zu engem Raum zusammengepfercht waren, unter zu viel Stress stehen, aber trotzdem aufeinander angewiesen sind. Alle mussten sich waschen. Aber niemand wollte die Brücke so lange verlassen, auch wenn bisher kein Unglück passiert war.

Und dann, sieben Stunden später, passierte es doch.

Exekutivoffizierin Debra Puchalla saß am Ruder. »Sir!«, sagte sie zu Peres, der sich auf einen Sessel in einer Ecke der Brücke gelegt hatte, jedoch nicht schlief. »Gerade ist ein Objekt aus dem Weltraumtunnel 438 aufgetaucht ... jetzt kann ich es erkennen ... Es ist ein Skeeter.«

»Die Faller«, meinte Peres. »Richtung?«

»Kommt auf uns zu ... warten Sie ... jetzt ist noch ein zweites Objekt herausgekommen. Ich kriege die Signatur ... ein Faller-Kriegsschiff.«

Peres und Syree gingen zu den Displays. Die beiden feindlichen Schiffe, bisher nur Punkte auf dem Bildschirm, entfernten sich voneinander. Der Skeeter blieb in der Nähe des

Tunneleingangs, bereit, wieder darin zu verschwinden. Das Kriegsschiff dagegen begann sich auf die *Zeus* zuzubewegen. Zweifellos hatten die Faller sie identifiziert und erkannt, dass sich (welche Überraschung!) ihre Masse um eine Neunzehnfaches vervielfältigt hatte. Jetzt wusste der Feind, was die Menschen im Schilde führten. Ihr nächster Schritt würde sein, die *Zeus* an ihrem Vorhaben zu hindern.

»Commander«, sagte Puchalla, »Veränderung in der Feindbewegung. Der Skeeter zieht sich zurück ... nähert sich dem Weltraumtunnel ... da, jetzt ist er reingeflogen.«

»Wahrscheinlich auf dem Weg zurück in den Faller-Raum, um Bericht zu erstatten«, meinte Peres. Natürlich wusste Syree, was er eigentlich hatte sagen wollen: Der Skeeter war bereits vor dreiundvierzig Minuten im Tunnel verschwunden. Alle ihre Informationen waren alt, begrenzt durch c, die Lichtgeschwindigkeit. Aber nicht in den Weltraumtunneln.

»Feindliches Kriegsschiff kommt näher«, sagte Puchalla. »Beschleunigung bei zwei g ... momentane Entfernung siebenhundertachtzig Millionen und ...«

»Schiffsantrieb abdrehen«, sagte Peres.

»Warten Sie, Commander«, schaltete sich Syree rasch ein. Die *Zeus* war eine Ameise, die sich unter einer sorgfältig ausbalancierten Melone entlangmühte, aber sie durfte nicht zulassen, dass die Melone jetzt herunterfiel. »Einen Moment bitte!«

»Streichen Sie das«, sagte Peres zu Puchalla. Dann schwang er sich herum, um Syree ins Gesicht sehen zu können. »Dr. Johnson?«

Die Anrede sprach Bände, eine Erinnerung daran, dass Syree die Projektspezialistin war und nicht zu den Offizieren gehörte. Sie nickte. »Commander, ich vermute, Sie wollen den Antrieb abschalten und das Artefakt abkoppeln. Es auf seiner Flugbahn ohne uns zum Weltraumtunnel segeln lassen, damit die *Zeus* sich dem Kampf mit den Fallern stellen kann. Aber wenn Sie die Verbindung zu dem Artefakt jetzt kappen, dann fliegt es mit einer Geschwindigkeit von ... Sekunde mal ...«

In wilder Hast tippte sie die Werte ein und ließ die Gleichung durchlaufen. »Wenn Sie jetzt eine Abtrennung vornehmen, dann fliegt das Artefakt mit unserer gegenwärtigen Geschwindigkeit weiter, nämlich mit zweitausendachthundertsechzig Kilometern pro Sekunde. Statt mit den viertausendachthundertdreiundsiebzig, die es erreichen wird, wenn die *Zeus* es weiter beschleunigt. Mit der reduzierten Geschwindigkeit würde das Artefakt noch ... Moment ... noch vier Tage und fünfzehn Stunden brauchen, um zum Weltraumtunnel zu gelangen. Aber wenn wir es so lange wie möglich beschleunigen, dann können wir die Zeit um ein Vielfaches verkürzen.«

»Dr. Johnson, wir werden angegriffen!«

»Noch nicht. Der Skeeter ist verschwunden. Und wenn wir in Schussweite des Kriegsschiffs kommen – selbst mit einer großzügigen Berechnung unbekannter Faktoren –, können wir das Artefakt immer noch abkoppeln. Aber jetzt noch nicht. Schon wenn wir es nur noch eine Stunde weiter beschleunigen, steigern wir das Tempo um sechsunddreißig Kilometer pro Sekunde. In zehn Stunden könnten wir es auf dreitausendzweihundertsechzig Kilometer pro Sekunde kriegen. Und hätten immer noch Zeit zum Abkoppeln und Manövrieren. Um es detonieren zu lassen, wenn Sie das befehlen.«

Peres schwieg. Ließ er sich ihren Vorschlag durch den Kopf gehen? Syree redete hastig weiter.

»Und denken Sie daran, unsere Flyer werden in der vorgesehenen Zeit durchkommen. Je kleiner das Zeitintervall zwischen dem Erscheinen der Flyer und dem Moment ist, in dem das Artefakt in den Tunnel eintritt, desto geringer die Chance, dass noch ein Faller-Schiff auftaucht und das Artefakt in feindlichen Raum umleitet. Um dieses Zeitintervall so knapp wie möglich zu halten, müssen wir das Artefakt so lange wie möglich beschleunigen.«

Peres verzog das Gesicht. »Glauben Sie wirklich, dass die Faller, jetzt, wo sie hier sind, das zulassen? Wenn nötig, feuern sie selbst auf das Artefakt, kurz bevor es in den Weltraumtunnel eintritt. Sie jagen es einfach in die Luft.«

»Vielleicht versuchen sie das, ja. Aber wir wissen nicht, wie sich die Dinge bis dahin entwickeln werden. Bis wir das wissen, verlieren wir nichts, wenn wir das Artefakt weiter beschleunigen, aber die Faller haben dadurch weniger Zeit, uns noch mehr unter Druck zu setzen. Und solange wir mit dem Artefakt verbunden sind und sie es haben wollen, dann ist es weniger wahrscheinlich, dass sie uns angreifen, jedenfalls nicht, ehe wir viel näher beim Weltraumtunnel sind und die Faller merken, dass ihnen keine andere Wahl bleibt. Und bis dahin haben wir natürlich auch die Detonatoren auf dem Artefakt viel näher an das feindliche Schiff herangebracht.«

Peres sah nachdenklich aus. »Wenn wir es zehn Minuten, bevor das Artefakt den Weltraumtunnel erreicht, zur Explosion bringen ... wenn wir das machen, kriegen wir dann auch das Faller-Schiff, ich meine, können wir es mitsamt dem Artefakt in die Luft jagen?«

»Das kommt darauf an, wie nahe die Faller beim Weltraumtunnel bleiben. Aber es ist zumindest eine Möglichkeit. Eine, die wir nicht hätten, wenn wir das Artefakt jetzt abkoppeln.«

Peres überlegte. Syree hielt den Atem an.

»In Ordnung«, sagte er schließlich. »Wir setzen die Beschleunigung fort. Für den Augenblick jedenfalls. Es sei denn, die Situation ändert sich.«

»Danke, Sir«, entgegnete Syree und schluckte ihren Stolz hinunter. Er hatte die Entscheidungsgewalt, und sie wusste, dass sie das anerkennen musste, wenn sie nicht dastehen wollte als jemand, der die Befehlskette unterlaufen wollte.

»Steuermann, Kurs und Beschleunigung fortsetzen.«

»Beschleunigung wird fortgesetzt.«

»Ms. Puchalla, fahren Sie alle Waffensysteme hoch. Besatzung auf Kampfstation.«

»Waffensysteme werden hochgefahren.«

Die *Zeus* war ein nachgerüsteter Militärkreuzer, der sich

vorgeblich auf einer wissenschaftlichen Mission befand. Syree bezweifelte, dass ihre Waffen es mit denen eines Faller-Kriegsschiffs aufnehmen konnten. Aber momentan war ihre Aufmerksamkeit auf das Orbitalobjekt 7 gerichtet. Sie hatte es gerettet, jedenfalls für eine ungewisse Zeitspanne. Überall auf der *Zeus* erklangen die Alarmsirenen, die zu den Kampfstationen riefen.

»Waffenstatus.«

»Alle Waffensysteme aktiviert und kampfbereit. Feindgeschwindigkeit verändert sich ... Moment ... er hat abgebremst. Commander ... starke negative Beschleunigung ... und Stillstand. Feindposition: zweihundert Kilometer Entfernung vom Weltraumtunnel 438, neunzig Grad lateral zur Flugbahn des Artefakts.«

In einer Distanz von fast achthundert Millionen Kilometern blieben die beiden Schiff einander auf der Spur. Ihre Informationen waren dreiundvierzig Minuten alt, aber es war trotzdem ein Katz-und-Maus-Spiel. Die Katze lag reglos vor dem Loch, die Maus wurde immer schneller. Und schleppte dabei auch noch eine Melone mit sich herum. Syree verscheuchte das Bild, das ungebeten vor ihrem inneren Auge auftauchte; Großmutter Emily hätte das nicht gut gefunden.

»Dr. Johnson«, sagte Peres, »berechnen Sie Zeit und Position des Artefakts für Maximaleffekt auf das Faller-Kriegsschiff, vorausgesetzt, es ändert seine Position nicht, und außerdem vorausgesetzt, dass das Artefakt weiterhin von der *Zeus* beschleunigt wird, bis wir uns sechshundert Kilometer außerhalb der bekannten feindlichen Schussweite befinden.«

»Jawohl, Sir.« Syree begann mit den Berechnungen.

In Bewegung bleiben. Eine der ältesten militärischen Maximen. In Bewegung bleiben, dem Feind aus dem Weg gehen, auf Veränderungen in der feindlichen Taktik gefasst sein.

Aber in diesem Fall, dachte Syree, hatte der Feind keinen Grund, seine Taktik zu verändern. Es sein denn, er hatte den Verdacht, dass das Artefakt als Waffe eingesetzt werden sollte – ob das der Fall war, konnte keiner wissen. Wenn ja, würden die Faller das Artefakt wahrscheinlich nur bis zu einem gewissen Punkt an den Weltraumtunnel herankommen lassen, bevor sie angriffen. Aber wo lag dieser Punkt wohl?

Auch das konnte niemand wissen, bevor sich das Faller-Schiff wieder in Bewegung setzte.

Und bis dahin wurde das Orbitalobjekt 7, früher der Planetenmond Tas, weiter durchs All geschoben. Noch immer intakt – und noch immer ohne festen Besitzer.

KAPITEL 19

Im Neurygebirge

Der Fels umschloss und erdrosselte ihn.

Bazargan spürte ihn in der Kehle, in den Lungen. Er konnte nicht atmen. Der kalte Geruch feuchten Steins schnürte ihm die Luft ab, während um ihn herum der erbarmungslose Fels seinen Körper zermalmte ...

Bazargan kniff die Augen zu und hielt inne in seinen Bemühungen. Er konnte das nicht. Schon jetzt berührten seine Schultern die rauen Seiten des Tunnels, und vor ihm wurde der Gang noch schmaler. *Er konnte das nicht.* Der Stein würgte ihn, erdrückte ihn, er würde hier sterben. Er war am Ende. Woge um Woge von Übelkeit überschwemmte ihn, und sein Herz klopfte so heftig, als wollte es zerspringen. Unnatürlich kalter Schweiß sickerte ihm in die Augen.

Er konnte das nicht. Immer mehr näherte er sich einem Schockzustand. Er würde hier sterben.

Hektisch durchforschte er sein Gedächtnis nach einer rettenden Idee. War es möglich, mit den richtigen Gedanken den eigenen Körper daran zu hindern, im Schock zu versinken? Er hatte keine Neuropharmaka, um sich dagegen zu wehren, und er benutzte diese Mittel sowieso äußerst selten. Leute wie David Allen verließen sich gänzlich auf sie. Amerikaner, verwöhnte Luxusmenschen, gewohnt, es sich leicht zu machen. Er war Iraner, er brauchte keine Neuropharmaka, er brauchte ...

Ja, was brauchte er eigentlich? Er würde hier sterben. Er konnte es einfach nicht.

Irgendetwas, egal was ... er brauchte etwas zum Festhalten ...

Gib nie den Weinkelch aus der Hand, lass nie den Stiel der Rose deinem Griff entgleiten ...

Den Stiel der Rose!

Hinter geschlossenen Augenlidern beschwor Bazargan das Bild des Rosenstiels herauf, streckte seine erstarrten Finger danach aus, Finger, die über den kalten Felsen scharrten.

An den Rest des Gedichts konnte er sich nicht erinnern. Hafiz war der größte persische Poet, und Bazargan konnte sich nicht an das Gedicht erinnern! Aber die Rose war noch da, halte sie fest ... Es gab noch andere Gedichte ...

Wie süß die Luft des Morgens weht, bringt Nachricht meiner Freude dir ...

Atme die Luft des Morgens. Frische Luft, süß, nach Blumen und Tau duftend ...

Sagt dir, dass die Rose nun bald kommen wird, die sangesfrohe Nachtigall ...

Halt die Rose fest. Atme ihren Duft ein, berühr die seidenweichen Blütenblätter. Höre die Nachtigall singen, hoch und klar und lieblich.

Ahmed Bazargans Herz schlug langsamer, zwar nur ein wenig, aber deutlich spürbar. Die klamme Kälte, die seinen Körper im Griff hatte, ließ etwas nach. Er befand sich nicht mehr in einem Tunnel unter Tonnen von erdrückendem Stein, jetzt war er in einem morgendlichen Garten. Vögel sangen. Wenn er sich über die Rosen beugte, umhüllten sie ihn mit ihren Duftwolken.

... Duft bringt sie der Rosenknospe, der verschleierten, und dem weißen Mantel des Jasmins ...

Jasmin. Ja. Die langen schmalen Blätter, die weißen duftenden Blüten.

Bazargan ging durch den Garten. Bedächtig nahm er jeden Moment in sich auf, jeden Duft, jedes Geräusch. Der mit Poesie gesäte Garten war lebendiger und wirklicher als alles, was er je gekannt hatte, jeder Tautropfen ein Kristall, jedes Blütenblatt glänzend in frischer Farbe. So schlenderte er weiter, pflückte die Blumen, hielt sie fest mit Händen, durch die das Leben pulsierte: Vorsicht bei den Dornen, steck die weißen Lilien zu den roten Rosen, genieße den samtigen Kontrast, atme die prächtigen Gerüche tief ein ...

Mit jeder Faser seines Wesens, blind für jede andere Realität, erschuf Ahmed Bazargan den Garten. Und gelangte so aus eigener Kraft zum anderen Ende des Tunnels.

»Ahmed! Ahmed!«

Langsam kam er zu sich. Er saß mit dem Rücken an den Fels gelehnt, Ann beugte sich über ihn, ein kleines Metallinstrument in der Hand. Hinter ihr drängelten sich Dieter, David und Enli. Davids Tunika hing in Fetzen an ihm herab, seine Schultern waren blutverschmiert. Natürlich, er hatte sich ohne Schutzanzug durch den engen Durchgang gequält.

»Sie sind ohnmächtig geworden«, erklärte Ann. »Erinnern Sie sich?«

Nein, er erinnerte sich nicht. Ann nickte, offensichtlich beruhigt durch das, was sie auf ihrem winzigen Display sah. »Jetzt scheint aber wieder alles in Ordnung mit Ihnen zu sein. Keine Kopfschmerzen? Übelkeit? Kältegefühl?«

»Nein, ich denke nicht, dass ich einen Schock habe.«

»Das glaube ich auch nicht. Und Sie sind hier, das ist das Wichtigste. Wir haben es alle geschafft.«

»Schaut mal!«, rief Dieter und trat einen Schritt beiseite, sodass er Bazargan nicht mehr die Sicht versperrte. David Allen hatte sich bereits mit angewidertem Gesicht abgewandt, auch die Rückseite seiner Tunika war in blutige Streifen gerissen. Gruber knipste seine Lampe an, und Bazargan stockte der Atem. Mühsam rappelte er sich auf.

Sie standen in Aladins Höhle, in der Schatzkammer eines Bey. Juwelen glitzerten an der Höhlendecke, an den Wänden, lagen in Haufen auf dem Boden. Als Bazargans verwirrte Augen sich an das helle Licht gewöhnt hatten, sah er, dass die Juwelen Millionen von Goldkristallen waren, gesprenkelt mit schimmernden Goldstückchen, so groß wie ein Daumennagel. Auf dem Boden funkelten Goldklumpen, Berge von weißem Quarzsand leuchteten wie gesponnenes Glas.

»Das ist eine Druse«, erklärte Dieter, ganz im Glück. »Aber von so einer großen hab ich noch nie gehört.«

»Eine was?«, fragte Bazargan verständnislos. Die Höhle war mindestens sechs Meter hoch und annähernd acht Meter im Durchmesser.

»Eine Druse. Genau genommen das Innere einer Geode. Genau hier muss einmal der Krater eines erloschenen Vulkans gewesen sein. Durch die Zirkulation des vom Magma erhitzten Wassers wird das Gold kondensiert.«

Bazargan berührte eine Felswand. In einer schimmernden Kaskade flockte das abblätternde Gold über seine Hände.

»Unglaublich.«

»Ja, nicht wahr?«, meinte Gruber und schwang voller Besitzerstolz seine Lampe über die Wände, als wäre die ganze Schönheit sein Verdienst.

»Sie verstehen mich nicht«, sagte Bazargan. »Ich meine, es ist unglaublich, dass das so lange unberührt geblieben ist – wie lange mag es sein, was schätzen Sie, Dieter?«

»Hunderttausende von Jahren.«

»Und kein Weltler ist jemals hergekommen, um die Höhlen zu erforschen und das Gold abzubauen.«

»Gold ist auf Welt kein monetärer Maßstab«, warf Allen ärgerlich ein.

»Nein«, entgegnete Bazargan. »Aber für Schmuck und andere dekorative Zwecke wird es trotzdem gern benutzt. Der Inhalt dieser Höhle könnte jemanden sehr reich machen.«

»Nein«, widersprach Ann. »Kein Händler würde dem Heiligen Berg Gewalt antun, indem er diese Höhle betritt oder gar irgendetwas von hier wegschleppt.«

Enli nickte. »Ich bin die einzige Weltlerin, die dies jemals zu Gesicht bekommen wird.«

Sie sagte das mit einer Autorität, dass alle sich umdrehten und sie anblickten. Klein, stämmig, das mausbraune Nackenfell verfilzt und mit Steinstaub bedeckt, betrachtete sie in aller Ruhe dieses funkelnde verbotene Herz der Glaubensgrundsätze ihres Planeten. In der eingetretenen Stille hörte Bazargan Wasser tropfen.

»Enli«, sagte Ann, »ist alles in Ordnung mit dir? Hast du Kopfschmerzen?«

»Ja«, antwortete Enli klar. »Ich habe Kopfschmerzen, aber ich komme zurecht.«

Irgendetwas war mit dem Weltlermädchen geschehen. Aber Bazargan hatte keine Ahnung, was.

Mit unverhohlener Verachtung meinte David Allen: »Die Weltler wissen eben, dass sie einen weit wertvolleren Schatz besitzen als diese glänzenden Steine.«

Gruber wandte sich wieder geologischen Themen zu. »Die Radioaktivität ist hier nicht sehr ausgeprägt. Sie müssten eigentlich ohne Schutzanzug ganz gut zurechtkommen, David. Aber der thermische Gradient ist gefallen. Das verstehe ich immer noch nicht. Er sollte zunehmen, wenn wir nach oben gehen, und abnehmen, wenn wir nach unten kommen. Und es ist genau anders herum.« Stirnrunzelnd betrachtete er das Display an seinem Handgelenk.

»Erklären Sie mir das bitte noch einmal«, bat ihn Bazargan.

»Auf jedem andern Planeten, den wir bislang untersucht haben, gibt es im Gestein nahe der Oberfläche eine träge radioaktive Strahlung. Die Desintegration produziert geringe Hitzemengen, die sich im Laufe der Jahrmillionen ansammeln – Stein ist ein exzellenter Isolator, wie Sie wissen. Aber je weiter man unter die Oberfläche geht, desto geringer wird die Temperatur, denn in den tieferen Schichten gibt es weniger Radioaktivität. Aber hier ist es genau umgekehrt.«

»Bedeutet das, dass in diesen Bergen irgendwo etwas Radioaktives vergraben ist?«, fragte Ann.

»Möglicherweise«, antwortete Dieter. »Aber es müsste schon etwas sehr Großes sein, um einen solchen Anstieg zu verursachen. Oder etwas sehr Ungewöhnliches.«

»Aber«, wandte Bazargan ein – zwar hätte er sich lieber um andere Dinge gekümmert, doch aus Dieters Gesichtsausdruck war klar zu entnehmen, dass dies sehr wichtig war – »aber wissen wir nicht bereits, dass im Neurygebirge eine ungewöhnliche Radioaktivität herrscht? Dr. Johnson hat auf der *Zeus* einmal etwas von einem Neutrinofluss erwähnt, der von hier ausgeht.«

»Ja. Aber nicht so lokalisiert, wie er sein müsste, um diesen thermischen Effekt zu erzielen. In diesen Bergen strahlt etwas sehr Kleines und sehr Starkes, und zwar sehr ungleichmäßig ... Ein Teil der Variation ist auf die unterschiedlichen Dämmeigenschaften des Gesteins zurückzuführen. Es gibt hier sehr viele Gesteinsarten: leichten Basalt und schweren Granit, dünnflüssige und dickflüssige Lava, alles ein chronologisches Wirrwarr.«

»Nun, dann ...«

»Aber nicht alles lässt sich auf die unterschiedliche Gesteinszusammensetzung zurückführen, nein. Nicht alles. Und die Verteilung der Radioaktivität ist ebenfalls sehr seltsam.«

»Ja«, meinte Bazargan. »Wenn Sie meinen. Aber jetzt müssen wir weiter, Dieter.«

Der Geologe betrachtete sein Display weiterhin mit gerunzelter Stirn und probierte verschiedene Datenkombinationen aus. Bazargan seufzte innerlich. Ihm war noch immer schwindelig, er war schwach und vor allem sehr, sehr müde. Um ihn herum funkelte die prächtige goldene Höhle wie etwas aus einem Märchen, aber den vier Menschen darin sah man nur allzu deutlich an, wie sie sich fühlten: fehl am Platz, erschöpft, verzweifelt.

David Allen stand ganz am anderen Ende der Druse und sprach leise mit Enli. Bazargan konnte nur Davids Gesicht erkennen. Seine Oberlippe zuckte krampfhaft, was einen seltsamen Kontrast zu seinem sonderbaren, allgegenwärtigen Lächeln und der zornigen Wölbung seiner Augenbrauen bildete. Mit seinem zerfetzten, blutverschmierten Hemd erinnerte er Bazargan an einen verletzten Harlekin.

»Dieter«, sagte Ann. »Ahmed möchte, dass wir weitergehen. Du hast doch gesagt, wir kommen bald an eine offene Stelle, von der aus wir Kontakt zur *Zeus* aufnehmen können, richtig?

Und dass es auch Wasser gibt, um was zu essen zu machen, stimmt's?«

Widerwillig riss sich Gruber von seinen Daten los und führte die Gruppe weiter. Der nächste Tunnel war groß genug, dass man darin stehen konnte, wie Bazargan voller Dankbarkeit feststellte. Allerdings war der unebene Boden glitschig und stand teilweise unter Wasser. Zweimal geriet Bazargan ins Rutschen und wurde klitschnass. Zwar hielt sein Schutzanzug ihn einigermaßen warm, aber er war unendlich müde. Der Tunnel schien kein Ende nehmen zu wollen.

Unter ihm schlängelte sich etwas durchs Wasser.

Hier? Im Innern eines Bergs? Aber da machte der Tunnel eine Biegung von fast neunzig Grad, und abrupt waren sie draußen.

Er stand unter einem großen Felsvorsprung und dachte zunächst, sie wären in die nächste Höhle gelangt. Aber als seine Augen sich einigermaßen angepasst hatten, sah Bazargan, dass sie sich wieder in einer hohen offenen Felsspalte befanden, größer als die letzte. Fast ein verstecktes Tal. Im klaren Nachthimmel funkelten die Sterne.

Schon wieder Nacht. Er hatte jegliches Zeitgefühl verloren.

Gruber ließ das Licht der Lampe über das Tal wandern. Die dunklen Schatten der Vegetation sprenkelten den Boden. Zwischen schulterhohen Büschen gingen sie zu einem kleinen Wasserfall, der aus der Felswand hervorsprudelte.

»Hier können wir lagern«, sagte Gruber, »wenn ich das Wasser überprüft habe. Schaut mal, der Felsvorsprung hier ist viel weniger feucht, und darunter gibt es trockene Nischen. David, ich glaube, jetzt sind Sie mit meinem Schutzanzug an der Reihe, auch wenn die Strahlung hier nicht sonderlich stark ist.«

David Allens Augen sprühten förmlich Funken. »Ich will Ihren blöden Anzug aber nicht! Glauben Sie vielleicht, ich weiß nicht, was Sie im Schilde führen, Sie Mistkerl?«

Damit drehte er sich um und stapfte davon in die Dunkelheit.

»Und was führe ich jetzt wohl wieder im Schilde?«, fragte Gruber sarkastisch.

»Nichts«, antwortete Bazargan matt. »Nein, Ann, laufen Sie ihm nicht nach. Schlagen wir hier unser Lager auf und versuchen wir, die *Zeus* zu kontaktieren.«

Noch immer etwas ärgerlich, meinte Gruber: »Was ist eigentlich Allens Problem?«

Unerwartet antwortete Ann mit ernster Stimme: »Narzisstische paranoide Schizophrenie, glaube ich. Davids tägliche Disziplinmischung war ziemlich stark, und jetzt kriegt er auf einmal nichts mehr.«

»Narzisstische paranoide Schizophrenie?«, wiederholte Gruber. »Du meinst, er glaubt, er ist Napoleon, und wir schmieden allesamt ein Komplott, ihn zu ermorden?«

Bazargan konnte nicht darüber lachen. »Na ja, nicht ganz so extrem. Aber Ann hat Recht. Enli, worüber hat er sich mit dir in der goldenen Höhle unterhalten?«

»Über die Kopfschmerzen bei ungeteilter Realität«, antwortete das Weltlermädchen. »Ob ich zurzeit auch darunter leide.«

»Und – tust du's?« Bazargan musste es wissen.

»Ja, aber es ist anders. Die geteilte Realität hat sich gewandelt. Die Realität ist jetzt anders.«

Sie sprach ruhig, aber ein kurzes Schweigen folgte. Ann legte ihr die Hand auf die Schulter. Gruber, wie immer unempfänglich für Nuancen, platzte heraus: »Wie zum Teufel hat Allen eigentlich einen Platz in dieser Expedition gekriegt?«

Sein Vater hat das für ihn arrangiert, dachte Bazargan, sagte aber nichts. Für einen Deutschen hatten familiäre Verpflichtungen zwar eine größere Bedeutung als für einen Amerikaner, aber nicht viel. Bazargan war so müde. Trotzdem zog er das offizielle Comlink heraus, sie befanden sich ja unter freiem Himmel.

Doch die *Zeus* antwortete nicht.

»In Ordnung«, sagte Gruber, »schlagen wir das Lager auf. Da drüben ist ... Enli? Was ist los?«

Dass Gruber den emotionalen Zustand einer anderen Person zur Kenntnis nahm, war ungewöhnlich, daher wandte Bazargan sich rasch um. Enli stand am Rand des Lichtkreises, das Gesicht zum Himmel emporgewandt. »Der Mond ... der Mond geht weg.«

Am Himmel, direkt über dem hoch aufragenden Berg, bewegte sich einer von Welts Monden. Bazargan brauchte einen Augenblick, um zu erkennen, dass es einer der ›rasch erblühenden‹ Monde war – sauste er nicht sowieso alle paar Stunden über den Himmel hinweg? Doch! So schnell, dass es aussah, als bewegte er sich rückwärts. Jetzt aber schlich er so langsam in Richtung Zenith, dass man hätte meinen können, er würde stillstehen.

»Das Artefakt«, sagte Gruber.

»Tas.« Enli war wie betäubt. »Tas verlässt uns!«

»Die Terraner in dem großen Flugschiff ziehen ihn aus seiner Umlaufbahn«, erklärte Gruber, vermutlich in der Überzeugung, extrem einfühlsam zu klingen. »Erinnerst du dich, wir haben mit Voratur darüber gesprochen. Du warst auch dabei.«

Enli antwortete nicht. Jene Nacht – war das wirklich erst vorgestern gewesen? – brannte in Bazargans Gedächtnis. Ben, Bonnie, das Blut auf ihrem gelben Nachthemdchen ... Er hatte die Erinnerung verdrängt. Aber Verdrängung funktionierte nie lange.

In ihrem unvollkommenen Weltisch sagte Ann: »Enli, ich habe keine Kopfwehpillen für dich, aber ich kann dir etwas geben, was dir hilft zu schlafen und den Kopfschmerzen eine Weile zu entkommen.«

»Ich habe keine Schmerzen«, erwiderte Enli. Dann riss sie den Blick vom Himmel los und fügte hinzu: »Hier habe ich keine Schmerzen. Keine Kopfschmerzen. Nicht seit dem engen Tunnel.«

Sogar im Halbdunkel sah Bazargan, dass Ann sie aufmerksam anblickte. »Keine Schmerzen? Überhaupt keine?«

»Nein«, antwortete Enli. »Es ist jetzt anders.«

»Warum ist es jetzt anders? Warum, Enli?«

»Die geteilte Realität hat sich gewandelt«, wiederholte Enli ihre Worte von vorhin. Aber Ann war nicht zufrieden. Rasch wandte sie sich zu Gruber um. »Dieter?«

Der hatte bereits sein Handgerät herausgeholt. »*Lieber Gott!*«, rief er auf Deutsch. »Schaut euch das an!«

»Was denn?«, wollte Bazargan wissen.

»Die Radioaktivität – sie ist einfach verschwunden. Bisher konnte ich sie ständig feststellen, aber jetzt ...« Er begann mit dem Handgerät in dem Felsental umherzuwandern, die Lampe nahm er mit. Bazargan, Ann und Enli warteten im Dunkeln. Bazargan hatte den Eindruck, dass der Mond sich jetzt etwas rascher bewegte, obwohl das auch ein Trugbild seiner Fantasie sein konnte.

David brütete noch immer irgendwo da draußen in der Finsternis vor sich hin, auf und ab schreitend, schmollend. *Narzisstische paranoide Schizophrenie. Verborgen unter der Maske der Disziplin – bis jetzt.*

Der Preis, den wir irgendwann für die Technologie, die uns formt, bezahlen müssen.

Kurz darauf kam Gruber zurück. »Hör zu, Ann. Die geothermische Verteilung ergibt ein ringförmiges Muster. Du weißt schon, wie ein Donut, mit einem Loch in der Mitte. Der dickste Teil des Donuts liegt in der Richtung, in der gestern alle außer Enli nicht mehr richtig denken konnten. Und jetzt befinden wir uns genau in der Mitte der Verteilung.«

»Das verstehe ich nicht«, entgegnete Ann.

»Sie meinen, die Wärmeverteilung und die ... die Denkstörungen hängen zusammen? Dass wir nicht mehr richtig denken konnten und dass Enli jetzt nicht mehr auf den Mechanismus der geteilten Realität anspricht?«

»Ja«, antwortete Gruber. »Den Messdaten zufolge ist es so.«

»Das ist unmöglich«, warf Ann vernünftig ein. »Dieter, hast du überprüft, ob es nicht ein zweites Feld gibt, ein elektromagnetisches? Vielleicht hervorgerufen vom ersten?«

»Ja, das hab ich kontrolliert. Es gibt kein elektromagnetisches Feld. Ich weiß auch nicht, was für ein Feld es ist. In der Natur gibt es so etwas nicht. Es ist mehr wie ... wie ein Hurrikan. Das Auge des Sturms. In manchen Bereichen ist der Wind stärker, in anderen schwächer.«

Bazargan, der auch dann kein großer Physiker war, wenn er nicht total erschöpft war, bemühte sich angestrengt, Grubers Gedankengang zu folgen. »Ein Hurrikan. Aber kein Wind. Was macht diese Kraft? Ich meine, wie zeigt sie sich?«

»Ich weiß es nicht. Ich habe keine Ahnung.«

»Hätte ich doch bloß meine Lagerfeld-Ausrüstung dabei!«, platzte Ann heraus. »Dann könnte ich unsere Gehirne an verschiedenen Orten scannen! Dieter, glaubst du ...«

Aber Gruber hörte ihr gar nicht zu. Er tippte hektisch etwas in seinen Handcomputer ein, studierte kurz das Ergebnis und wanderte dann wortlos davon. In wenigen Minuten kam er wieder zurück.

»Das Zentrum. Es ist hier, was immer es auch sein mag.«

»Wo?«

»Direkt hier unter uns. In ungefähr zweihundertfünfzig Meter Tiefe.«

Erleichterung ergriff Bazargan. Zweihundertfünfzig Meter, das war zu tief. Nicht einmal Gruber würde sich dazu verleiten lassen, mit einem Stock danach zu graben. Aber dann sagte der Geologe: »Es gibt so viele Gänge dort unten. Wie soll man da den richtigen finden?«

»Nein«, sagte Bazargan, selbst überrascht, wie heftig und laut seine Stimme klang. »Nein, Dieter. Seitliche Tunnel sind eins, aber wenn wir jetzt Höhlenforschung betreiben und irgendwelche Kamine runtersteigen sollen – ich weiß, wie gefährlich das ist. Und Sie haben auch nicht die richtige Ausrüstung dabei. Wir können es uns nicht erlauben, Sie zu verlieren.«

»Ahmed, dieses Ding da unten ist ein weiteres Artefakt. Wie die Weltraumtunnel, wie Tas. Es ist schon da gewesen, bevor diese Berge vom Meeresboden emporgestiegen sind, und es erzeugt immer noch ein Feld mit vollkommen neuen Eigenschaften. Das ist potenziell die größte Entdeckung des Jahrhunderts ... Wir müssen ihr nachgehen!«

»Nein. Irgendwann vielleicht, mit einer für Bohrarbeiten und Höhlenforschung passend ausgerüsteten Expedition und nachdem man bei der Solarallianz und in Rafkit Seloe die entsprechenden Genehmigungen eingeholt hat. Syree Johnson ...«

»Zum Teufel mit Syree Johnson! Das ist *meine* Entdeckung!«

»Was Sie entdeckt haben, gehört diesem Planeten«, widersprach Bazargan, in der Hoffnung, dass Enli noch nicht genug Englisch verstand, um die Debatte zu verfolgen. »Haben wir hier auf Welt noch nicht genug angerichtet? Wir wissen nicht einmal, ob aus dem anderen Artefakt, aus Tas, nicht womöglich irgendeine Art Kraft ausbricht, die den ganzen Planeten in eine radioaktive Leichenhalle verwandelt.«

Gruber sah Bazargan an. Schließlich nickte er düster. »Sie haben Recht. Wir können keine riesige Bohrexpedition an einen Ort schicken, der den Weltlern heilig ist.«

Bazargan musterte ihn durchdringend. Das klang überhaupt nicht nach Gruber. Aber bevor er etwas erwidern konnte, sagte Enli: »Obri war die Heimat der Ersten Blume, ehe sie ihre Blütenblätter entfaltete und Welt erschuf. Jetzt ist das Neurygebirge die Heimat ihrer Seele. Wenn ihr Löcher in die Berge grabt, wird die Seele der Ersten Blume welken. Und Welt wird mit ihr vergehen.«

Beruhigend meinte Ann: »Niemand wird Löcher in das Neurygebirge graben, Enli.«

»Ja«, sagte Enli, aber es war unklar, was sie damit meinte. Enlis Realität war nicht die der Menschen.

Auf einmal krachte ein großer Gegenstand in einen unsichtbaren Busch. »Sagt David nichts von dem ringförmigen Feld«, meinte Bazargan rasch. »Oder von dem neuen Artefakt. Am besten sagen wir ihm gar nichts. Jedenfalls nicht in seiner gegenwärtigen Verfassung.«

Ann und Gruber nickten. Wieder konnte Bazargan nicht

beurteilen, was Enli dachte. Dann war David plötzlich wieder da.

»Was ist mit der *Zeus?*«, wollte er wissen.

»Sie antwortet nicht«, sagte Bazargan.

»Dann rasten wir jetzt«, beschloss David mit einem kurzen Nicken. »Da drüben ist es am trockensten und am besten geschützt. Folgt mir.«

»*Mein Gott*«, stöhnte Gruber auf Deutsch. »Er benimmt sich ja wie ein General, der seine Sklaven rumkommandiert.«

»Vergessen Sie's«, riet ihm Bazargan.

Sie rollten ihre Schlafdecken ganz hinten in einer Nische aus, gut vier Meter im Felsen. Gruber ließ eine der kleineren Lampen brennen, sodass sie genug sehen konnten, aber keine Energie verschwendeten. Bazargan, der inzwischen wieder trocken, in seinem Schutzanzug einigermaßen warm und von dem mit Wasser gestreckten Nahrungspulver mehr oder weniger gesättigt war, versuchte zu schlafen. Eigentlich hätte ihm das ganz leicht fallen müssen, er war todmüde. Aber seine Gedanken rasten weiter.

Unbekannte Energien. Unter der Erde, am Himmel. Die Streitkräfte der Faller gegen die *Zeus,* Syree Johnsons ›Welleneffekt‹ gegen die Weltler, Davids Verstand, der sich ohne medizinische Hilfe gegen sich selbst richtete. Enlis religiöse Glaubensstärke, der Mechanismus der geteilten Realität, die neue Realität, die diesen Mechanismus störte. Was dachte Enli über all das, was vorgefallen war? Hatte sich die Wahrheit für sie nicht unwiderruflich verändert? Sie war ins Neurygebirge gegangen und nicht daran gestorben. Sie hatte sich in der Nähe unrealer Personen aufgehalten, und ihre Kopfschmerzen waren plötzlich verschwunden. Sie hatte mitbekommen, wie die Terraner, die ihr intellektuell und technologisch überlegen waren, sich in hilflose Zombies verwandelten und sich von ihr an der Hand nehmen und führen ließen. So vieles von dem, woran Enli zuvor geglaubt hatte, hatte sich als Illusion erwiesen.

Illusionen waren nicht immer wertlos, das wusste Bazargan.

Nicht einmal wenn sie in der physischen Realität keinerlei Begründung besaßen. So hatte die Illusion des morgendlichen Gartens ihm geholfen, durch den Tunnel zu kommen.

Man brauchte nur an den religiösen Glauben zu denken – eine Illusion, der das Sonnensystem größtenteils entwachsen war. Solange er Bestand hatte, stellte er ein alternatives Wertesystem zur Darwin'schen Realität dar, in der Durchsetzungsvermögen, Schlauheit, Geld, Macht, Zielstrebigkeit und kontaktfreudiger Egoismus propagiert wurden. Religionen – jedenfalls die meisten – predigten Selbstverleugnung, Aufopferung und Beschränkung, sie umgaben das stille Leben der Pflichterfüllung, das Leben im Dienste der Familie, das altruistische Leben ohne Geld und Macht mit einem Heiligenschein. Davon hatte natürlich die ganze Gesellschaft profitiert. Die stille Frau und Mutter, der bescheidene Werktätige, der seine Arbeit Gott widmete, der Friedenstifter, der keine Macht anhäufte, sondern sie vielmehr zu mildern versuchte. Dank ihres Glaubens konnten sich diese Menschen an etwas anderem messen als an Pomp und Ruhm. Doch als der Glaube aufhörte zu existieren, war es, als hätte man die eine Hälfte eines Gleichgewichts einfach weggenommen.

Wie viel von dieser Balance nahmen sie nun Enli weg? Und allen Weltlern?

Vorausgesetzt, Welt überlebte die Darwin'sche Realität überhaupt.

Mit solchen Sorgen und Gedanken schlief Bazargan schließlich doch ein. Als er wieder erwachte, schimmerte bereits das Tageslicht durch den breiten Eingang der Höhle. Mit knirschenden Gelenken – alte Knochen auf hartem Fels – erhob er sich und blinzelte verschlafen. Dann war er abrupt hellwach.

Nur Ann schlief noch neben der leise glühenden Lampe. Dieter Gruber, David Allen und Enli waren fort.

Da er sie nirgends in dem kleinen Tal entdecken konnte, rang er sich schließlich dazu durch, nach ihnen zu rufen. Keine Antwort. Er weckte Ann, nahm die Lampe und zwang sich, durch den unter Wasser stehenden Tunnel zu der Druse zurückzugehen, weil er es für möglich hielt, dass sie dort waren, um das Gold von den Wänden zu kratzen ... Dabei würde Enli doch niemals das Gold aus der heiligen Heimat der Ersten Blume entfernen. Vielleicht war Gruber aufgebrochen, um irgendwelche Steinproben zu sammeln. Aber er hätte Enli nicht mitgenommen, von David Allen ganz zu schweigen. Und David hatte seiner Verachtung für das Gold überdeutlich Ausdruck verliehen.

Natürlich waren sie nicht in der Druse.

Als er nass und mitgenommen zurückkehrte, erwartete Ann ihn am Tunneleingang, die Haare strähnig um das besorgte Gesicht. Bläuliche Ringe umgaben ihre Augen.

»Ich hab die Vorräte kontrolliert«, berichtete sie Bazargan. »Sie haben uns etwas Nahrungspulver dagelassen, eine kleine Lampe, ein Expando für Wasser, meinen Medizinkoffer und alle Decken. Aber ...«

»Aber was?«

»Natürlich haben sie Dieters Geologenausrüstung mitgenommen. Aber auch seine Pistole.«

»Die Pistole«, wiederholte Bazargan benommen.

»Die Pistole, von der wir damals nichts geahnt haben. Die er benutzt hat, um uns aus dem Voraturhausstand rauszuholen.«

»Ja«, erwiderte Bazargan müde. *Als der Glaube aufhörte zu existieren, war es, als hätte man die eine Hälfte eines Gleichgewichts einfach weggenommen.* Die Pistole. Aber wer hatte sie jetzt, und zu welchem Zweck?

KAPITEL 20

Im Neurygebirge

Enli bereitete sich darauf vor zu sterben, mit einer Freude, die sie Pek Allen jedoch wohlweislich verheimlichte.

Er hatte sie in der geschützten Nische, wo sie in ihrem seltsamen terranischen Schutzanzug friedlich neben Pek Sikorski lag, aus dem Schlaf geholt. Ann lag so dicht bei ihr, dass Enli ihren sanften Atem auf ihrer Wange fühlen konnte. Aber Ann hatte sich nicht gerührt, als Pek Allen sich über Enli beugte, seine Lippen an ihr Ohr und die Pistole – dafür gab es kein Weltlerwort – an ihren Hals drückte. »Komm mit, Enli. Leise. Schnell.«

Lautlos war sie aufgestanden und hatte mit ihm die Höhle verlassen. Pek Bazargan und Pek Sikorski schliefen tief und fest. Pek Gruber war nirgends zu sehen, wahrscheinlich lag er irgendwo weiter hinten in der Höhle. Enli und Pek Allen ließen den Lichtkreis der Lampe hinter sich, tasteten sich durch die Dunkelheit vorwärts und gelangten schließlich in die noch tiefere Finsternis einer sternlosen Nacht in dem kleinen Felsental. Pek Allen knipste seine eigene Lampe an, die viel schwächer war als Pek Grubers große, und führte Enli bei der Hand durch das Tal zu dem Tunnel, der zu der Druse führte. Erst als sie drinnen waren, sprach er wieder mit ihr.

»Hab keine Angst, Enli. Ich würde dir niemals wehtun.«

Enli nickte. Sie hatte keine Angst. Ob Pek Allen sie jetzt tötete oder erst im weiteren Verlauf seines Vorhabens, war ihr einerlei. Für sie zählte nur, dass sie hier sterben würde, außerhalb der Reichweite der Priester, die ihren toten Körper mit Chemikalien überschütten und in einen Glassarg sperren würden, damit sie sich nicht ihren Ahnen anschließen konnte. Aber hier, mitten im verbotenen Gebirge, würde ihr Körper einfach verwesen und schließlich ihre Seele freilassen, sodass sie sich zu ihren Vorfahren gesellen konnte. Ein großes Geschenk, das Pek Allen ihr da machte.

Natürlich war Tabor dann immer noch in Anos Haus eingesperrt, in Chemikalien und Glas. Aber wenn Enli erst einmal wohlbehalten in der Geisterwelt angekommen war, konnte sie Tabor vielleicht von dort befreien. Das war durchaus nicht unmöglich. Sie konnte den Priestern Träume schicken, konnte Anos Schlaf stören, konnte große und unbekannte Dinge tun, alles, was dann in ihrer und der Macht ihrer Vorfahren lag. Ja, Pek Allen war Enlis Retter, und eine tiefe Dankbarkeit erfüllte ihr Herz.

»Du musst sehen, was hier passiert«, fuhr Pek Allen in seinem fließenden Weltisch fort. »Natürlich siehst du es schon, du teilst ja die Realität. Die anderen können das nicht. Bazargan, Dieter, sogar Ann – du weißt ja Bescheid. Sie sind beschränkt, engstirnig, böse. Ja, Enli, sie sind böse, wie die schlechte Unrealität, die unsere Träume stört. Das ist mir klar geworden. Vor allem Bazargan. Er steckt mit den Priestern unter einer Decke, er ist Teil der Verschwörung, die verhindern soll, dass Menschen und Weltler sich jemals vereinen. Er möchte das nicht, weil er dann nicht zusammen mit den Priestern über Welt herrschen kann!«

Enli nickte wieder. Das terranische Wort *böse* war ihr zwar unbekannt, aber das spielte keine Rolle. Pek Allen war verrückt, ohne jeden Zweifel. Der Boden seiner Gedanken war sauer geworden, die daraus hervorwachsenden Blüten waren verdreht und missgestaltet. Man brauchte ihn ja nur anzusehen, um zu wissen, dass auf dieser traumartigen Reise durch die Heimat der Ersten Blume irgendetwas mit ihm geschehen war – auch wenn er gestern noch real gewesen war. In seinem Gesicht zuckten die Muskeln, seine seltsamen Augen loderten. Wie ein Feuer verströmte sein ganzer Körper Hitze und verzehrte sich selbst. Enli korrigierte ihre Einschätzung noch einmal. Was auch immer die anderen

Terraner sein mochten – Pek David Allen war die unrealste Person, die Enli jemals zu Gesicht bekommen hatte.

Sie überlegte, warum sie in seiner Nähe keine Kopfschmerzen bekam. Es war eben so. Vielleicht war es eine Gabe der Ersten Blume, hier in der Heimat ihrer Seele. Eine andere Erklärung fiel Enli nicht ein.

»Aber ich bin ihnen auf die Schliche gekommen«, sagte Pek Allen. »Sie werden nicht die Oberhand behalten. Der Mechanismus der geteilten Realität gehört uns allen, und es ist meine Aufgabe, dafür zu sorgen, dass er allen zugute kommt. Sonst tut es keiner, Enli – das weißt du natürlich. Es war alles Schicksal. Ich habe mich nicht dazu entschieden, der Retter meiner und deiner Rasse zu werden – ich wurde dazu auserwählt. Wenn ich mich weigere, jetzt zu handeln, wäre das wirklich böse. Wie hat es ein kluger Mensch einmal ausgedrückt? ›Damit das Böse triumphiert, reicht es, wenn die Guten einfach nichts tun.‹ Nein! Und es ist mir gleich, was mein Vater von mir denkt.«

Jetzt mischte er terranische und weltische Worte. Enli atmete tief durch. Wenn er sie hier tötete, würde Pek Bazargan sich vielleicht verpflichtet fühlen, ihre Leiche hinaus nach Rafkit Seloe zu tragen. So etwas wäre typisch für Pek Bazargan. Er handelte verantwortungsvoll, wie es sich für einen Haushaltsvorstand gehörte. Dann aber würden die Priester sie einsperren, unreal für immer. Also durfte sie nicht zulassen, dass Pek Allen sie hier tötete.

Rasch legte sie ihm die Hand auf den Arm. »Wir sollten jetzt anfangen.«

Seine Augen blitzten noch mehr. »Ja! Du verstehst mich! Ich wusste es doch! Folge mir, Enli. Hab keine Angst.«

Die Lampe in der Hand, führte er sie in den Tunnel, in dem immer noch kniehoch das Wasser stand. Enli watete hindurch, wobei sie sich dicht hinter Pek Allen hielt. Mit den terranischen Stiefeln und dem terranischen Schutzanzug war ihr einigermaßen warm, aber Pek Allen, der ja ohne Anzug unterwegs war, hätte längst durchgefroren sein müssen.

Allerdings benahm er sich nicht so. Er hastete vorwärts, fiel hin, rappelte sich wieder auf und redete dabei ohne Unterbrechung. Mit Enli? Mit sich selbst? Jedenfalls war er nicht zu bremsen.

»Die Leute haben Angst, nach der Wahrheit zu handeln. Nicht etwa, weil das so gefährlich wäre, o nein. Sondern weil sie Angst haben, als Dummkopf dazustehen, die falsche Seite zu wählen, ihren Status aufs Spiel zu setzen, zu versagen ... ach, tausend Dinge! Lauter feiges Zeug ... Nur wenn jemand bereit ist zu handeln, wenn jemand bereit ist, das Richtige zu tun, bereit, einen Fehlschlag zu riskieren ... *Ich* werde nicht versagen. Ich kann nicht versagen. Die Geschichte steht auf meiner Seite, denn auf lange Sicht triumphiert die kühne Idee ... das war schon immer so! Galileo ... Demut, Enli. Ich bin voller Demut. Es ist eine Ehre, der Auserwählte zu sein, aber ich habe nie um diese Ehre gebeten, mein Gott, was mein Vater über mich denken wird, wenn er erfährt – aber das ist nicht der Grund. Niemals! Jemand muss sich für die Wahrheit und die Rettung einsetzen ... eine Verschwörung, um die Macht zu erlangen, das ist das Ziel, das ich am meisten verachte ... und dafür auch noch den Frieden und die geteilte Realität aufs Spiel zu setzen! Mein Gott! Was die Menschen sind ...«

So gelangten sie in die Goldhöhle. Enli schüttelte das Wasser von ihren Stiefeln, und Pek Allen leuchtete mit seiner Lampe zur Decke hinauf. Das Gold glitzerte und funkelte. In seinem Schein stand der junge Mann, tropfend, das zuckende Gesicht erleuchtet vom Feuer der Unrealität. Enli wandte den Blick ab.

Aber auch hier durfte Pek Allen sie nicht töten. Für Bazargan wäre es ein Leichtes, sie zu finden. Es musste an einem Ort passieren, wo sie in Ruhe verwesen konnte.

»Schaffst du es, Enli? Schaffst du es noch einmal durch diesen engen Durchgang? Hier, ich nehme die Lampe, du gehst als Erste, kannst du das?«

Warum hatte sie eigentlich keine Kopfschmerzen? In dieser

Lage müsste ihr doch fast der Schädel bersten! Warum spürte sie nichts davon?

»Ja, ich kann das.«

»Natürlich kannst du es. Ich bin direkt hinter dir. Hier, geh voraus, hab keine Angst, du wirst es schaffen, wir schaffen alles, was getan werden muss. Die Stärke kommt von irgendwo, ist dir das schon aufgefallen, immer wenn man sie wirklich braucht, ich habe nicht darum gebeten, auserwählt zu werden ...«

Es war eine Erleichterung, sich allein durch den engen Tunnel zu schlängeln und seine Stimme eine Weile nicht mehr zu hören.

Enli schob sich mit den Ellbogen weiter; der robuste Schutzanzug war eine große Hilfe. Die Lampe beleuchtete die engen Wände und die unebene Felsdecke. Der Tunnel war kürzer, als sie ihn in Erinnerung hatte, und endete hoch oben in der Felswand. Auf einmal stieg ihr ein unangenehmer Geruch in die Nase.

Nur ein kleines Stück weiter war die Stelle, wo sie wegen des terranischen Nahrungspulvers so schlimm Durchfall gehabt hatte. Sie mussten diesen Weg zurück, und die Terraner benahmen sich immer komisch, wenn es um Scheiße ging. Na ja, Pek Allen konnte sich wohl kaum noch komischer benehmen, als er das ohnehin schon tat.

Seit ihr so übel geworden war, hatte Enli nichts mehr gegessen. Ihr Magen knurrte, als sie mit dem Kopf zuerst aus dem schmalen Durchgang herauskam. Sollte er ruhig knurren. Schon bald würde er für immer still sein.

Zu ihren Ahnen zurückkehren! Wenn sie sich mit eigener Hand tötete, würden die Ahnen sie natürlich nicht haben wollen und sich womöglich weigern, sie in die Geisterwelt einzulassen. Aber es würde ja nicht durch ihre eigene Hand geschehen. Anders als bei Tabor, der tot vor dem Blumenaltar lag – schon an sich eine fast undenkbare Blasphemie. Tot durch seine eigene Hand, weil er und sie sich zu sehr geliebt hatten, mehr als Bruder und Schwester das tun oder auch nur denken durften ... Sogar jetzt konnte sie sich an die Berührung seiner Hand auf den geheimen Stellen ihres Körpers erinnern ...

Kein Kopfweh. *Warum nicht?*

Enli schob sich bis zur Taille aus der Felswand. Dann leuchtete sie mit der Lampe nach unten und hielt Ausschau nach einem Halt. Rechts unter ihr war ein kleiner, unregelmäßiger Vorsprung. Sie packte ihn und bremste so, während sie aus dem Gang herausschlüpfte, ihren Fall etwas ab. Trotz des Schutzanzugs holte sie sich an dem harten Stein ein paar blaue Flecke.

Einen Augenblick später schoss Pek Allen aus dem Tunnel hervor und landete schwer auf dem Boden. Schwankend kam er wieder auf die Beine und grinste Enli an. Blut quoll aus seinen breiten, ungeschützten Schultern, von einer Wange troff das Blut auf seine Lippen und spritzte von seinem Mund, wenn er redete. Aber er schien nichts davon zu merken.

»So weit, so gut. Komm, Enli, wir schaffen es, wir sind fast draußen!«

Er irrte sich gewaltig, denn sie waren noch längst nicht draußen, aber er packte Enlis Hand, nahm seine Lampe wieder an sich und marschierte eilig durch den holprigen Tunnel, rutschte, stolperte – und redete ununterbrochen. Nicht einmal den Geruch der Scheiße schien er zu bemerken und auch nicht die Scheiße selbst, als sie mittendurch stapften.

Nach einer Weile gelangten sie in eine andere Höhle, klein und unregelmäßig geformt, von der zwei Tunnel abzweigten. Nein, dachte Enli, als Pek Allen mit seiner Lampe über die Wände leuchtete ... Es waren drei Tunnel. Aber Pek Allen zögerte keinen Moment.

»Das ist der richtige, Enli, hier entlang hat Dieter uns geführt. Ganz sicher. Komm! Wer weiß, wie lange es noch dauert, bis diese verrückte Syree Johnson die Waffe zum Explodieren bringt, die sich in diesem Mond befindet ... den ganzen Mond eigentlich. Mein Gott! Sie gehört auch zu den Verschwörern, natürlich, sie will sich die Macht mit Bazargan und den dreckigen Priestern teilen, die ganze Welt beherrschen, manche Leute brauchen das, sehnen sich danach, es ist wie eine Krankheit in ihrem Blut, Enli, aber egal – komm! Das hier ist der richtige Tunnel!«

Dabei wusste Enli, dass es nicht stimmte.

Rasch überlegte sie. Wenn sie den falschen Tunnel nahmen, würden sie womöglich beide sterben – sie, wenn dieser wahnsinnige Terraner sie tötete, er, wenn er den Rückweg nicht mehr fand. Vielleicht stand ihm ein schrecklicher Tod bevor, vielleicht verhungerte er oder erlag einer Verletzung. Aber wenn Pek Allen doch aus den Bergen herausfand, würde er von den ersten Weltlern getötet werden, die ihn erkannten – das bedeutete, er würde sterben, sobald ihn jemand sah. Inzwischen hatten alle Weltler die Realität über die Terraner miteinander geteilt.

Dann würde Pek Allen zwar rasch und schmerzlos sterben, aber danach würde sein Körper mit Chemikalien überschüttet, in einem Glassarg eingesperrt und so daran gehindert werden, zu seinen Vorfahren zurückzukehren. (Hatten die Terraner überhaupt Vorfahren? Natürlich, sie mussten welche haben.) Wenn Pek Allen jedoch im Neurygebirge verhungerte, konnte sein Körper genau wie der ihre seine Seele freilassen. Falls er tatsächlich eine hatte.

Die anderen Terraner jedenfalls hatten eine Seele. Ganz egal, was die Priester behaupteten, Pek Bazargan, Pek Gruber und Pek Sikorski, die sanfte Ann waren allesamt real. Möglicherweise würde sogar die gestörte Seele von Pek Allen durch die Gnade der Ersten Blume irgendwann wieder real werden, falls es dem verunstalteten Gefäß seines Geistes erlaubt sein würde, sie in natürlicher Weise freizulassen.

»Enli! Hörst du mich nicht? Das hier ist der richtige Tunnel!«

»Ja, Pek Allen«, antwortete sie. »Du hast Recht.«

KAPITEL 21

Im Neurygebirge

Bazargan und Ann blieben in dem kleinen Bergtal und warteten. Worauf, das wussten sie beide nicht recht, aber es erschien ihnen als die beste ihrer begrenzten Alternativen.

Sie hatten darüber diskutiert, ob sie den drei Ausreißern folgen sollten. Aber wohin? Auf der anderen Seite der Goldhöhle befand sich der hohe enge Durchgang, und Bazargan wusste, dass er es nicht fertig bringen würde, ein zweites Mal hindurchzukriechen. Er konnte es einfach nicht. Er und Ann beschlossen, sich nicht zu trennen, weil das zu gefährlich war. Von dem kleinen Tal gingen mehrere Tunnel ab, aber sie hatten natürlich keine Ahnung, wohin diese führten, und wussten auch nicht, ob und warum die anderen einen davon genommen hatten. So rührten sie Nahrungspulver an, holten Wasser, Ann sammelte noch mehr Pflanzen, und Bazargan versuchte, wenn auch vergeblich, Kontakt mit der *Zeus* aufzunehmen.

»Ann, erzählen Sie mir, was Sie über narzisstische paranoide Schizophrenie wissen.«

Ungeduldig verscheuchte Ann ein Insekt, das sich auf ihrer Hand niedergelassen hatte. Sie saßen auf dem Boden, direkt vor dem Felsüberhang; Ann hatte ihre Pflanzen auf einer Decke ausgebreitet.

»Nicht sehr viel, fürchte ich. Viele Geisteskrankheiten haben sich biochemisch analysieren und behandeln lassen, aber nicht diejenigen, die mit Wahnvorstellungen einhergehen. Zwar können wir die Symptome der Schizophrenie lindern, aber wir können ihre chemischen Ursachen nicht heilen, wie wir das bei einfacheren Störungen wie beispielsweise der Depression oder bei Angstzuständen geschafft haben. Die neurologischen Ursprünge der Schizophrenie sind zu vielfältig.«

»Glauben Sie, dass David unter Wahnvorstellungen leidet?«

Ann überlegte eine Weile, ehe sie antwortete. Ihre blonden Haare hingen in fettigen Strähnen um ihr zerkratztes, schmutziges Gesicht. »Ja, das glaube ich. Aber ich weiß natürlich nicht, in welchem Umfang. Wenn ich sein Blut auf Phenyläthylanin testen könnte ... In den letzten Tagen hat David nicht sehr viel mit uns gesprochen, wissen Sie. Er hat alles in sich reingefressen – den Mord an den Zwillingen, Colonel Johnsons Lügen und auch das Gedankenphänomen, unter dem wir alle gelitten haben, als wir dieses Feld durchquert haben, über das Dieter jetzt dauernd redet. Aber ich weiß nicht, ob er das für alle Zeiten in sich verschließen wird.«

»Glauben Sie, dass Davids Zustand von Dieters Feld beeinflusst worden ist? Dass er stärker darauf angesprochen hat als wir Übrigen?«

»Ja. Obwohl ich nicht weiß, warum. Genauso wenig, wie ich weiß, warum Enli es auf einmal erträgt, dass ihre Vorstellung von der Realität so heftig aufgemischt wird. Eigentlich müsste sie vor lauter Kopfschmerzen völlig am Ende sein, ihr müsste ständig speiübel sein, sie müsste inzwischen einen Schock haben. Und plötzlich ist das alles kein Problem für sie.«

»Ann, Sie kennen Dieter besser als alle anderen. Was glauben Sie, wo er David und Enli hingebracht hat?«

»Sie gehen also davon aus, dass er die beiden mitgenommen hat. Dabei könnte es doch genauso gut David gewesen sein. Mit vorgehaltener Waffe.«

Bazargan änderte seine Sitzhaltung auf dem harten Boden. »Nein, davon gehe ich nicht aus, aber ich habe auch schon daran gedacht. Sie sind inzwischen seit mindestens zwölf Stunden weg. Dieter ist stark und klug und außerdem wesentlich erfahrener in dieser Umgebung als David. Selbst wenn David so dumm war, Dieter gefangen zu nehmen, kann ich mir nicht vorstellen, dass Dieter sich das gefallen lassen würde. David könnte ihn nicht über eine längere Zeit an seinen Erkundungsgängen hindern.«

»Warum hat Enli dann nicht geschrien oder sonst irgendwas? Das ergibt doch alles keinen Sinn. Ich weiß nicht ... Haben Sie das gesehen?«

»Was?« Bazargan hatte nur die Insekten bemerkt. Lebensspender, nannten die Weltler diese Tierchen, die ihre geliebten Blumen befruchteten. Der Schwarm hatte von Ann abgelassen und summte jetzt um Bazargans ungeschützte Hände.

»Die Lebensspender«, sagte Ann. »Sie haben gerade einen davon von ihrer Hand verscheucht. Da ist er zu Ihrem Gesicht hochgeflogen und wäre fast auf Ihrer Wange gelandet. Da – da ist einer auf Ihrer Wange!«

»Na und? Sie stechen wenigstens nicht.«

»Und sie landen nie bei jemandem auf dem Kopf. Nie. Nicht bei uns, nicht bei den Weltlern. Das ist mir in Gofkit Jemloe schon aufgefallen, und ich habe Voratur und auch Enli danach gefragt. Lebensspender setzen sich nie jemandem auf den Kopf. Aber schauen Sie mal, da ist noch einer, auf Ihrer Stirn!«

»Bewegen wir uns ein bisschen«, schlug Bazargan vor. »Die Lebensspender stechen zwar nicht, aber sie kitzeln.«

»Wenn es Ihnen nichts ausmacht, würde ich lieber noch ein bisschen hier sitzen bleiben ... Da ist noch einer. Auf mir. Ich spüre es.«

»Was könnte das Ihrer Meinung nach bedeuten, Ann?«

»Ich bin mir noch nicht sicher. Aber sie landen hier auf unserem Kopf, obwohl sie das sonst nirgends auf Welt tun ... Es muss etwas damit zu tun haben, dass wir uns im Zentrum von Dieters Feld befinden. Oder eher im Auge des Hurrikans, dort, wo das Feld nicht wirkt. Das ist das Einzige, was dieses Tal und die Goldhöhle von den anderen Orten unterscheidet, an denen wir gewesen sind!«

Bazargan setzte sich aufrecht. »Glauben Sie, die Tatsache,

dass Enli auf einmal keine Kopfschmerzen mehr hatte, hängt auch mit diesem Auge des Sturms zusammen?«

»Woher soll ich das wissen? Aber jedenfalls handelt es sich bei allem um ein Phänomen im Gehirn.«

Bazargan versuchte, das alles zu verdauen. Biochemie war nicht sein Gebiet, sondern Kultur. Er wusste nur darüber Bescheid, wie Gehirne zusammenarbeiten, um eine Gesellschaft zu erschaffen. Außerdem war ihm übel und er fror – was in Anbetracht der Tatsache, dass er einen Schutzanzug trug, eigentlich nicht hätte passieren dürfen.

Aber Gruber hatte ihn ja schon gewarnt, dass er im Tunnel zu viel radioaktive Strahlung abbekommen hatte.

Bisher war Ann seine Müdigkeit noch nicht aufgefallen, sie war zu aufgeregt gewesen. »Ahmed, wenn dieses Feld bei Enli den Mechanismus der geteilten Realität, bei uns die Denkprozesse und bei David sogar den Verlauf seiner Schizophrenie beeinflusst, dann kann es nicht biochemisch sein. Selbst irgendein geheimnisvolles unsichtbares Gas oder ein Pollen oder sonst etwas in der Art könnte nicht so unterschiedliche biochemische Reaktionen hervorrufen. Hier geht es um unterschiedliche Gehirnzentren, in denen völlig verschiedene Neurochemikalien zum Einsatz kommen. Ich kann es einfach nicht glauben.«

Bazargan nickte. Er fühlte sich schwach.

»Und Dieter schwört, dass es kein auffälliges elektromagnetisches Feld gibt. Welcher Art auch immer. Aber wie kann er sich da sicher sein ...? Wenn er Recht hat, wenn es sich weder um ein biochemisches noch um ein elektromagnetisches Phänomen handelt, was ist es dann? Wärmegradienten beeinflussen das Gehirn nicht so leicht, jedenfalls nicht, wenn sie in so milder Form auftreten. Was bleibt dann noch? Es sei denn – Dieter!«

Tatsächlich kam Dieter Gruber auf sie zu, völlig verdreckt und voller Steinstaub. Bazargan wunderte sich, woher Ann sofort gewusst hatte, dass er es war und nicht etwa David Allen. Sie sprang auf und warf sich ihm in die Arme, ein so untypisches Verhalten für sie, dass Bazargan zum ersten Mal richtig klar wurde, wie sehr Gruber ihr am Herzen lag.

»Ich bin wieder da«, sagte Gruber, während er sich aus Anns Umarmung löste. Jetzt war ihr Schutzanzug ebenfalls staubig. »Ahmed, schimpfen Sie bitte nicht. Nicht, bis Sie sich angehört haben, was ich gefunden habe. Ach, das ist wirklich umwerfend! Holt die anderen, damit sie es sich auch anhören können!«

»Die anderen?«, fragte Bazargan, obwohl er wusste, wie blöd sich das anhörte. »David und Enli? Sind die denn nicht bei Ihnen?«

»Bei mir? Nein, natürlich nicht! Ich hab mich heute Nacht weggeschlichen, als alle geschlafen haben, und bin losgezogen, um die Tunnel zu suchen, die zum Ursprung dieses Felds führen ... Wo sind David und Enli denn?«

»Weg«, antwortete Ann düster. »Mit deiner Waffe, Dieter.«

Erstaunlicherweise fiel Dieter darauf nichts zu sagen ein. Heute benimmt sich keiner von uns normal, dachte Bazargan müde. Nicht einmal ich selbst. Er wollte nichts von Grubers Expedition hören, die er ja eigentlich verboten hatte. Er wollte nur schlafen.

»Na gut«, meinte Dieter entschlossen. »Ich werde sie suchen. Aber zuerst muss ich euch erzählen, was ich gefunden habe, und dann ein bisschen schlafen. Sie werden entscheiden müssen, was und wie viel Sie Syree Johnson davon erzählen wollen, Ahmed.«

»Wir kriegen immer noch keinen Kontakt zur *Zeus*«, sagte Ann.

»Habt ihr Tas heute am Himmel gesehen?«

»Nein«, antwortete Ann. »Wir haben extra aufgepasst. Was auch immer da oben passiert sein mag, sie haben es jedenfalls geschafft, den Mond aus seiner Umlaufbahn wegzuziehen.«

»Sie sollten vorsichtig sein, was sie mit ihm anfangen«, meinte Gruber. »Ich glaube nämlich, das Ding dort unten ist ein Teil von dem, was Tas war, bevor er ein Mond wurde.«

Der Tunnel machte alle möglichen Biegungen, wurde aber nicht enger. Meistens konnten Enli und David aufrecht gehen. So weit Enli es beurteilen konnte, bewegten sie sich bergab, obgleich der Gang an manchen Stellen abrupt anstieg. Manchmal hörten sie ein Plätschern, manchmal mussten sie durch Wasser waten. Teilweise war die Tunneldecke zusammengebrochen, und ein paarmal mussten sie auch über Felsbrocken klettern oder sich einen Weg durch Geröll bahnen. Pek Allen schien von all dem nichts zu merken. Wie war das möglich? Der Tunnel ähnelte dem, durch den Pek Gruber sie in die Berge geführt hatte, nicht im Geringsten. Aber Pek Allen war ganz in seinem eigenen Garten verloren, und er redete, redete und redete.

»Alle Leute sind fähig, moralische Entscheidungen zu treffen, Enli, ganz bestimmt, ganz sicher. Aber die meisten tun es nicht. Sie leben ihr jämmerliches kleines Leben aus Gewohnheit, aus Bequemlichkeit, um andere damit zu beeindrucken oder für kurzlebige Vergnügungen – das ist die Wahrheit! Sie benehmen sich wie in der Geschichte von dem Bauernjungen, der sich von einer vorüberziehenden Armee anwerben lässt – kennst du die Geschichte? Nein, natürlich nicht, das ist ja eine Menschengeschichte, und ihr auf Welt habt keine Armee und keinen Krieg – der Junge verdingt sich also bei der Armee, weil es eine Missernte gegeben hat und die Armee ihm warmes Essen, eine Schlafdecke und ein Ziel bietet, und er weiß nicht mal, gegen wen die Soldaten kämpfen oder warum – er hat keine Ahnung davon, Enli! Und es ist ihm auch egal! Vielleicht wird er ein guter Kämpfer, vielleicht entwickelt er seinen Kameraden gegenüber eine bewundernswerte Loyalität, vielleicht wird er sogar ein Held, aber nichts davon ist eine moralische Entscheidung, er steht nicht auf der Seite des ›Guten‹ oder des ›Bösen‹, er befindet sich im Niemandsland dazwischen, in einer Art spirituellem Schwebezustand, das ist eine alte Geschichte auf der Erde und auf dem Mars auch, aber sie hat kein Ende, Enli, sie hat kein Ende, niemals, denn um es anders zu machen braucht man nicht nur Mut, Enli – den hatte der Bauernjunge wahrscheinlich –, sondern man braucht auch eine Vision ...«

Einige der terranischen Worte waren Enli fremd. Sie stolperte weiter hinter Pek Allen her, und im Licht seiner Lampe merkte sie, wie oft der Tunnel sich teilte, wie viele Abzweigungen es hier gab. Sie würden den Rückweg nie wiederfinden. Sie würde hier sterben und verwesen und ihre Seele freilassen, damit sie sich zu ihren Ahnen gesellen konnte. Und wenn die Erste Blume es so wollte, würde es Pek Allen ebenso ergehen.

»... Retter beider Rassen, nein, keine so lächerliche Vorstellung, oder vielleicht doch, aber aus solch lächerlichen Ideen entwickeln sich manchmal die größten Erkenntnisse, und ...«

Wie lange marschierten sie jetzt schon durch die Tunnel? Einen Tag und eine Nacht? Sie hatten eine Pause gemacht, damit Enli schlafen konnte, aber sie hatte nichts gegessen. Ob Pek Allen auch geschlafen hatte? Wahrscheinlich nicht. Er aß auch nichts. Anscheinend war er dazu nicht fähig, er konnte auch nicht still sitzen oder lange genug stehen bleiben, um sie beide sterben zu lassen. Und er wollte auch Enli nicht sterben lassen. Immer weiter zog er sie mit sich, ohne sich auch nur einen Augenblick in seinem Redeschwall zu unterbrechen, und sie stolperte hinter ihm her, müde und hungrig, bis sie jedes Gefühl für Zeit und Ort endgültig verloren hatte.

Irgendwo in dieser grauen unendlichen Konfusion begann plötzlich Enlis Anzug zu sprechen. Sie kreischte auf, dann erkannte sie Worte. Pek Bazargans Anzug hatte die gleichen Worte vor einiger Zeit schon einmal gesagt.

»Stopp. In dieser Gegend herrscht eine Strahlung von sechzig Rads. Verlassen Sie diesen Ort umgehend. Sie sind in Gefahr. Stopp. Sie haben ...«

»Setz deinen Helm auf, Enli!«, sagte Pek Allen.

Verständnislos starrte sie ihn an. Er hatte Terranisch gesprochen. Schon streckte er die Hände nach ihr aus und holte etwas Weiches, Formloses aus einer Tasche des Anzugs.

von der sie bisher nichts gewusst hatte. Dann drückte er darauf, und es wurde eine steife durchsichtige Schüssel daraus, die er umdrehte und ihr über den Kopf stülpte. Enli ließ es einfach geschehen, es war ja gleich, ob sie erstickte oder ermordet wurde. Sorgfältig zog ihr Pek Allen auch noch die Handschuhe über und fingerte an der Stelle herum, an der ihre Stiefel mit den Hosenbeinen zusammentrafen.

»So. Jetzt bist du in Sicherheit.«

»Aber ...« Zu ihrer Überraschung drangen die Worte tatsächlich durch die Schüssel auf ihrem Kopf. »Aber was ist denn so gefährlich? Und du ...«

Pek Allen lächelte. Das Licht der Lampe strahlte ihn von unten an, sein blutiges, zerkratztes Gesicht, seine verschrammten Arme, sein völlig zerfetztes Hemd, und Enli konnte sich nicht erinnern, etwas so Seltsames je gesehen oder auch nur geträumt zu haben. Obendrein zuckten seine Hände ständig, sodass das unstete Licht der Lampe wilde Schatten über die Tunnelwände tanzen ließ.

»Gefährlich ist die Strahlung, Enli. Die Krankheit des Neurygebirges – weißt du etwas darüber?«

»Ja.« Jetzt verstand sie, was los war. »Aber dann bist du ... ohne Schutzanzug ...« Da war sie wieder ein bisschen dumm. Schließlich würden sie doch beide hier sterben.

Pek Allen lachte, ein grässliches Geräusch, das von den Tunnelwänden hallte. »O nein, ich nicht! Verstehst du denn gar nichts? Ich bin immun! Alle Retter sind gegen Krankheit gefeit, selbst wenn wir so aussehen, als würden wir ihr unterliegen. Das ist der Lohn, die Ehre dafür, dass wir das tun, was sonst keiner tun will, zum Wohle der Menschheit. Zu deinem Wohl, meinem Wohl – komm weiter!«

Er packte ihre Hand und zerrte sie stolpernd tiefer in den Tunnel. Aber ihr Anzug meldete sich gleich wieder zu Wort. »Stopp. In dieser Gegend herrscht eine Strahlung von hundertachtzig Rads. Verlassen Sie diesen Ort umgehend. Sie sind in Gefahr. Stopp. In dieser Gegend herrscht eine Strahlung von zweihundertdreißig Rads. Verlassen Sie ...«

»Komm schon!«, rief Pek Allen. Der Tunnel, der jetzt breiter wurde, warf das Echo zurück: *schon, schon, schon, schon ...*

Jetzt rannten sie. Enli spürte, wie ihr warm wurde – sollte der Anzug das nicht eigentlich verhindern? Es musste hier sehr heiß sein. Die Lampe, die Pek Allen trug, schwankte wild in seiner Hand, und ihr Lichtstrahl fiel einmal auf die Wand, dann auf die Felsendecke über ihnen, dann auf Pak Allens blutigen nackten Rücken. In Strömen lief der Schweiß an ihm herunter, ein richtiger Wasserfall.

»Stopp. In dieser Gegend herrscht eine Strahlung von siebenhundertsechzig Rads. Verlassen Sie diesen Ort umgehend. Sie sind in Gefahr. Stopp. Sie haben ...«

»Komm, Enli!« *Li, li, li, li ...*

Sie stolperte und fiel hin. Aber Pek Allen riss sie wieder hoch, so heftig, dass er ihr fast den Arm auskugelte, und rannte weiter.

»Wir sind fast da!« *Da, da, da, da ...*
Wo?

»Stopp. In dieser Gegend herrscht eine Strahlung von eintausendvierhundert Rads. Verlassen Sie diesen Ort umgehend. Sie sind in Gefahr. Stopp. Sie haben ...«

Eine letzter steiler Abhang. Sie stürzten beide hinunter und landeten auf einem Steinhaufen. Sofort rappelte Pek Allen sich wieder auf, grinsend. Ein Arm hing schlaff an seiner Seite – er war gebrochen. Aber er schien es nicht einmal zu merken.

»Schau! Das reinigende Feuer!«

Langsam stand auch Enli auf. Ihr Anzug hielt ihr Vorträge über die Krankheit der heiligen Berge. Inzwischen schwitzte sie so, dass sie das Gefühl hatte, gleich ohnmächtig zu werden. Sie standen in einer kleinen Höhle, knöcheltief im Wasser. Die Hitze war erdrückend. Und die Wände glühten.

»Stopp. In dieser Gegend herrscht eine Strahlung von dreitausendsechshundert Rads. Verlassen Sie diesen Ort umgehend ...«

Pek Allen knipste die Lampe aus. Die Wände glühten

immer noch in einem unheimlichen, kalten Licht, das Enli plötzlich erschaudern ließ. Sie setzte sich wieder auf den Boden und machte sich darauf gefasst zu sterben.

»Nein, nein, du nicht«, sagte Pek Allen und machte die Lampe wieder an. »Du bist nicht der Retter, armes Kind. Und du brauchst auch ganz bestimmt keine Reinigung – du bist eine Weltlerin! Weltler wissen nichts von Bauernjungen, die zur Armee wollen! Komm jetzt!«

Wieder begann er zu rennen, mitten durch die heiße kleine Höhle, hinein in einen neuen Tunnel, dann wieder ein anderer und noch einer, hierhin und dorthin durch den Fels, der grauer und dichter war als je zuvor. Aber nicht mehr leuchtete.

»Stopp. In dieser Gegend herrscht eine Strahlung von eintausendsechzig Rads. Verlassen Sie diesen Ort umgehend. Sie sind in Gefahr. Stopp. Sie haben ...«

Enli bekam keine Luft mehr. Ihr Lungen waren am Ende, zu einem einzigen Klumpen von Schmerz verkrampft.

»Stopp. In dieser Gegend herrscht eine Strahlung von neunhundert Rads. Verlassen Sie diesen Ort umgehend. Sie sind in Gefahr. Stopp. Sie haben ...«

Vor Enlis Augen verschwamm alles. Ihre Wahrnehmung musste gestört sein, denn sie glaubte, in dem breiter werdenden Tunnel etwas vorbeihuschen zu sehen, irgendein Tier. Ein Freb. Aber das würde bedeuten, dass sie gleich draußen waren ...

»Stopp. In dieser Gegend herrscht eine Strahlung von einhundertzehn Rads. Verlassen Sie diesen Ort umgehend. Sie sind in Gefahr. Stopp ...«

Immer weiter rannten sie, bis Enli stürzte und nicht mehr aufstehen konnte.

»Diese Gegend ist nicht radioaktiv.« Damit verstummte der Anzug.

Enli keuchte und rang unter unsäglichen Schmerzen nach Luft. Sie konnte nichts sehen. Jeder Muskel in ihrem Körper tat weh. Jeder Knochen. Ganz langsam ließ der Schmerz nach, wie eine langsam verebbende Flut, und ihre Sicht wurde wieder klarer.

Licht. Sie sah graues Dämmerlicht, anders als das helle, gelbe, Schatten werfende Licht der Lampe.

Anscheinend hatte Pek Allen ihr die durchsichtige Schüssel vom Kopf gezogen, ohne dass sie es gemerkt hatte. Sie lag auf einem unebenen Steinboden, Fels unter Kopf und Füßen. Und irgendwo vor ihr schimmerte Tageslicht.

Als sich der Nebel noch etwas mehr hob, sah sie Pek Allen über sich stehen. Mit seinen langen Beinen hockte er rittlings auf ihrem schlaffen Körper, als wollte er ihn schützen. Irgendwie. Dabei blickte er starr zum Ende des Tunnels.

»Wir sind draußen, Enli.« Wieder hatte seine Stimme sich verändert. Und jetzt lag ein Unterton darin, der klang, als wäre sein Geist noch verworrener als vorher.

»Wir sind draußen, und da drüben liegt ein Dorf. Ein Welterdorf. Jetzt kann ich das Werk verrichten, das mir auferlegt ist und bei dem ich deine Hilfe brauche.«

Wieder wurde Enli von Schmerzen überflutet. Diesmal keine Muskeln, keine Knochen, und auch nicht die Lunge. Nein, es war ein vertrauter Schmerz in ihrem Kopf, zwischen den Augen, als sie zu Pek Allen aufblickte. In den Bergen war dieser Schmerz eine Weile verschwunden gewesen, aber jetzt war er zurückgekehrt: Die Kopfschmerzen ungeteilter Realität, die immer dann eintraten, wenn man sich in Gesellschaft einer Person befand, die unreal war.

Sie waren wieder da.

»Gehen wir«, sagte Pek Allen auf Weltisch und zog Enli auf die Füße.

KAPITEL 22

Unterwegs zum Weltraumtunnel 438

Das Faller-Kriegsschiff verharrte reglos im Raum, zweihundert Kilometer vom Tunnel entfernt, neunzig Grad lateral zur Flugbahn der *Zeus*. »Eine Spinne, die in ihrem Netz auf Beute wartet«, brummte Major Ombatu. Syree ignorierte ihn.

Die *Zeus*, eine sich mühsam fortbewegende Fliege, schob ihre Last weiter. Ganz gelassen wurde das Orbitalobjekt 7 immer schneller. Die Offiziere der *Zeus* und das Spezialprojekt-Team waren weniger gelassen, lungerten auf der Brücke herum, sprachen nicht viel miteinander und schliefen noch weniger. Syree wusste, dass der graue Schleier der Erschöpfung, der sie einhüllte, gefährlich war. Er verlangsamte ihr Denken und ihre Reaktionszeit. Aber jedes Mal, wenn sie einschlief, wurde sie von ihren Träumen geweckt.

Sie war vier Jahre alt und lauschte in der Küche ihrer Großmutter Emily James Johnson, die die Namen der ehrenvoll im Kampf gefallenen Soldaten in der Familie rezitierte. Corporal James L. Johnson in Bosnien. Catherine Syree Johnson in Argentinien. Tam Wells Johnson auf dem Mars. *Eine Johnson hat sich im Griff, Syree. Denk immer daran.*

Sie war auf Bolivar und verlor ihr Bein. *Medbot! Medbot hierher!*, rief jemand, und sie erkannte vage und sehr erleichtert, dass sie es nicht selbst war.

Sie befand sich im Innern des Orbitalobjekts 7, entdeckte Geheimnisse, genoss jede Sekunde, als sie plötzlich die Ankündigung hörte, dass man es in die Luft jagen wollte. *Nein, ihr müsst es noch mehr beschleunigen*, schrie sie panisch. *Wir sind noch nicht bei Großmutters Haus!*

»Beschleunigung ein g, Geschwindigkeit 4.732 Kilometer pro Sekunde.«

»Beschleunigung fortsetzen.«

»Beschleunigung wird fortgesetzt.«

Der Steuermann und Peres. Syree schüttelte den Schlaf ab. Wie lange hatte sie diesmal gedöst? Wie nahe waren sie jetzt am Weltraumtunnel? Schnell kontrollierte sie die Displays und rieb sich die Augen.

Sie hatte tatsächlich volle vier Stunden auf ihrem Sessel geschlafen. Die *Zeus* hatte das Artefakt über eine Milliarde Kilometer aus seiner Umlaufbahn geschoben. In weiteren sechs Stunden würden sie den Weltraumtunnel 438 erreichen.

»Commander«, sagte Lee. »Eine Veränderung in der Feindposition. Das Faller-Kriegsschiff bewegt sich auf den Weltraumtunnel zu. Zwanzig Kilometer ... dreißig ... vierzig ...«

»Es hat sich entschieden zu kämpfen«, meinte Puchalla. »Ob wir das Artefakt haben oder nicht.«

»Nein«, entgegnete Syree rasch. »Das glaube ich nicht. Sie haben allen Grund, sich zu wünschen, dass das Artefakt durch den Tunnel in ihren Raum fliegt. Sie werden nicht auf uns feuern, ehe wir das Artefakt nicht abgekoppelt haben.«

»... fünfzig Kilometer ... sechzig ...«

Peres wirbelte in seinem Stuhl herum und starrte Syree an. »Aber das können Sie nicht mit Sicherheit wissen, Dr. Johnson. Der Feind könnte unser Flyer-Manöver durchaus vorausahnen und dafür sorgen, dass der Weltraumtunnel sich in *ihren* Raum öffnet. Darüber haben wir doch bereits gesprochen. Wir können nicht tatenlos zuschauen, wie die Faller auf uns feuern, wir müssen wenigstens versuchen, ihnen auszuweichen oder zuerst zu feuern oder uns zu verteidigen. Alles andere ist inakzeptabel. Immerhin befinden wir uns zuerst und vor allem im Krieg.«

»Ja, Sir«, erwiderte Syree. »Aber bedenken Sie, Sir, dass unser zweiter Flyer im letzten Augenblick durch den Tunnel kommt. Angenommen, wir koppeln das Objekt bis zu diesem Zeitpunkt nicht ab. Dann können wir immer noch gleichzeitig abkoppeln und feuern.«

»... achtzig Kilometer ... neunzig ...«

»Das funktioniert aber jetzt nicht mehr«, wandte Peres ein. »Das Faller-Schiff manövriert sich zwischen uns und den Tunnel. Sobald der Feind unseren ersten Flyer herauskommen und wieder zurücksausen sieht, wird er auf das Artefakt feuern – an dem wir dann immer noch dranhängen –, um zu verhindern, dass der Flyer es durch den Tunnel zurückschafft. Oder wenn sie noch nahe genug dran sind, fliegen sie einfach selbst vor dem Artefakt durch, um den Tunnel neu zu konfigurieren. Wenn uns das Artefakt im Weg ist, können wir nicht auf die Faller schießen. Und dann haben sie erreicht, was sie wollen: Das Artefakt landet in ihrem eigenen Raum.«

»Ein Kriegsschiff kann sich nicht so schnell bewegen«, gab Syree zu bedenken. »Vielleicht könnte es dem ersten Flyer den Rang ablaufen, aber nicht dem zweiten. Sehen Sie ... jetzt steht das feindliche Kriegsschiff wieder still ... Mr. Lee, wie weit ist es jetzt vom Tunneleingang entfernt?«

»Immer noch zweihundert Kilometer, allerdings direkt auf unserer Flugbahn.«

»Sehen Sie, die Werte sprechen für sich«, beharrte Syree. »Unser erster Flyer kommt heute um vierzehn Uhr zweiunddreißig durch. Und kehrt sofort wieder um. Zu diesem Zeitpunkt befinden wir uns, wenn wir das Artefakt jetzt nicht abkoppeln, fünf Minuten vor dem Tunnel, und das Artefakt bewegt sich mit ... Moment mal ... mit einer Geschwindigkeit von viertausendachthundertsechzig Kilometern pro Sekunde.« Sie erwähnte diesmal weder einen Mogelfaktor noch irgendwelche Schlupflöcher. »Dann koppeln wir ab, Commander, und vergessen Sie nicht, dass auch die *Zeus* mit viertausendachthundertsechzig Kilometern pro Sekunde fliegt. Das ist ziemlich schnell, Commander.«

»Wir haben aber Hinweise, dass Faller-Waffen bei dieser Geschwindigkeit immer noch recht zielgenau sind. Und wir würden uns in ihrer Schussweite befinden.«

»Ja. Aber bei einer so hohen Geschwindigkeit ist die Zielgenauigkeit trotzdem geringer. Und für eine kurze Zeitspanne werden die Faller außerdem desorientiert sein und sich mit der Entscheidung beschäftigen müssen, ob sie auf uns feuern oder das Artefakt aufs Korn nehmen oder lieber versuchen sollen, möglichst schnell zum Weltraumtunnel zu kommen. Durch den Überraschungseffekt gewinnen wir mindestens ein paar Sekunden und können als Erste feuern.«

Peres runzelte die Stirn. »Kann der Feind schneller durch den Tunnel fliegen als das Artefakt? Er könnte den ersten Flyer durchkommen sehen und versuchen, vor dem Artefakt hineinzugelangen, ohne auf uns zu schießen. Ist das möglich, in fünf Minuten, aus einer Entfernung von zweihundert Kilometern?«

»Leider ja«, antwortete Syree widerwillig. »Zweihundert Kilometer in fünf Minuten, das schafft das Kriegsschiff leicht. *Aber* – vier Minuten später kommt unser zweiter Flyer aus dem Caligula-System durch. Wenn das Kriegsschiff in den Tunnel eintritt, gleich nachdem unser erster Flyer rausgekommen ist, wird es nicht mal merken, dass der zweite die Ausrichtung des Tunnels wieder verändert hat. Wenn das Kriegsschiff nicht nach dem ersten Flyer im Tunnel verschwindet, weil es ein Gefecht mit uns begonnen hat, hätte es, selbst wenn es den Kampf mit uns gewinnt, trotzdem keine Zeit, vor unserem zweiten Flyer im Tunnel zu sein. Dann müsste es nämlich die zweihundert Kilometer in sechzig Sekunden schaffen und würde sogar noch ein paar Sekunden verlieren, um eine Entscheidung zu treffen. Und das ist unmöglich.«

»Nicht einmal mit einem Kamikaze-Einsatz? Wie viel g würden sie brauchen, um in sechzig Sekunden beim Tunnel zu sein?«

»Elf Komma drei. Das wäre ein echter Kamikaze-Flug. Aber ich glaube nicht, dass sie es schaffen würden. Es würde schon ein paar Sekunden dauern, um den Antrieb in Gang zu setzen. Und wir würden dabei auch noch auf sie feuern. Sobald wir abkoppeln, könnten wir scharf einschwenken, um uns in eine klare Schussposition zu bringen, sodass wir auf sie feuern könnten, ohne das Artefakt zu treffen. Sie müssten entweder ausweichen oder manövrieren, um das Feuer zu erwidern.«

»Stimmt«, räumte Peres ein. »Und wir können natürlich auch das Artefakt sprengen und es als Waffe gegen die Faller einsetzen, wenn es nötig ist.«

Syree nickte. Das Artefakt zu sprengen, war die letzte Notlösung. Sie hoffte, dass Peres es auch so sah. »Wenn wir fünf Minuten vor dem Tunnel abkoppeln, haben wir außerdem Zeit, uns selbst weiter von der Detonation zu entfernen«, sagte sie. »Wir werden mit hoher Geschwindigkeit fliegen, Commander. Aber ich muss noch Folgendes sagen: Ich meine, dass wir uns in genügend großer Entfernung von der Schockwelle unserer eigenen Sprenger befinden werden. Ich weiß aber nicht, welche Art Welle die Explosion des Artefakts verursachen könnte.«

Also sprengen Sie es lieber nicht. Das war es, was sie eigentlich damit sagen wollte. Peres verstand ihre Andeutung. Aber er sagte nur: »Verstanden, Ms. Puchalla?«

»Ich sehe kein Problem darin, mit der Abkopplung zu waren bis t-minus-fünf-Minuten. Wir sind bis dahin ohnehin nicht in Schussweite der Faller, also ist es nicht so, als würden wir ein Gefecht vermeiden.«

»Einverstanden«, sagte Peres. »In Ordnung. Steuermann, setzen Sie die Beschleunigung fort.«

»Beschleunigung wird fortgesetzt.«

»Mr. Lee, lassen Sie die Feindposition keine Sekunde aus den Augen – und ich meine wirklich keine Sekunde.«

»Jawohl, Sir.«

Die *Zeus* raste vorwärts, dem entgegen, was auch immer der Feind oder das Artefakt oder der Weltraumtunnel als Nächstes zu tun gedachte.

KAPITEL 23

Im Neurygebirge

Ann und Bazargan lauschten, während der schmutzverkrustete Gruber aufgeregt und mit ausladenden Gesten erklärte, was er tief unter den Neurybergen gefunden hatte. Bazargan wusste, dass es etwas Wichtiges war, vielleicht überhaupt das Wichtigste, seit sie auf Welt gelandet waren. Aber er konnte sich einfach nicht konzentrieren. Die Strahlendosis setzte ihm inzwischen ziemlich zu. Sicher, sie war nicht lebensbedrohlich, aber er fühlte sich trotzdem elend, vor allem, weil er kaum gegessen und geschlafen hatte und stattdessen voller Angst endlose Meilen durch feuchte, ungesunde unterirdische Gänge geirrt war, in einem sonderbaren Kraftfeld, von dem bisher nur Gruber unerschütterlich glaubte, dass es existierte.

»Ich habe mehrere Tunnel ausprobiert, bis ich einen mit einem tiefen Kamin gefunden habe, nicht weiter als fünfhundert Meter von hier. Meinem Handcomputer zufolge immer noch im Auge des Felds. Ich hatte Kletterhaken und Seil dabei, und ...«

»Du bist ein fürchterliches Risiko eingegangen«, unterbrach ihn Ann. »Du hättest dabei umkommen können.« In ihrem verschmutzten Gesicht glitzerten die Augen gleichzeitig fasziniert, vorwurfsvoll und bewundernd. Man muss noch ganz schön jung sein, um diese Kombination so hinzukriegen, dachte Bazargan. Seine Knochen schmerzten bis ins Mark.

»Ja«, grinste Gruber. »Aber ich lebe noch. Der Kamin endete in einer neuen Gruppe von Lavatunneln, glatt, unterstützt von einem wesentlich älteren Granitsockel ... eine ungewöhnliche Struktur. Ich habe sämtliche Tunnel ausprobiert und dabei sorgfältig meinen Weg markiert, bis ich es gefunden hatte. Auf es gestoßen bin. Es entdeckt habe!«

»Was denn?«, fragte Ann. »Was?«

»Eine kleine Höhle. Nicht mehr als vier Meter im Durchmesser, wenn sie regelmäßig genug gewesen wäre, um einen zu haben, was nicht der Fall war. Eine Pockennarbe im Gestein. Und aus dem Boden ragte die Wölbung einer Metallkugel hervor. Nur ein kleiner Teil – ein sehr kleiner Teil. Das meiste ist im Fels eingeschlossen. Ich hab alle schnellen Tests gemacht, die ich konnte. Das Alter der Gesteinsschmelze in der Umgebung deckt sich mit dem der Lehmschicht, die abgelagert wurde, als damals etwas in das prähistorische Meeresbecken gestürzt ist und all diese Tunnel gebildet hat, ehe das Land sich wieder zu einem Gebirge aufgeworfen hat.«

»Der ursprüngliche Asteroid«, hauchte Ann.

»Kein Asteroid! Es ist ein Artefakt. Mit einem Radius von etwa fünfundzwanzig Metern, nach der Wölbung zu urteilen. Die Oberfläche scheint eine Allotrop-Form von Kohlenstoff zu sein, etwas Ähnliches wie Fulleren. Mit der Ausrüstung, die mir zur Verfügung stand, konnte ich leider nicht mehr feststellen. Außer etwas ganz Wichtigem – sind Sie noch wach, Ahmed?«

»Ja«, antwortete Bazargan.

Ann riss sich von Grubers Lippen los und blickte ebenfalls zu Bazargan hinüber. Schlagartig bemerkte sie, wie furchtbar er aussah – die Erkenntnis zeichnete sich selbst in ihrem verschmierten Gesicht überdeutlich ab. »Es geht Ihnen nicht gut, Ahmed, stimmt's? Die Strahlenkrankheit.«

»Ja. Aber ich ... hab nicht zu viele ... Rads abgekriegt. Ich werd mich schon wieder erholen.« Er konnte den Kopf gerade noch rechtzeitig abwenden, sonst hätte er sich statt auf den Boden auf Ann übergeben.

Zusammen mit Gruber trug sie ihn in die Höhle und machte ihm ein Bett aus den Decken. Gruber stellte die große Lampe so ein, dass sie auch Wärme spendete, und platzierte sie so, dass sie Bazargans fröstelnden Körper mit ihrem Licht überschwemmte. »Ich hätte besser darauf achten sollen«, meinte Ann, die sich offensichtlich Vorwürfe machte. »Der Effekt setzt immer zeitversetzt ein, aber es war einfach so viel los ... Ahmed, Sie müssen schwitzen, aber Sie dürfen nicht austrocknen. Trinken Sie das hier.« Sie brachte ihm Wasser vom Bach, das leicht schlammig schmeckte. Er trank davon, so viel er konnte.

»Ich habe leider keine Ausrüstung, um Ihnen eine Spülung zu machen«, sagte sie frustriert. »Aber ich werde so viel abschrubben, wie ich kann ... Also, spielen Sie jetzt bloß nicht den Schamhaften, Ahmed. Sie sind Anthropologe.«

Und Anthropologen fühlen sich wohler als Beobachter und nicht als Objekt der Beobachtung, hätte Bazargan gern geantwortet, aber es ging nicht. Seine Kehle war wie zugeschnürt.

Gruber und Ann schrubbten ihn mit Wasser und kleinen harten Kieseln ab. Dann schnitten sie ihm die Haare so kurz wie möglich, brachten ihn erneut zum Erbrechen und verabreichten ihm einen Einlauf. Bazargan ließ all die entwürdigenden Maßnahmen über sich ergehen, denn er wusste, dass es das Richtige war. Aber gleichzeitig hasste er seine Schwäche zutiefst.

Als sie fertig waren und er in Decken gewickelt in der Höhle lag, kehrten Ann und Gruber wieder zu dem Thema von Grubers Entdeckung zurück. Bazargan hörte zu, so gut er konnte.

»Das im Fels steckende Artefakt bildet den Messungen zufolge genau das Zentrum des Felds, Ann. Die Mitte der ringförmigen Verteilung. Ich habe die Daten sorgfältig verfolgt, überall, wo wir in diesen Bergen gewesen sind. Alles ist genau dokumentiert, auch die Werte von meinem ersten Besuch. Der ansteigende thermische Gradient, wenn man tiefer unter die Oberfläche geht ... Er müsste sinken, weil das radioaktivste Gestein sich in der Nähe der Oberfläche befindet und Hitze erzeugt, die der Fels für Jahrmillionen festhält. Aber hier ist es nicht so, weil das Artefakt die *Quelle* der

Strahlung ist. Allerdings keine normale Quelle, und deshalb verläuft die thermische und radioaktive Verteilung gegenphasig. Hören Sie, Ahmed, das ist wichtig – es ist die größte Entdeckung, die wir hier gemacht haben. Bei Weitem!«

Wieder unterstrich er seinen Bericht mit lebhaften Gesten. Bazargan konnte über den idealistischen Enthusiasmus des für gewöhnlich eher ruhigen und zynischen Gruber nur müde staunen.

»Die Stärke der Strahlung sinkt normalerweise, laut dem reziprok quadratischen Effekt. Je näher man der Quelle kommt, desto größer wird die Strahlung. Aber hier gibt es direkt an der Quelle nicht die geringste Strahlung. In einer Entfernung von etwa zweihundertfünfzig Metern fängt sie ganz langsam an, steigt dann rapide und fällt ebenso schnell wieder ab. Die entsprechenden Gleichungen habe ich noch nicht ausgearbeitet. Ich denke, wir haben den Rand gestreift, als Ahmed ohne Schutzanzug war und die Strahlung abbekommen hat, die ihn jetzt krank macht.«

»Ja, ich kann dir folgen«, sagte Ann.

»Dann hör weiter zu, denn jetzt kommt der Schlüssel des Ganzen. Das Artefakt im Fels sendet keine eigentliche Strahlung aus. Es verbreitet ein Feld, welches die umgebenden Substanzen radioaktiv *macht,* und es verursacht auch den thermischen Gradienten. Es gibt eine Zeitverzögerung, eine Anstiegszeit, bevor das Feld effektiv wird, was das strahlungsfreie ›Auge‹ erklärt, in dem wir uns jetzt befinden. Aber der Haupteffekt – das ist genau das, was dieser Mond Tas nach Dr. Johnsons Beobachtungen im Weltraum macht!«

Ann hob die Hand und ließ sie wieder sinken. Benommen sagte sie schließlich: »Glaubst du, das Artefakt, das du gefunden hast, war ein weiterer Mond, identisch mit Tas, nur dass es irgendwann aus der Umlaufbahn geraten ist?«

»Nein, sicher nicht identisch mit Tas. Denn Syree Johnson hat gesagt, der Welleneffekt draußen im Raum sei sphärisch gewesen. Was wir hier haben, ist ein flacher Ring. Aber meinen Daten zufolge sieht es so aus, dass das entstehende

Feld seinerseits ein weit größeres Feld entstehen lässt, das den ganzen Planeten umgibt. Und dieses Feld ist nicht radioaktiv. Es ist überhaupt nicht elektromagnetisch. Und auch nicht thermisch.«

»Dieter ... während du weg warst ... haben Ahmed und ich darüber spekuliert ...«

»Lass mich das erst zu Ende bringen. Dieses seltsame sekundäre Feld – obwohl es natürlich genauso gut auch das primäre Feld sein könnte! – hat jedenfalls ebenfalls das ›Auge‹, in dem wir uns jetzt befinden. Ein Loch direkt um die Quelle herum. Also kann ich nur anhand meiner bisherigen Daten spekulieren. Das zweite Feld bedeckt die Oberfläche des Planeten, steigt abrupt an, wenn man von der Erdoberfläche emporsteigt, und fällt dann wieder ab. Wenn ...«

»Wenn man wie hoch steigt?«, fragte Ann, für ihre Verhältnisse recht scharf. Sie hatte Dieter sogar am Arm gepackt. »*Wie hoch?*«

Verwundert starrte er sie an. »Ich bin nicht sicher.«

»Dann mach eine Schätzung!«

»Das Feld scheint in einer Höhe von etwa einem halben Kilometer am dichtesten zu sein.«

»Und wo waren wir, als wir im Tunnel alle außer Enli auf einmal nicht mehr denken konnten? In welcher Höhe?«

Hilflos auf seinen Decken liegend beobachtete Bazargan, wie sich Dieters Gesicht veränderte. »*Mein Gott,* ja! Wir waren fünfhundert Meter über dem Meeresspiegel, das einzige Mal ... Die Tunnel gehen mal rauf und mal runter. Wir waren im dichtesten Bereich des Felds, als wir plötzlich so verblödet sind ... alle außer Enli ... Ann, was ist das bloß? Was hast du Ahmed darüber gesagt? Ahmed, hören Sie uns zu?«

Aber sie warteten Bazargans Antwort nicht ab. »Es ist wirklich nur Spekulation, Dieter«, sagte Ann. »Folgendes: Dein den Planeten umspannendes Feld ist nicht elektromagnetisch. Und auch nicht radioaktiv – selbst von der *Zeus* konnten wir feststellen, dass sich die Radioaktivität im Neurygebirge konzentriert und nicht gleichmäßig über ganz Welt verteilt ist.«

»Ja, das sagt uns der Neutrinofluss. Mach weiter.«

»Das Feld ist auch nicht biochemisch, keine Pheromone oder etwas Derartiges. Davon bin ich überzeugt. Trotzdem beeinflusst es das Gehirn. Unseres hat es beeinträchtigt, als wir einen Bereich betreten haben, in dem das Feld sehr dicht ist. Bei Enli war die Wirkung zu spüren, seit wir uns in deinem ›Auge‹ befinden – ich weiß nicht, ob es dir aufgefallen ist, dass sie keine Kopfschmerzen aufgrund nicht geteilter Realität mehr hatte, solange wir uns im ›Auge‹ aufgehalten haben. Vielleicht wird auch Davids Gehirn davon beeinträchtigt, insofern, als seine Instabilität sich in den letzten fünf Tagen so verschlimmert hat. Allerdings könnte das auch hauptsächlich ein traumatischer Effekt sein, kombiniert mit dem Entzug der Disziplin.«

»Dann denkst du ...«

»Warte. Da ist noch ein Teilchen. Die Lebensspender – du weißt schon, diese insektenartigen Tiere, die die Blumen bestäuben – landen außerhalb dieser Berge nie auf einem Weltler- oder Menschenkopf. Nie. Aber hier in diesem Tal, in deinem ›Auge‹ des Felds, tun sie es.«

»Ach wirklich? Und was bedeutet das?«

»Ich denke, dass sie auch auf die Auswirkungen unseres zweiten unbekannten Felds reagieren. Und ich glaube, das Feld beeinflusst bestimmte Arten von lebendem Gewebe ganz besonders. Weil sich dieses Gewebe in Interaktion mit diesem Feld *entwickelt* hat. Es wirkt auf das Nervengewebe des Gehirns.«

Gruber wechselte unruhig seine Sitzhaltung und runzelte die Stirn. »Nein, das kann nicht sein. Das Gehirn ist biochemisch und elektromagnetisch. Und ich habe gerade ausführlich erklärt, dass keins von beidem auf das Feld zutrifft.«

»Das Gehirn ist biochemisch und elektromagnetisch, ja. Das Bewusstsein ist ein Muster von Nervenerregungen, eine Synchronie in der Gamma-Oszillation. Aber es gibt neue Forschungsergebnisse in der Biochemie, die der allgemeinen Öffentlichkeit noch nicht zugänglich gemacht wurden. Es handelt sich um weitere Beweise für eine Theorie, die man einmal für radikal hielt, der man sich aber von Jahr zu Jahr weiter annähert, weil wir immer mehr erkennen. Weißt du, was ein parakristallines vesikuläres Gitter ist, Dieter?«

»Nein«, antwortete der Geologe.

»Ich hab es dir schon einmal erklärt, als wir alle über Voraturs Lagerfeld-Scan diskutiert haben, weißt du noch? Na, egal. Grundsätzlich hat man Milliarden vesikulärer oder präsynaptischer Gitter im Hirn. Sie befinden sich am Ende der Nervensynapsen und kontrollieren, wie viele Neurotransmitter bei jedem Nervenimpuls freigesetzt werden, was wiederum alles beeinflusst, was man denkt und fühlt. Parakristalline vesikuläre Gitter sind sehr klein. Sie funktionieren nach den Gesetzen der Quantenphysik, Dieter, nicht nach der klassischen Physik. Sie können Quantenereignisse *außerhalb* ihrer Energiebarriere verursachen, weil ein Teil ihres Quantenwahrscheinlichkeitsfelds dort liegt. Es sieht immer mehr danach aus, dass das Bewusstsein das Hirn auf diese Art beeinflusst. Durch Veränderung seines Wahrscheinlichkeitsfelds. Es gibt keine andere Erklärungsmöglichkeit dafür, wie ein rein mentales Ereignis, zum Beispiel der Entschluss, vom Stuhl aufzustehen, einen Effekt in der materiellen Welt produzieren kann, ohne das Gesetz des Energieerhalts zu verletzen.«

»Warte, warte«, fiel Dieter ihr ins Wort. »Ich habe letzte Nacht kaum geschlafen und bin schrecklich müde. Willst du damit sagen, dass das Gehirn mit einem Wahrscheinlichkeitsfeld arbeitet?«

»Nur zum Teil. Elektromagnetische Nervenerregungen und biochemische Ereignisse sind natürlich auch beteiligt. Aber die Freisetzung von Neurotransmittern, hervorgerufen durch Quantenereignisse – *und* das mit ihnen verbundene Wahrscheinlichkeitsfeld –, ist die Basis für das, was im Gehirn elektrisch und chemisch passiert.«

»Ein Wahrscheinlichkeitsfeld«, wiederholte Gruber staunend. »In unserem Gehirn? In deinem, meinem, in dem der Weltler?«

»Wenn die Theorie stimmt.«

»Und das Artefakt im Fels erzeugt sein eigenes Wahrscheinlichkeitsfeld. Das auf Welt jedes Gehirn beeinflusst. Gleichmäßig außerhalb des Neurygebirges, in den Bergen chaotisch, je nachdem, wo man seine ringförmige Verteilung durchschreitet. Unser Gehirn hat anders reagiert als das von Enli, weil ihre Rasse sich hier entwickelt hat und unsere nicht ... Ann! Das Wahrscheinlichkeitsfeld hätte dann auf Welt zu wirken begonnen, als das Artefakt in prähistorischer Zeit in den Ozean gestürzt ist! Es könnte die unterschiedliche Entwicklung des menschlichen und weltischen Gehirns erklären und auch die Lösung der Frage sein, warum die geteilte Realität sich hier erhalten hat, obwohl die Gleichungen beweisen, dass es keine durchsetzungsfähige genetische Strategie ist!«

»Jaaaaa«, entgegnete Ann benommen. »Dieter, ich muss über all das nachdenken. Ich muss ...«

»Und noch was!«, rief Dieter. »Wenn du die Quantenmechanik mit reinnimmst, dann beinhaltet das automatisch auch die Möglichkeit von Quantenkorrelationen.«

»Die Möglichkeit wovon?«, fragte Ann.

»Von Quantenkorrelationen! Wenn zwischen zwei Elektronen eine Quantenkorrelation besteht und du beeinflusst das eine Elektron, dann passiert mit dem anderen unmittelbar das Gleiche, selbst wenn es sich am anderen Ende des Universums befindet. Trennung in Raum und Zeit spielt keine Rolle. Wissenschaftler glauben, das könnte die Theorie sein, die hinter den Weltraumtunneln steckt, obwohl wir keinerlei Hinweis auf ihre Technologie besitzen. Aber wenn das Artefakt im Stein und Tas irgendwie zusammenhängen ... wenn beide ein Wahrscheinlichkeitsfeld einsetzen ...«

Inzwischen schien Ann schon vergessen zu haben, dass sie eigentlich nicht mehr spekulieren wollte. »Und auch das Gehirn benutzt Wahrscheinlichkeit. Die Ausschüttung von Neurotransmittern beim Menschen ist probabilistisch, daher ist es auch logisch, dass Weltlergehirne genauso funktionieren. Aber wenn dein Wahrscheinlichkeitsfeld eine Wirkung auf die Freisetzung von Neurotransmittern ausübt, indem es bestimmte Gitter den anderen bevorzugt, und wenn es das über eine sehr lange Zeit hinweg tut, über einen evolutionären Zeitraum nämlich ... dann könnte sich so der Mechanismus der geteilten Realität ausgebildet haben, Dieter. Das könnte erklären, warum biologisch kein Unterschied zwischen einem menschlichen und einem Weltlergehirn besteht, und dennoch ein Unterschied existiert. Er liegt in der Häufigkeit probabilistischer Ereignisse. Kein Wunder, dass man es auf dem Lagerfeld-Scan nicht sehen konnte.«

»*Mein Gott,* es passt alles zusammen!«

»Aber wir brauchen jemanden, der mehr von Physik versteht. Jemanden wie Syree Johnson.« Anns Stimme veränderte sich. »Dieter, wenn wir hier sterben, dann wird nie jemand von all dem erfahren.«

Er legte den Arm um sie. »*Liebchen*«, sagte er auf Deutsch, »wir werden hier nicht sterben.«

»Das kannst du nicht wissen.«

Er antwortete nicht, denn er war eingeschlafen, zusammengesunken auf dem Boden kauernd, ein schmutziges, erschöpftes, optimistisches Häufchen.

Ann legte ihn vorsichtig auf den Rücken und sah dann noch nach Bazargan, der ebenfalls schlief. Dann nahm sie Dieters Handcomputer, aktivierte ihn und begann sich eilig Notizen zu machen. Draußen vor der Höhle verdunkelten dichte Wolken den Himmel, und nach einer Weile begann es zu regnen.

KAPITEL 24
Gofkit Rabloe

Enli ließ sich von Pek Allen auf die Füße ziehen, noch immer keuchend von der wilden Hast durch Höhlen und Tunnel. Aber neben dem Schmerz in ihren Lungen und dem Kopfweh der ungeteilten Realität verschaffte sich allmählich auch ein wütender Gedanke Gehör.

Sie waren nicht gestorben in den geheimen Höhlen des Neurygebirges.

Und weil sie nicht gestorben waren, würden die entstellten Blüten, die Pek Allens verrückter Verstand hervorbrachte, sie dazu zwingen, ihre Mitweltler aufzusuchen, damit er sie ›retten‹ konnte. Natürlich würden die Weltler sowohl Pek Allen als auch Enli töten. Die Priester würden ihre Körper mit Chemikalien überschütten und in Glassärge sperren, damit sie nicht zu ihren Vorfahren zurückkehren und die Geisterwelt verunreinigen konnten. Enli und Tabor würden für immer unreal bleiben.

Sie versuchte, ihre Hand aus Pek Allens Umklammerung zu befreien, aber er war zu stark. Blutig, voller Schrammen, ein Arm schlaff herunterhängend, von der Krankheit des Neurygebirges befallen (sogar ihr terranischer Anzug hatte das überdeutlich gemacht!) – trotzdem war Pek Allen immer noch immens stark. Besessen von der Kraft einer schrecklichen Unrealität.

Sie standen am Rand eines Tunnels, das aus den Bergen herausführte. Ein steiler Geröllhang fiel zu einem Sims hin ab, danach wurde das Gelände weniger felsig, und ein paar kümmerliche Büsche tauchten auf. Dann kamen Felder, und weiter weg die rauchenden Schornsteine auf den Häusern, deren Dächer im Regen glitzerten.

»Pek Allen ...«

»Mach jetzt bloß nicht schlapp, Enli. Wir müssen handeln, denn wer weiß, wie viel Zeit diese Hexe Syree Johnson uns noch lässt, bevor sie ihre Waffe zündet und Welt verstrahlt.«

Er sprach Weltisch, aber zwei Worte waren terranisch: ›Hexe‹ und ›verstrahlt‹. Inzwischen kümmerte es Enli allerdings nicht mehr, was die Worte bedeuteten. Pek Allens Unrealität verursachte ihr heftige Kopfschmerzen, ihr Bauch trauerte um sie und Tabor. Doch selbst jetzt noch registrierte ein kleiner Teil ihres sorgenschweren Gehirns, dass Pek Allen aufgehört hatte zu faseln. Jetzt sprach er ganz ruhig, vernünftig, so, als wäre das, was er sagte, tatsächlich machbar.

»Komm, Enli. Wir haben es fast geschafft. Zieh zuerst mal den Schutzanzug aus. Schnell! Gut, und jetzt komm mit.«

Durch den strömenden Regen stolperten sie vorwärts. Auf den üppigen Feldern reifte das Getreide, dahinter, in der Nähe der Häuser, erstreckten sich große Blumenbeete. Pajalib, Jelitib, blaue Trifalitib, zart wie hauchdünne Wolken. Leuchtende kleine Mittib. Duftende Ralibib, Vekifirib im Schatten. Sajib mit den wachsigen rosaroten Blüten, die so groß wurden wie Enlis Hand. All die Blumen, die Welt so prachtvoll machten.

Das Dorf war größtenteils verlassen, die Frühstückskochfeuer auf dem Dorfplatz ordentlich mit metallenen Schutzhauben zugedeckt, die Haustüren geschlossen. Wahrscheinlich waren alle bei der Ernte der Zelifrucht. Trotzdem würden sich ein paar Leute hinter den regennassen Türen aufhalten. Die Alten, die auf die ganz Kleinen aufpassten, die Kranken, die Leute, die unter der Blumenkrankheit gegen Cariltefblüten litten, die immer in der Nähe der Zelifrucht angepflanzt wurden.

Mitten auf dem Dorfanger, im Kreis der Kochfeuerstellen, blieb Pek Allen stehen. »Hallo! Ihr Bewohner von Welt! Ich bringe euch eine wichtige Botschaft der Ersten Blume!«

Enli schloss die Augen und schlug sie dann rasch wieder auf. Vielleicht hatte sie nur noch kurze Zeit zu leben. *Ach, Tabor ...*

»Weltler! Ich bringe euch eine wichtige Botschaft der Ersten Blume!«

Eine Holztür wurde geöffnet, und eine sehr alte Frau, gebeugt unter der Last der Jahre, spähte heraus. Als sie Enli und den großen blutverschmierten Terraner entdeckte, breitete sich Entsetzen auf ihrem Gesicht aus und sie schlug die Tür schnell wieder zu.

»Weltler! Ich bringe euch eine wichtige Botschaft von der Ersten Blume!«

Eine weitere Tür ging auf, und ein Mann kam heraus, jung und stark. Zweifelsohne war er nicht bei der Ernte, weil er unter der Blumenkrankheit litt; sein Nackenfall war in Sühnezöpfe geflochten. Und er trug ein langes Messer.

Wortlos ging er auf Pek Allen zu, hob das Messer und wollte es ihm in die Brust stoßen.

Aber Pek Allen packte ihn mit seinem gesunden Arm. Für Enli sah es ganz leicht aus, fast unvermeidlich, als hätte Pek Allens geschundener Körper nur auf diesen Moment gewartet. Mühelos nahm er dem Mann das Messer ab, warf ihn zu Boden und stellte sich mit einer seltsam geformten kleinen Metallmaschine über ihn. Plötzlich wurde Enli klar, dass es Pek Grubers *Pistole* sein musste, von der sie die Terraner hatte sprechen hören. Regen tropfte vom einen Ende der Pistole, dann machte Pek Allen irgendetwas mit ihr, und ein scharfer Knall zerfetzte die Stille. Doch als Enlis Ohren aufgehört hatten zu schmerzen, sah sie, dass das Ding nicht etwa explodiert war, sondern noch immer in Pek Allens Hand lag. Nur eine Holzschüssel, die jemand versehentlich auf der Dorfwiese zurückgelassen hatte, war in tausend nutzlose Stücke zersprungen.

»Hör zu, Pek«, sagte Pek Allen auf Weltisch zu dem jungen Mann. »Ich bin Pek David Allen. Terraner. Das weißt du ja. Das Ministerium für Realität und Sühne hat mich für unreal erklärt, aber ich bin gekommen, um euch zu warnen, dass mit Welt etwas Schreckliches geschehen wird, vielleicht heute noch. Eine Wandlung in der geteilten Realität. Also hör mir zu.

Ihr wisst ja, dass Tas verschwunden ist. Die anderen Terraner haben ihn gestohlen. Das wisst ihr auch. Was ihr nicht wisst, ist, dass die unrealen Terraner euch eine Krankheit aus dem Neurygebirge schicken werden. Es ist eine ähnliche Krankheit wie die, die es dort bereits gibt, nur viel, viel stärker. Für Lebewesen ist die Wirkung nicht so schlimm, sie fühlen sich nur ein bisschen schlecht. Aber auf Gegenstände – Kochtöpfe, Schmuck, Blumenandenken – ist die Wirkung verheerend. Diese Dinge werden für euch genauso gefährlich wie das Neurygebirge. Deshalb müssen alle Weltler dringend vor dieser Wandlung der geteilten Realität gewarnt werden.«

Der junge Mann, den Pek Allen auf den Boden drückte, drehte den Kopf von der zerbrochenen hölzernen Schale weg und spuckte dem Terraner auf die Füße.

»Enli«, sagte Pek Allen, »geh in das Haus dort drüben, dessen Tür die alte Frau gerade zugeschlagen hat. Bring mir das Kind, das da drin ist.«

Enli starrte ihn an. Aber ja, natürlich würde sich ein Kind in diesem Haus befinden ... Die alte Frau war nicht so gebrechlich, dass sie die Ernte aus einem anderen Grund versäumt hätte. Sie wäre hinten auf dem Wagen mitgefahren, hätte bei der Zubereitung des Mittagessens geholfen und sich am geteilten Vergnügen mitgefreut.

»Enli! Los, geh jetzt!«

Aber Enli rührte sich nicht.

Pek Allens Blick glitt kurz zu ihr hinüber, dann rasch zurück zu dem Mann am Boden. »Wenn du nicht gehst, Enli, muss ich ihn töten. Eine ganze Welt steht hier auf dem Spiel. Also zwing mich nicht dazu.«

Die Blumen seines Verstands waren wirklich vollkommen verdreht! Und es wurde immer schlimmer.

Langsam ging sie zu dem Haus hinüber. Die Tür war von innen verriegelt, aber Enli zerschlug kurzerhand die Fensterscheibe und rief hinein: »Mach auf, Pek, sonst jagt der Wahnsinnige da draußen euer Haus in die Luft. Samt dir und dem Kind. Es tut mir sehr Leid, aber so ist es.«

Der Schmerz in ihrem Kopf machte sie fast blind. Tat sie das alles wirklich? Sie, Enli Brimmidin, auf Befehl eines unrealen Verrückten?

Die Tür öffnete sich. Enli ging hinein – wie normal es war, einfach durch eine offene Tür in ein Haus zu treten, diese simple Tatsache mit jemandem zu teilen! – und sprach leise mit der alten Frau. »Verschwinde am besten durch die Hintertür. Sag dem Kind, es soll keinen Lärm machen. Geh den Hügel hinunter, so, dass das Haus zwischen dir und dem Terraner liegt, und versteck dich im Gemüsegarten.«

Die alte Frau starrte sie einfach nur an. Nicht weil Enli unreal war, sondern weil die Frau vor Schreck nicht aus und ein wusste. In der Ecke bewegte sich eine Schranktür. Wenigstens war das versteckte Kind groß genug, um sich still zu verhalten.

»Geht jetzt, schnell!«, sagte Enli und versuchte, so zu klingen wie Pek Bazargan, wenn er Anweisungen erteilte. Trotzdem war sie ein wenig erstaunt, als die Frau ihrer Aufforderung Folge leistete.

Enli wandte sich um und ging wieder nach draußen. »Da ist kein Kind, Pek Allen. Ich hab nachgeschaut.«

Er warf ihr einen kurzen Blick zu. »Du *lügst*.« Das Wort war terranisch, aber die Bedeutung unmissverständlich: Es hieß, dass man nicht die Realität mit jemandem teilte, sondern etwas anderes. Jetzt würde er sie mit seiner Pistole töten. Gut, dann sollte es eben so sein. Enli schloss die Augen.

Ein Schrei ertönte.

Aber sie lebte noch. Sie stand immer noch im Regen. Und als sie die Augen öffnete, wand sich der junge Mann am Boden, stöhnte und umklammerte sein Bein, obwohl es keinen schrillen, ohrenbetäubenden Knall gegeben hatte.

»Das tut ein bisschen weh«, sagte Pek Allen, noch immer mit der gleichen starken Stimme. »Damit du mir nicht wehtust, bevor ich meine Botschaft verkünde. Es wird rasch wieder heilen, Pek. Komm jetzt, Enli.«

Benommen folgte sie ihm. Ihr fiel nichts ein, was sie sonst hätte tun können. Ihr Kopf dröhnte, und wie viel schlimmer musste es dem Mann auf dem Boden ergehen? Sie hatte Zeit gehabt, sich an Pek Allens Unrealität zu gewöhnen. Je länger man mit der Unrealität konfrontiert war, das hatte Enli inzwischen bemerkt, desto schwerer wurde es, den Unterschied zur Realität zu erkennen.

Das Kopfweh hatte ein wenig nachgelassen.

Mit raschen Schritten und völlig unbeirrbar ging Pek Allen zum Gemüsegarten und zerrte die dort kauernde Frau aus ihrem Versteck. Ein kleines Mädchen klammerte sich an ihren Hals und verbarg das Gesicht am Busen ihrer Großmutter.

»Komm heraus, alte Mutter«, sagte Pek Allen. »Ich werde dir nichts tun. Dem Kind auch nicht.«

Aber er musste sie aus dem Gemüsebeet zerren. »Hör zu, alte Mutter. Ich bin David Pek Allen, Terraner. Ich habe eine Botschaft von der Ersten Blume im Neurygebirge. Gibt es in diesem Dorf einen Heiler?«

Die alte Frau, deren Kopfhaut vor Schmerzen zerfurcht war, konnte nicht antworten.

Pek Allen seufzte. Er streckte die Hände nach dem Mädchen aus, aber die Frau kreischte nur noch lauter und hielt die Kleine noch fester. Einen schrecklichen Augenblick lang dachte Enli, er würde dem Kind mit dem Messer, das er dem jungen Mann abgenommen hatte, die Kehle durchschneiden. Hatten die Weltler das nicht auch mit den terranischen Kindern getan? Doch Pek Allen zog das Kind zu sich und nahm es behutsam auf den Arm. »Komm, Enli.«

Die alte Frau kreischte und jammerte ununterbrochen. Das Kind heulte. Ohne auf den Lärm zu achten, ging Pek Allen davon, die Dorfstraße entlang.

Enli folgte ihm. Was konnte sie sonst tun? Wenn sie ihm das Kind doch nur wegnehmen könnte ... aber er hatte immer noch die Pistole. Und er war verrückt. Enli rannte hinter ihm her, und die alte Frau folgte ihr, zusammenhanglose Schreie ausstoßend.

Pek Allen ging so schnell, dass sie alle paar Schritte ein Stück rennen musste, um mitzukommen. Der Boden war matschig, aber das schien ihn nicht zu stören, und er hielt weiterhin das weinende Kind auf dem Arm. Die Großmutter blieb immer weiter zurück. Als Enli sich nach ihr umwandte, saß die alte Frau mitten auf der schlammigen Straße, aber ihr Jammern ging im Rauschen des Regens unter.

Nach einer Weile beruhigte sich das Kind, und Enli, die unter Schmerzen neben Pek Allen hertrottete, hörte ihn auf Weltisch ein Lied singen. Ein altes Wiegenlied, sanft und leise. Natürlich hatte er das im Krelmhaus bei Voratur gelernt. Er sang es zweimal, dreimal, und Enli sah, wie sich der steife kleine Körper in seinen Armen entspannte.

Er würde das Kind nicht umbringen. Da war Enli ganz sicher. Blieb nur noch die Frage, wann er dazu kommen würde, sie zu töten.

Das Lied stockte. Pek Allen stolperte, fing sich wieder, marschierte weiter. Aber Enli hatte genau gesehen, dass Pek Allens Kraft, diese künstliche Energie, die aus seinem Wahnsinn erwuchs, allmählich nachließ. Und was dann? Dann konnte sie fliehen ... aber das konnte sie auch jetzt, wenn sie wollte. Er wurde schwächer, er hielt das Kind auf dem Arm. Sie konnte gehen. Aber wohin?

Das war ihre Realität. Alles, was sie tun konnte, war, sie zu teilen.

Ein Bauernwagen kam auf einem flachen Hügel in Sicht, beladen mit Zelifrüchten und Erntehelfern. Zwei Männer zogen den Wagen, eine Frau ging neben ihm her und sorgte dafür, dass die Last nicht umkippte. Als sie Pek Allen entdeckten, blieben sie stehen. Als sie das Kind auf seinem Arm bemerkten, gingen sie weiter. Die Räder des Karrens quietschten in der Feuchtigkeit.

Allmählich konnte Enli einzelne Gesichter erkennen. Sie waren voller Entsetzen und offensichtlich von üblen Kopfschmerzen geplagt.

»Ich bin David Pek Allen, Terraner«, sagte Pek Allen. »Ich habe eine wichtige Botschaft der Ersten Blume.«

»Gib mir Estu«, sagte einer der Männer im weichen,

verschwommenen Akzent der Bergdörfer, bemerkenswert ruhig. »Gib sie mir.«

Anscheinend hörte das Kind etwas in der vertrauten Stimme des Mannes, denn es begann wieder zu weinen.

»Hört mir zu«, sagte Pek Allen mit lauter Stimme, damit alle ihn hören konnten. »Ich bin gekommen, um euch vor etwas zu warnen, was auf Welt bald geschehen wird, vielleicht heute noch. Eine Wandlung der geteilten Realität. Ihr müsst mich anhören.

Ihr wisst, dass Tas nicht mehr da ist. Die anderen Terraner haben ihn gestohlen, den schnell erblühenden Mond. Das wisst ihr. Was ihr nicht wisst, ist, dass die unrealen Terraner eine Krankheit aus dem Neurygebirge schicken werden. Es ist eine ähnliche Krankheit wie die, die es dort bereits gibt, nur viel, viel stärker. Für Lebewesen ist die Wirkung nicht so schlimm, sie fühlen sich nur ein bisschen schlecht. Aber auf Gegenstände – Kochtöpfe, Schmuck, Blumenandenken – ist die Wirkung viel schlimmer, schrecklich viel schlimmer sogar. Diese Dinge werden dann für euch genauso gefährlich sein wie das Neurygebirge. Alle Weltler müssen vor dieser Wandlung der geteilten Realität gewarnt werden.«

»Gib mir Estu.«

»Das ist Enli Pek Brimmidin. Sie wird euch bestätigen, dass das, was ich sage, geteilte Realität ist.«

Enli sah Pek Allen an. Dachte er wirklich, dass sie ihm glaubte oder dass diese Leute hier ihr glauben würden, ihr, die sie doch für unreal erklärt worden war? Anscheinend wusste er doch nicht viel über Welt! Bis jetzt hatte sein Wahn einen, wenn auch verrückten, Sinn ergeben, wie Blüten, die zwar nicht normal, aber immerhin zur Sonne hin wachsen. Aber jetzt ... Andererseits hatte Pek Gruber das Gleiche über den Schmuck, die Blumenandenken und noch über eine ganze Liste anderer Objekte gesagt, und Pek Gruber war ganz sicher nicht verrückt. Hieß das, dass diese Krankheit womöglich wirklich über Welt hereinbrechen würde, nur weil Tas verschwunden war?

Pek Allen redete immer noch. »Ihr müsst alle diese Dinge aus euren Häusern entfernen und wegwerfen. Oder ihr könnt auch eure Häuser verlassen und euch in den Wurzelkellern verstecken, bis die Krankheit vorüber ist. Es wird nicht lange dauern, und ich kann euch Bescheid geben, wenn es sicher ist, wieder herauszukommen. Teilt diese Realität, verbreitet sie auf ganz Welt. Ich, David Pek Allen, sage euch dies, um euch und eure Kinder zu retten.«

Damit stolperte er vorwärts und drückte Estu dem Mann in die Arme, der am nächsten bei ihm stand. Als der Weltler sie nahm, hörte Enli, wie Pek Allen leise sagte: »Sei lieb, Bonnie. Sei schön brav.«

Der Mann zog sich mit dem weinenden Kind zurück. Alle drei Erwachsenen wichen vor dem Terraner und der unrealen Weltlerin zurück. Offensichtlich waren sie unsicher, was sie jetzt tun sollten. Natürlich mussten sie alle beide töten. Jeder auf Welt teilte diese Realität. Aber die drei Weltler waren unbewaffnet, ruhige Leute, nicht gewohnt, dass etwas ihre ruhige Realität störte. Sie sahen einander an, vermieden es jedoch sorgfältig, Enli in die Augen zu schauen, und sie spürte ihre Verwirrung und ihre Angst – sie konnte sie mühelos mit ihnen teilen.

Pek Allen sackte nach rechts, machte einen Schritt, um das Gleichgewicht wiederzuerlangen, knickte aber gleich wieder ein.

Auf einmal wusste Enli genau, was zu tun war. Sie trat auf die Gruppe Weltler zu, die sofort vor ihr zurückwich. »Er stirbt«, erklärte sie ihnen. »Der unreale Terraner stirbt an der Krankheit aus dem Neurygebirge. In den Bergen war er nicht krank. Niemand wird krank in der Heimat der Ersten Blume. Man wird nur krank, wenn man sie wieder verlässt.«

Das zumindest entsprach der geteilten Realität.

»Aber Pek Allen hat die Berge trotzdem verlassen, um euch die Botschaft der Ersten Blume zu überbringen. Und deshalb muss er jetzt sterben. Zeigt das nicht, dass er real ist? Wer außer einer realen Seele opfert sich für andere?«

»Er stirbt, weil er die Neuryberge verlassen hat«, kreischte die Frau, »so geht es allen, die aus dem Gebirge kommen. Er stirbt nicht für uns!«

»Doch. Die Erste Blume benutzt ihn, um euch die Botschaft zu senden, dass die Realität sich gewandelt hat. Tas ist nicht mehr da. Die Krankheit der ... der Gegenstände wird bald beginnen. Ihr müsst all die Dinge, die Pek Allen genannt hat, zurücklassen und euch eine Weile in den Wurzelkellern verstecken.«

Mit geballten Fäusten ging der größere Mann auf Enli zu. Entweder hatte er seine Verwirrung überwunden oder Enlis Blasphemie hatte seine Kopfschmerzen so verschlimmert, dass er es nicht mehr aushielt. Er hob einen dicken Stock vom Boden auf.

»Was ist sage, ist geteilte Realität«, fuhr Enli rasch fort. »Hier ist das Zeichen der Ersten Blume in meinen eigenen Worten: Auch ich war im Neurygebirge. Das wisst ihr. Aber ich bin nicht krank. Seht mich an. Ich bin nicht krank!«

Doch der Mann mit dem Stock schritt weiter auf sie zu. Fast konnte sie es schon spüren, wie er ihr den Knüppel über den Kopf schlug ... Sie hatte sterben wollen. Aber nicht so. Der Priester des Dorfs würde sie mit Chemikalien überschütten und in einen Glassarg einsperren – für immer. Nein, so wollte sie nicht sterben!

»Ich bin nicht krank!«, schrie sie. Pek Allen streckte die Hand nach ihr aus, konnte sie aber nicht mehr berühren, denn er schwankte erneut, und diesmal erholte er sich nicht, sondern stürzte seitlich auf die Straße. Ganz langsam schien er zu fallen, als hätte sich die Realität der Zeit zusammen mit allem anderen verändert. Die Pistole rutschte aus seiner Hand und in den Schlamm.

»Warte, Riflit«, sagte die Frau. »Sie ... sie sieht tatsächlich nicht krank aus.«

Riflit knurrte etwas und ging weiter.

»*Warte,* hab ich gesagt«, wiederholte die Frau, und ein Teil von Enlis Verstand sagte ihr, dass diese Frau mit Riflit verheiratet war. *Warte, sagte ihr Ton, oder du wirst es auf hundert Arten bereuen, bei alltäglichen Kleinigkeiten, und das für eine lange Zeit.*

Auf die gleiche Weise hatte Tabor damals Enli befohlen, vom Blumenaltar wegzugehen, damit er Sühne tun konnte. Allerdings hatte er keine Zeit mehr gehabt, sie lange büßen zu lassen.

Ohne den Knüppel zu senken, blieb Riflit stehen.

»Sie sieht wirklich nicht krank aus«, wiederholte die Frau. »Glaubst du ...«

»Sie ist unreal!«, rief Riflit. »Das Ministerium für Realität und Sühne hat angeordnet, dass sie sterben muss.«

»Dann töte mich!«, sagte Enli rasch. »Ich werde für meine Botschaft sterben, genauso wie dieser Terraner stirbt. Aber die Erste Blume hat mich im Neurygebirge verschont, damit ich euch diese Botschaft bringen kann. Teilt die Realität der Botschaft mit den anderen!«

Der Mann, der Estu auf dem Arm hielt, meinte, etwas unsicher und ganz offensichtlich von Kopfschmerzen geplagt: »Sie ist bereit zu sterben, damit ihre Botschaft von den anderen geteilt werden kann. Riflit ... auch der Terraner ist anscheinend bereit, sich zu opfern ... Geteilte Realität ist das Größte, was jemand, der bereit ist, für andere zu sterben, ihnen geben kann ...«

»Ach, ich weiß nicht«, wehrte sich der in die Enge getriebene Riflit. »Ich bin Bauer, kein Priester!«

Jetzt trat seine Frau entschlossen nach vorn. »Töte sie nicht. Wenn sie die Krankheit des Neurygebirges nicht bekommt, dann ist es ein Zeichen der Ersten Blume. So muss es sein. Wenn sie krank wird, dann war alles, was sie gesagt hat, unreal. Dann werden wir sie töten.«

»Du bist auch keine Priesterin, Imino!«, fauchte Riflit. Aber er ließ seinen Knüppel sinken.

Der Mann, der Estu auf dem Arm hielt, meinte schüchtern: »Nun, wenn die beiden hier bereit sind zu sterben, um uns die Botschaft zu überbringen ... Für andere in den Tod zu gehen, lässt die geteilte Realität erblühen, selbst im Unrealen. Das hat meine Großmutter immer gesagt. Und sie war Priesterin.«

Erschöpfung überwältigte Enli. Sie kämpfte dagegen an, denn sie konnte sich nicht erlauben, krank zu wirken. Die Leute würden sie aufmerksam im Auge behalten und jedes Anzeichen von Schwäche oder Übelkeit bemerken. Sie musste um jeden Preis gesund aussehen.

Pek Allen übergab sich schwach.

Enli kniete sich neben ihn, hielt seinen Kopf und wischte ihm den Mund ab, als er fertig war. Er lächelte sie an. Seine Gesichtshaut war gerötet, wie verbrannt. Als er den Mund aufmachte, um zu sprechen, sah Enli, dass seine Zunge dick angeschwollen war.

»Ihr seid die richtigen Menschen, Enli.«

»Und du auch, David«, erwiderte sie, obwohl sie später nicht mehr mit Sicherheit hätte sagen können, ob sie tatsächlich seinen Kindernamen benutzt hatte.

»Erklär ihnen ... wie sie Welt retten können ... vor uns.«

»Komm, ich nehme ihn«, sagte der Mann, der Estu auf dem Arm gehalten hatte, der Freundlichste der drei Weltler. Er hob David Pek Allen hoch und legte ihn auf die Zelifrüchte im Wagen, wo auch Estu bereits saß. Imino und der temperamentvolle Riflit hoben die Deichsel des Wagens an und drehten das Gefährt vorsichtig um, und sie fuhren alle zurück zur Ernte, um die gewandelte Realität mit ihren Dorfgenossen und allen anderen Weltlern zu teilen.

KAPITEL 25

Weltraumtunnel 438

Vierzehn Uhr sechs Schiffszeit. In sechsundzwanzig Minuten würde der erste Flyer durch den Weltraumtunnel 438 und wieder zurück sausen. Die *Zeus* würde das Artefakt abkoppeln und sich in den Kampf mit dem Feind stürzen. Vier Minuten später würde der zweite Flyer erscheinen, und sechzig Sekunden danach würde das Artefakt den Tunneleingang passieren. Auf der Brücke saßen die Mitglieder des Spezialprojektteams und die Offiziere stumm nebeneinander und betrachteten gebannt die Displays. Die Luft war zum Schneiden dick vor Anspannung.

Das Faller-Kriegsschiff setzte sich in Bewegung.

»Scheiße«, brach Lee das allgemeine Schweigen. »Commander, Änderung der Feindposition. Das Faller-Kriegsschiff beschleunigt und fliegt direkt auf uns zu.«

»Schiffsantrieb abstellen«, sagte Peres. »Artefakt abkoppeln.«

Syree ließ das Programm auf ihrem Handcomputer durchlaufen. Ihr war klar, dass sie Peres diesmal nicht würde überzeugen können; er würde die *Zeus* nicht mit dem Artefakt belasten, wenn es tatsächlich zu Scharmützeln kommen sollte. Jetzt war das Artefakt auf sich selbst angewiesen. Sechsundzwanzig Minuten Beschleunigung waren verloren. Aber das Artefakt würde trotzdem nur 3,4 Sekunden später in den Weltraumtunnel eintreten als geplant, ein Unterschied, der eigentlich zu klein war, um wirklich eine Rolle zu spielen. Es sei denn, jemand sprengte es vorher.

Der Antrieb hörte auf, die Triebwerke änderten den Kurs, und das Artefakt verschwand von der Sichtscheibe der *Zeus*.

Syree blinzelte. Über fünf Tage lang hatte die graue Kugel

hier gehangen, eine riesige, angeschwollene Sisyphuslast, und jetzt war sie auf einmal weg und wurde immer kleiner, während die *Zeus* unter Peres' Anweisungen ihren Kurs veränderte und das Artefakt auf seiner ursprünglichen Flugbahn mit 4.860 Kilometern pro Sekunde weitersauste. Auch die Vibration in Syrees Kopf hörte auf. Sie hatte sich so daran gewöhnt, dass sie nichts davon bemerkte, bis es aufhörte. Die *Zeus* strengte sich nicht länger an, zwanzig g Schubkraft zu erzeugen, um ein g Beschleunigung zu erreichen. Abgesehen von den seitlichen Triebwerken befand sie sich jetzt im freien Fall.

Noch fünfundzwanzig Minuten, bis der erste Flyer aus dem Tunnel erscheinen würde. Dreißig Minuten, bis das Artefakt drin war.

Syree korrigierte ihre Gedanken: bis es versuchen würde, hinein- und vor allem durchzufliegen.

»Ein feindliches Schiff wurde gestartet, Sir!«, rief Lee. »Ein Skeeter.«

»Was ...?«

»Der Skeeter fliegt direkt auf den Weltraumtunnel zu. Das Kriegsschiff kommt immer näher.«

Hektisch tippte Syree Daten ein, obwohl sie die Antwort eigentlich schon wusste. Der Skeeter war weniger als dreihundert Kilometer vom Tunnel entfernt. Er würde ihn lange vor dem Artefakt erreichen, denn das war noch viereinhalb Minuten entfernt. Wenn der erste menschliche Flyer aus dem Tunnel kam, würde der Skeeter ihn abknallen. Dann würde er selbst in den Tunnel fliegen und seine Konfiguration so verändern, dass das Artefakt im Faller-Raum landen würde.

Aber würde der Skeeter auf der anderen Tunnelseite bleiben? Wenn ja, konnte der zweite Flyer die Konfiguration wieder ändern. Durchsausen, sich in Sicherheit bringen ... das Faller-Kriegsschiff war zu weit weg, um den Tunnel rechtzeitig zu erreichen, selbst wenn es nicht mit der *Zeus* beschäftigt wäre. Und das Artefakt würde dem zweiten Flyer in den Caligula-Raum folgen.

Ja.

Aber dann kam Syree ein anderer Gedanke.

Wie lange hielt das ›Gedächtnis‹ des Weltraumtunnels, wenn das der richtige Ausdruck war? Jahrtausende? Länger? Wer auch immer der Schöpfer des Artefakts war, musste es an irgendeinem Punkt in Raum und Zeit geschaffen haben. Vielleicht lag dieser Punkt hier, in diesem System. Aber vielleicht auch nicht. Vielleicht war es anderswo hergestellt worden und durch den Tunnel hergebracht worden. Sollte dies der Fall sein, würde sich der Weltraumtunnel daran ›erinnern‹ und das Artefakt dorthin zurückbringen, wo es ursprünglich hergekommen war?

Wenn das zutraf, waren alle Manöver von Fallern und Menschen sinnlos.

Aber das waren sie vielleicht ohnehin. Die Masse des Artefakts war zu groß für den Durchgang.

Es sei denn, die menschlichen Berechnungen stimmten nicht. Es sei denn, es existierte irgendeine unbekannte Variable, der viel zitierte Mogelfaktor, das Schlupfloch.

Syree konnte nichts weiter tun als frustriert und hilflos auf die Displays starren. Das Artefakt bewegte sich auf den Weltraumtunnel zu. Der Skeeter beschleunigte stark, was sinnvoll war, denn er legte natürlich Wert darauf, den Wellenphasenmodulierer einzusetzen, dessen Gebrauch offensichtlich eine hohe Geschwindigkeit nötig machte (warum eigentlich?). Das Faller-Kriegsschiff und die *Zeus* bewegten sich aufeinander zu. Irgendwo im Caligula-System, fünfzigtausend Lichtjahre entfernt und direkt auf der anderen Seite des Tunnels, flogen zwei Flyer auf den Weltraumtunnel 438 zu. Um dort auf einen Skeeter zu stoßen, der schon auf sie wartete. Ein schneller Tod, den sie nicht kommen sehen würden. Es sei denn, es gab doch diese unbekannte Variable, den Mogelfaktor, das Schlupfloch ...

Das Ergebnis ist nicht sicher, sagte sie sich. Nicht wirklich. Es ist alles eine Frage der Wahrscheinlichkeit.

KAPITEL 26

Im Neurygebirge

Dieter Gruber schlief zwanzig Stunden am Stück in der Höhle. Als er wieder erwachte, fühlte Bazargan sich besser. Er musste sich nicht mehr übergeben und konnte ohne fremde Hilfe stehen.

»Ich fürchte aber, es kommt noch schlimmer, Ahmed«, meinte Ann nüchtern. »Bei der Strahlenkrankheit folgt auf die Anfangssymptome oft eine symptomfreie Periode. Aber sie hält nicht an.«

»Dann bleib ich doch lieber bei der Symptomfreiheit«, erwiderte Bazargan trocken und stand auf, obwohl seine Knie sich etwas wacklig anfühlten. »Ich weiß, Ann, ich habe wahrscheinlich auch Gewebeschäden und genetische Veränderungen. Glücklicherweise habe ich nicht vor, weitere Kinder zu zeugen. Guten Morgen, Dieter.«

»Morgen? Schon wieder?« Gruber setzte sich auf und sah sich blinzelnd in der Höhle um. »Wie lange habe ich geschlafen?«

»Zwanzig Stunden«, antwortete Ann. »Genau genommen ist jetzt Nachmittag.«

»Ahmed?«

»Mir geht es besser«, verkündete Bazargan, was zumindest halb der Wahrheit entsprach. Langsam verließ er die Höhle. Im freien Raum des kleinen Tals, das jetzt von Sonnenlicht durchflutet war, holte er das Comlink heraus und versuchte noch einmal, die *Zeus* zu erreichen. Aber sie antwortete immer noch nicht.

»Lassen Sie die Verbindung offen«, schlug Gruber vor und trat hinter ihn. »Für den Fall, dass der Kontakt wieder zustande kommt. Hoffentlich haben unsere Kollegen daran gedacht, auch an ihrem Ende nicht abzuschalten. Dann hören wir vielleicht irgendwann Zufallsgeräusche von der *Zeus*.«

»Ja, ich hatte vor, die Verbindung bestehen zu lassen«, entgegnete Bazargan ruhig. Natürlich bemerkte Gruber seinen Sarkasmus nicht, streckte die muskulösen Arme, gähnte ausgiebig und lachte.

»Ich bin am Verhungern. Haben wir noch Proteinpulver, Ann? Die Entdeckung des Jahrhunderts ist echte Drecksarbeit.«

»Na ja, genau genommen ist es noch keine richtige Entdeckung«, gab Ann zu bedenken. »Selbst wenn du Recht hast und tatsächlich ein Wahrscheinlichkeitsfeld erzeugt wird ...«

»Ich habe Recht«, unterbrach Gruber und grinste wieder.

»... ein Wahrscheinlichkeitsfeld, das für die geteilte Realität der Weltler verantwortlich ist, dann weißt du immer noch nicht, was passiert, wenn Syree Johnson Tas in die Luft jagt. Wenn sie es tut. Und wenn Tas wirklich irgendeine Verbindung zu dem Ding hat, das da unten im Stein steckt.«

Grubers Grinsen erstarb. »Natürlich, das stimmt schon. Wie viel Zeit bleibt noch, bis diese Irren den Weltraumtunnel erreichen? Ungefähr?«

»Heute irgendwann im Lauf des Tages, denke ich«, antwortete Bazargan. »Aber wir wissen ja nicht, was da draußen geschieht. Tas könnte bereits explodiert sein. Oder er könnte schon im Weltraumtunnel stecken. Ihn hinter sich haben. Oder sonst was.«

Ann reichte Gruber einen Expando mit gemischtem Proteinpulver. »Nein, durch den Weltraumtunnel kann das Artefakt noch nicht gekommen sein. Es passt nämlich nicht durch. Es ist zu groß, das sage ich doch dauernd. Wenn Syree Johnson es tatsächlich versucht, dann aus purer Verzweiflung.«

Hastig kippte Gruber sein Frühstück hinunter. »Tas ist letzte Nacht nicht am Himmel gewesen«, bemerkte Ann. »Nachdem die Wolken sich verzogen hatten, hab ich nachgeschaut;

ihr beide habt fest geschlafen. Ich war sogar mehrmals draußen.«

»Dann hat die *Zeus* das Artefakt zumindest aus der Umlaufbahn transportiert. Ich glaube, wir sollten uns überlegen, wo wir hingehen, wenn es explodiert. Falls es explodiert. Dieter, meinen Sie, die Höhle ist dafür am besten?«

»Ja«, antwortete Gruber. »Für Sie und Ann auf alle Fälle. Aber ich möchte zurück zum Artefakt im Fels. Um zu sehen, was dort passiert, wenn sein Gegenstück eine Milliarde Kilometer entfernt explodiert. Und ob es tatsächlich Dr. Johnsons so genannten ›Welleneffekt‹ aussendet.«

Genau das hatte Bazargan erwartet. »Ich halte das für keine gute Idee, Dieter«, widersprach er sanft. »Sie haben selbst gesagt, dass der Abstieg durch diesen Kamin nicht leicht war. Sondern sehr gefährlich, stimmt's?«

»Ahmed, nichts, was sich wirklich lohnt, ist ungefährlich.«

»Aber wenn du da unten umkommst, Dieter, dann kann keiner mehr dem Transplanetarischen Stipendienkomitee erklären, dass es sich lohnt, das Artefakt auszugraben – selbst wenn es viel Geld kostet und eine kulturelle Belastung darstellt. Du bist der Einzige, der über ausreichende physikalische Kenntnisse verfügt. Ohne dich könnte es gut passieren, dass das Artefakt für immer dort unter den Neurybergen liegen bleibt.«

Während sie sprach, sah sie Gruber nicht an, sondern starrte mit ausdruckslosem Gesicht hinaus über das sonnendurchflutete Tal. Doch Bazargan entging nicht das verräterische Zucken in ihrer Halsgrube. Sie spekulierte darauf, Gruber mit ihrer Schmeichelei von einem weiteren gefährlichen Unterfangen abzuhalten. Bazargan musste lächeln über die Doppelzüngigkeit verliebter Frauen, und zum ersten Mal seit Tagen freute er sich über etwas. Eine seltsame und unerklärliche Kraft schien von dieser Freude auszugehen: Selbst wenn ganze Welten in Gefahr schwebten, blieb der menschliche Kontakt dennoch bestehen.

»Ich fürchte, Ann hat Recht«, meinte er nüchtern. »Wenn

Sie bei dem Versuch, sich das Artefakt noch einmal anzusehen, ums Leben kommen, Dieter, dann wird es wahrscheinlich für immer dort im Stein bleiben.«

Gruber murmelte etwas, was klang wie ein übler deutscher Fluch. Dann stand er auf und ging zum Bach hinüber. Über die Schulter rief er zurück: »Ich werde mich jetzt erst einmal waschen.«

Bazargan überlegte, ob er ihn zurückrufen oder das Risiko auf sich nehmen sollte, dass Gruber schutzlos unter freiem Himmel in dem kalten Bergbach badete, während draußen im Weltraum das Artefakt mit unbekannten Konsequenzen explodierte. Doch er entschloss sich, den Geologen einfach gewähren zu lassen. Vielleicht würde ihm das Bad auch helfen, seinen Hitzkopf abzukühlen.

»Kommen Sie wieder rein, Ahmed«, rief Ann.

»Ja. Aber das Comlink muss draußen bleiben, für den Fall, dass wir tatsächlich Kontakt zur *Zeus* kriegen. Und ich kann auch nicht zu weit weggehen, sonst höre ich es nicht.« Vorausgesetzt natürlich, dass es etwas zu hören gab.

Bazargan und Ann zogen sich ein paar Schritt weit in die Höhle zurück. Ann holte die Decken und arrangierte sie zu einer provisorischen Couch. Als Gruber wieder zu ihnen kam, hatte er wieder seinen Schutzanzug übergezogen. Der Anzug und er selbst wirkten zumindest ansatzweise sauber – aus der Dreckkruste war eine Art verschmiertes Grau geworden. Inzwischen war auch Grubers charakteristische Heiterkeit zurückgekehrt. Er stellte mehrere Instrumente aus seinem Rucksack in und vor der Höhle auf und überreichte Ann dann eine leuchtend rote Blume, die er im Tal gepflückt hatte. »Für dich, *meine Blume.*«

Ann lächelte. Bazargan fühlte sich schwächer, wenn ihm auch noch nicht wieder übel geworden war. »Setzen Sie sich, Dieter, und erklären Sie mir noch einmal, was Ihrer Meinung nach mit dem ›Wahrscheinlichkeitsfeld‹ passiert, wenn Tas explodiert.«

»Ich habe nicht die blasseste Ahnung«, antwortete Gruber.

»Wirklich nicht, Ahmed. Bis gestern wusste ich noch nicht mal, dass so etwas wie ein planetenumspannendes Wahrscheinlichkeitsfeld überhaupt existieren könnte. Jetzt wollen Sie, dass ich Ihnen sage, wie es reagieren würde, wenn ein zweites Artefakt, das sich eine Milliarde Kilometer von hier befindet und möglicherweise mit dem Feld in Verbindung steht, durch einen Weltraumtunnel fliegt?«

»Sie haben also nicht mal irgendwelche Spekulationen?«

»Doch, klar, die hab ich schon. Warum auch nicht. Tas wird in einem schwarzen Loch verschwinden und sein hier im Fels feststeckendes Gegenstück ist gezwungen, den entgegengesetzten Zustand einzunehmen, das heißt, Sie, ich und Ann werden zu Göttern aufgeblasen. Fähig, alle Wahrscheinlichkeiten zu kontrollieren. Durch Wände zu gehen, Atome aufzureihen, tagelang ununterbrochen Liebe zu machen. Warum nicht?«

Ann sah Gruber mit der gleichen Mischung von Ärger und Belustigung an, mit der eine Mutter ihren leichtsinnigen kleinen Sohn betrachtet, während Bazargan sich ins Gedächtnis rief, dass auch Gruber eine Menge Stress und Anstrengung hinter sich hatte.

»In Ordnung, Dieter. In Ordnung. Warten wir einfach ab.«

»Was sollen wir auch sonst tun?«, erwiderte Gruber etwas ruhiger. »Ich kann diese Situation nicht einschätzen, Ahmed. Niemand kann das. Wir können alle nur dasitzen und abwarten.«

KAPITEL 27

Gofkit Rabloe

»Ihr dürft nicht mehr warten«, sagte David Pek Allen zu der Priesterin, die sich über den Bauernwagen beugte. »Keine Minute.«

Wie er es hasst, mit einer Priesterin zu sprechen!, dachte Enli. Aber er tat es trotzdem. Krächzend und mühsam kamen die Worte aus seiner geschwollenen Kehle, und er sah aus, als wüsste er gar nicht mehr, was er sagte. Vielleicht war es tatsächlich so, denn er fuhr fort: »Schleimige, perverse, widerliche Kreatur ... Du interessierst dich doch nur dafür, wie du um jeden Preis Macht an dich reißen und behalten kannst, nicht wahr? Sogar in einer solchen Situation wie jetzt. Ich wollte, ich könnte dich töten, dich zerreißen, du bist weiter nichts als Abschaum ... ein ausbeuterisches Stück Dreck ...«

Die Priesterin sah ihn milde an. Sie war eine sanfte Frau, fast schon mittleren Alters, in robuster Erntekleidung, die Tunika voller Zweige und Zelifruchtstückchen. Außerdem war sie hochschwanger. Ihre verwirrten braunen Augen wanderten von dem kranken Terraner zu Enli, der unrealen Weltlerin, und Enli sah genau, dass ihr Anblick und die ganze Situation der Priesterin schlimme Kopfschmerzen verursachten.

»Die Worte haben keine Bedeutung ...?«

»Das sind terranische Worte«, sagte Enli. »Ich kann das, was Pek Allen sagt, gern ins Weltische übersetzen.«

»Ja, tu das.«

»Er sagt, dass die Erste Blume ihn und mich als ... als eine Botschaft geschickt hat. Ich war im Neurygebirge und bin nicht krank geworden, und das ist ein Zeichen dafür, dass die Botschaft wirklich von der Ersten Blume stammt. Pek Allen hat sein Leben riskiert, um euch die Botschaft zu überbringen, die Welt retten wird. Und das ist ein Zeichen, dass er real ist.«

Die Priesterin nickte, obgleich ihre Kopfhaut noch immer tiefe Falten aufwies. Enli sah deutlich, dass sie sich alle Mühe gab, zu verstehen, was hier vor sich ging. Die geteilte Realität der Lage war klar: Warum sollte ein Terraner für andere sterben, wenn er die größere Realität nicht teilte? Einen besseren Beweis gab es nicht. Aber in dem kleinen Dorf Gofkit Rabloe war so etwas wie heute noch nie passiert, noch nie war jemand einem Terraner wie Pek Allen begegnet.

Inzwischen litt Allen ganz offensichtlich. Sein Gesicht, seine Arme und der Oberkörper unter der zerrissenen Kleidung, alles war von knallroten Flecken übersät. Die angeschwollene Zunge verfärbte sich schwarz, und von seinen Lippen sprühte blutiger Speichel, während er seine Tirade gegen die Dienerin der Ersten Blume hervorstieß, in einer Sprache, die diese nicht verstand.

»Glaubst du, ich weiß nicht, was du bist?«, krächzte Pek Allen. »Oder wer sonst noch zu eurer kleinen Verschwörung gehört? Bazargan, Voratur, dieses Miststück Syree Johnson ...« Er versuchte sich aufzusetzen und schwang die geballte Faust, sank aber rasch wieder auf die Zelifrüchte zurück.

Um die roten Flecken herum war seine Haut entzündet, mehr als nur von Fieber und Wut. Es sieht aus, als würde Pek Allen bei lebendigem Leibe gekocht, dachte Enli, von innen heraus ... War das die Krankheit aus dem Neurygebirge? Ihr war nichts passiert, aber sie hatte ja auch den terranischen Schutzanzug getragen, den er ihr gegeben hatte.

»Ihr seid allesamt Monster, Verschwörer, Ungeziefer ... *böse Kreaturen*. Ihr klammert euch an die Macht, um andere zu unterdrücken ...«

»Er sagt«, erklärte Enli der Priesterin auf Weltisch, »er sagt, ihr sollt die Botschaft so schnell wie möglich überall auf ganz Welt verbreiten. Ihr sollt den Sonnenblitzern einschärfen, dass es sich um einen dringenden Notfall handelt. Eine schreckliche ... Krankheit kommt vom Himmel. Die Leute müssen sich in ihren Wurzelkellern verstecken und dort bleiben, bis man ihnen sagt, dass sie wieder herauskommen können. Sonst werden sie sterben.«

»Ja, sterben!«, kreischte Pek Allen, jetzt auf Weltisch. »Alle Verschwörer werden sterben! Aber ihr werdet nicht sterben, weil ich euch retten werde, das ist meine Aufgabe, das ist die Realität ...« Seine Stimme senkte sich zu einem Flüstern, und nun ging er auch wieder zum Terranischen über. Enli konnte es kaum noch unterscheiden. Sie war auch keineswegs sicher, ob die einfache Bauernpriesterin mit ihrem dicken Bauch und ihren sanften schockierten Augen nicht doch etwas von Pek Allens Hasstiraden verstand.

Inzwischen hatten sich noch mehr Dorfbewohner, die die Neuigkeit erfahren hatten, von der Ernte losgerissen und um den Bauernwagen geschart. Alle wichen entsetzt zurück, wenn sie Pek Allen sahen, wurden von ihren Nachbarn aber gleich über die gewandelte Realität in Kenntnis gesetzt. Dann kehrte jeder mit gerunzeltem Schädel zu dem Karren zurück, um die terranische Realität anzustarren, die ein Geschenk der Ersten Blume war.

Pek Allen fand die Kraft, den rechten Arm zu heben. Damit machte er ein seltsames Zeichen in der Luft, bewegte die Hand von oben nach unten und dann zur Seite. »Gesegnet seien ...«, brachte er hervor, dann schlossen sich seine Augen.

Er war nicht tot, das sah Enli. Aber er verbrannte immer noch innerlich.

In ihrem sanften Bergdialekt rief die Priesterin: »Pek Harit, Pek Villatir und du, Unu ... lauft rasch nach Gofkit Besloe. Pek Tarbif ...«

»Wartet«, fiel ihr Enli ins Wort. »Es gibt noch mehr Realität zu teilen. Die Krankheit macht bestimmte Objekte gefährlich für uns, lebensgefährlich wie das Neurygebirge. Niemand darf etwas davon mit in den Keller nehmen. *Niemand.* Diese Dinge sind ... Pek Allen?«

Er war ohnmächtig geworden oder eingeschlafen oder vielleicht auch in einen Schockzustand gefallen. Enli sah, dass seine geschwollenen Lippen aufgesprungen waren und bluteten. Sie wandte sich ab und versuchte sich angestrengt an alles zu erinnern, was Pek Gruber gesagt hatte.

»Niemand darf Schmuck mitnehmen« – oder hatte Pek Gruber nur Goldschmuck gemeint? – Enli konnte sich nicht erinnern, aber das spielte jetzt keine Rolle – »... überhaupt keinen Schmuck. Keine Kochtöpfe. Keine Blumenehrungen, keine Blumenandenken ...« *Das ist Quecksilber hier drin*, hatte Pek Gruber auf Terranisch über die Blumenandenken gesagt, was für Enli keinen Sinn ergab, aber das war jetzt auch gleichgültig. »... und ... und keine Steine, die im Dunkeln glitzern oder leuchten. Das ist ganz wichtig.«

»Mögen deine Blumen ewig blühen, Pek Brimmidin«, sagte die Priesterin.

»Mögen deine Blumen deine Seele beglücken«, erwiderte Enli, und plötzlich sah sie die müde ältere Priesterin ganz unscharf.

»In Ordnung«, meinte die Frau, noch immer mit der gleichen zurückhaltenden, sanften Stimme, und niemand widersprach. Das war geteilte Realität. »Ihr habt alle gehört, welche Gegenstände nicht in den Wurzelkeller mitgenommen werden dürfen. Pek Harit, Pek Villatir und du, Unu ... lauft nach Gofkit Besloe. Pek Tarbif, du hast das neue schnelle Fahrrad ... fahr auf der Hauptstraße nach Süden zu Pek Rafnil, sie soll die Nachricht weiter zu der Sonnenblitzerin in Gofkit Amloe leiten. Du, Unja, radelst zu den Cannihifs ...«

Innerhalb weniger Minuten hatte sie ihre Boten losgeschickt. Innerhalb weniger Stunden, das wusste Enli, würde sich die gewandelte Realität über die Krankheit vom Himmel allenthalben in Welt verbreiten. Die hiesigen Boten würden andere Boten informieren, und jeder von ihnen schickte wieder mehrere neue los, ohne die Botschaft zu hinterfragen.

Enli zweifelte keine Sekunde daran, dass sie alle dem

Aufruf gehorchen würden. Schließlich war es eine Botschaft von der Ersten Blume. Es war geteilte Realität.

Der Regen, der nie ganz aufgehört hatte, wurde noch stärker. Die kleine Priesterin nahm Enli beim Arm, und sie merkte plötzlich, dass nur noch sie beide beim Erntewagen standen. »Ich bin Azi Pek Laridor, Dienerin der Ersten Blume. Komm mit mir, Pek Brimmidin. Wir ziehen den Wagen zu meinem Haus, dort kannst du mit dem ... mit dem terranischen Pek etwas essen, ehe wir in den Wurzelkeller gehen. Ich glaube, es ist noch Suppe vom Frühstück da, und Großmutter hat gestern Brot gebacken. Komm.«

Enli folgte ihr und stolperte die schlammige Straße hinauf. Bald würde sie sich ausruhen können, bald war sie in der Wärme.

KAPITEL 28
Weltraumtunnel 438

Vierzehn Uhr einunddreißig. Die *Zeus* und das Faller-Kriegsschiff flogen aus einer Distanz von neun Millionen Kilometern aufeinander zu. Inzwischen hatte die *Zeus* den Hauptantrieb wieder angestellt. Mit der durch die lange Beschleunigung verursachten Geschwindigkeit hätte sie dem Faller-Schiff ohne weiteres ausweichen können, aber das kam Peres nicht einmal in den Sinn. Sie befanden sich im Krieg. Er hatte die *Zeus* in einem großen Bogen gesteuert, der die beiden Schiffe binnen Kurzem in Schussweite voneinander bringen würde.

Noch fünfzig Sekunden, bis der erste Flyer vom Caligula-System aus den Weltraumtunnel durchqueren würde.

Auf der Brücke der *Zeus* war die Unterhaltung wieder aufgenommen worden, ruhig und unpersönlich. Als wäre jeder ein getrenntes Datenterminal, zwar verbunden, aber ohne dass sich die einzelnen Programme berührten.

Der Skeeter umflog den Tunneleingang mit hoher Geschwindigkeit, weniger als dreißig Kilometer von den nebulösen Platten entfernt, aus denen die sichtbare Maschinerie des Tunnels bestand.

Noch vierzig Sekunden.

Syree nahm ihren Handcomputer. Aber als sie ihn in den Fingern hielt, merkte sie, dass es nichts einzutippen gab. Alle Daten über das Artefakt – alles, was sie bisher wussten – waren bereits sowohl im Handgerät als auch in der Schiffsbibliothek gespeichert. Ein großer Teil der Daten war mit der *Hermes* zum Caligula-Kommando geschickt worden, ebenso sämtliche Informationen über den Wellenphasenmodulierer, über den Weltraumtunnel 438 und sogar über die irrelevante anthropologische Expedition auf dem bewohnten Planeten. Es gab keine neuen Details, die sie hätte hinzufügen können. Aber eine Menge Spekulationen.

Beispielsweise hatten sie den Neutrinostrom aus dem Neurygebirge immer außer Acht gelassen. Wahrscheinlich handelte es sich um irgendeine Anomalie in der radioaktiven Gesteinsverteilung oder der Planetenformation ... Syree war weder Geologin noch Kosmologin. Und der Neutrinostrom lag innerhalb der normalen Grenzen für radioaktives Gestein auf einem Planeten dieser Masse. Ungewöhnlich war nur, dass er sich im Neurygebirge so stark konzentrierte. Aber da das radioaktive Feld auf den Planeten beschränkt war und keinen Effekt auf das Artefakt oder sonst ein orbitales Objekt ausübte, überließ Syree seine Erforschung dem grinsenden, etwas rüpelhaft wirkenden Geologen des Landungsteams. Dr. Gruder oder Gruler, irgendwas in der Art. Radioaktives Gestein gehörte nicht zu Syrees Mission.

Noch dreißig Sekunden.

Aber das Orbitalobjekt 7 sandte seinen Welleneffekt aus, indem es die Bindungsenergie der Kerne veränderte, was natürlich der Definition von Radioaktivität entsprach. Warum hatte bisher noch niemand diesen Zusammenhang gesehen? Warum hatte Syree nicht daran gedacht? Sie war zu sehr auf das Artefakt selbst fixiert gewesen, auf das Artefakt und auf das Zeitlimit, in dem sie es erforschen musste, ehe der Feind eintraf. Die Zwänge des Krieges. Sie beeinträchtigten das Denken ebenso wie das Handeln.

Zwei Faktoren beeinflussten die Stabilität der Kerne. Die starke Kraft zog Protonen und Neutronen zueinander, während die elektromagnetische Kraft nur zwischen den Protonen im Kern wirkte und sie voneinander abstieß. Da die starke Kraft bei Kernen, die eine bestimmte Größe überschritten, mit der Entfernung rascher abnahm als die elektromagnetische, ›verlor‹ sie immer. Diese Kerne hatten nicht genug Bindungsenergie und waren daher instabil. Dies alles war so grundlegend, dass Syree selten auch nur einen

Gedanken darauf verschwendete. Es war einfach so, eine Gegebenheit. Realität.

Noch zwanzig Sekunden.

Manchmal sandten Moleküle trotz der Beschränkung durch die Bindungsenergie Radioaktivität aus. Quantenereignisse außerhalb der Energiebarriere waren keine Seltenheit, obgleich man sie natürlich weder vorhersagen noch kontrollieren konnte. Das lag in der Natur der Quantentheorie, deren Realität nicht auf Sicherheit, sondern auf Wahrscheinlichkeit basierte. Ein Teil des Wahrscheinlichkeitsfelds eines bestimmten Kerns lag außerhalb des zu erwartenden Gebiets, sodass beispielsweise trotz der Anziehung der starken Kraft im Kern die Emission eines Alphapartikels erfolgte. So war der Nukleus für eine gewisse Zeit destabilisiert. Genau genommen konnte man den Welleneffekt des Orbitalobjekts 7 so betrachten, dass es die theoretischen Wahrscheinlichkeitsfelder von allem beeinflusste, was sich innerhalb seiner Reichweite befand. Dort wurden normalerweise stabile – oder jedenfalls relativ stabile – Atome destabilisiert. Daran war Daniel Austen gestorben. An einer abnormen Konzentration destabilisierter Atome ...

Wie sie die Neutrinodetektoren auch im Neurygebirge festgestellt hatten.

Noch zehn Sekunden.

Syree saß da wie erstarrt. Zwei, drei Sekunden lang. Nein, es war unmöglich. Schlimmer noch – man konnte nicht beweisen, ob es möglich war oder nicht. Die dafür notwendige Mathematik existierte nicht. Die *Theorie* existierte nicht. Niemand hatte je ein manipulierbares Wahrscheinlichkeitsfeld identifiziert – und schon gar nicht konstruiert. Aber war der Wellenphasenmodulierer der Faller nicht genau das? Er manipulierte den Partikelstrahl der *Zeus*, damit dieser eine Welle blieb, deren Verlauf nie dem entsprach, der beobachtet wurde. Mit anderen Worten: Der Wellenphasenmodulierer manipulierte die Wahrscheinlichkeit. Doch nur innerhalb eines bestimmten Felds, eines Felds, das eng um den Skeeter geschlungen war, denn sonst wäre womöglich die Beschaffenheit von Raum und Zeit in Mitleidenschaft gezogen, einschließlich des von der *Zeus* eingenommenen Knotenpunkts. Und das war nicht passiert.

Bestand irgendein Zusammenhang zwischen der Veränderung der Wahrscheinlichkeit, die durch den vom Orbitalobjekt 7 ausgesandten radioaktiven Effekt verursacht worden war, und der anormalen Konzentration von Neutrinos über dem Neurygebirge? Wenn ja, wie sah dieser Zusammenhang aus? Welches war die Ursache, welches die Wirkung? Oder waren das Artefakt und die Neutrinoquelle auf dem Planeten irgendwie ›quantenkorreliert‹, auf die gleiche unbekannte Art wie Ein- und Ausgang eines Weltraumtunnels verbunden waren, um die Raumerstreckung zwischen zwei Punkten auszuschalten?

Und wenn das Artefakt – das ja einmal ein planetarer ›Mond‹ gewesen war! – und die Neuryberge auf der Makroebene verbunden waren, wie weit erstreckte sich dann dieses Feld? Das Orbitalobjekt 7 war über eine Milliarde Kilometer vom Neurygebirge weggeschleppt worden. War es möglich, dass alles, was man mit dem einen anstellte, auch einen Effekt auf das andere hatte? Quantenkorrelationen waren unabhängig von der Entfernung.

»Flyer Nummer eins kommt aus dem Weltraumtunnel«, verkündete Lee forsch. »Commander ... o Gott ...«

Der Flyer hatte den Zeitplan genau eingehalten, er war einfach in Erscheinung getreten, als hätte ihn jemand in dieser Sekunde erschaffen. Im nächsten Moment schon schoss ein Strahl von dem den Tunneleingang umfliegenden Skeeter hervor. Der Flyer löste sich auf. Der Skeeter verschwand im Tunnel.

»Flyer zerstört«, meldete Lee, und seine Stimme brach bei der letzten Silbe.

»Feuert auf das Kriegsschiff!«, befahl Peres.

»Feuer ... und Treffer, Sir. Bereich plus fünf.«

Ein Treffer von plus fünf verursachte bestenfalls leichte

Schäden. Das Kriegsschiff befand sich nur knapp in Schussweite, das wusste Peres. Syrees Einschätzung nach war sein Befehl zu schießen reiner Racheinstinkt. Ein Flyer-Pilot war gerade ums Leben gekommen. An Peres' Stelle hätte sie genauso gehandelt.

Noch drei Minuten einundvierzig Sekunden bis zum Eintreffen des zweiten Flyers.

Peres starrte auf das Artefakt, das zum Eingang des Weltraumtunnels sauste, um den der inzwischen zurückgekehrte feindliche Skeeter kreiste. »Sprengung«, sagte Peres zu Lee. »Jetzt.«

»Nein, warten Sie!«, rief Syree. Sie musste nachdenken, Berechnungen anstellen – wenn das Artefakt tatsächlich ein Wahrscheinlichkeitsfeld erzeugte, das manipuliert werden konnte, dann musste es irgendwie erhalten und genutzt werden! Es war viel zu wertvoll, man durfte nicht zulassen, dass es dem Feind in die Hände fiel ...

»Leite Sprengung ein«, sagte Lee, und Syree sah, wie er den pannensicheren Code eintippte.

Nichts geschah.

Das Artefakt sauste weiter mit 4.860 Kilometern pro Sekunde auf den Weltraumtunnel zu, der jetzt nicht mehr ganz vier Minuten entfernt war.

»Verdammt, ich hab befohlen, das Ding in die Luft zu jagen!«, schimpfte Peres.

»Ich habe Ihre Anweisung ausgeführt! Wiederholung ... Wiederholung ... Es explodiert nicht, Commander. Nein, es explodiert, jedenfalls behaupten das die Instrumente, aber die Explosion hat keinerlei Wirkung auf das Artefakt. Keine Reststrahlung ... überhaupt nichts. Es ist, als wäre die Explosion erfolgt und gleichzeitig nicht erfolgt ... oder als hätten sich die Wellen irgendwo anders ausgebreitet!«

Außerhalb der Energiebarriere, dachte Syree. Hinein in eine andere Wahrscheinlichkeitskonfiguration. Eine andere Realität. Die perfekte Verteidigung.

»Noch hundertfünfzig Sekunden, bis der zweite Flyer aus

dem Tunnel kommt«, sagte Lee. »Zweihundertzehn Sekunden, bis das Artefakt den Tunnel erreicht ... hundertfünfundvierzig Sekunden ...«

»Kurswechsel!«, rief Peres. »Direkt auf den Tunnel zu. Fünf g Beschleunigung, und bereitmachen zum Feuern!«

»Kurswechsel eingeleitet. Beschleunige ...«

Die hektische Beschleunigung warf Syree zurück in ihren Sessel. Ein letzter Versuch von Peres, den zweiten Flyer zu retten. Das Faller-Kriegsschiff, das sich inzwischen, da die *Zeus* ja einen weiten Bogen geschlagen hatte, näher beim Tunnel befand, konnten sie später angreifen. Nun sah Peres es als seine Aufgabe an, auf den Skeeter zu schießen, weil er das Artefakt nicht zur Explosion bringen konnte. Oh, Syree konnte sich genau vorstellen, was in Peres' Kopf vor sich ging. Vielleicht war der Skeeter im Gegensatz zu seinem Vorgänger nicht mit einem Wellenphasenmodulierer ausgestattet. Vielleicht konnte man ihn vernichten, das Leben des Flyer-Piloten retten *und* dafür sorgen, dass das Artefakt im Caligula-Raum landete. Peres spielte den Joker aus, in der verzweifelten Hoffnung, das Schlupfloch zu finden, das unerwartete Ereignis.

In ihren Sessel gedrückt, schnappte Syree nach Luft. Natürlich war es unmöglich, eine Beschleunigung von fünf g lange durchzuhalten, das würde keiner überleben. Aber es waren nur noch neunzig Sekunden ... noch fünfundachtzig.

Sie konnte nicht sprechen. Der Druck presste ihre Lungen zusammen und schnürte ihr die Luft ab. Aber ihr Gehör funktionierte einwandfrei: Plötzlich erwachte ihr Comlink – das robuster war als das weiche menschliche Gewebe –, mit einem Schwall statischen Rauschens zum Leben, dann erkannte sie Bazargans Stimme. Wann war die Verbindung wieder aufgenommen worden? Als sie vergeblich versucht hatten, das Artefakt zu sprengen? Als die *Zeus* es abgekoppelt hatte? Oder davor? Unmöglich zu wissen. Und genauso unmöglich war es zu antworten; in dieser Entfernung lag die Zeitverschiebung bei vierundfünfzig Minuten. Syree konnte nur auf die fast eine Stunde alten Worte lauschen.

»Dr. Johnson? Dr. Johnson? Was ist los? Hören Sie bitte, wir haben etwas entdeckt, tief unter den Neurybergen ...«

Allmählich ließ der Druck auf Syrees Brust nach. Lee hatte die Beschleunigung verringert, um die Mannschaft zu retten – oder der Überdruck hatte zum gleichen Effekt geführt. Syree fühlte, wie ihre Augäpfel brannten und fast aus dem Kopf traten, weil nicht mehr ihr fünffaches Gewicht auf ihnen lastete.

Noch siebzig Sekunden, dann würde der zweite Flyer erscheinen.

»... denkt, es ist irgendeine Art Wahrscheinlichkeitsfeld und könnte mit Tas zusammenhängen ... mit dem Artefakt, das Sie zum Weltraumtunnel schieben. Ich übergebe jetzt an Dieter, er kann es viel besser erklären als ich ...«

Syree versuchte zu sprechen, brachte aber kein Wort über die Lippen. Und es gab ja sowieso nichts zu sagen.

Noch fünfzig Sekunden.

»Dr. Johnson, hier ist Dieter Gruber. Sind Sie noch dran?«

Auf dem Display nahm das Faller-Kriegsschiff jetzt Geschwindigkeit auf und raste, so schnell es konnte, in Richtung Weltraumtunnel. Vermutlich, um die *Zeus* zu zerstören, bevor diese den Skeeter attackieren konnte.

»Scheiße, was rede ich denn da? Die sind doch eine Stunde entfernt, mit Lichtgeschwindigkeit. Natürlich kriegen wir da keine Antwort, Ahmed.«

Eine Antwort. Nein, Syree konnte nicht antworten, vielleicht in diesem Leben nicht mehr. Schade eigentlich, sie hätte gern an diesem neuen faszinierenden Problem gearbeitet, an diesem Wahrscheinlichkeitsfeld. Dass man nur in bestimmten Bereichen und bei bestimmten Atomen die Chance einer nuklearen Emission erhöhen könnte ... erstaunlich. Etwas vollkommen Neues. Eine andere Realität.

»Feuer«, befahl Peres.

Die *Zeus* schoss ihren Protonenstrahl ab, während sie unaufhaltsam auf den Tunnel zusauste. Überanstrengte Augen versuchten sich verzweifelt auf die Displays zu konzentrieren.

Der Strahl traf den Skeeter ... und ging durch ihn hindurch.

Nein, dachte Syree. Der Skeeter durchquerte eine andere Massenkonfiguration, in der eine andere Wahrscheinlichkeit herrschte als die, dass er ›beobachtet‹ wurde. ›Erkannt‹. ›Abgefangen‹. Wo genau das eben nicht passierte.

Der Skeeter tauchte in Richtung Tunnel ab und war innerhalb von dreißig Sekunden darin verschwunden.

Nach weiteren zehn Sekunden war er wieder da.

Und nun kam der menschliche Flyer aus dem Tunnel.

Der wartende Skeeter zerstörte ihn. Dann flog er sofort wieder in den Tunnel.

»Eröffne Feuer auf das Artefakt«, sagte Lee, und Syree wurde schlagartig klar, dass sie nicht gehört hatte, wie Peres den Befehl dazu gegeben hatte. Selbstverständlich hatte er es trotzdem getan. Die Detonatoren hatten nicht funktioniert, aber der Protonenstrahl ... die Wahrscheinlichkeit betrug ...

Der Strahl schoss los, durchquerte den Raum mit Lichtgeschwindigkeit und traf das Artefakt. Nichts passierte. Vierzehn Sekunden später erreichte das Orbitalobjekt 7 den unsichtbaren Eingang des Weltraumtunnels 438. Ein Schwarzschildradius war kein probabilistischer Wert. Für ihn galt nicht, dass er mal existierte und mal nicht. Die Masse des Orbitalobjekts 7 war zu groß für den Tunnel, brach in sich zusammen und implodierte. Aber zuvor versandte das, was immer in seinem Innern ruhte, einen gewaltigen Welleneffekt in alle Richtungen. Dafür war es gemacht worden – als letzte Verteidigung gegen einen Angreifer, der sonst nicht zu bewältigen war. Es war schlicht eine Sache von Gleichungen, ohne unbekannte Variablen, ohne Schlupflöcher, ohne Mogelfaktoren. Ohne Abweichungen, die außerhalb der Energiebarriere lagen.

Die klassische Physik, nicht die Quantenphysik regierte über das Ende des Artefakts.

Das Faller-Kriegsschiff, das näher dran war, bekam die Welle zuerst ab. Syree sah es auf dem Display. Das feindliche

Schiff glühte auf, wurde heller und immer heller, bis es schließlich explodierte – es hatte sich in Milliarden winziger Atombomben verwandelt. Die Explosion breitete sich mit Lichtgeschwindigkeit aus, aber wie die Zerstörung von Daniel Austens Shuttle gezeigt hatte, war es ebenfalls dem reziprok quadratischen Effekt unterworfen. Die *Zeus* war wesentlich weiter von der Explosion entfernt als das Faller-Schiff. Vielleicht weit genug, dass die Welle ausgelaufen ist, bis sie uns erreicht, dachte Syree ... wenn sie bei maximaler Stärke tatsächlich Elemente mit einer Atomzahl unter fünfundsiebzig beeinflusste ...

Hauptsächlich aber bedauerte sie, dass sie aller Wahrscheinlichkeit nach nie wissen würde, war wirklich passierte.

Aus ihrem Comlink ertönte Grubers verärgerte Stimme – so hieß der Mann, Gruber!: »Ahmed, wir können nicht mit ihnen sprechen ...«

Nein, weil wir woanders sind, dachte Syree, *oder woanders sein werden,* und sie spürte, wie sich ihre Lippen zu einem Lächeln verzogen, als der Welleneffekt sie traf, von der Distanz so wenig abgeschwächt, dass es keine bemerkbare Zeitverzögerung gab, ehe die Explosion, ausgehend von bestimmten Nuklei, die *Zeus* zerriss und das Raumschiff zu existieren aufhörte.

Die Welle breitete sich rasend schnell in alle Richtungen aus.

Syree Johnson und ihr Physikerteam hatten Recht gehabt. Auf geringerer Stufe gehorchte das Orbitalobjekt 7 den Gesetzen des reziprok quadratischen Effekts. So war die Waffe entworfen, und auf diese Weise konnten Dinge in der Nähe zerstört werden, ohne bei anderen, die nicht zerstört werden sollten, ungewollten Schaden anzurichten.

Explodierte das Artefakt mit voller Kraft, dann lagen die Dinge allerdings anders. Volle Kraft wurde nur aktiviert, wenn etwas einwirkte, was die ganze Waffe zerstören konnte, und so etwas war naturgemäß äußerst gefährlich. Deshalb musste es zerstört werden, ganz gleich, aus welcher Entfernung es agierte.

In vierzehn Minuten und zwei Sekunden erreichte die Welle den nächsten Planeten im Sternsystem. Die Weltler, die beobachteten, wie er über ihren Himmel wanderte, nannten ihn Nimitri, ›die Schwesterblüte‹. Nimitri war ein trostloser, gefrorener Felsbrocken ohne Atmosphäre, mit ungewöhnlich hohem Thorium- und Urangehalt. Die Nuklei dieser Ablagerungen und die aller anderen Elemente mit mehr als fünfundsiebzig Protonen im Kern wurden instabil. Bei ihnen stieg die Wahrscheinlichkeit, dass der Kern zu irgendeinem Zeitpunkt einen radioaktiven Partikel emittieren würde, stark an. Die radioaktive Zersetzung beschleunigte sich drastisch.

Als das Phänomen sich abschwächte, war Nimitri neunundzwanzigmal radioaktiver als alle anderen Objekte im System – für den Augenblick. Aber auf Nimitri gab es kein Leben, das diese Tatsache zur Kenntnis nehmen konnte oder von ihr beeinflusst wurde.

Nun raste der Welleneffekt auf den Planeten Welt zu.

KAPITEL 29

Im Neurygebirge

Der Nachmittag zog sich hin; Bazargan lag auf den gemeinsamen Decken am Rand der Höhle, während Gruber und Ann ein Stück von ihm weg saßen und sich mit gedämpften Stimmen unterhielten. Eigentlich war Bazargan ganz froh darüber, dass er nichts verstehen konnte. Er fühlte sich zu schwach, einer Diskussion über den möglicherweise bevorstehenden Welleneffekt zu lauschen, vor allem, weil es sich dabei ausschließlich um äußerst vielfältige und komplizierte Spekulationen handelte. Und falls das Paar zwischendurch über persönlichere Dinge redete, wollte er das erst recht nicht hören.

Allerdings musste er sich zwingen, darüber nachzudenken, was zu tun war, wenn der Effekt tatsächlich einsetzte. Schließlich war er noch immer der Leiter dieser armseligen Expedition. Ein Anführer, der eine leichte radioaktive Strahlung abbekommen hatte und eine Expedition leitete, in der zwei Kinder ermordet worden waren. Außerdem wurde ein Teammitglied vermisst, und aller Wahrscheinlichkeit nach war dieses Teammitglied verrückt geworden und hatte eine Ureinwohnerin entführt, die vermutlich inzwischen dem Einfluss ihres Entführers oder ihrer eigenen biologischen Konstitution erlegen und ebenfalls wahnsinnig geworden war.

Leider hatten die alten persischen Dichter über eine solche Situation nicht nachgedacht. Es sei denn, man dehnte die Bedeutung ihrer Gedichte ein bisschen aus. Beispielsweise hatte Sadi geschrieben:

Wenn das Herz wandert und endlos sich verändern will,
Wenn es Geborgenheit in sich allein nicht findet,

Wenn's keinen Frieden kennt und nichts von Wert mehr sehen mag ...

Das traf ganz sicher zu! Er hatte die Ruhe der akademischen Tätigkeit gegen die Feldforschung eingetauscht, und im Augenblick schienen sowohl Frieden als auch Dinge von Wert ziemlich rar.

Oder – noch ein Gedanke – vielleicht war er, Ahmed Bazargan, inzwischen für die Feldforschung einfach zu alt. Irgendwann war das doch bei jedem Anthropologen der Fall.

»Ahmed, woran denken Sie?«, erkundigte sich Ann, einfühlsam wie immer. Gruber sah sich um; er hatte Bazargans Existenz beim Fachsimpeln wahrscheinlich ganz vergessen.

»Ich habe nur versucht einen Plan zu entwerfen, was wir tun können, wenn der Welleneffekt über uns hinweggezogen ist«, antwortete Bazargan. »Falls wir dann noch am Leben sind.«

»Wir verlassen die Berge«, meinte Gruber, »nehmen Kontakt mit der *Zeus* auf, suchen David, verlassen Welt und überzeugen die Behörden auf der Erde, eine ordentlich ausgerüstete Expedition loszuschicken, um das Artefakt auszugraben.«

»Bei Ihnen klingt das alles viel zu einfach, Dieter.«

»Hmm, nein, nicht einfach ...«

»Wir fangen damit an, dass wir die Berge verlassen«, sagte Ann, »so weit, so gut. Sie können aber nicht auf dem gleichen Weg zurück, auf dem wir gekommen sind, Ahmed. Dafür sind Sie zu krank.«

Und ich hab zu viel Angst, noch mal durch diesen engen Tunnel zu kriechen. Bazargan war dankbar, dass Ann es nicht ausgesprochen hatte.

»Aber«, fuhr sie fort, »aufgrund seines Ausflugs gestern meint Dieter, wir können eine andere Route finden. Er geht als Erster los, kundschaftet die Sache aus und holt uns dann ab.«

»Gut«, stimmte Bazargan zu. »Aber zuerst – hört mal! Das Comlink!«

Aus dem Comlink, das sie draußen vor der Höhle hatten liegen lassen, ertönte lautes statisches Geknister. Bazargan rappelte sich mühsam auf und schwankte mit Grubers Hilfe hinaus in den allmählich dunkel werdenden Nachmittag. Ann bückte sich, hob das Gerät auf und reichte es Bazargan.

»Dr. Johnson? Dr. Johnson? Was ist los? Hören Sie bitte, wir haben etwas entdeckt, tief unter den Neurybergen ...« Eins nach dem anderen. Bazargan hatte keine Ahnung, wie lange man am anderen Ende bereit sein würde, ihm zuzuhören. »Dr. Gruber denkt, es ist irgendeine Art Wahrscheinlichkeitsfeld und könnte mit Tas zusammenhängen ... mit dem Artefakt, das Sie zum Weltraumtunnel schieben. Ich übergebe jetzt an Dieter, er kann es viel besser erklären als ich ...«

Gruber ergriff das Comlink. »Dr. Johnson, hier ist Dieter Gruber. Sind Sie noch dran?«

Keine Antwort.

Schließlich meinte Gruber verärgert: »Ahmed, wir können nicht mit ihnen sprechen. Wir können höchstens einen Bericht abgeben.«

»Nun, dann tun Sie das. Und lassen Sie den Link offen.«

Bazargan kehrte mit den Decken in die Höhle zurück. Ann und Gruber blieben draußen sitzen. Bazargan beobachtete, wie sie das Comlink hin- und herreichten und abwechselnd erklärten, was sie gefunden, entdeckt, gemutmaßt hatten. Durch den Nebel der Erschöpfung fing Bazargan einzelne Worte auf. Lagerfeld-Scan. Wahrscheinlichkeitsfeld. Neurotransmitter-Exocytose. Im Fels steckendes Artefakt. Weltraumtunnel, ringförmiges Feld, Betazerfall ...

Ja. Er war wirklich zu alt für die Feldforschung.

Er versank in den unruhigen, unbefriedigenden Schlaf eines Kranken. Gruber weckte ihn. »Ahmed!«, rief er ihm vom Höhleneingang zu. »Ahmed! Syree Johnson hat etwas gesagt! ›Dr. Gruber, hier ist Syree Johnson‹, aber dann war Schluss. Sie ...«

Plötzlich hörte man ein ungeheures Dröhnen, wie von einer gewaltigen Explosion. So laut, dass das Comlink, das aus relativ leichtem Plastik bestand, auf dem Höhlenboden hüpfte. Von der Höhlenwand hinter Bazargan kam ein Echo, und einen Augenblick später hallte es auch von den Felsen auf der anderen Seite des Tals wider.

Dann herrschte Stille.

Schließlich sagte Bazargan leise: »Ich glaube, das war die *Zeus*. Vermutlich sind alle ... tot ...«

»Ziehen wir uns lieber ein Stück weiter in die Höhle zurück«, schlug Gruber vor. »Schnell. Der Welleneffekt bewegt sich mit Lichtgeschwindigkeit.«

Sie beeilten sich, so gut sie konnten. Bazargan versuchte, nicht daran zu denken, was geschehen könnte, wenn die Welle ein Erdbeben verursachte und die Höhle in sich zusammenbrach. Aber wäre das nicht gleichzeitig mit dem Funkgespräch passiert? Nein, Gruber hatte eine Zeitverschiebung erwähnt.

Sie legten sich auf den Boden und warteten.

Nichts geschah.

Schließlich meinte Ann: »Ich weiß nicht, was ich erwartet habe ... Licht, Lärm, Action ...«

»Seht mal hier«, sagte Gruber. »Mein Anzug – keiner von unseren Anzügen verzeichnet einen Strahlungsanstieg. Wenn der Welleneffekt wirklich alles mit einem Atomgewicht über fünfundsiebzig destabilisieren würde, dann müsste die Strahlung in diesen Felsen jetzt nach oben schießen ... aber da ist nichts. Nichts.«

»Was bedeutet das?«, fragte Ann.

»Ich muss meine Instrumente checken«, antwortete Gruber und stand auf.

»Noch nicht«, warf Bazargan scharf ein. »Ihre Instrumente sind alle draußen. Wenn der Welleneffekt mit einer Zeitverschiebung eintrifft, dann sind Sie ungeschützt. Warten Sie hier.«

Widerwillig setzte Gruber sich wieder. Minuten verstrichen. Nach einer Weile sagte er: »Und wie lange sollen wir warten?«

Ann kicherte, und die beiden Männer starrten sie verwundert an. »Tut mir Leid. Entschuldigung«, sagte sie, und es klang, als wäre Ann über sich selbst erschrocken. »Es ist schrecklich, ich weiß ... aber ich musste plötzlich daran denken, wie uns meine Mutter immer eingeschärft hat, dass wir eine Stunde nach dem Mittagessen nicht baden gehen dürfen!«

Bazargans Mutter hatte ihm das Gleiche beigebracht. Unwillkürlich lächelte auch er.

»Na ja, aber eine Stunde warte ich ganz bestimmt nicht!«, verkündete Gruber trotzig.

Schon war er wieder aufgestanden, warf Bazargan einen drohenden Blick zu und marschierte aus der Höhle.

Zehn Minuten später war er wieder da. »Ich hab alles überprüft«, sagte er, und selbst im Dämmerlicht konnte Bazargan die Verwunderung auf seinem rotwangigen Gesicht erkennen. »Sämtliche Instrumente, überall im Tal. Es gibt keinen Strahlungsanstieg, in keiner Weise, nicht einmal in der Nähe einer kleinen Thoriumablagerung. Auch keinen Temperaturanstieg. Gar nichts. Die Welle hat uns nicht getroffen!«

»Vielleicht war sie schon zu schwach«, meinte Bazargan.

»Möglich wäre es. Der reziprok quadratische Effekt ... aber da ist noch etwas anderes.«

»Was denn, Dieter?«, fragte Ann. »Du siehst so ... Was ist?«

»Die Instrumente, sie sind zeitmarkiert. Vor einer Stunde hat es eine seismische Welle gegeben, die ihren Ausgangspunkt etwa einen Viertelkilometer unter dem Tal hatte. Sie war so schwach, dass wir nichts davon gemerkt haben, aber die Aufzeichnungen sind eindeutig. Die Welle kam von unserem Artefakt. *Vor einer Stunde!*«

Bazargan verstand nicht, was er meinte. »Und?«

»Die seismische Welle ist genau vierundfünfzig Minuten, bevor Syree Johnson uns am Comlink geantwortet hat, aufgetaucht. Vierundfünfzig Minuten vor der Explosion! Verstehen Sie, was das bedeutet?«

Aber Bazargan war zu schwach zum Nachdenken und begriff noch immer nicht. Aber Ann meinte: »Die Welle hat uns vierundfünfzig Minuten, bevor wir gehört haben, wie die *Zeus* explodiert, erreicht. Das Geräusch der Explosion – und Colonel Johnsons Stimme – hat sich mit Lichtgeschwindigkeit fortbewegt. Aber die von dem vergrabenen Artefakt ausgelöste seismische Aktivität ist im gleichen Moment losgegangen, als Tas explodiert ist.«

»Haarscharf«, stimmte Gruber ihr zu. »Ach, Ann, du hast es also auch erkannt – es bedeutet, dass die beiden Artefakte tatsächlich miteinander verbunden sind! Dass zwischen ihnen keine Raum-Zeit existiert, genau wie bei den Elektronen in der Quantenkorrelation. Was das bedeuten *könnte* ... Alles ist ganz anders, als wir bisher dachten. Alles hat sich verändert.«

»Wenn es einen unmittelbaren Anstieg in dem Wahrscheinlichkeitsfeld um Welt gegeben hat ... Aber wir haben keine Ahnung, wie wir mit Sicherheit herausfinden könnten, dass etwas Derartiges passiert ist. Wir haben ja nicht einmal eine Ahnung, wie man ein Wahrscheinlichkeitsfeld überhaupt messen kann. Was für Einheiten sollen wir benutzen? Jedenfalls keine der bisher bekannten. Deine Instrumente haben außer einer materiellen Gesteinsverschiebung nichts angezeigt, und das ist sicher nur ein Nebeneffekt dessen, was wirklich passiert ist. Was auch immer es gewesen sein mag!«

»Aber dann kann ich nicht beweisen, dass überhaupt etwas passiert ist! Oder dass das Artefakt, das da unten im Fels steckt, *irgendwas* gemacht hat!«

»Vielleicht hat es das ja auch nicht. Vielleicht war die seismische Welle ein Zufall.«

»Ein Zufall! Genau in dem Moment, als die Zeus explodiert ist? Nein, nein ... das Artefakt hat unmittelbar reagiert, als Tas explodiert oder zerstört worden ist. Das Artefakt im Fels hat reagiert – es hat ein Wahrscheinlichkeitsfeld erzeugt. Hör zu, *Liebling*« – er benutzte das deutsche Wort – »Strahlungsemission von Nuklei ist immer eine Sache von Wahrscheinlichkeit. Der emittierte Partikel muss die Energiebarriere überwinden, und das kann er nur deshalb, weil ein Teil des Wahrscheinlichkeitsfelds außerhalb der Energiebarriere liegt. Wenn das Wahrscheinlichkeitsfeld, das Welt umgibt, also die Wahrscheinlichkeiten von wellendestabilisierenden Kernen verändert hat ... *Aber ich kann das alles nicht beweisen!*«

Es war ein Klageruf intellektueller Verzweiflung.

Bazargan stieß mühsam hervor: »Aber wir haben ein Maß für ein Wahrscheinlichkeitsfeld ... das hat Ann gesagt ... das menschliche Gehirn nämlich.«

»Aber mein Gehirn hat nichts gemerkt«, wandte Gruber ein. »Eures etwa?«

Bazargan und Ann schüttelten die Köpfe. Aber dann sagte Ann: »Nicht das menschliche Gehirn, Ahmed. Wir sind mitten in der Nullzone des Felds, erinnern Sie sich? Und unser Gehirn hat sich ja auch nicht in diesem Wahrscheinlichkeitsfeld entwickelt. Das ist doch genau der Punkt, weshalb wir Realität nicht ›teilen‹ können. Wir müssen sehen, welche Wirkung die Welle, falls es denn eine gegeben hat, auf Weltler-Gehirne ausgeübt hat. Auf Enli beispielsweise.«

»Ja!«, sagte Dieter. »Gut. Ahmed, Sie können wieder laufen? Dann mal los!«

Bazargan war sich klar darüber, dass Protest von seiner Seite nutzlos gewesen wäre. Und er würde in absehbarer Zukunft auch sowieso nicht fitter werden. Also gab es keinen Grund, den Aufbruch zu verschieben.

»Solltest du nicht zuerst mal einen leichteren Weg aus den Bergen auskundschaften, Dieter?«, fragte Ann. »Damit Ahmed sich nicht unnötig quälen muss.«

»Ich kenne schon einen einfachen Weg«, erwiderte Gruber, der offensichtlich nicht mehr aufzuhalten war. »Zum größten Teil jedenfalls ist er ziemlich leicht. Kommen Sie, Ahmed, ich trage Sie.«

Mühsam stand Bazargan auf. Er wollte nicht, dass Gruber ihn trug. Schließlich ließ er sich von ihm und Ann stützen, und so war es nicht allzu unangenehm, sich vorwärtszubewegen. Hinaus aus dem Neurygebirge.

Aber was würden sie dort draußen vorfinden? Wenn die Welle sich auf den Rest von Welt außerhalb der Nullzone ausgewirkt hatte, konnte es gut sein, dass eine Katastrophe eingetreten war. Wenn die Welle – oder das Wahrscheinlichkeitsfeld, das sich möglicherweise gegen sie verteidigte – die Gehirne der Weltler, auf welche Weise auch immer, beeinflusst hatte ... wer konnte dann ahnen, was jenseits der Berge auf sie wartete?

KAPITEL 30

Gofkit Rabloe

Nachdem Azi Pek Laridor, Dienerin der Ersten Blume, ihre Dorfgenossen losgeschickt hatte, um ganz Welt zu alarmieren, nahm sie Enli und Pek Allen mit in den großen Wurzelkeller des Dorfs, der solide gebaut, groß und für alle zugänglich war. Solche Keller hatte Enli in kleinen Bauerndörfern schon oft gesehen. Wenn in größeren Ortschaften die haltbaren Lebensmittel knapp wurden, konnte Gofkit Rabloe seine Überschüsse gegen ›städtische Luxusartikel‹ eintauschen: feinen Stoff, Fahrräder, Glasgefäße, Blumenandenken.

Dieser Keller war in die Seite eines kleinen Hügels gebaut worden. Azi zog die schräge Holztür auf. Die meisten Erntehelfer waren als Boten unterwegs, aber die Alten, die ganz Jungen und die Schwachen waren dabei, ihre Habseligkeiten zusammenzuraffen und sich mit Azi in den Keller zurückzuziehen. Enli sah sie, wie sie vom Dorfplatz zum Hügel strebten.

»Iiiieh«, stöhnte Azi. »Hier riecht es aber ganz schön feucht. Wir hatten so viel Regen in letzter Zeit ... Aber wir haben den Keller ordentlich gebaut, Enli. Es ist nicht allzu ungemütlich hier.« Damit hob sie eine Öllampe in die Höhe und ging als Erste nach unten, wobei ihr dicker Bauch sie auf den drei Steinstufen immer wieder fast aus dem Gleichgewicht brachte.

So gelangten sie auf eine hölzerne Plattform, die den ganzen Boden bedeckte und ihn über dem festgestampften Lehm trocken hielt. Der Keller roch denn auch nach Lehm und Holz, gemischt mit dem würzigen, lebendigen Duft getrockneter Zelifrüchte. An den Wänden standen grob gezimmerte Regale mit Gläsern, Kisten und Gemüse. Im Raum verteilt waren Holzfässer, jedes mit einem Familienwappen gekennzeichnet. Diese dienten als Tische für weitere Lampen, die Azi jetzt eine nach der anderen anzündete. Bei der Einrichtung des Kellers hatte man nicht auf Schönheit geachtet; abgesehen von den runden praktischen Fässern herrschten gerade Linien und spitze Winkel vor. Immerhin gab es rechts von der Tür einen Blumenaltar.

Enli berührte ihn vorsichtig. Jetzt, wo sie wieder real war, hatte sie das Recht dazu. Da er unter der Erde stand, fehlten frische Blumen, aber auf dem gemeißelten Stein stand eine Vase mit getrockneten Trifalitib, deren kräftiges Lila zwar zu einem zarten Lavendel verblasst war, die jedoch immer noch einen sanften Duft verströmten. Daneben lag ein Blumenandenken, eine Erinnerung an die Gärten der vergangenen Jahre, anscheinend aus einem anderen Ort. Im seinem oberen Teil befanden sich ebenfalls getrocknete Trifalitib – sicher waren das die Schutzblumen des Dorfs, und unten schimmerte die helle Flüssigkeit, die man auf Welt *Blumenseele* nannte und die von Pek Gruber als *Quecksilber* bezeichnet worden war.

»Ich fürchte, das kann nicht hier bleiben«, sagte Enli zu Azi. »Wirst du ...«

»Ja, das muss ich wohl«, pflichtete Azi, die Priesterin, ihr bei. Sie zündete die letzten Lampen an, wobei ihre Bewegungen durch den dicken Bauch deutlich verlangsamt wirkten. »Aber zuerst holen wir Pek Allen herein und machen es ihm bequem. Da kommt die Pek Callin, vorneweg wie üblich. Sie hört es immer als Erste, wenn etwas passiert ist.«

Enli blickte die Treppe hinauf zum Eingang. Humpelnd kam die alte Frau auf sie zu, die von Pek Allen bedroht worden war, die Großmutter von Estu, dem Kind, das Pek Allen an sich gerissen hatte. Auch jetzt führte Pek Callin ihre Enkeltochter an der Hand. Beide bewegten sich langsam, aber entschlossen. Als sie an dem Wagen vorbeikamen, auf dem Pek Allen lag, warf die alte Frau einen Blick auf ihn, zuckte kurz zurück und ging dann weiter. Aber Enli spürte, dass sie nur vor Pek Allens Äußerem zurückzuckte – zerkratzt, blutig und verbrannt, wie er war, bot er wahrhaftig einen abstoßenden Anblick – und nicht etwa, weil sie noch immer einen Groll gegen ihn nährte. Das war Vergangenheit, jetzt galt die Realität der Gegenwart. Die Realität hatte sich gewandelt, Pek Allen war real geworden, und die alte Frau akzeptierte ihn ganz selbstverständlich. So lautete die von allen geteilte Wahrheit.

Enli verstand. Aber sie konnte diese Erkenntnis nicht teilen, jedenfalls nicht vollständig. Sie wusste zu vieles, was die alte Frau nicht wusste. Enli war real, aber die schlimmen Kopfschmerzen, die weg gewesen waren, als sie mit Azi den Wagen gezogen hatte, kehrten wieder zurück und konzentrierten sich zwischen ihren Augen.

Unterdessen kümmerte sich Azi um die Leute, die im Keller eintrafen. »Komm rein, komm rein, Udello, such dir ein gemütliches Eckchen aus, bevor die anderen eintrudeln. Du hast Decken mitgebracht? Gut, die hier scheinen nämlich etwas feucht geworden zu sein ... Was hast du sonst noch dabei? Enli wird es sich ansehen, denn manche Dinge werden von der Himmelskrankheit angesteckt, weißt du, und das wollen wir natürlich nicht. Aber zuerst müssen wir dafür sorgen, dass Pek Allen sich wohl fühlt.«

Das jedoch schien ein aussichtsloses Unterfangen zu sein. Pek Allen schlief noch immer, aber als die beiden Frauen ihn hochhoben, zuckte er zusammen und schrie laut auf. Offensichtlich waren Berührung und Bewegung eine Qual für ihn. Er kniff fest die Augen zusammen und gab keinen Mucks mehr von sich, als Enli und Azi ihn auf einen Stapel Segeltuch in einer Ecke des Kellers legten und mit einer trockenen Decke zudeckten.

»Wasser ...«

»Ist in diesem Fass hier«, sagte Azi zu Enli und machte sich auf den Weg, um den Blumenschrein zu entfernen. Enli brachte Pek Allen eine Kelle voll Wasser, aber er konnte nur ein paar Tropfen trinken. Der Rest rann ihm über das gerötete, verbrannte Kinn und den Hals. Da es die Haut ein wenig zu kühlen schien, ließ Enli noch ein paar Tropfen mehr darüber laufen.

Da schlug er die Augen auf, und Enli sah das blutige Weiß der Augäpfel und die glasige braune Iris. Pek Allen stierte blicklos geradeaus, ohne etwas zu sehen. Er war blind.

Immer mehr Dorfbewohner erschienen, auch ein paar von den Boten, die bereits wieder zurückgekehrt waren. Sie ließen sich im Keller nieder, während Azi alle durchzählte und Enli jeden überprüfte, ob er auch nichts mit in den Keller gebracht hatte, was auf Pek Grubers Liste verbotener Dinge stand. Einige der Dörfler murrten, weil sie Tageslicht verschwendeten, das sie doch für die Ernte brauchten. Einige sahen verängstigt aus, als fürchteten sie sich vor der unbekannten Himmelskrankheit. Andere nahmen das Zeichen der Ersten Blume als religiösen Anlass, vor den mitgebrachten Blumensträußen zu meditieren. Ein paar jüngere Leute nutzten die räumliche Enge und kuschelten sich in finsteren Eckchen zusammen, Hände und Knie eng aneinander geschmiegt.

Aber niemand protestierte oder weigerte sich, den Anweisungen Folge zu leisten. Niemand machte Enli, Azi oder Pek Allen Vorwürfe. Alle akzeptierten, dass sie jetzt für eine Weile hier bleiben mussten, darüber gab es keinen Streit. Es war geteilte Realität.

»Nirgendwo ... sonst ... im bekannten ... Universum«, keuchte Pek Allen, und Enli musste sich dicht über ihn beugen, um das mühsame Krächzen zu verstehen. Blut sickerte aus seinen Mundwinkeln. »Enli ... sag es ihnen.«

»Was soll ich ihnen sagen?«, fragte Enli, aber Pek Allen hatte die Augen schon wieder geschlossen.

»Jetzt sind alle da«, verkündete Azi längere Zeit später. »Schließ die Tür, Hertil.«

Ein großer muskulöser Mann mit üppigem Nackenfell zog die Kellertür zu. Es wurde nur geringfügig dunkler. Draußen strömte der endlose Regen aus dunklen Wolken, drinnen schimmerten freundlich die Öllampen. Zu dem Geruch nach festgestampftem Lehm, Wasser und getrockneten Zelifrüchten gesellte sich nun der von zu vielen Körpern auf zu engem Raum. Enli atmete tief, und ihre Kopfschmerzen ließen etwas nach.

Dann begannen die Dorfbewohner zu singen. Niemand gab das Zeichen dafür, und zuerst wetteiferten zwei oder drei Lieder miteinander, aber dann einigte man sich rasch auf die gleiche Melodie – ein Erntelied. Eine Version davon wurde auch in Enlis Dorf, Gofkit Jemloe, gesungen. Wahrscheinlich hatte jedes Bauerndorf eine eigene Fassung. Enli stimmte in den leisen Gesang mit ein.

Nach einigen weiteren Liedern kehrte Stille ein. »Pek Allen, wie lange müssen wir hier bleiben, bis wir vor der Himmelskrankheit sicher sind?«, fragte Azi und sprach damit natürlich für alle.

Sag es ihnen, hatte Pek Allen ihr aufgetragen. Obwohl es ihr unsäglich wehtat, antwortete Enli mit fester Stimme: »Wir müssen hier bleiben, bis wir ein Zeichen von der Ersten Blume erhalten.«

Alle nickten, dann sangen sie weiter, diesmal das älteste, beliebteste Lied von allen: Die Blumenweise.

Nur Enli stimmte nicht mit ein. Sie hatte einfach das Erstbeste gesagt, was ihr in den Kopf gekommen war, und es war als geteilte Realität angenommen worden. Sie hatte es gesagt, weil jemand etwas sagen musste, obwohl niemand wirklich wusste, was Realität war. Und weil die Dorfbewohner – hier und im Rest von Welt – nicht für immer unter der Erde bleiben konnten. Und während des sanftesten und melodiösesten aller Blumenlieder entdeckte Enli, dass Pek Allen tot war.

Alle außer Enli schliefen ungefähr zur gleichen Zeit ein. Vermutlich war es später Nachmittag, aber hier im Wurzelkeller konnte man das natürlich nicht erkennen. Sonst hatte Enli immer das getan, was alle taten: Sie hatte geschlafen, wenn sie Lust hatte, wenn es sonst nichts zu tun gab, wenn andere um sie herum ebenfalls schliefen. Diesmal nicht. Der Atem der Schlafenden hob und senkte sich im steten Dämmerlicht der Öllampen sanft um sie herum, und der heimelige Duft ruhender Körper stieg ihr in die Nase. Aber sie konnte die Realität des Schlafs nicht mit den anderen teilen, obgleich sie wieder real war.

Nachdenklich betrachtete sie Pek Allens totes Gesicht. Wie lange dauerte es bei den Terranern, bis ihre Körper sich genug zersetzten, um ihre Seele freizulassen? Vorausgesetzt natürlich, dass sie überhaupt eine Seele hatten.

David Pek Allen hatte eine gehabt. Das besagte die geteilte Realität. Und Enlis Gehirn ebenfalls.

Wie sie so neben ihm auf dem Holzboden saß, überlegte Enli, was sie als Nächstes tun sollte. Nicht, was die geteilte Realität ihr zu tun gebot, nein, es ging um *sie,* auch wenn der Aufenthalt im Keller eine geteilte Angelegenheit war.

Sofort setzten die Kopfschmerzen ein.

Doch dann merkte Enli auf einmal, dass sie neben dem Schmerz stand und ihn beobachtete. Ohne dass ein Lebewesen etwas davon mitbekam, weiteten sich ihre Augen. So etwas war ihr noch nie zuvor passiert, sie hatte sich noch nie von den Kopfschmerzen der geteilten Realität distanziert, so als wäre sie nicht eins mit ihnen, sondern etwas von ihnen Abgetrenntes. Aber natürlich war sie eins mit ihnen. Nur – wieso konnte sie das Kopfweh dann beobachten, von außen? Es gab kein Außen, es gab nur ihr Gehirn, nur die Realität ...

Abrupt wurden die Schmerzen stärker. Sie waren nicht so schlimm wie in der Zeit, als sie unreal gewesen war. Aber jetzt fühlte sie sich schwach, hungrig, verängstigt, und die Schmerzen waren schlimm genug. Sie stöhnte leise und presste die Hände vor die Augen. Würde das denn nie aufhören? Sie war wieder real, *verdammt,* so etwas sollte einem doch nicht passieren, wenn man real war ... *verdammt* war ein terranisches Wort, kein weltisches, es war einfach in ihrem Kopf aufgetaucht ... in ihrem Kopf! Oh, dieser Kopf!

Und dann waren die Kopfschmerzen auf einmal weg.

Sie flauten nicht etwa langsam ab, nein, sie verschwanden von einem Atemzug zum nächsten, und zwar vollständig. Dafür geschah jetzt etwas mit Enlis Gehirn, etwas, was von außerhalb ihres Schädels kam. Freude erfüllte sie, eine reine Freude, die größer war als alles, was sie jemals empfunden hatte. Größer als jede Blumenzeremonie, größer als eine Abschiedsverbrennung, größer als ihre Liebe zu Tabor ... Tabor! Jetzt würde er ebenfalls frei sein, er würde sich seinen Vorfahren anschließen, sie würde ihn in der Geisterwelt wiedersehen!

Enli lachte laut auf. In dem halbdunklen Keller, umgeben von schlafenden Dorfbewohnern, lachte sie wie ein Kind, wie Fentil, obwohl sie keine Ahnung hatte, warum sie lachte. Nicht weil Tabor frei war – das war ja kein neuer Gedanke. Sicher, sie lachte auch, weil Tabor frei war und weil sie selbst frei war, weil Welt voller Blumen war und die Erste Blume ihr soeben ein Zeichen geschickt hatte.

»Was ... hast du etwas gesagt?«, fragte Azi verschlafen und hob den Kopf vom Holzboden. »Ich dachte, ich hab dich reden gehört ... ich hab wohl geträumt ...«

Inzwischen verblasste die Freude etwas, doch viel langsamer, als sie gekommen war. Während sie abebbte, lächelte Enli die kleine rundliche Priesterin an. »Wir können jetzt wieder hinausgehen, Azi. Die Himmelskrankheit ist vorüber.«

»Du hast also ein Zeichen bekommen.«

»Ja. Was hast du geträumt?«

Azi blinzelte und machte ein verwirrtes Gesicht. »Ich weiß es nicht mehr. Aber es war wundervoll. Warte ... meine Schwester kam vor. Und unser altes Haus in Gofkit Kenloe. Oh, und ein sprechender Stein – ziemlich seltsam und unwahrscheinlich.«

»*Niedrige Wahrscheinlichkeit.*«

»Was?«

»Ach, nichts. Das ist ein terranischer Ausdruck. Aber wir können jetzt wieder hinaus. Weck die anderen auf.«

Fraglos machte Azi sich daran, Enlis Anweisung zu befolgen. »Enli – Pek Allen ist tot!«

»Ja«, erwiderte Enli. »Ich weiß.«

»Möge seine Seele sich an den Blumen seiner Vorfahren erfreuen.«

»Möge sein Garten für immer blühen. Führst du die Abschiedsverbrennung durch?«

»Selbstverständlich. Unja, wach auf, wir können wieder hinausgehen. Riflit, Unu, Pek Callin ... wacht auf! Enli, darf ich dir eine Frage stellen?«

Enli stand da und blickte auf Pek Allen hinunter. Sie würde Blumen für die Zeremonie brauchen, und dadurch würde sich die Zeliernte noch mehr verzögern. Nun, es ging eben nicht anders. »Ja, Azi?«

»Wir wissen jetzt, dass Pek Allen real ist. Sind die anderen Terraner ebenfalls real? Pek Bazargan und Pek Sikorski und Pek Gruber? Hat sich die Realität auch bei ihnen gewandelt?«

Selbst hier, im abgelegenen Gofkit Rabloe, kannte man die fremdartigen Namen der Terraner. Enli beugte sich hinunter und zog die Decke über Pek Allens verbranntes Gesicht.

»Ich weiß es nicht, Azi. Die Erste Blume hat es mir nicht gesagt. Diese Frage muss immer noch vom Ministerium für Realität und Sühne beantwortet werden.«

Azi nickte. »Natürlich. Unja, du faules Stück, wach endlich auf! Es ist Zeit rauszugehen!«

KAPITEL 31

Gofkit Rabloe

Gruber war ein guter Höhlenführer. Gegen alle Wahrscheinlichkeit fand er einen direkten Weg aus dem Neurygebirge, einen Weg, der nicht zu klaustrophobisch, nicht zu weit und nicht zu feucht war. Bazargan war überrascht, obwohl er fand, dass er es hätte wissen können. Gruber verfügte nicht nur über ein großes Wissen, sondern auch über eine enorme Körperkraft und einen Optimismus, der sich in einem engen Umkreis ausgezeichnet fokussieren ließ. So war er für den Aufenthalt in einem Tunnel bestens ausgerüstet.

Sie traten hinaus in abendliches Waldland, in den üppigen, schnell wachsenden Wald von Welt, unter Myriaden grünrötlicher Blätter, die sich über sie reckten wie schützende Hände. Die Sonne war bereits untergegangen, das Licht wirkte zart wie eine Perle und ungewöhnlich rein. Durchs Unterholz hatte man Pfade angelegt, wie überall auf diesem kultivierten Planeten. Die köstlichen Düfte des Abends stiegen Bazargan in die Nase. Tagblühende Blumen schlossen sich, während die nächtlichen sich öffneten, schüchterne Farbflecken im kühlen Schatten.

Bazargan stützte sich auf Gruber, Ann hinkte mit Grubers Rucksack ein Stück hinterher. Obwohl er sich immer noch schwach fühlte, kam Bazargan einigermaßen gut voran. Anscheinend befand er sich immer noch in der Phase zwischen dem Einsetzen der Symptome und ihrer noch bevorstehenden Verschlimmerung.

»Dieser Wald ist sicher nicht sehr groß«, sagte er zu Gruber, der zustimmend nickte. Auf Welt gab es sehr viele, aber kleine Wälder, sodass alle Bewohner leicht Zugang zu Holz und Wildblumen hatten. Während Bazargan weiterhumpelte, spürte er Dankbarkeit für die geteilte Großzügigkeit von Welt.

»Dann sollte ich mich wohl lieber mal bewaffnen«, meinte Gruber, was Bazargan ihm mit seiner Bemerkung keineswegs hatte nahe legen wollen. Aber natürlich hatte der Geologe ganz Recht. Die Terraner waren immer noch Ausgestoßene, Sünder, mehr oder weniger Freiwild für einen Mord. Ann übernahm Bazargan, und Gruber suchte sich zwei dicke Äste, die er bei Bedarf gut als Knüppel benutzen konnte. Die Pistole hatte ja David Allen mitgenommen. Was er wohl damit angerichtet hatte, seit er und Enli verschwunden waren?

Die Antwort auf diese Frage konnte eigentlich nur unerfreulich ausfallen.

»Da kommt jemand«, sagte Ann. »Dieter?«

Mit dem Stock in der Hand stellte sich Gruber vor die beiden anderen.

Der halb hinter den Bäumen verborgene Weltler rief: »Habkint? Bist du das? Hast du schon gehört?«

Gruber, der Weltisch weniger gut sprach als die anderen, flüsterte: »Was hat er gesagt?«

»Habkint? Wir können jetzt alle wieder rauskommen, die Himmelskrankheit ist vorbei, aber das musst du schon gehört haben von ...« Der Weltler unterbrach sich mitten im Satz.

Er war jung, gerade ein Mann, mit goldenem, gelocktem Nackenfell und glatter Kopfhaut. Das Nackenfell war schweißgetränkt, unter den Achseln und auf der Vorderseite seiner groben Tunika zeigten sich Schweißflecken, und auch die Oberlippe war schweißnass. Er war gerannt, hatte im letzten Tageslicht mit der freudigen Kraft der Jugend denen, die weiter vom Dorf entfernt wohnten, die frohe Nachricht überbracht.

Rasch sagte Bazargan auf Weltisch: »Die Himmelskrankheit ist vorbei? Woher wisst ihr das?«

»Wir haben Nachricht bekommen ... aus Gofkit Rabloe ...«, stammelte der Junge. »Ihr seid Terraner!«

Unwillkürlich musste Bazargan lächeln, und er sah, dass

bei dem Weltler im gleichen Augenblick die Kopfschmerzen einsetzten. Der Junge legte eine Hand an die Stirn und rannte so eilig den Weg zurück, den er gekommen war, dass er einen Stapel Kleinholz umlief, das neben dem Pfad aufgestapelt war, und dabei einen Schwarm Lebensspender aufscheuchte, der auf einer Blütentraube gelber Vekifirib gesessen hatte.

»Das wäre also klar. Anscheinend sind wir immer noch unreal«, stellte Ann grimmig fest.

»In diesem Fall«, meinte Gruber, »gehen wir lieber nicht weiter. In den Dörfern sind wir nicht sicher. Ich denke sogar, wir sollten zurück in die Berge, Ahmed. Ein kleines Stück jedenfalls. Dort werden sie uns nicht aufstöbern und töten, und ich kann bei Nacht Nahrung von den Feldern sammeln.«

»Und David und Enli?«, fragte Ann.

Gruber schwieg.

Nach einem Augenblick des Überlegens meinte Ann finster: »Ich glaube, du hast Recht, Dieter. Wir müssen uns einen Ort suchen, wo die Weltler uns nicht finden. Wir können ja nicht einmal Nachforschungen anstellen, was mit David und Enli los ist. Niemand würde uns etwas verraten. Soweit wir wissen, sind sie immer noch irgendwo in den Bergen. Wenn nicht ...« Sie vollendete den Satz nicht, aber Bazargan erledigte das für sie.

»Wenn nicht, sind sie wahrscheinlich tot.«

Ann wandte den Blick ab. Bazargan fuhr fort, so ruhig er konnte, denn es war ihm wichtig, dass sich alle drei der Realität stellten: »Wenn wir in die Berge zurückgehen, wie lange wollen wir dann bleiben? Wenn wir unreal sind, dürfen wir keinem Weltler über den Weg laufen. Die *Zeus* ist zerstört – Peres wird uns kein Shuttle schicken. Vor allem nicht, wenn die Faller das System jetzt beherrschen. Sollen wir im Neurygebirge leben wie die Steinzeitmenschen, Essen von den Feldern stehlen und verstrahltes Wasser trinken, bis wir irgendwann sterben?«

»Und was ist mit unserer Forschung?«, fragte Gruber. »Wenn die Gehirne der Weltler tatsächlich das einzige dokumentierbare Maß des Wahrscheinlichkeitsfelds sind, dann müssen wir Enli unbedingt fragen, was in dem Moment, als Tas explodierte, mit ihrem Gehirn passiert ist.«

»Die Forschung ist nicht unsere unmittelbarste Sorge«, entgegnete Bazargan gereizt. »Jetzt geht es in erster Linie ums Überleben. Wie lange können wir uns wohl in den Höhlen verstecken?«

Gruber und Ann blickten einander an. Schließlich antwortete Ann, aber Gruber hätte wahrscheinlich das Gleiche gesagt. Manchmal vergaß Bazargan, wie jung die beiden waren und wie viele Hoffnungen junge Leute sich machen. »So lange wie nötig, Ahmed. Wir bleiben in den Höhlen, solange es keine andere Möglichkeit gibt.«

»Wer weiß schon, was passieren wird?«, fügte Gruber hinzu.

Bazargan hatte nicht genug Energie, um zu argumentieren. Er wusste nicht einmal, wofür er argumentiert hätte. Sie hatten tatsächlich keine Wahl, wenn sie nicht gerade kollektiv Selbstmord begehen wollten. Oder sich von den Weltlern ermorden lassen.

»Dann gehen wir, los.«

Sie wandten sich wieder zurück zu den Bergen. Auf Planeten mit geringer Achsenneigung senkte sich die Dunkelheit rasch. Schon jetzt waren zwei Monde aufgegangen, Ap und Lil oder Cut und Ral oder Sel und Obri. Aber nicht Tas. Tas würde nie wieder über den Himmel ziehen.

Schließlich brach Ann das Schweigen. »Wartet mal – mir ist gerade etwas eingefallen! Habt ihr gehört, was der junge Bote gesagt hat? Er hat gesagt: ›Wir können jetzt alle wieder rauskommen, die Himmelskrankheit ist vorbei.‹« David oder Enli oder beide müssen doch irgendwie aus den Bergen herausgekommen sein und die Weltler vor dem Welleneffekt gewarnt haben!«

»Ja, stimmt«, erwiderte Gruber. »Glaubst du ...«

Das Comlink schrillte.

Bazargan fuhr vor Schreck zusammen. Er hatte vollkommen vergessen, dass er es noch bei sich trug. Die drei

Menschen blickten einander aufgeregt an. »Die *Zeus*?«, flüsterte Ann. »Aber wie ...?«

Nach einigem Gefummel fand Bazargan das Gerät und aktivierte die Nachricht, die gerade eingegangen war.

»Dr. Bazargan«, sagte eine Stimme auf Englisch mit einem undefinierbaren Akzent. »Hier spricht Leutnant Michihiko Gray vom Flyer *Stechmücke,* Mutterschiff *Hachiya,* Basis 32 des Verteidigungsrats der Solarallianz im Caligula-System. Ich bin gerade aus dem Weltraumtunnel 438 herausgekommen und nähere mich mit höchstmöglicher Geschwindigkeit dem bewohnten Planeten, um Ihr Team dort abzuholen. Im Augenblick ist das System frei von feindlichen Flugkörpern, aber nehmen Sie bitte zur Kenntnis, dass sich dieser Zustand jederzeit ändern könnte. Diese Nachricht wird Sie in vierundfünfzig Minuten erreichen. Meine geschätzte Ankunftszeit ist in drei Tagen und zwanzig Stunden. Antworten Sie bitte vorsichtig, aber vergessen Sie nicht, Ihre Positionskoordinaten auf dem Planeten und die Anzahl der Mitglieder Ihres Teams durchzugeben. Ende der Nachricht.«

»Ha!«, rief Gruber. »Sie kommen, um uns zu holen! Ahmed, geben Sie gleich unsere Position durch!«

»Machen Sie das lieber«, entgegnete Bazargan, den gerade ein neuerlicher Schwächeanfall gepackt hatte. Sofort nahm Gruber ihm das Comlink ab, tippte die Daten ein und fragte dann: »Wie viele sind wir, Ahmed? Drei? Vier? Fünf?«

Fünf. Gruber dachte wahrscheinlich an Enli, falls sie noch am Leben war. Ihre eigenen Leute hatten sie für unreal erklärt. Würden sie sie ermorden, wenn die Terraner sie nicht mitnahmen? Aber wenn Enli bereits die Nachricht übermittelt hatte, oder wenn David das getan hatte, und wenn sie oder er noch am Leben war ... Sie konnten es nicht mit Sicherheit wissen.

»Drei oder vier oder fünf«, antwortete Bazargan.

»Wir sind drei oder vier oder fünf, zum gegenwärtigen Zeitpunkt noch nicht genau zu sagen«, sagte Gruber also. »Geben Sie die geschätzte Ankunftszeit durch. Und vielen Dank.«

Müde wollte Bazargan wieder losgehen ... den ganzen langen Weg zurück zu den Bergen. Aber Gruber legte ihm die Hand auf den Arm und hielt ihn zurück.

»Warten Sie, Ahmed. Nur eine Minute. Ich muss das machen, solange wir noch unter freiem Himmel sind.«

In der sich herabsenkenden Dämmerung schälte sich der große Mann aus seinem Schutzanzug und setzte sich auf den Boden. Bazargan sah ein Aufblitzen, als das Mondlicht auf die Schneide des Messers fiel, mit dem Gruber den Hautlappen losschnitt und das Notfall-Comlink von seinem Oberschenkel entfernte. Er wischte nicht einmal das Blut ab, ehe er es benutzte.

»David ... David Allen. Hier ist Dieter Gruber. Antworten Sie bitte.«

Stille. *Ich hätte das tun müssen, nicht Gruber,* dachte Bazargan. Aber er war zu müde und hatte nicht daran gedacht. Er wäre auch zu schlapp gewesen. Wortlos kniete sich Ann neben Gruber und versorgte den Schnitt auf seinem Bein mit einer Wundtinktur.

»Ach, Sie antworten also nicht, David. Dann hinterlasse ich eine Nachricht.«

Sinnlos, dachte Bazargan. Wenn David Allen nicht antwortete, dann deshalb, weil er tot war. Die Weltler hatten ihn umgebracht. Ein Beweis dafür, dass sie die Terraner endgültig für unreal erklärt hatten.

Aber Gruber interessierte sich nicht für die Fakten. Er handelte aus der Hoffnung heraus. »Wenn Sie diese Nachricht erhalten, David, dann antworten Sie auf der Planetenfrequenz. Geben Sie Ihre Position durch. Falls nötig, holen wir Sie, sonst können Sie zu uns kommen. In drei Tagen wird ein Flyer uns alle befreien. Bringen Sie Enli mit, wenn sie sich hier in Lebensgefahr befindet. Wir denken alle an euch beide.«

»Mehr kannst du nicht tun«, sagte Ann leise.

»Ich weiß. Wir müssen gehen. Kommen Sie, Ahmed, stützen Sie sich auf mich.«

Bazargan tat es, obwohl er nicht darauf gewettet hätte, dass

Gruber seine Anwesenheit wahrnahm, denn er stürzte sich sofort in eine aufgeregte Diskussion mit Ann. »Mit der orbitalen Scanningausrüstung des Flyers haben wir noch eine weitere Chance, David und Enli zu finden, *ja*? Und dann können wir Enli ausführlich darüber befragen, was mit der geteilten Realität geschehen ist, als der Welleneffekt hier eingetroffen ist ... vielleicht zeigt ein Lagerfeld permanente dokumentierbare Effekte auf das Gehirn. Und man könnte eine Expedition zusammenstellen, um das Artefakt in den Bergen auszugraben. Ann, eine ganz neue wissenschaftliche Ära wird beginnen, mit Dingen, über die wir bisher nur spekulieren konnten.«

Sie antwortete im selben aufgeregten Ton, aber Bazargan schaffte es nicht, sich auf ihre Worte zu konzentrieren. Er versuchte sich vorzustellen, was auf Welt geschehen war, falls David und Enli tatsächlich ihre Botschaft über die ›Himmelskrankheit‹ verbreitet hatten. Die Nachricht hätte sich wie ein Lauffeuer über den ganzen Planeten verbreitet – effizient, von keinem Empfänger in Frage gestellt. Der ganze Planet wäre dem Aufruf gefolgt und hätte sich in Sicherheit begeben. Nirgendwo sonst im ganzen bekannten Universum war so etwas möglich. Nirgendwo.

Und Enli ... wenn die Weltler sie noch immer ermorden wollten, dann mussten die Terraner sie mitnehmen. Aber im Caligula-System oder auf der Erde, auf Mars oder Belt würde sie bestimmt unaufhörlich unter schrecklichen Kopfschmerzen leiden. Dort gab es für sie keine geteilte Realität. Bazargan war sich nicht einmal sicher, ob sie ein solches Arrangement überleben würde. Womöglich würde sie den Tod auf Caligula sogar dem Tod auf Welt vorziehen, denn auf Caligula würde ihr Körper verwesen, und sie hätte, ihrem Glauben zufolge, die Chance, zu ihren Ahnen zurückkehren.

Aber vor diesem Tod, der gut und gern noch viele Jahre in der Zukunft liegen konnte, würde Enli leben, ohne die Realität der menschlichen Welten zu teilen, für sie eine vollkommen unharmonische Existenz. So als würde man eine zarte Blüte aus einem Blumengedicht herausnehmen und in das Dröhnen eines Shuttlestarts verpflanzen.

Oder so, als würde man einen Terraner auf Welt ansiedeln.

Ann und Gruber ließen ihrem Enthusiasmus noch immer freien Lauf. Bazargan brachte es nicht übers Herz, ihnen zu sagen, dass nichts von all dem, worüber sie sich so eifrig austauschten, jemals Wirklichkeit werden würde. Jede Expedition, die das vergrabene Artefakt erkunden sollte, würde sich mit der politischen Tatsache auseinander setzen müssen, dass die Terraner auf Welt nicht mehr willkommen waren. Eine Untersuchung von Enlis Gehirn oder sogar von ihrem subjektiven Gedächtnis würde vielleicht tatsächlich zeigen, dass etwas mit ihrem Mechanismus der geteilten Realität geschehen war, als Tas explodierte. Aber das wäre bestenfalls ein anekdotischer Beweis, undokumentierbar und *per definitionem* nicht zu replizieren. Und daher auch nicht wissenschaftlich.

Und eine weitere Wahrheit musste ebenfalls erkannt und geteilt werden. Selbst wenn die grandioseste Fantasie David Allens Wirklichkeit wurde und irgendein Genetiker eine Methode fand, den Mechanismus der geteilten Realität im menschlichen Genom zu verankern, würde das nichts ändern. Die geteilte Realität konnte sich nirgendwo anders entwickeln als auf Welt, eingehüllt in das Wahrscheinlichkeitsfeld des vergrabenen Artefakts. Die geteilte Realität mochte eine wahre Realität sein, aber sie war den Terranern verschlossen.

Der letzte Nachglanz der Sonne verschwand aus dem kleinen Wald. Gruber knipste seine Lampe an, und sie erleuchtete für die drei Terraner einen schmalen, flüchtigen Lichtpfad durch den außerirdischen Wald.

EPILOG
Gofkit Rabloe

Den ganzen Tag über waren Leute angekommen, meist zu zweit oder zu dritt, auf dem Fahrrad oder zu Fuß oder auf Bauernkarren. Einige von ihnen trugen teure Tuniken und Schals, aber es waren nicht sehr viele. Außer den Priestern des Ministeriums für Realität und Sühne, die von Rafkit Seloe angereist waren, stammten die meisten aus den Bauerndörfern in der Nähe des Neurygebirges. Sie waren auch diejenigen, die sich diese Zeremonie zu Eigen gemacht hatten. Enli sah Azi Pek Laridor, die auf einem kleinen, ziemlich ramponierten Karren angefahren kam, in dem Calit neben dem neuen Baby, das in seinem Körbchen schlief, auf und ab hüpfte. Azi sah staubig und verschwitzt, aber zufrieden aus. Ziemlich weit hinten in der kleinen Menschenmenge stellte sie den Wagen ab, straffte die Schultern und sah Calit stirnrunzelnd an. Der Kleine nahm sich zusammen, aber es hielt nicht lange.

Enli stand nicht sehr nahe am Blumenaltar, aber auch nicht weit von ihm entfernt. Für einen Altar war er recht bescheiden, ein einziger nackter geschwungener Steinbrocken auf drei Beinen, die wie Trifalitstämme geformt waren. Die den Altar umgebenden Blumenbeete waren ebenfalls nicht spektakulär, obgleich die üppigen Pajalbüsche ein sehr farbenfrohes Bild boten. Gelb und Orange, die Farben der Gastfreundschaft. Die Terraner waren willkommen, falls sie nach Welt zurückkehren wollten.

Obgleich sie es volle drei Jahre nicht getan hatten.

Ein Diener der Ersten Blume hob die Arme, und die verstreute Menge wurde still. Dann begannen alle zusammen zu singen. Zuerst die Erntegesänge, dann die Blumenweisen, in genau der gleichen Reihenfolge, wie sie damals im Wurzelkeller von Gofkit Rabloe gesungen worden waren. Aus dem Augenwinkel sah Enli, wie der kleine Calit auf dem Bauernkarren zu tanzen begann. Sanft rief seine Mutter ihn zur Ordnung.

»Hört, ihr Weltler«, begann der Priester, als das Singen verstummt war. »Mögen eure Blüten sich freuen.«

»Mögen die Blumen deiner Seele ewig blühen«, entgegnete die Menge.

»Wir sind hier, um einen Botschafter der Ersten Blume zu ehren – David Pek Allen, der Welt vor der Himmelskrankheit gerettet hat.«

Die Leute nickten zustimmend. Im Lauf der Jahre hatte Enli immer wieder Gerüchte gehört, dass es in der geteilten Realität inzwischen Zweifel daran gab, ob es die Himmelskrankheit jemals wirklich gegeben hatte. Als die Weltler damals wieder aus dem Wurzelkeller gekommen waren, waren keinerlei Anzeichen einer Krankheit zu entdecken. Keine kranken Tiere, keine verwelkten Blumen, keine kranken Kochtöpfe – rein gar nichts von dem, was Pek Gruber vorhergesagt hatte und was ja auch passierte, wenn jemand sich zu weit ins Neurygebirge vorwagte. Bisher beharrte niemand ernsthaft auf der Möglichkeit, dass Pek Allen ihnen irgendeinen unerklärlichen Streich gespielt hatte. Die geteilte Realität besagte nach wie vor, dass es die Himmelskrankheit tatsächlich gegeben hatte, und obgleich Pek Allens Opfertat mit jedem Jahr an Bedeutung verlor und gelegentlich Zweifel geäußert wurden, hatten sich diese noch nicht zu offenem Unglauben entwickelt. Es gab eine kleine Zeremonie, die allerdings nur an diesem einen Ort abgehalten wurde.

Der Diener der Ersten Blume war am Ende seiner Rede angelangt und rief nun die Anwesenden auf, ihre Präsente zu bringen. Diejenigen, die etwas mitgebracht hatten, traten nacheinander vor, legten ihre Gaben auf den nackten Altar und murmelten einen Blumensegen.

Estu, das Kind, das Pek Allen damals entführt hatte, um die

Leute von Gofkit Rabloe zu zwingen, ihn anzuhören, brachte einen Strauß selbst gepflückter Wildblumen. Die Leute lächelten, denn es war für ein kleines Mädchen eine angemessene Opfergabe.

Pek Callin, Estus Großmutter, legte einen gewundenen Kranz aus Rafirib auf den Altar, ein wahres Kunstwerk. »Aaaaaahhhhhh«, tönte es anerkennend aus der Menge.

Von Rifkit Pek Lafir und seiner Frau Imino wurde ein Laib frisch gebackenes Brot dargebracht.

Von einem Mann, den Enli nicht erkannte, ein aus Holz geschnitzter Berg.

Dann kam Azi nach vorn, den widerspenstigen Calit an der Hand. Der Junge, der noch zu klein war, um real zu sein, beobachtete dennoch alles mit scharfen, klugen Augen, die genauso stillhalten konnten wie der Rest seines Körpers. Enli seufzte. Man konnte wirklich nie wissen, was für Kinder man bekam. Die sanfte Ano hatte zum Beispiel nicht nur den braven Fentil geboren, sondern auch Enlis Nichte Obora, die mit Abstand das lauteste Kind von ganz Gofkit Shamloe war. Azi legte eine Opfergabe aus Zelifrüchten und Trifalitib auf den Altar.

Das nächste Präsent überraschte Enli: Ein Mann in der Tunika des Haushalts von Voratur erschien. Letztes Jahr hatte Pek Voratur nichts geschickt. Was war im Voraturhausstand wohl geschehen, dass Pek Voratur es sich diesmal anders überlegt hatte? Wahrscheinlich würde Enli das nie erfahren. Die Gabe war ein wunderschön gearbeitetes, aber nicht protziges Blumenbild, mit einem vorn vom Altar herabhängenden Spruchband.

Zuletzt kam Enli. Als klar war, dass keine weiteren Präsente mehr zu erwarten waren, bahnte sie sich einen Weg zum Altar.

Ein paar Leute, die an jenem Tag mit ihr im Wurzelkeller gewesen waren, erkannten sie und lächelten ihr zu. Viele andere waren Fremde, größtenteils junge Leute, die vor allem zu der Zeremonie gekommen waren, um zu tanzen und sich am Festessen gütlich zu tun. Aber so waren junge Leute eben.

Allmählich wurde die Menge unruhig, aber als Enli ihr Präsent auspackte und es auf Voraturs Blumenbild legte, stieg die Aufmerksamkeit wieder. Ein neuerliches anerkennendes »Aaaaaaahhhh« erklang, allerdings mit einem etwas anderen Unterton als bei Pek Callins Kranz. Enli hatte ein Blumenandenken gekauft – das schönste, das sie in Rafkit Seloe bekommen konnte. Seit drei Jahren hatte sie darauf gespart. Eigentlich hatte sie sich gewünscht, dass Ano das Präsent mit ihr in Tabors Namen darbringen sollte, aber Ano – die sie zur letztjährigen Zeremonie begleitet hatte – war wieder schwanger, und der Geburtstermin stand dicht bevor.

Das Blumenandenken war aus mundgeblasenem Glas, so exquisit und komplex gearbeitet, dass es unschwer als das Werk des besten Glasbläsers von ganz Welt, Avino Pek Molarian, zu erkennen war. Zwar hatten die hier versammelten Dorfbewohner Pek Molarians Namen sicher noch nie gehört, aber die subtile Schönheit der filigranen Glasröhren beeindruckte auch sie. Darin befanden sich, umflossen von dem hellen flüssigen Metall, das man auf Welt Blumenseele nannte, zwei perfekt erhaltene terranische Rosib. Die Rosib stammten aus Voraturs Blumenhandel und waren nun für alle Ewigkeit in Glas gebannt.

»Von Enli Pek Brimmidin aus Welt und Tabor Pek Brimmidin, der bereits unter seinen Ahnen weilt«, flüsterte Enli, denn ihr Präsent war ausschließlich für Pek Allens Geist gedacht.

»Mögen all deine Gärten in Freude erblühen«, sagte der Priester der Ersten Blume, hob erneut die Arme, und damit war die Zeremonie beendet. Die Menge begann sich zu zerstreuen. Die jungen Leute versammelten sich auf einem flachen Stück Boden in einiger Entfernung vom Altar; in ein paar Minuten würde der Klang von Tanzflöten die milde Luft erfüllen. Die Besucher des Ministeriums für Realität und

Sühne stiegen auf ihre Fahrräder und machten sich auf den Rückweg in die Hauptstadt.

Azi zog ihren Karren zu Enli herüber. »Mögen deine Blumen erblühen, Enli.«

»Und deine ebenfalls, Azi.« Enli lächelte.

»Bleibst du noch zum Tanz?«

»Nein, ich muss zurück zu meiner Schwester. Sie steht kurz vor der Niederkunft.«

»Mein Garten freut sich für sie. Möchtest du dann – Calit! Hör sofort damit auf!«

»Er ist wunderschön, Azi.«

»Und bereitet mir Kopfschmerzen einer ganz besonderen Sorte. Du siehst gut aus, Enli.«

»Danke«, entgegnete Enli. Sie wusste, dass sie nicht anders war als sonst: groß, unscheinbar, gewöhnlich. Aber verglichen damit, wie Azi sie am Tag der Himmelskrankheit gesehen hatte, wirkte sie heute bestimmt wundervoll. Und so würde Azi sie immer sehen.

Inzwischen hatte Calit einen seltsam geformten Stein gefunden, der ihn faszinierte. In dem Augenblick der Ruhe, der sich daraus ergab, sagte Azi unvermittelt: »Enli – glaubst du, sie werden jemals zurückkehren? Die Terraner, meine ich?«

Enli starrte auf den Blumenaltar, auf dem das Andenken lag, für das sie den größten Teil ihrer Einkünfte der letzten drei Jahre ihres wiederhergestellten Lebens ausgegeben hatte. Niemand, nicht einmal Ano, hatte verstanden, warum sie sich so darauf versteift hatte, ausgerechnet ein Kunstwerk des berühmten Avino Pek Molarian zu kaufen, und Enli hatte es auch nicht erklärt. In der kurzen schrecklichen Zeit, die sie mit den Terranern zusammen gewesen war, hatte sie eine Menge gelernt. Jetzt wusste sie, dass es viele Realitäten gab, und das wussten weder Ano noch Azi, das wussten nicht einmal die Diener der Ersten Blume. Einige dieser Realitäten besaßen nicht das, was Pek Gruber eine *hohe Wahrscheinlichkeit* genannt hatte, einige besaßen eine *niedrige Wahrscheinlichkeit,* und für beides gab es auf Welt keine Worte.

Manche Realitäten existierten und existierten gleichzeitig nicht, bis jemand wie David Pek Allen sie mit purer Willenskraft durchsetzte.

Die Terraner hatten das schon immer gewusst, und jetzt wusste es auch Enli. Dieses Wissen unterschied sie von all den anderen; schon jetzt spürte sie, wie sich die Kopfschmerzen anbahnten. Aber es war ihre Realität.

Azi wartete. »Ich weiß nicht«, antwortete Enli endlich, »ich weiß nicht, ob sie zurückkommen werden. Das muss die Erste Blume entscheiden.«

Azi nickte, schließlich war sie ja Priesterin. »Möchtest du auf ein Glas Pel zu mir kommen, ehe du dich auf die Rückfahrt zu deiner Schwester machst?«

»Ja«, nickte Enli. »Das wäre schön.«

Sie nahm die zweite Deichsel des Bauernkarren, Azi verfrachtete den lauthals protestierenden Calit und seinen seltsam geformten Stein auf den Wagen, und so marschierten die beiden Frauen ins Dorf, zu Azis Haus.

FESTA SF

Robert Sawyer ist der Isaac Asimov des 21. Jahrhunderts!
Robert Charles Wilson

Taschenbuch, 400 Seiten
ISBN 3-86552-006-5
9,90 Euro

Das Neutrino-Observatorium in Sudbury, Kanada: Ein Mann treibt plötzlich in einem Schwerwassertank. Mit knapper Not wird er gerettet und unter Quarantäne gestellt. Sein Name: Ponter Boddit. Sein Beruf: Quantenphysiker. Seine Herkunft: eine Welt, auf der die Neanderthaler den Rang der Menschen einnehmen.

Die Öffentlichkeit ist schockiert über den ›Höhlenmenschen‹, der durch ein Computer-Implantat ihre Sprache und Kultur erlernt. In dessen Heimatwelt ist sein Lebensgefährte Adikor Huld genauso schockiert, denn er wird des Mordes beschuldigt. Es gibt nur eine Möglichkeit, seine Unschuld zu beweisen: Er muss das Portal noch einmal öffnen und Ponter aus unserer Welt zurückholen.

Gewinner des HUGO AWARDS für den besten SF-Roman 2003.

Das Haus der Fantastik

FESTA

Die in der Reihe
Nevermore
erscheinenden Bücher sind
ungewöhnlich, eher etwas für
Kenner und Sammler als für den
Durchschnittsleser.
Die Bücher sind allesamt
deutsche Erstausgaben,
Hardcover in edler Ausstattung,
mehrfach signiert und nummeriert,
je 39,00 Euro (D).

Doch Vorsicht, es gibt nur wenige
davon, jeweils nur 500 signierte
Exemplare. Es wird keine Nach-
auflage geben, sind sie vergriffen,
ist es zu spät.

Punktown
signiert von Jeffrey Thomas, HR Giger
und Michael Marshall Smith

Der Fluch der Sieben Sterne
signiert von Kim Newman,
Ugurcan Yüce und P. N. Elrod

Der Untergang von Eden
signiert von S. P. Somtow, Chris
Odgers und William Hjortsberg

ISBN 3-86552-030-8